KB234197

과거는 미래가 보이는 창

아내를 위하여

과거는 미래가 보이는 창
아내를 위하여

펴 낸 날 2025년 07월 04일

지 은 이   공준원
펴 낸 이   이기성
기획편집   김정훈, 이지희, 서해주, 최인용
표지디자인 김정훈
책임마케팅 강보현, 이수영
펴 낸 곳   도서출판 생각나눔
출판등록   제 2018-000288호
주   소   경기도 고양시 덕양구 청초로 66, 덕은리버워크 B동 1708호, 1709호
전   화   02-325-5100
팩   스   02-325-5101
홈페이지   www.생각나눔.kr
이 메 일   bookmain@think-book.com

· 책값은 표지 뒷면에 표기되어 있습니다.
 ISBN   979-11-7048-889-7 (03810)

과거는 미래가 보이는 창

아내를 위하여

한평생 아내가 나에게 해주었듯이
이제는 내가 아내의 지친육체와 영혼을 위하여
무엇인가를 해야 할 것 같다.

공준원 지음

생각나눔

쌀을 주식으로 하는 민족에게는 벼의 가치는 어느 때나 중요했다. 벼 재배로 얻어진 쌀의 무게는 부의 상징이 되어왔다.

내가 쌀 한 톨의 가치를 어림하게 된 것은 철이 들어 문명 세계에 눈을 뜨면서부터였다.

쌀 미(米) 자를 파자하면 八十八이 된다. 팔십팔 번의 손이 간다는 뜻으로 풀이하는 사람도 있다.

알곡을 얻고도 절구통에서 쌀 한 가마니를 얻는 데 한 달여의 세월이 걸렸다. 이것이 우리 조상들이 살아온 힘든 삶이었다.

그런데도 벼농사를 수천 년 동안 지어온 것은 우선 맛이 좋고 먹기에 부드러우며, 쌀이 밥이 되면 본래 부피의 3배로 늘어난다. 뿐만 아니라 단위 수확량도 어떤 작물보다 높다.

옛날 할아버지, 할머니들이 쌀 한 톨, 밥 한 알을 그토록 소중하게 여긴 이유가 이와 같은 쌀의 장점과 얻기 힘든 과정 때문이었다.

우리 조상들은 대부분 농사를 짓고 살아왔다. 쌀은 그만큼 힘든 과정을 통하여 얻어지는 것이어서 우리 민족의 애환이 여기에 서려 있다 해도 과언이 아니다.

쌀이 소중한 만큼 오랜 세월 동안 모든 가치판단의 기준이 되어왔고, 해방 후까지도 화폐 기능을 해왔다. 쌀을 아끼기 위하여 논농사를 많이 짓는 집에서도 평상시에는 잡곡밥을 먹었다. 잡곡은 주로 보리, 밀, 콩, 팥, 서속 등 밭작물이다.

밭작물은 촉촉한 땅에 씨를 뿌려두면 잘 자란다.

한두 차례 잡초만 뽑아주면 된다. 그래서 가꾸기가 쉽다.

아무리 귀한 벼라도 밭에 나면 잡초가 되어 뽑아낸다.

어떤 대상이 어디에 있느냐에 따라 그 가치가 달라진다.

숲에는 뽑아낼 잡초가 없다.

그곳에는 모든 생명체가 공존하기 때문이다.

그래서 한 그루의 나무를 보고 숲이라 하지는 않는다.

자신이 이루고자 하는 대상에 투영될 때 느끼는 외로움은 마음에 잔잔한 파장을 일으켜 선율로 흘러나오기도 한다.

노래는 그렇게 태어난다.

숲에서 이는 산들바람에서 바다를 느끼는 시인도 있다.

묵객들은 숲의 소리를 그릴 수 없음을 아쉬워한다.

숲에는 쓸모없는 잡초가 없다는 진리를 깨달은 것은 세월이 한참 흐른 후의 일이다. 그 속에서 한 그루 민초로 사는 것이 나의 운명이었음을 팔순이 넘어서야 깨달았다.

낙원인 에덴동산도 숲속에 있다.

한 그루의 민초라 할지라도 숲에서 이는 아름다운 선율에 일조가 된다면 그것은 의미가 있다.

이야기는 그렇게 시작된 것이다.

鶴川

|목 차|

1.

소쩍새 우는 사연

회오리바람

청룡암에 내려앉은 어둠은 적막을 동반했다. 불당 추녀 아래 매
달린 풍경마저 침묵을 지켰다. 무겁게 짓누르는 적막은 초저녁 밤을
압도하며 답답한 가슴을 옥죄인다.

아스라이 먼 곳에서 소쩍새가 울었다.

어느 며느리가 독한 시어머니 밑에서 시집살이를 했다. 시어머니
는 항상 작은 솥으로 밥을 짓게 하여 가족 밥을 다 푸고 나면 자기
몫이 없었으니, 며느리는 그만 굶어 죽고 말았다. 죽은 며느리의 원
혼은 새가 되어 "솥 적다, 솥 적다…." 울어 댄다고 하여 소쩍새라고
부른다는 전설이 있다.

나이 아직 늦기 전에

계절이 아직 다 가기 전에

소쩍새가 먼저 울까 두려워라.

저 온갖 풀 향기 잃을까 봐.

소쩍새가 추분이 오기 전에 울면 초목이 조락(凋落)해 버린다는

속설이 있다. 세월이 흘러 더 늙기 전에 성군을 만나, 나라와 백성을 위해 일하고 싶은 우국 애민의 염원에서 우러나온 초나라 굴원(屈原)의 시이다. 나라를 걱정하는 넓은 가슴을 가진 굴원의 시를 떠올리며 한 가정도 제대로 이끌어 가지 못하는 내 자신이 너무도 초라했다.

멀리서 끊어질 듯 이어지는 소쩍새의 울음은 기어이 내 눈에서 눈물을 자아냈다. 마침내 두 무릎 사이에 얼굴을 묻고 목 놓아 울기 시작했다.

도대체 어찌해야 하는가?

사촌 여동생을 하늘나라로 보내고 난 충격에서 가까스로 벗어나 마음을 다잡고 서책에 몰입한 지 불과 몇 개월도 지나지 않은 1964년 1월 6일 전보가 도착했다.

"아버지 병환으로 상의 급래."

불길한 예감이 엄습해 당일로 내려가, 전주 예수병원에서 부모님을 만났다. 아버지는 몹시 초췌해 보였다.

아버지 바로 아래 동생이신 병호 삼촌도 와계셨다. 고모뻘 되는 간호사 한 분이 계셔서 모든 절차를 안내해 주었다. 이제 막 검사가 끝났고, 결과는 내일 나온다 한다. 근처에 숙소를 잡아 부모님을 모시고 삼촌과 나는 집으로 돌아왔다. 집에는 어린 동생들만 있었는데, 고모가 잠시 돌보고 계셨다.

다음 날은 나 혼자 병원으로 갔다.

"환자분은 잠시 밖에서 기다리시고 보호자분만 들어오세요."

간호사의 안내로 어머니와 함께 내과 의사를 만났다.

진단 결과는 절망이었다.

폐와 간에 병환이 우심하여 회복이 불가능한 상태였다.

앞으로 6개월을 버티기 어렵다고 한다.

어쩌다 이 지경에 이르도록 방치했느냐는 의사의 추궁도 쏟아졌다. 철렁 내려앉은 가슴을 진정시키며 가까스로 표정을 가다듬고 어머니와 함께 진료실을 나왔다.

문밖 의자에 앉아계시던 아버지께서 멋쩍은 웃음을 지으셨다.

"가망이 없다는 말일 테지!"

분위기를 직감한 아버지께서는 모든 것을 내려놓으신 듯 체념의 넋두리를 하셨다.

위험한 상태이기는 해도 절망할 정도는 아니라며 위로부터 해드렸다. 어렵사리 설득하여 1월 17일 광주에 있는 결핵 전문병원에 입원하게 되었다.

당시에는 결핵 환자가 전국에 만연해 있었다.

정부가 전국 곳곳에 결핵 전문병원을 지정해 지원하고 있었지만 입원이 쉽지는 않았다.

다행히 예수병원에 근무하는 고모의 소개로 아버지는 빠르게 입원하실 수 있었다.

하지만 병원비가 아무리 저렴할지라도 소득 한 푼 없는 우리 형편에서는 감당하기 어려웠다. 어머니도 광주를 왕래하시며 간호를 한다는 것이 여간 힘든 일이 아니다. 집에서 4km를 걸어 김제역에 도착하면 두 시간 동안 열차를 타고 송정리에서 내려 다시 시내버스를 타고 한 시간을 더 가야 하는 힘든 여정이었다. 내 밑으로 여동생

둘이 있었는데 모두 어려서 세상을 떠났기 때문에 바로 아래 동생과 나 사이에는 나이 차이가 크게 난다. 바로 밑에는 이제 겨우 중학생이고, 그 밑에는 모두 초등학교에 다니고 있었다.

어머니를 도울 사람이 나밖에 없었던 것이다.

나는 토요일이 되면 서울에서 광주까지 내려가 하룻밤을 묵으며 아버지 수발을 들고 올라와야 했다. 당장 여비도 문제이지만 서울역에서 송정리까지 완행열차로 7~8시간이 걸린다. 나중에는 돈이 없어 결국 무임승차로 왕복했으니 검표하는 역무원과 긴 시간 숨바꼭질하기는 여간 힘든 일이 아니었다.

졸업한 지 여러 달이 지났지만 버스도 학생 표를 내고 다녔다. 당시 내 삶은 본의 아니게 정상 궤도를 조금씩 벗어나고 있었다.

평상시에는 어머니가 주로 광주에 가 계시니 집안 꼴도 폐허나 다름없었다.

병원 측에서도 희망이 없는데 이토록 식구들이 고생할 필요가 무에 있겠느냐며 정중하면서도 간곡하게 퇴원을 권했다.

삼촌과 의논해 결국 3개월여 만에 아버지를 집으로 모셨다.

어머니는 비교적 건강해 아버지 간병을 하며 동생들을 보살피실 수 있었다. 나도 다시 올라와 마음을 다잡고 본격적으로 고시 공부에 들어갔다. 아버지가 하시던 공판장 일은 큰숙부께서 전적으로 맡아주셨다.

한동안 회오리바람처럼 어수선했던 집안 분위기가 조금은 가라앉았다. 주말마다 광주까지 내려가지 않고 한동안 공부에 전념할 수가 있었다.

산사에 두고 온 꿈

청룡암과의 인연은 우연에서 시작되었다.

대학 졸업을 앞두고 있던 어느 날 아침, 세수하고 거울을 보니 이마 오른쪽 가운데쯤에 흰 반점이 보였다. 마치 상처가 아문 자리에 생긴 딱지가 굳어 떨어진 자국 같았다. 느리긴 해도 점점 커져가고 있는 게 분명했다. 우선 약국으로 갔다. 스트레스에 의한 백납증 같다고 한다. 백반병이라고도 하는데 피부에 멜라닌이라는 색소가 부족해 나타나는 현상으로 치료가 어려운 질환이란다.

큰일이다. 하늘이 무너지는 충격을 받았다.

옛날 우리 동네에 그런 병에 걸린 할머니가 계셨는데, 얼굴 전체가 하얗게 된 것이 아니라 지도처럼 무늬가 있어 몹시 흉했다. 평생을 그 흉한 얼굴로 사시다가 돌아가셨다.

내 몰골이 그렇게 될지도 모른다고 생각하니, 정말 살고 싶지 않았다.

하루아침에 나락으로 떨어져 버린 것과 같은 처참한 기분이었다. 온실에서만 자라온 나에게 지금의 모든 것은 감당하기 어려운 큰 시련이었다.

이런 생각, 저런 생각 하며 정처 없이 걷다 보니 나도 모르게 산길로 들어섰다.

휘청거리는 내 영혼은 거친 돌밭 길로 발걸음을 인도했다.

험한 길을 뒤뚱거리며 걸었다. 계곡이었다.

가뭄이 길었던 탓에 계곡도 말라있었다.

한없이 걷다 보니 작은 암자 하나가 나타났다.

마당으로 들어서 보니 아주머니 한 분이 빨래를 걷고 있었다.

아담하고 조용한 산사에 들어서자 나도 모르게 마음이 차분하게 내려앉았다.

갑자기 공부방을 옮겨보고 싶다는 생각이 들어 방이 있느냐고 물었다.

다행히 빈방 하나가 있었고, 숙비도 학교 앞보다 쌌다.

아주머니는 청룡암 상좌스님의 부인이었다.

상냥하고 인정 많아 보이는 아주머니의 전남 사투리가 호감을 더했다.

여러모로 마음에 들어 주저 없이 바로 거처를 옮겼다.

주지는 기산(綺山) 임석진(林錫珍) 스님으로 해방 후 60년대 초에는 동국대학교 재단 이사장과 조계종 총무원장을 지내는 등 종단의 큰스님이셨다.

지혜는 무상(無相)의 근본지(根本智)와 유상(有相)의 방편지(方便智)가 있다.

모든 지혜의 근본이 되는 것이 근본지이고, 중생을 제도하기 위하여 여러 가지 수단 방법을 강구하는 것이 방편지이다.

권도로 통달케 하는 방편지는 번뇌로 삭막해진 내 마음에 상당한 자양분을 제공해 주었다. 금욕과 정진(正進)으로 구도의 길을 가고 계신 그분의 수도 생활이 내 정신세계에 적지 않은 영향을 끼친 것이다.

아버지의 건강 악화로 온 집안이 요동치는 바람에 대학교 4학년에 올라오면서 포기했던 고시 공부를 어머니의 건강을 믿고 2학기부터 다시 시작하였는데, 청룡암에 와서 6개월쯤 지났을 때 어머니마저 몸져눕게 되었다는 급보를 받았다. 공부를 하던 중 펼쳐놓은 책을 미처 덮지도 못한 채 그대로 내려갔다. 여름이 지나고 있어 넓은 마당에 산처럼 쌓여있던 벼 가마니가 모두 출하되어 뜨락이 삭막하게 느껴졌다. 동생들은 학교에서 아직 돌아오지 않았다.

아버지와 어머니가 누워계신 채 나를 맞아주셨다.

눈물이 핑 돌았다. 눈물이 앞을 가렸지만, 그렇다고 목 놓아 울 수도 없었다. 무엇이라도 차려 드리기 위해 부엌으로 갔다. 부엌이 한없이 낯설었다. 이 나이 먹도록 부엌에는 한 번도 관심을 가져본 적이 없었다.

한때 포기했다 다시 시작한 고시 공부는 아무래도 접어야 할 것 같았다.

읍내에 나가 우체국에서 청룡암에 전화를 걸었다.

내가 쓰던 것들은 대충 싸서 헛간에라도 우선 넣어두고 방은 다른 사람에게 내놓으라 이르고 돌아왔다.

병든 부모님을 돌봐드리는 것부터 집안의 살림까지 모든 것이 나의 두 어깨 위에 쏟아졌다. 우선 부엌살림부터 익혀야 했다. 간장이 어디에 있는지, 된장이 어디에 있는지 한동안 허둥댈 수밖에 없었다. 더욱 힘든 것은 아버지와 어머니가 사용하시는 식기와 용기를 따로 관리해야 한다는 것이었다.

반찬도 따로 만들어야 했다. 잠자리도 같이할 수 없었으니, 기동(起動)을 못 하시는 아버지는 필요한 의료기기 등을 갖춰 맨 갓방에 모셨다.

어머니는 안방에 모셨고, 동생들은 가운데 방에, 나는 북쪽으로 나있는 작은 방에서 잠을 잤다.

집은 낡았지만 일산가옥이라 방이 많아 그나마 다행이었다.

어머니를 안방에 모신 것은 내가 하는 부엌살림에 도움을 받기 위해서였다.

당시 농촌 주택에는 반드시 부엌과 안방 사이에 문이 있었다. 어머니가 그 문을 열고 우선 물건의 위치부터 이것저것 가르쳐 주셨다.

남은 죽이 있어 우선 아버지 밥상을 차려 들고 들어가 아버지를 일으켜 벽에 기대시게 하고 죽을 한 수저 떠 드린 뒤 다음 수저를 드리자 손사래를 치셨다. 목이 메어 첫 숟갈도 못 넘기시고 쏟아지는 통곡을 참고 계셨다.

낮에 도착하여 큰절을 올릴 때도 "이 일을 어쩌면 좋으냐? 이 일을 어쩌면 좋아…"를 절규처럼 되풀이하셨다.

아버지는 내가 고등학교 졸업할 때까지는 나에 대한 기대는 전혀 하지 않으셨다. 우선 학업 성적이 좋지 않았고, 웬만큼 실력을 쌓아보았자 아버지처럼 연좌제에 걸려 출세가 어려울 것으로 판단하셨다.

그러니 아무 대학이나 나와서 농사나 짓고 사는 것이 가장 상책이라는 생각을 늘 하고 계셨다. 그런데 생각지도 않은 고대 법대에 합격하고 보니 아버지 생각이 바뀌셨다. 아들이 금방 판검사가 되어 나타날 것만 같은 착각으로 몇 년을 보내셨다. 그래서 방학 때도 3일 이상 집에서 머문 일이 없었다.

아버지 생각으로는 이제 시험이 얼마 남지 않았는데 부모가 모두 이 지경이니 자식의 앞길을 부모가 막고 있다고 자책하고 계셨던 것이다.

아버지로서는 너무도 미안하고 원통하고 야속했다.

어머니 밥상을 들고 안방으로 갔다. 어머니는 힘없는 손등으로 내 눈물을 닦아주셨다. 나도 모르는 사이에 눈물이 흘렀던 모양이다. 정말 어머니 품에 얼굴을 묻고 목 놓아 울고 싶었다. 이를 악물고 참았다.

운명도 영화 화면처럼 이렇게 한순간에 바뀔 수 있다는 것을 실감했다.

주사약은 읍내에서 약국을 하는 선배의 도움을 받았고, 내복약은 보건소에서 무상으로 주었다. 엉덩이 주사는 내가 직접 아버지와 어머니께 놓아드렸다.

근육 주사의 경우 아버지께서 입원해 계실 때 간호사들에게 수시로 구두 교육을 받았다.

당시 결핵 환자는 엉덩이에 마이신 주사를 맞았다.

처음에는 주삿바늘의 깊이라든가 투약 속도 조절을 못 해 불편해
하셨으나 차츰 익숙해지면서 부모님도 편안해하셨다.

아버지의 대소변도 내 몫이었다. 정성을 다해 아버지를 모셨지만,
병세는 호전될 기미를 보이지 않았다. 아버지는 이제는 각혈을 시작
하셨다. 초진 때 받은 6개월이라는 시한을 지나는 시점이어서 마음
의 준비를 해야 했다.

어머니는 두 달쯤 지나면서 조금은 차도가 있어, 부엌일을 다소
살펴보실 수 있게 되었다. 아버지께서 각혈을 시작한 뒤로는 아버지
의 대소변 수발을 어머니가 맡아주셨다. 병수발과 부엌일은 어느 정
도 적응되어 갔지만, 비어가는 쌀독을 채울 방도는 없었다. 설상가
상 얼굴의 흰 반점은 눈 밑까지 번져 무엇으로도 감출 수 없는 지경
에 이르렀다. 정말 사면초가였다.

동네 어르신 한 분이 "뽕나무에서 나오는 진액을 바르면 효과가
있다."라고 하셔서 지푸라기라도 잡는 심정으로 뽕나무를 구해 진액
을 발랐으나 차도가 없었다.

화장품과 달리 한 번 바르면 쉽게 지워지지 않는다는 점이 장점이
었다.

더부살이 쌀장수

어느 날, 대문 앞을 지나가는 선배 한 분과 이야기를 나누게 되었다.

그 선배는 미곡상을 한다고 했다. 나에게는 생소한 장사였다. 미곡상은 읍내에 가게를 차려놓고 여러 가지 잡곡을 판매하는 소매상과 산지에서 쌀을 모아 대도시로 운반해 시세차익을 얻는 도매상으로 나뉜다.

도매상인들은 농촌에 흩어져 있는 정미소를 돌아 쌀을 구매하고 보관증을 받아놓았다가 일정량이 되면 화물차에 실어 기차역으로 운반한다.

기차 화물 한 칸 정도 물량이 모이면 상차하여 서울 용산역 집하장으로 운반한다. 용산역 광장은 전국 산지에서 올라오는 쌀가마니로 혼잡을 이룬다. 주변에 몰려있는 상인들이 쏟아져 나와 미질을 검사하고 등급에 맞는 가격을 정한다. 수없이 몰려드는 쌀과 상사직원, 그리고 상인들이 뒤엉켜 복잡해 보이지만 저마다 단골이 정해져 있고, 나름의 질서가 있어 일사천리로 거래가 끝난다.

이때는 반드시 지방과 서울의 시세 차익이 있어야 한다.

그 액수는 모든 비용을 공제하고도 남을 만큼의 차익이어야 한다.

그러나 각 정미소에서 김제역까지 운반비, 김제역에서 용산역까지 운반비 등 비용이 참 많이 든다. 본인의 여비와 숙박비, 식대도 만만치 않다. 그럼에도 불구하고 특별한 기술이나 경륜이 필요하지 않아 시도해 볼 만했다.

우선 쌀독을 채우는 일이 급했다.

정미소를 운영하고 계신 친척 어른에게 부탁해 가까스로 쌀 30가마니를 빌렸다. 300가마니를 가지고 움직이는 선배와 비교하면 장난감 수준이었지만, 선배의 화물에 덧붙여 장사를 시작할 수 있었다.

대금은 거래가 끝나고 다음 날 새벽 동트기 전에 용산역 주변에 있는 상회 사무실에서 현금으로 지급된다. 당시에는 온라인 제도가 없었기 때문에 모든 것이 현금거래였다.

소매치기에 대비하기 위해 상인들은 허리에 전대를 두르고 다녔다.

하지만 흉기를 들이대는 강도를 만나면 속수무책이다.

상인들의 뒷주머니에는 쌀의 미질을 검사할 수 있는 짧은 샛대를 넣고 다니기 때문에 상황에 따라 호신용으로도 사용할 수 있어 동행자가 있으면 안전하고 든든하다. 그런 면에서 선배도 나 같은 동료가 절실하게 필요했던 것이다.

두 번의 거래 후 요행히 이익을 좀 남겼다. 앞서 급하게 내려오느라 하숙비를 완납하지 못한 터라 보름 정도 밀린 하숙비를 정산하기 위해 청룡암을 찾았다. 아주머니는 친절하게 맞아주셨고, 저녁상까지 차려주셨다.

더하여 하루 묵고 가길 권하셨다. 당시 청룡암이 있는 성북동에서 서울역까지는 두 시간이 넘게 걸렸다. 버스도 한 번 갈아타야 했으니 야심한 시간에 현금을 허리에 차고 혼자 다니기는 바람직하지 않았다.

　내가 기거했던 방은 이미 사람이 들었고, 뒤편에 작은 암자가 비어 하룻밤 묵을 수 있었다.

　아주머니는 군불까지 지펴주고 내려가셨다.

　초겨울 산사의 찬 기운을 걷어낸 방 공기는 훈훈했다.

　암자의 따뜻한 방 공기가 나를 깊은 잠으로 밀어넣었다.

　미처 잠자리를 펴지도 못하고 울다 지쳐 쌓아놓은 이부자리에 기댄 채 잠이 들었던 것이다.

　아침에 일어나자 몸이 한결 가벼웠다. 오랜만에 숙면을 취한 탓이다.

　간밤에 소쩍새가 나와 설움을 같이해 준 덕분일 게다.

　인심 좋은 아주머니는 기어이 아침밥까지 챙겨주셨다.

　산사를 내려오는 발걸음이 가벼웠다. 길가에 핀 들국화 몇 송이가 아직도 가을의 정취를 느끼게 했다. 마지막 발걸음이라고 생각하니 아쉬움이 남는데 아주머니의 따뜻한 정으로 깊은 여운까지 안고 산사를 내려왔다.

2.

평생 한을 안고 사신 외증조할머니

외증조 할머니의 사랑

6·25 동란 당시 우리 집에는 위로는 외증조할머니, 아버지, 어머니 그리고 초등학교 1학년에 입학한 여동생과 그 밑으로 두 살배기 남동생이 있었다. 작은아버지 내외와 슬하에 다섯 살 난 딸과 사변 직후에 태어난 갓난아이까지 하면 모두 열 명이었다. 외증조할머니 동생뻘 되시는 할머니 한 분이 의지할 곳 없는 사고무친(四顧無親)이어서 함께 살다 보니 사실상 가족은 열한 명이었다. 원래 들을 한참 건너 작은 마을에 사셨던 터라 '들 건너 할머니'라고 불렀다. 그 외에 부엌일을 돌보는 식모(당시에는 그렇게 불렀다.) 한 명과 머슴이 두 명이 있어 식사를 할 때면 밥상머리에 모두 열네 명이 앉았다.

들 건너 할머니는 부안 변산에서 불심을 닦았기 때문에 가끔 변산에 다녀오실 때는 한 달이 걸리기도 했다. 그 먼 길을 걸어 다니셨던 것이다. 외증조할머니와 들 건너 할머니는 우애가 깊고 남다른 신앙과 뚝심으로 이 큰 살림을 이끌어가고 계셨다. 집에서는 외증조할머니를 그냥 할머니라고 불렀다. 그래서 우리 집에서 제일 높은 어른은 할머니이셨다.

외증조할머니는 슬하에 딸 둘만 두셨는데, 큰딸이 할아버지와 결혼하여 아버지와 작은아버지를 낳으시고 젊은 연세에 세상을 뜨셨다.

외증조할머니의 사위였던 할아버지는 당시 30대 초반으로 혈기 방장한 연세이어서 재혼하지 않을 수 없었다.

어쩔 수 없이 외증조할머니는 외손자 둘을 데리고 친정집으로 거처를 옮기셨다. 친정집은 별채에 부처님을 모신 법당이 있어 동네에서는 '절집'이라는 이름으로 통했다.

외증조할머니의 운명은 기구했다. 젊어서 시집가 딸 둘을 낳았는데, 어린 딸 둘을 남겨두고 외증조할아버지가 세상을 떠나버리고 청상과부로 두 딸을 길렀다. 두 딸이 모두 시집을 가자마자 어린 손자들만 남겨놓고 세상을 떠나셨다.

아버지와 숙부님은 외할머니의 큰딸에게서 나서서 일찍 어머니를 잃고 어릴 때부터 외할머니 품에서 자라시게 되었다.

두 분은 사춘기가 되면서 외로움과 여러 가지 갈등에 시달리게 되어 한동안 방황하시다가 불심에 귀의해 볼 생각도 해보셨지만, 아버지는 곧 생각을 바꿔 결혼을 택하셨고 1941년 2월에 어머니와 결혼을 하셨다.

이후 아버지는 큰 뜻을 품고 상경해 지금 한양대학교 전신인 동아공과학교 토목과 2기생으로 입학하셨다.

아버지가 어머니를 고향에 두고 떠나셨기 때문에 나는 아버지가 1학년을 끝마칠 때쯤에 외증조할머니의 고향 강정리 절집에서 1941년 12월 25일에 태어났다. 아버지가 외할머니께 증손자를 안겨드린 것이다. 외손자들이 장성하여 밖으로만 나돌아 무료하셨던 외증조할머니는 증손자가 생기자 여간 기뻐하지 않으셨다.

제사상은 우리 대규(어릴 때 내 이름)가 차려줄 것이라고 말씀하시며 밤낮없이 어린 나를 치마폭에 싸고 다니셨다.

외증조할머니는 일찍이 남편과 사별하고 큰딸에게 의지하셨는데, 큰딸마저 어린 자식 둘을 남겨두고 떠났으니 피를 토할 만큼 아픈 가슴을 안고 사셨다. 그럼에도 불구하고 그토록 잘 버텨주신 것은 타고난 건강도 있지만, 외증조할아버지가 엄청난 재산을 물려주신 덕분이기도 했다. 재물이라는 것은 먹고사는 문제도 있지만 끼니를 이어가기가 힘든 당시로써는 주변의 온정을 끌어모을 수 있는 여유를 더해 주었다.

경제적으로 넉넉했던 할머니는 이웃에게도 인색하지 않았다.

아버지와 숙부님의 효심도 지극하셨다.

여러 가지 아픔을 겪었음에도 집안은 온정으로 가득했다.

누가 보아도 아늑하고 따뜻한 가정이었다.

아버지는 해방 직후 일인(日人)들이 도망치듯 떠나버리자 오정리에 나뒹굴고 있던 일산가옥 하나를 매입하셨다.

그 덕에 우리는 꽤 넓은 집으로 이사를 갔다.

정원은 나무가 빼곡히 들어찼는데도 오히려 여유가 있었다. 서쪽에는 사랑채가 있고, 그 아래로 또 하나의 뜰이 있었다. 뜰 건너에 있는 큰 헛간채는 한길을 가리고 있었다.

이사를 한 뒤로 문중에서는 외증조할머니를 오정리 할머니라고 불렀다.

할머니는 한글을 모르신다. 숫자도 열까지만 셀 수 있는 것 같았다. 세 살배기 동생에게 열까지 숫자를 가르치시는 것을 보니, 나 역시 할머니에게 숫자를 배웠음이 틀림없다.

할머니는 돈도 모르신다.

그래도 살림을 꾸려 가시는 데는 아무런 지장이 없었다.

쌀 뒤주는 부엌에서 가까운 마루 서쪽 벽에 붙어있었다.

그 안에는 쌀을 푸기 위한 나무를 파서 만든 작은 바가지가 하나 있었다.

할머니는 밥을 짓기 위해 쌀을 푸실 때 숫자를 세지 않는다. 대신 아비 것, 에미(어미) 것 등 이렇게 가족의 이름을 부르며 쌀을 푸신다.

그래도 할머니의 눈대중은 한 번도 어긋남이 없었다.

할머니가 평생 동안 쌀 바가지를 관장하고 계신 것은 쌀이 그만큼 소중하기 때문이었다.

드넓은 들판에서 벼가 생산되는 재배 과정은 생략하더라도 거두어 드린 벼가 밥상 위에 오르기까지는 가족들의 수고가 수없이 더해져야 한다.

볍씨를 절구통에 넣고 쌀을 내는 것은 여간 힘든 일이 아니다. 나무나 돌로 만든 절구통에 한 번에 두세 되쯤 넣고 절굿공이로 찧는다. 절구질은 통상적으로 둘이 마주 서서 한다. 한참을 찧고 나서 키로 왕겨를 날려 보낸 다음 다시 절구통에 넣고 찧는다.

이러기를 몇 차례 거듭하지만 그래도 완전한 정미를 얻기는 어렵다.

종내에는 이 쌀을 절구에서 꺼내어 밥상 위에 널어놓고 뉘를 가려 낸 후에야 뒤주 안에 보관한다. 뉘를 가리는 일은 할머니와 내 몫이다. 할머니가 나에게 일을 시키는 경우는 거의 없지만, 뉘 가리는 일은 같이하신다. 첫째 힘이 들지 않고, 둘째 증손자를 오랫동안 옆에 둘 수 있기 때문이다.

내가 뉘를 가리는 것은 신경도 쓰지 않으신다.

할머니의 가슴에 맺힌 한은 손자 사랑으로 순화되어 내 어깨 위로 쏟아졌다.

절굿공이

뒤주 안에 있는 쌀은 바로 밥을 지을 수 없다. 쌀을 꺼내 돌 학에 넣고 물을 부어 주먹돌로 갈아야 한다. 이렇게 한 껍질 벗겨낸 뒤에 밥을 지어야 비로소 부드러운 밥이 된다. 농사를 지어 벼를 얻는 것보다 벼를 쌀로 만드는 것이 훨씬 더 힘들었다. 조상 대대로 쌀 한 톨을 소중하게 여기는 이유를 여기서 찾을 수 있다.

이 일은 거의 여자들의 몫이었다.

할머니 허리춤에 차고 다니는 비단 주머니에는 돈이 없었다. 당시에는 모든 거래를 쌀과 보리로 하기 때문에 돈이 전혀 필요하지 않았던 것이다.

하지만 당시 여성들은 누구나 주머니를 차고 다녔다.

그래서 처녀가 시집갈 때 반드시 비단 주머니를 만들어 주는 풍습이 있었다. 부(富)를 이루고 살라는 상징적 의미를 지니고 있는 미풍이었다.

할머니 주머니에는 돈 대신 종이에 싼 알사탕이 들어있었다. 숙부가 어디선가 구해 오시는데 크고 맛이 좋아 나를 할머니 곁에 머물게 하는 미끼로는 충분했다.

이 사탕도 일제가 남기고 간 물건이다.

우리 집에는 말, 되, 홉 등의 양기가 늘 상비해 있었다. 당시에는 생활필수품을 가지고 다니는 행상이 많았다. 이른 아침 두부 장수를 시작으로 각종 생선 장수, 젓갈 장수, 묵 장수, 소금 장수, 엿장수 또는 생활에 필요한 비단 장수, 옹기그릇 장수 등이다. 그 시절에는 전기가 없었기 때문에 밤에는 호롱불을 켠다. 원래는 참기름이나 들기름을 접시 위에 조금 붓고 백지로 심지를 꼬아 올려놓고 불을 밝혔는데 우리나라에 석유가 수입되면서 호롱불이 전국으로 보급되었고, 이에 따라 석유 행상도 많았다.

말   되

행상들에게 우리 집은 가장 큰 거래처였다. 그들은 대개 단골이라서 언제쯤 어떤 물건이 우리 집에 필요한지 알고 있었다. 가격은 흥정할 필요가 없다. 할머니는 물건마다 가격을 쌀로 환산하기 때문에 어떤 물건이 몇 되, 몇 홉 인지 모두 기억하고 계셨다.

물건값이 오르면 쌀값도 오르기 때문에 쌀로 값을 치르는 양은 크게 변동이 없다.

홀태

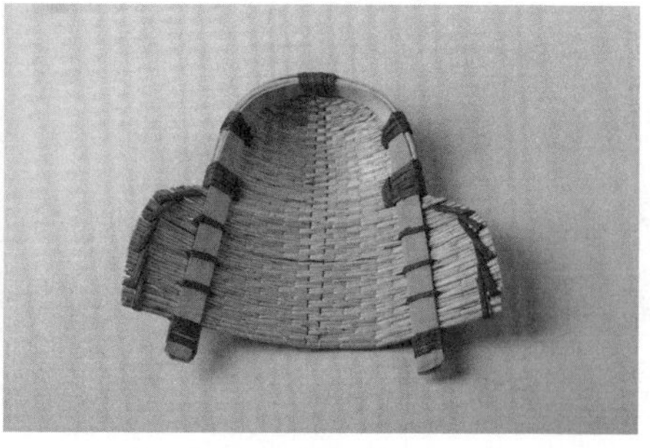

키

이처럼 쌀이 화폐 기능을 하게 된 역사는 유구하다.

쌀이 거래의 매체가 된 것은 쌀이 주식으로 사용되기 시작한 삼국시대로 추정된다.

고려 시대에 와서는 쌀의 화폐 기능이 확고하게 자리 잡았다.

당시에 여러 가지 화폐를 주조하려 했으나 쌀의 화폐 기능으로 모두 실패하고 말았다. 그 후 조선 숙종 때 만든 상평통보가 어느 정도 정착되었지만, 쌀의 화폐 기능을 막지는 못했다. 이는 해방 직후까지 이어져, 할머니는 돈이 필요하지 않았다. 만일 손자에게 용돈 주는 재미가 있었다면 어떻게 하든 돈을 마련하셨겠지만 어린 나도 돈이 필요 없었다.

시골에는 물건을 살 가게가 없기 때문이다. 대신 할머니가 나를 위해 틈만 있으면 엿기름을 길러 조청을 만들어 주시고, 산자나 강정을 만들어 군입정에 대비해 주셨다.

이것은 할머니의 유일한 낙이었다.

할머니의 연세는 예순이 넘었지만 한시도 방 안에 앉아 쉬는 모습을 보지 못했다. 당시 60세면 상노인이셨다. 건강도 하셨지만 정말 부지런하셨다.

우리 집 서쪽에는 지평선으로 연결된 평야가 펼쳐진다. 동·남·북으로는 낮은 솔밭이 조금 있을 뿐 대부분이 밭인데, 그 절반이 우리 것이다. 논일은 머슴들에게 맡겨 아버지가 관여하게 하고, 할머니는 집 앞 텃밭과 주변 밭일을 도맡으셨다.

문밖 텃밭만 해도 꽤 넓어 사시사철 바쁘다.

들 건너 할머니가 계실 때는 일손뿐만 아니라 말벗이 되어 신바람이 나셨지만 혼자 일을 하실 때는 몹시 힘들어하셨다.

호미

할머니가 밭일을 나가실 때는 나도 할머니 치맛자락을 붙잡고 따라나섰다. 할머니는 한 손에 늘 호미를 들고 다른 한 손으로는 내 어깨를 안고 가시며 노래를 부르셨다.

새야 새야 파랑새야
녹두밭에 앉지 마라
녹두 꽃이 떨어지면
창포장사 울고 간다.

파랑새는 한자 전(全) 자의 해자 팔(八)과 왕(王), 즉 팔왕의 유사음으로 전봉준을 말한다. 전봉준은 키가 작아 녹두장군이라는 별명을 가지고 있었다.

당시 할머니 연세쯤 되시는 분들은 누구나 이 노래를 부른다. 외증조할머니와 들 건너 할머니가 다른 노래를 부르시는 것을 한 번도 들어본 적이 없었다. 할머니는 쉴 때도 이 노래를 부르셨다. 그만큼 전봉준의 '사람이 하늘'이라는 인내천 사상은 민중에게 희망을 잉태한 채 깊이 뿌리내려 전해오고 있었다.

할머니가 내게 불러보라 하시면 나는 틀리지 않고 끝까지 불렀다. 그럴 때마다 할머니는 손뼉을 치고 즐거워하시며 나를 꼭 안아주셨다.

초등학교 입학할 때까지 나는 이렇게 할머니의 사랑을 듬뿍 받고 자랐다.

낫   지 게

할머니는 밭일뿐만 아니라 길쌈에도 여념이 없었다. 대문 밖, 밭 한쪽에는 이른 봄에 삼을 파종하고 북쪽의 비교적 넓은 밭에는 목화를 심었다.

늘 바쁜 농촌이지만 김매기가 끝나는 백중날부터 나락이 패어 익을 때까지 잠시 한숨 돌릴 여유가 생긴다.

할머니는 이때를 이용해 텃밭에서 베어 껍질을 벗겨 말려놓았던 삼일을 하신다.

삼 껍질에 다시 물을 적셔 일정한 굵기로 쪼개어 잇는 일이다. 이때는 동네 할머니와 아주머니들이 힘을 보탠다.

이 일은 품삯도 없다. 점심과 저녁에 식사를 대접하면 그만이다. 이 순간 농촌은 정감 어린 넉넉한 마음으로 웃음꽃을 피운다.

이때가 농촌에서 가장 여유롭고 평화로운 풍경으로 기억된다.

겨울이 되면 몇 달 동안 농한기가 시작된다. 할머니는 목화밭에서 따 온 목화 자루들을 꺼내 씨아로 목화씨를 발라낸 뒤 핫도그만 한 목화 고치를 만들어 실을 뽑는다. 괴물에 가락을 끼고 자새에 줄을 매어 돌림으로써 고치에서 실이 되어 가락에 감기는 모양이 신기하고 재미있었다.

상당히 숙달되어야 할 수 있는 작업이다.

실타래가 모이면 한 가닥씩 실을 바디에 끼워 베매기를 한다. 실에 풀을 메겨 엉키지 않도록 도투마리에 감아 베틀에 올려놓기 위해서다.

베매기는 농번기가 시작되기 전 이른 봄에 마당에서 한다.

도투마리가 베틀에 옮겨지면 시간이 나는 대로 들어와 베를 짠다. 기한을 정해놓고 짤 이유도 없고, 절박한 수요에 대비해야 하는 긴박함도 없다.

할머니는 이래저래 한숨 돌릴 사이 없이 온종일 움직이셨다.

"관세음보살."

할머니의 한숨 속에 자주 묻어 나오는 기원이다.

엄격하게 말하면 할머니는 불교 신자라기보다 무속신앙에 더 가깝다.

안방 출입문에 들어서면 왼쪽 천장 구석에 삼시랑 단지를 올려놓았고, 마루 서쪽 구석에는 일 년 내내 성주단지를 모셔놓았다.

매년 햅쌀이 나면 두 개의 신줏단지에 있는 쌀부터 바꾸어 모셨다. 할머니의 정성은 간곡하고 절절했다.

나는 매년 여름에는 어김없이 열병을 앓았다.

할머니는 놋그릇에 쌀을 담아 보자기를 씌워 거꾸로 잡고 뜨겁게 달아오른 내 머리를 문지르며 할머니 나름대로 서원을 하셨다.

전라도에서는 이를 일컬어 잔 밥을 먹인다고 한다.

"삼 시랑님 삼 시랑님 우리 대규 열을 내리게 해주시오. 이렇게 비나이다. 우리 강아지 빨리 낫게 해주시오. 이렇게 빕네다."

할머니는 내가 자칫 잘못되기라도 할까 불안해하시며 눈물 젖은 볼을 내 볼에 비비고 잔 밥을 먹이곤 하셨다. 결국 키니네라고 하는 해열제를 먹고 나서야 열이 내려가지만 약 먹는 것이 열병보다 더한 고통이었다. 알이 큰 것도 문제거니와 당시에는 약이 당분으로 코팅이 되어있지 않아 몹시 썼다.

먹고 나서도 후유증이 오래갔다.

할머니는 아버지 생신과 내 생일날에만 축원을 하셨다.

생일날 새벽에 마당 한가운데에 짚을 깐 후 그 위에 떡시루를 통째로 올려놓고 양쪽에 촛불을 밝힌 뒤 천지 팔양경을 낭송하셨다. 거의 한 시간쯤 걸린다. 아버지 생일은 음력 5월이어서 날씨가 따뜻해 별문제가 없지만 내 생일은 음력 11월이라 몹시 춥다.

회갑이 지나신 들 건너 할머니는 화롯불을 옆에 놓고 밑에는 짚을 깔고 그 위에 담요를 깐다. 무릎 위에도 담요를 덮고서야 불경을 낭송하셨다.

할머니가 말씀하시는 천지팔양경은 천지 팔양 신주경(天地八陽神呪經)이었다. 중국 의정(義淨) 삼장이 지은 석교문(釋敎文)인데 국문으로 음을 달아 우리나라에서 간행한 책이다.

석교는 석가의 가르침이다.

무서움을 주고 떠나신 할머니

초등학교에 입학하고 얼마 지나지 않아 아버지께서 진안세무서로 전근을 가시는 바람에 나는 진안초등학교로 전학을 갔는데, 2년여 만에 6·25 동란이 일어나 다시 고향으로 돌아왔다. 내 나이 10살, 초등학교 3학년 때이었다.

온 나라가 전란에 휩싸였지만 우리 집은 폭풍 전야처럼 한동안 조용했다. 숙부님께서 그들의 내무서원(경찰 서장급)을 맡고 계셨기 때문이다.

그러나 수복이 되면서 숙부님께서 돌아가시고, 우리 집은 엄청난 소용돌이 속으로 빨려 들어가기 시작했다.

피난 중 혹독한 고생을 했던 여동생 순덕이가 세상을 떠나고 부엌일을 도와주던 식모 한 사람도 나갔다. 머슴 한 사람이 떠나더니만 경찰이 가을걷이 벼를 몽땅 훑어간 뒤에 추운 겨울에 아버지와 함께 숙부님의 장사를 지내셨던 머슴 한 분도 어려울 때는 입 하나라도 줄여야 한다며 떠났다.

불과 2~3년간에 다섯 식구가 줄었다.

농지 개혁법의 시행으로 어차피 농사를 다 지을 수 없으리라 생각했던 아버지는 밭 몇 두락을 가까이 지내는 이웃에게 그냥 가꾸어 먹도록 주었다.

농토가 다소 줄었지만 여전히 경작할 땅은 많았다.

일 년 내내 상주하는 머슴 대신 계절 머슴을 두어, 어머니가 신경 써야 할 범위가 훨씬 넓어졌다.

부엌일은 숙모님의 몫이 되었다.

할머니의 간여 범위가 넓어지면서 숙모님과 부딪치는 일도 많아졌다.

안타깝지만 할머니 생각에는 숙모님은 재앙의 불씨였다.

시집와서 딸만 둘 낳았지, 숙부님이 처참하게 돌아가셨지, 집안 살림도 형편없이 줄었지, 이 모든 것이 할머니 보시기에는 숙모님 탓이었다.

여자가 잘못 들어오면 패가망신한다는 것이 당시에는 속세를 지배하는 풍설이었다.

할머니는 이를 확고한 신앙으로 가지고 계셨다.

가슴에 맺힌 한풀이까지 보태어 질책은 더욱더 가혹했다.

나는 숙모님이 우시는 모습을 여러 번 보았다.

결국 숙모님은 옥자와 미자 두 딸을 데리고 떠나셨다.

학교에 갔다 오니 떠나고 안 계셨던 것이다.

어린 나로서는 왜 떠나야 했는지, 어디로 가셨는지 알 길이 없었다. 식구는 이제 6명만 남았다.

아버지는 연좌제에 걸려 세무서에 복직을 못 하시고 지내시다가 농지 개혁법이 제정되어 면사무소의 일을 하도급 형태로 맡게 되었다.

연좌제에 걸려 공무원이 될 수 없기 때문이었다.

아버지께서 집안일이나 농사일을 돌볼 수 없게 되자 일손이 모자라 가사가 식구들 모두에게 무거운 짐으로 느껴졌다.

어차피 농토는 3정보 이상 경작을 못 하고, 식구도 단조로워졌으니 넓은 집은 필요 없었다.

땅의 일부를 마저 정리하고 할아버지가 계시는 앞 동네 성 멀(마을)로 이사를 했다. 초등학교 6학년 봄이었다.

작고 아담한 초가집이었다.

이사한 지 몇 달 뒤 셋째 동생이 태어났다.

할머니는 오랜만에 신바람이 나셨다.

당시 둘째도 네 살이었다. 연세가 많은 할머니로서는 아주 힘든 일인데 피곤하신 줄도 모르고 안고 업고 싱글벙글하셨다.

손자가 셋이 되었으니 할머니는 세상 모든 것을 다 가진 것처럼 즐거워하셨다.

큰 전란을 겪은 후에 모처럼 보는 할머니의 모습이었다.

이듬해 나는 중학생이 되었다.

나는 어린 시절 단것을 무척 좋아했다.

벌이 다 죽고 꿀을 딸 수가 없게 되면서 할머니는 엿기름을 길러 조청을 만들어두셨다. 조청을 먹고 나서는 십중팔구 놀러 나가기 때문에 할머니는 쉽게 내놓지 않고 뜸을 들이셨다.

조청 단지가 어디에 있는지 알고 있었지만 할머니가 주시기 전까지는 손을 댈 수가 없었다.

농촌 부엌에는 대개 광이 딸려있다. 그곳에는 모든 곡식의 종자부터 밥상에 오르는 밑반찬 등을 보관한다.

하지만 광은 대낮에도 어두웠다.

내가 어렸을 때는 어둠에 대한 공포증이 아주 심했다.

그러니 대낮에도 조청 단지를 가지러 갈 수가 없었다.

할머니는 싱글벙글 웃으시며 놀리시다가도 오래 못 버티고 조청 단지를 가져다주셨다.

내가 중학교 3학년이고, 셋째가 네 살 때에 막내가 태어났다.

셋째는 가끔 "업어 달라, 안아 달라." 떼를 쓰지만 비교적 순한 편이어서 어르고 달래면 곧잘 들었다.

어머니는 집안 살림뿐 아니라 논일, 밭일까지 도맡아 하셨기 때문에 손자들 돌보는 일은 전적으로 할머니의 몫이었다.

손자 셋을 돌본다는 것은 정말 힘든 일이었지만, 할머니는 세상에 부러운 것 없다는 듯이 싱글벙글하셨다.

할머니께서는 아들만 넷을 낳아준 손자며느리가 대견스러웠다. 평생 할머니가 어머니를 큰 소리로 꾸짖는 모습을 한 번도 본 일이 없다.

할머니는 손자를 돌보시다 결국 큰일을 당하고 말았다.

넷째를 업어주시다 허리를 삐신 것이다.

며칠을 앓고 겨우 일어나셨지만 다시는 손자들을 업어주실 수 없게 되었다.

대신 어머니를 도와 부엌일만 조금씩 거들어주셨다.

이제 나는 학교에서 돌아와 할머니 대신 애 보는 일을 도와드려야 했다.

막내를 업어주는 일도 내 몫이 되었다.

당시 나는 고등학교 1학년이었으니 할머니보다 힘이 셌지만 견디기 어려울 정도로 힘들었다.

세월이 흐른 후에야 어머니와 할머니의 힘은 사랑에서 우러나온 것이었음을 알았다.

　언젠가부터 할머니는 누워계시는 시간이 잦아졌다.

　들 건너 할머니도 몇 년 전에 몸이 좀 불편하다 하시며 부안으로 떠나신 뒤 돌아가셨다는 기별만 돌아왔다.

　"세상 떠나려고 변산으로 갔구먼! 관세음보살. 내가 너무 오래 살았어."

　할머니는 가볍게 한마디 하시고는 눈물도 보이지 않았지만 몹시 초췌해 보였다. 자리에 눕게 되는 시간이 많아지면서 아버지를 조르기 시작하셨다.

　아버지는 할머니의 부탁을 단호하게 거절하셨다. 참 이상한 일이다. 아버지가 할머니의 부탁이나 당부를 거절한 일은 단 한 번도 없었기 때문이다.

　여러 날을 두고 할머니는 애원하듯 아버지를 졸랐다.

　"아무개 아버지도 그랬고, 아무개 할아버지도 그랬다."

　하시며 아버지를 졸랐다.

　도대체 무슨 일일까 나는 정말 궁금했다.

　어머니께 여쭈어보았더니 할머니가 돌아가실 때 들어가실 관을 사 달라고 조르시는 것이라 하신다.

　나는 소스라치게 놀랐다.

　빈 관만 봐도 소름이 돋는데 그것을 집 안에 들여놓는다는 것은 상상도 못 할 일이었다.

　내가 나서서 할머니를 말렸다.

　"관이 집에 들어오면 나는 무서워서 집에도 못 들어올 것 같어,

할머니!"

정말 그럴 것 같았다. 할머니는 죽기 전에 당신이 들어갈 관을 들여놓고 축원을 하면 죽어서 좋은 곳으로 가고 자손들이 복을 누린다는 속설을 굳게 믿고 계셨다.

"좋은 데 가서 우리 강아지가 차려주는 밥 얻어먹으며 복을 빌어줄 것"이라 하시며 한 치도 물러설 기미를 보이지 않았다. 결국 아버지는 할머니의 청을 들어주셨다.

관은 눈에 잘 띄지 않는 집 동쪽 벽에 나지막하게 매달렸다.

할머니는 매일 아침, 일찍 일어나 관을 닦고 손질하는 것으로 일과를 시작했다. 그렇게도 좋으실까?

할머니는 모든 수심이 다 걷힌 것처럼 싱글벙글하셨다.

나는 무서워서 근처에 얼씬거리지도 못했다.

점차 세월이 가면서 조금씩 익숙해졌고, 종내에는 집 안에 늘 있는 가구 정도로 받아들이게 되었다.

동네 어르신들이 소문을 듣고 찾아와 구경하며 당신의 아버지가 그랬고, 할아버지가 그랬다고 말씀하셨다. 돌아가시기 전에 자신이 들어갈 관을 미리 마련하고 관리하는 것이 오랜 풍습이었음을 이때 처음 알았다.

할머니는 아침마다 관을 닦으며 손자들의 명운을 비셨다.

아버지에게 그토록 졸랐던 것은 세상 떠나시기 전에 빌 곳을 마련하기 위함이었다. 손자들의 행복을 바라는 간절한 마음이 걸레질하는 할머니의 손끝에서 느껴졌다.

할머니는 내가 대학교 1학년 때인 10월 9일에 돌아가셨다. 몇 년 동안 애지중지 매만져온 관에 누워, 박 씨들 선산에 영원히 잠드셨다.

나는 영정을 모시고 상여 앞을 인도했다.

마루 동쪽에 제청을 마련해 영정을 모시는 것으로 장례 절차가 모두 끝났다.

제청은 삼년상을 치른 후에 탈복하고 불태운다.

삼 년 동안 식구들은 끼니마다 식사하기 전에 밥을 올린다. 입고 있던 상복도 모두 여기에 걸어둔다. 나도 상복을 벗어 제청에 걸어두고 집 안을 한 바퀴 둘러보기 위해 무심코 할머니가 누워계셨던 방문을 열었다.

순간 공포와 오한이 덮쳐와 튕겨 나가듯 뒤로 물러 나왔다. 입에서 "억!" 소리가 났다.

어머니가 놀라 왜 그러느냐고 물었다.

"나도 몰라, 할머니가 계셨던 방문을 열었는데 무서움이 확 덮쳐 왔어."

"무서움을 주고 가셨구나."

어머니는 상가에 항용(恒用) 있는 것처럼 아무렇지 않게 말씀하셨지만 처음 겪는 나로서는 진저리가 처질 만큼 무서웠다.

내친김에 상경하려고 집을 나섰다.

할머니는 당시 65세가 조금 지난 연세인데 늘 허리를 구부리고 다니셨다. 당시에는 상노인에 속했으므로 특별하게 신경 쓸 만한 일은 아니었지만 아버지께서 대나무를 잘 다듬어 지팡이를 하나 만들어 주셨다. 할머니는 그것을 잘 집고 다니지 않으셨지만 어쩌다 집고 나가실 때는 지팡이 중간쯤 잡고 다니시는데 종내는 그것도 무겁다

하시며 내팽개쳐 버렸다.

"우리 대규가 크면 이 할미 밍아 주렁 하나 만들어 줄기어."

할머니가 말하는 '밍아 주렁'은 명아주 대로 만든 지팡이 청려장(靑藜杖)을 말한다. 주렁은 지팡이의 전라도 사투리이다. 명아주는 텃밭 두렁에 흔히 나는 1년생 식물로 그 줄기로 지팡이를 만들면 단단하고 가벼워 노인들에게는 아주 고급 지팡이로 알려져 있었다.

중국 서한 시대 『전국책(戰國策)』을 쓴 유향(劉向)이 밤에 옛글을 정리하고 있을 때 태일 선인(太一仙人)이 나타나 청려장에 불을 붙여 밝게 해주었다는 고사가 있다. 이 설화로 보면 청려장도 중국에서 들어온 문명임이 틀림없다.

조선 후기 양명학자 이긍익의 아버지는 아들의 서실에 이 설화를 인용하여 연려실(燃藜室)이라는 휘호를 써 붙여주었다.

떠나올 때 제청 커튼 사이로 보이는 상례(喪禮) 때 아버지가 3일 동안 짚고 계셨던 지팡이 생각을 하다 보니 할머니의 작은 소망 하나 들어드리지 못한 것이 큰 회한으로 남는다.

아버지가 3일 동안 짚었던 대나무 지팡이도 할머니가 짚다가 마루 밑에 버린 그 지팡이였다.

기차역까지 4km 남짓한 들길을 한 시간 동안 맥없이 걸으며 여러 가지 상념으로 텅 빈 가슴을 메웠다.

차창 밖에 맴도는 넓은 들은 낙엽보다 먼저 옷을 갈아입기 시작했다. 어린 시절 나를 늘 안고 계셨던 할머니의 치마폭이 새록새록 그리웠다.

할머니가 숨을 거두시기 전에 내 이름을 몇 번 부르셨다는 어머니 말씀이 떠올라 마음이 울컥했다. 할머니는 왜 그 깊은 정을 떼고 가셨을까? 생각을 더듬기도 전에 며칠 동안 잠을 설친 탓에 졸음이 밀려왔다.

3.

뿌리째 뽑힌 아버지의 꿈

전문대학에 진학

아버지는 1920년 5월 정읍군 감곡면 화봉리에서 태어나셨다.

병약하셨던 할머니는 아버지와 숙부님을 낳으시고 얼마 안 되어 돌아가셨다. 할아버지가 재가하심으로 아버지와 숙부님은 외할머니를 따라 외할머니 친정집으로 이사를 하게 되었다.

외할머니 친정집은 별채에 부처님을 모시고 있어 절집이라 부르기도 했다.

아버지는 절집으로 이사하면서 신실한 불심도 갖게 되었다.

일제강점기 무렵 서구 문명이 밀물처럼 들어와 신학문에 대한 열풍이 서서히 일어나면서 서울 도처에 학교가 세워졌다. 아버지는 1941년 2월에 결혼하신 뒤 큰 야망을 품고 상경하여 동아 공과학교 토목과 2기생으로 입학하셨다.

동아공과학교는 한양대학교 전신으로 '기술 교육만이 우리의 살길이다.'라는 신념 아래 김연준 씨가 1939년 국내에 최초로 세운 사립 공업전문대학이다. 당시 서울에는 몇 개의 전문대학이 있었는데 이공계는 동아공과학교가 유일했다.

아버지는 토목과 제2기로 입학해서 1943년 말에 졸업할 예정이었으나 2차 세계대전이 치열해지는 바람에 6개월 앞당겨 졸업하셨다.

1997년 11월 10일 고향에 계시는 외삼촌한테서 전화가 왔다. 아버지의 동아공과학교 동문인 안정훈 씨가 아버지를 찾으신다며 외삼촌은 그분의 전화번호를 전해주셨다.

동아공과학교 전경(한양대학교 전신)

나는 바로 연락을 드리고 고려대학교 정문 앞 음식점에서 안정훈 씨를 만나 뵈었다. 1945년 1월 초에 선친을 만나고 헤어진 후 40년이 넘는 세월 동안 아버지를 찾았는데 그 아들을 만나게 되었다며 감격의 눈물을 보이셨다.

아버지는 동아공과학교를 졸업한 후 경상북도 광공부(鑛工部) 토목과에 근무를 명하는 발령장을 받았다. 그 발령장을 맡겨놓고 고향에 다녀오신다며 떠나신 후 지금에 이르렀다고 하셨다. 52년 만이다.

아버지는 발령장을 받았지만 근무하지는 않았다. 세계대전이 격화하는 바람에 징병을 피해 다니시다가 근무하지도 못하고 8개월 만에 해방이 되었다고 했다.

안정훈 씨는 동아공과학교를 졸업하고 고향 안면도로 귀향하여 정미소를 운영하셨다고 한다. 어느 날 바다 양식장 할 만한 곳을 찾아다니시다가 안면도 가까이에 있는 내파수도의 천연 방파제가 무참하게 훼손되는 것을 보고 내파수도 지킴이로서 평생을 몸 바쳐 오신 의인이셨다.

안 선생님은 헤어지면서 아버지의 경상북도지사의 발령장과 그간 신문에 난 안정훈 씨의 기사 스크랩 그리고 방송에 방영된 다큐멘터리 영상 모두를 나에게 주셨다. 자주 연락하며 지내자고 약속했지만 이후로는 한 번도 뵙지 못했다. 한동안 연락이 두절되더니 아들에게서 돌아가셨다는 부음만을 전해 들었다.

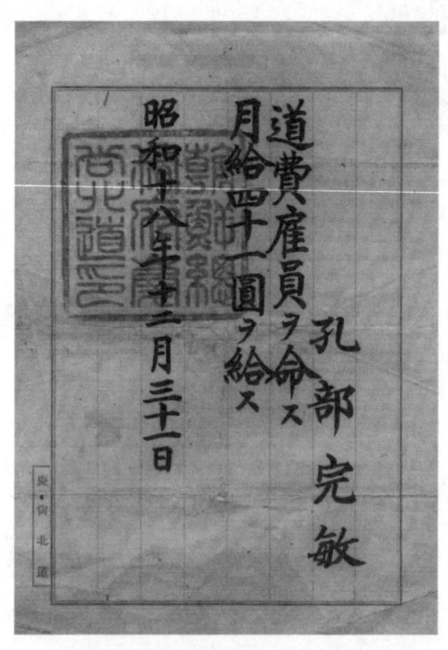

경상북도지사의 임명장

동생 주검을 가슴에 묻고

아버지는 해방 후 김제세무서에서 근무를 시작하셨다. 비교적 건강한 청년으로 축구와 농구를 즐기셨다. 직장 대항 경기가 있을 때면 세무서 대표 선수로 항상 참여하셨다. 대회는 토요일이나 일요일에 개최하기 때문에 시합이 있을 때는 나를 자주 데리고 다니셨다.

내가 초등학교에 입학하여 몇 개월 만에 아버지는 진안세무서로 발령이 나셨다. 아버지는 나와 여동생 순덕이를 데리고 진안으로 이사를 하셨고, 진안에서 남동생을 또 낳으셨다.

그러나 진안으로 이사한 지 2년 만에 6·25 전쟁이 터졌다.

혈육 한 점 없는 진안에서 엄청난 전란을 이겨낼 방도는 없었다.

피난길에서 어머니는 갓난아기인 남동생을 업고 머리에는 보따리를 이셨다. 아버지는 식량과 가재도구를 짊어지셨다.

나와 어린 여동생 순덕이를 앞세우고 온 가족이 험한 곰티재를 넘었다. 1950년 8월 중순쯤으로 기억된다.

넓고 평탄한 길을 두고 그토록 험한 곰티재를 택한 것은 전쟁 중이어서 은밀한 곳을 찾아간 것이기도 했지만, 전주로 가는 지름길이었기 때문이었다. 그러나 나는 출발에 앞서 먹은 복숭아 한 개가 탈이나 이틀 동안 밤낮으로 설사를 했다.

온전한 정신이 아니었으니 이틀 동안 어떻게 왔는지 기억조차 나지 않는다. 부모님은 가끔 그때를 회상하시며 큰아들을 잃어버리는 줄 알았다고 말씀하시며 진저리를 치셨다.

그 후로 나는 복숭아를 먹으면 온몸에 두드러기가 돋았다.

복숭아 알레르기 체질로 바뀌어버린 것이다.

고향에는 이제 막 인민군이 장악했다는 소문만 들었다.

세무공무원이었던 아버지는 요주의 인물로 찍힌 데다 넓은 경작지를 가지고 있어서 유산계급으로 지목되어 있었다.

그래도 무사했던 것은 숙부님이 그들의 치안 책임자였기 때문이었다.

덕분에 격렬한 전쟁 중에도 우리 집과 동네는 조용했다.

수복 후에는 세상이 바뀌었고 우리 집은 엄청난 소용돌이에 휘말리게 되었다. 숙부님은 어디론가 떠나셨다.

아버지는 수시로 경찰서에 출두했고, 때에 따라서는 어머니도 출두했다.

공산 치하는 잠시였으나 수복 후 우리 집은 긴 세월 동안 불안과 공포 속에 살아야 했다.

가을걷이마저 경찰 집총 하에 쌀 한 톨 남기지 않고 싹 쓸어가 버렸다.

우리는 갑자기 먹거리 땔거리가 없는 한심한 신세가 되어버렸다.

학교에서는 공산당은 나쁜 놈, 순사는 좋은 사람으로 교육을 받았다. 어린 나로서는 어리둥절할 정도로 혼란스러웠다.

어느 날, 새벽 1시쯤 숙부님이 위험을 무릅쓰고 찾아오셨다. 군화를 신은 채 허리에는 권총과 무기들이 주렁주렁 달려있었다. 군복을 입은 숙부님의 모습을 처음 보았다.

할머니와 아버지, 어머니 그리고 숙모님은 깨어계셨다. 숙부님의 다섯 살배기 딸 옥자와 낳은 지 몇 달밖에 안 되는 미자는 깊은 잠에 빠져있었다. 나 역시 잠들어 있었지만, 숙부님이 안아 무릎에 앉히는 바람에 잠에서 깼다. 바람처럼 들어온 숙부님이 할머니 치마폭을 감싸고 엎드려 한참을 울고 나서는 잠자는 나를 덥석 안아 무릎에 앉힌 것이다.

숙부님이 나를 무척 예뻐하셨기 때문이다. 할머니가 나를 애지중지하신 터라 숙부님도 나를 예뻐해 주셨다. 아버지와 숙부님 모두 할머니에 대한 효심이 그만큼 두터웠다.

할머니와 아버지는 자수를 권하셨다. 숙부께서는 "나는 자수하면 죽는다."라며 완강히 거절하셨다. 양측 모두 같은 말씀을 반복하시며 평행선만 달렸다.

"쌀밥이 먹고 싶어 찾아왔다."라고 하셨다.

숙부님은 숙모님이 차려주신 밥을 맛있게 드신 후 잠든 딸들에게 가볍게 볼을 대시고 유유히 사라지셨다.

그리고 얼마 뒤 할아버지 댁에서 숙부님을 한 번 더 뵐 수 있었다. 옷차림은 전과 같은 군복이었다.

당시 나는 수업이 끝나고 삼촌들과 놀기 위해 할아버지 댁에서 하룻밤 묵고 있었다.

그날 밤 숙부님은 당신의 아버지를 만나기 위해 숨죽여 찾아오신 것이다.

할아버지도 누누이 자수를 권했지만 숙부님의 대답은 달라지지 않았다.

그날 밤, 새 할머니가 차려주신 밥을 한 그릇 다 드시고 떠나셨다. 내가 숙부님을 뵌 마지막 밤이었다.

얼마 지나지 않아 숙부님이 체포되었다는 소식이 들려왔다.

그리고 며칠 뒤 돌아가셨다는 연락이 왔다. 너무도 허망했다.

교전 중에 체포되었으면 포로가 되어야 맞고, 숨어있다 잡혔으면 재판을 받아야 하는데 이 무슨 날벼락인가?

아버지는 몇 가지 연장을 챙겨 머슴 한 사람을 데리고 금산 골짜기에 들어가셔서 처참한 숙부님 시신을 수습해 감곡면 선산에 장례를 모셨다.

가까운 선산을 두고 그곳을 택한 것은 시신이 발견된 곳과 가깝기도 했지만, 할머니께서 시도 때도 없이 찾아가 애통해하실 것을 염려한 아버지의 배려였다.

저녁 어둠 발이 드리우고 있을 무렵 아버지가 돌아오시더니 할머니를 안고 울음을 터뜨렸다. 처음에는 죽을힘을 다해 참았지만 처참한 현장을 목도하고 나서는 더 이상 감정을 억누르지 못해 폭발해 버린 것이다. 잡혔다는 것만 알고 계셨던 할머니도 상황을 직감하시고 마루에 주저앉아 통곡을 하셨다.

두 분께서 그토록 통곡하시는 모습을 나는 처음 보았다.

그 모습이 너무 슬퍼 나도 같이 울었다.

할머니는 식음을 전폐하시고 울기만 하셨다.

아버지는 처참한 처형 현장을 한마디도 말씀하시지 않았지만 같이 간 머슴을 통해서 간간이 흘러나왔다. 여러 사람이 한꺼번에 처형되어 현장은 정말 진저리가 쳐질 정도로 참혹했던 것이다.

할아버지도 앓아누우셨다는 전갈이 전해왔다. 할아버지와 아버지 모두 그날 이후 매일 술로 사셨다. 아버지는 몸을 가누지 못할 정도로 술을 드시고는 밤늦게 들어오셨다.

혹여 할머니가 아실까 봐 소리죽여 조심스럽게 들어오셨다. 그 모습을 보며 할머니의 걱정 또한 크셨다.

어느 날 할머니는 늦은 시간까지 주무시지 않고 대문 밖에서 아버지를 기다리셨다.

자정이 넘어 만취가 되신 아버지는 대문 밖에서 당신을 기다리고 계시는 외할머니를 보고 깜짝 놀라셨다.

이윽고 할머니를 안고 울음보를 터트렸다.

숙부님의 처참한 시신을 수습하셨기 때문에 마음의 상처가 깊었던 것이다. 아버지 연세 이제 겨우 32세에 불과했다.

"오냐! 내 새끼."

할머니도 아버지를 안고 한동안 우시다가 들어와 이내 잠이 드셨다.

다음 날 할머니는 일찍 일어나 부엌으로, 외양간으로 왔다 갔다 하시며 일상생활을 시작하셨다.

하나 남은 외손자마저 잘못될까 걱정이 되어 마음을 다잡으신 것이다.

아버지에게도 할머니는 삶의 전부라 해도 과언이 아니었다. 그날 이후로는 몸을 가누지 못할 정도로 술을 마시지는 않았지만 매일 술을 드셨다. 아들을 가슴에 묻은 할아버지도 맨정신으로 살 수 없었던지라, 매일 술로 사셨다.

나는 밤이면 삼촌들과 함께 할아버지 술 심부름을 했다.

그리고 삼촌들과 교대하며 누워계신 할아버지의 발을 주물러 드렸다. 그래도 할아버지 댁에 자주 가는 것은 삼촌들과 노는 재미가 컸기 때문이다. 할아버지는 엄하신 편이었지만 나에게는 장손이라 하여 많은 사랑을 주셨다.

욕망을 발목 잡은 건강

1949년 6월 21일 제헌국회에서 농지 개혁법을 통과시켰다. 시행 시기는 1950년 3월이었다.

요지는 신한공사에서 관리하는 30여만 정보의 귀속농지와 일제가 미처 처리하지 못한 부재지주 토지를 유상으로 분배하고, 개인이 3정보 이상 경작하는 경우 그 이상의 토지는 정부가 유상으로 매수해 유상으로 분배하는 제도이다. 매수 농지는 소유자에게 유가증권을 발급해 농지의 연 수확량 150% 한도로 5년간 분할 상환하는 것을 골자로 되어있었다.

국가는 매수한 농지를 영세농민에게 3정보 이내로 유상 분배하고, 농지 대금은 수확량의 30%씩 5년간 상환곡으로 납부한다.

누구나 쉽게 알 수 있는 내용이지만 실무에 들어가면 보통 난해한 작업이 아니다. 우선 등기부가 제대로 정리되어 있지 않아 장부상 소유자와 실 소유자가 일치하지 않았다. 장부상 면적과 실제 면적, 장부상의 지목과 실제 지목 등도 일치하지 않아, 아무나 쉽게 접근할 수 있는 업무가 아니었다.

당시에는 고등교육을 받은 인재들이 지방에는 거의 없었다. 아버지는 전문대학 토목과를 나오셨으니 차고 넘치는 자격을 가지고 계셨다. 하지만 연좌제에 걸려 공무원의 신분을 가질 수가 없었다. 다급해진 봉남면 사무소에서는 편법을 썼다.

하도급 형태로 농지개혁 업무를 아버지께 위탁한 것이다.

아버지는 앞 동네 할아버지 집에 사무실을 차려놓고 농지개혁 업무를 시작했다. 보조 인력도 두세 명 필요했다.

막상 일을 시작하고 보니 면사무소와 6km쯤 떨어진 곳에서 이런 일을 하기란 쉬운 일이 아니었다. 수시로 호적부와 토지대장을 열람해야 하는데 그러자면 먼 길을 하루에도 몇 번씩 왔다 갔다 해야 한다. 그렇게는 업무가 속도를 낼 수가 없었다. 당시에는 통신시설이 없어 더욱 힘들었다.

도리 없이 아버지께 공무원 신분을 주게 되었고, 때문에 우리는 앞 동네 성멀로 이사를 가야 했다. 면사무소와 집까지는 절반은 자동차가 다니는 자갈길이고, 절반은 우마차가 다니는 진흙탕 길이었다. 이사하여 초등학교는 1km쯤 가까워졌으나 아버지 마중 길은 마찬가지였다. 아버지는 퇴근길에 늘 약주를 하셨기 때문에 할머니는 항상 불안해하셨다.

처음에는 할머니 손을 잡고 마중을 나갔지만, 점차 나 혼자 나갔다.

마중을 나오지 말라 하시지만 항상 술을 드시고 오시기 때문에 안 나갈 수도 없었다.

그 무렵 아버지의 건강에 변화가 일어나기 시작했다.

술을 드시고 난 후에는 반드시 하루 이틀쯤 자리에 누워계셔야 할 정도로 건강이 나빠지신 것이다. 하지만 당시 아버지는 30대 후

반이었다. 읍내에 나가본들 정밀진단을 받을 만한 병원이 없었고,
아직 젊은 나이었으니 크게 신경 쓰지 않았다.

술을 드시지 않으면 너무도 초췌하고 기운이 없었지만 술을 좀 드
시면 힘이 나셨다. 안 하시던 노래까지 하신다.

      아— 산이 막혀 못 오시나요.
      아— 물이 막혀 못 오시나요.

아버지의 노래는 늘 이렇게 시작하고 이렇게 끝났다.

더는 가사를 모르시는 것 같았다. 아버지는 음치였다. 당시 유행
하는 노래를 제대로 다 아시는 것은 하나도 없었다.

이 노래, 저 노래 처음 한 토막, 가운데 한 토막을 생각나는 대로
부르시다가 잠이 드신다.

이런 때를 대비해 할머니는 늘 식혜를 만들어 두셨다.

아버지는 술을 많이 드시는 날에도 비감 어린 푸념을 늘어놓거나
원한 맺힌 독설로 객기를 보이시는 적은 한 번도 없었다. 어머니를
어린 시절에 잃으시고 외로움을 안고 사시다가 동생의 처참한 마지
막 모습을 보고 가슴에 비수처럼 박힌 아픔을 감당하지 못하시고
신음하며 사시는 모습의 원인을 나는 철이 들어서야 알았다.

아물지 않은 상처

할아버지는 결국 내가 중학교에 들어가던 해 돌아가셨다.

당시 할아버지의 연세는 55세였다. 숙부님이 돌아가시고 늘 술로 사시다가 결국 세상을 떠나셨다.

나는 우연히 할아버지가 떠나시는 모습을 새 할머니와 함께 지켜보았다. 힘없이 눈을 감으시기에 잠이 드시는 줄로만 알았는데 할머니께서 "할아버지 가셨다."라고 말씀하셨다.

임종을 지킨 것은 그때가 처음이고, 마지막이었다.

할머니와 아버지 그리고 어머니의 임종도 지키지 못했다.

할아버지가 돌아가시고 아버지는 조금 변하셨다. 두 가정을 이끌어 가야 한다는 막중한 책임감으로 밤잠을 설치기도 하셨다. 아버지가 일기를 쓰고 명상록 등을 기록하시면서 집안에 새로운 바람이 조용히 일어났다. 얼마 뒤에는 공판장 사업도 새롭게 시작하셨다. 덕분에 한동안 집안에 활기가 넘쳐났다. 나도 이제 고등학생이 되었고, 할아버지가 일찍 돌아가심에 따라 3남 2녀의 동생들마저 아버지의 어깨를 짓누르고 있었던 것이다.

그러던 어느 날 아버지가 손에 책 한 권을 들고 귀가하셨다. 프랑스 작가 아베프레보(Abbe prevost)가 쓴 『마농 레스코(Manon Lescaut)』라는 소설이었다. 고등학교 1학년 때이었다.

그 바람에 내가 제일 먼저 읽은 외국 소설은 『마농 레스코』였다. 생각해 보면 내가 처음 읽은 소설책은 초등학교 5학년 때 읽은 탐정물이었다. 이를 기점으로 중학교를 졸업할 때까지 당시에 발행된 국내 소설은 모두 다 읽었다. 이후 마농 레스코를 시작으로 국내에서 번역된 외국의 명작들은 고등학교 3년 동안 모두 섭렵할 만큼 소설을 즐겨 읽었다.

가끔 인간은 왜 사느냐고 묻는 사람이 있다. 가장 어리석은 질문이다. 목적을 가지고 태어나는 사람은 없다.

인간을 비롯해 생명이 있는 모든 피조물은 '생명이 붙어있어서' 사는 것이다.

목적을 갖고 생명을 부여받은 존재는 없다는 뜻이다.

그래서 그냥 산다는 게 정답이다.

과거에는 백성들을 포함하여 만물이 왕의 소유였다.

그 후 인본주의가 일어나 모든 만물이 인간의 소유가 되었다.

그러나 이제는 아니다.

세상 만물이 모든 생명체의 소유가 되어가고 있다.

모든 생명체는 상호작용을 하며 함께 살아가야 하기 때문이다.

자연스럽게 이루어지는 것만이 천지(天地)와 사회에 해를 끼치지 않으며, 안정을 보장한다. 이것이 현대의 휴머니즘이다.

철학과 종교는 삶이 무엇인가를 풀어가는 과정이다.

차이점이 있다면 철학은 탐구의 영역이고, 종교는 믿음의 영역이다.

그럼에도 철학과 종교는 인간에게 정신세계의 길을 만들어 가는 과정임에는 틀림없다.

아버지는 독실한 불교 신자였고, 할아버지로부터 엄격한 교육을 받고 자라서 흐트러짐이 없는 모범 청년이었다. 매사에 신중해야 했고 참아야 했고 하지만 모든 결단은 아버지가 내려야 했다. 불교를 믿고 계신 아버지는 마음에 갈등을 이 무렵 많이 겪고 계셨다. 그러니 망가지는 것은 건강이었다.

할아버지가 돌아가신 뒤에는 삼촌들과 의논해서 두 가정을 이끌어 가야만 했다.

아버지는 면사무소를 그만두시고 삼촌과 공판장만을 운영하시기로 결단을 내렸다. 이는 아버지의 건강이 나빠지셨다는 것을 의미했다. 당시에 나는 그 사실을 전혀 모르고 있었다.

아버지는 숙고 끝에 한쪽을 포기하신 것이다.

그런데 나는 사업을 해보시겠다는 아버지의 심경 변화로만 알았다.

공판장은 현물로 낸 세곡을 보관하는 일종의 창고업이다.

가을이 되면 농지세, 수세 등 농가 소득에 관련된 각종 세금을 현물로 내는데, 이때 세곡을 싣고 먼 곳까지 가는 것이 농민들에게는 여간 불편한 일이 아니었다. 우리가 또 하나의 보관시설을 설치함으로써 인근 주민들의 편의를 도모한 것이다.

현물 납세제도는 일본인이 우리 농산물을 본토로 실어가기 위해 만든 제도였다. 어찌 된 일인지 해방되고 10년이 넘었는데도 이 제도는 변하지 않았다.

사업주는 보관 기간을 산정하여 농협에서 보관료를 받는다.

아버지는 경제적으로 어려움을 겪지 않고 살아오셨고, 건강이 나빠지심에 따라 복잡하고 힘든 것을 싫어하셨던 것이다.

그래서 공무원 신분을 포기하셨다.

아버지는 술을 마시면 "우리 할머니, 우리 할머니."를 수십 번씩 반복하시고, 당신의 방으로 돌아와 노래 몇 마디 부르시다 잠이 드셨다. 아버지는 숙부님의 마지막 길을 수습하고 나서 단 하루도 술을 마시지 않은 날이 없었다.

술을 마셨을 때만 웃는 모습을 보이시더니 점점 그 웃음도 사라지셨다. 아버지는 차츰 자포자기에 빠져들었다.

큰 삼촌의 어깨가 시간이 지날수록 점점 더 무거워졌다.

아버지는 조금 남아있던 땅들을 팔기 시작했다.

평상시는 물론이고 술을 마셨을 때도 아버지는 6·25 동란에 대해서는 단 한 번도 이야기를 하지 않으셨다.

하지만 아버지의 가슴에 박혀있는 그때의 악몽은 지울 수가 없었다. 그만큼 아버지의 회한은 깊었다.

훗날 나에게 가장 큰 상처로 남는 것이 바로 이 순간이었다.

그 무렵 아버지를 괴롭혔던 마음의 병이 몸으로 전이되었는데, 당시의 나는 아무것도 모르고 살았다.

아버지가 삶의 의욕을 버리신 것도 이때가 아닌가 생각된다.

아버지가 너무 이른 나이에 세상을 떠나셨다는 사실도 이순이 넘어서야 실감했으니 나는 철없는 세월을 얼마나 길게 산 것일까?

두고두고 후회되고 가슴 아픈 상처가 되었다.

아버지의 개종

광주 제중병원에서 아버지 퇴원을 결정했던 날이다.

아버지께서 나를 조용히 부르시더니 목사님을 모셔왔으면 좋겠다고 하셨다.

아버지는 원래 불교 신자로서 아침저녁 예불을 드리고 관세음보살 탱화 앞에서 수시로 묵상하셨던 깊은 불심을 가지신 분이시다. 의외의 주문에 나는 잠시 당황했다.

간호과에 부탁했더니 금세 목사님이 도착하셨다.

인근 교회 목사님이신데 이 병원을 자주 드나드신 분이다.

같이 예배를 드리고 안수 기도를 해주셨다.

아버지가 하느님을 받아들이신 것이다.

나로서는 너무도 갑작스러운 일이라 어리둥절했다.

목사님이 떠나신 후 아버지는 피곤하다시며 돌아누워 이불을 끌어안고 오래도록 그렇게 계셨다.

아버지는 그간 참았던 눈물을 한없이 쏟고 계셨던 것이다.

동생의 처참한 죽음을 가슴에서 떼어내지 못하고 가끔 일어나는 진저리를 술로 진정시키며 살아오셨다는 것을 그제야 비로소 나는 알게 되었다.

당시 아버지의 연세는 45세였다. 삶을 포기하기에는 너무도 젊은 나이였다. 회한의 눈물을 소리 없이 쏟고 계시는 아버지의 모습을 더는 볼 수 없어 밖으로 나왔다.

부처님은 모든 것을 내려놓으라 하시지만, 동생의 처참한 모습이 15년 동안 찰거머리처럼 잔영으로 남아 심신을 괴롭히고 있는데 방하착(放下着)이라는 구도의 문을 열 수가 없었다. 용서와 사랑의 문이 먼저 열려야 한다.

그것은 십자가의 보혈로 인간의 사악한 업보를 사하신 그리스도의 아가페 사랑이 아니고는 불가능하다.

아버지가 그런 이치를 알고 계신 것은 아니다.

이것은 분명 하느님의 섭리였다.

하늘에 소망을 두신 아버지의 모습은 훨씬 좋아 보였다.

아버지가 퇴원하실 때 목사님은 성경책과 찬송가 한 권을 선물해 주셨다.

우리 동네는 해방 직후 사랑방 형태의 교회가 하나 있었다. 이름하여 월성교회다. 초가집 한 채를 구입해 벽을 트고 바닥에 마루를 깔았다.

앞에는 단을 조금 높여 강대상 하나와 의자 두 개를 놓을 자리를 만들었다. 박 장로님, 최 장로님이 앉을 자리였다. 목회자가 없어 두 분의 장로님이 번갈아 가며 설교를 하고 예배를 인도하셨다. 주일 예배는 보통 30~40여 명이 모이고, 그 외에는 20여 명이 예배를 드렸다.

나는 중학교 2학년 여름 방학 때부터 이 교회에 다니기 시작했다.

대학에 진학할 때쯤에는 월성교회는 앞 동산 언덕 위로 이사했다. 우뚝 솟아있어 멀리서도 보였고, 규모도 상당히 커 보였다.

어머니마저 몸져누우신 뒤 고향에 내려와 교회를 찾아갔다. 겉보기에는 양철지붕과 시멘트 벽돌로 마감하고 십자가 첨탑까지 세웠지만, 내부는 아직 마루도 깔지 않은 흙바닥이었다. 시멘트로 받침대를 만들어 듬성듬성 받쳐 그 위에 판자를 올려놓고 앉아 예배를 드리고 있었다.

얼마 뒤 전도사님이 부임하셨다는 소식이 들려왔다.

이토록 빈약한 교회에서 어떻게 전도사님을 모셨을까 의아해했다.

교회는 빈약하지만 장로와 교인들은 각자 조금의 전답을 갖고 있어 먹고사는 것은 지장이 없었다. 그러나 목회자의 월급을 마련할 방도는 없었다.

여윳돈이 생기면 예배당부터 완성해야 했기 때문이다.

걱정할 겨를도 없이 엄도성 전도사님이 오셨다.

그 무렵 어머니는 조금씩 기동(起動)이 가능하여 예배에 참석하셨다.

"보라 너희가 다 각각 제 곳으로 흩어지고 나를 혼자 둘 때가 오나니 벌써 왔도다. 그러나 내가 혼자 있는 것이 아니라 아버지께서 나와 함께 계시느니라. 이것을 너희에게 이름은 너희로 내 안에서 평안을 누리게 하려 함이라 세상에서는 너희가 환난을 당하나 담대하라. 내가 세상을 이기었노라 하시니라(요한복음 16장 32절 33절)."

첫 심방에서 엄 전도사님이 전해주신 말씀이다.

이제 막 신학대학을 졸업하고 월성교회로 첫 부임하신 엄 전도사님은 모든 것을 속속들이 알아보고 자원하셨다고 한다. 대단한 각오가 아니고서는 정말 어려운 결단이다. 나는 전도사님의 소개로 익산시에 있는 기독교 단체로부터 의약품과 환자의 식량을 지원받게 되었다. 김제역까지 4km를 걸어가서 열차를 타고 익산역에 내리면 100m 거리에 약과 식량을 지급하는 곳이 있었다. 두 분의 일주일치 식량은 꽤 무거워 돌아오는 길이 여간 힘들지 않았다. 매주 수요일마다 익산을 다녀오는 것이 힘들고 고단했지만, 그림자 같은 여명의 기미가 느껴져 다소 힘이 솟았다. 이윽고 아버지와 어머니는 세례를 받으셨다. 나는 교회에 다닌 지 10년이 넘어가지만 여전히 세례를 받지 않았으니, 부모님이 나보다 앞서신 것이다.

내가 세례를 받지 않은 것은 믿음보다는 금도를 제대로 지키지 못한 것 때문이었다.

당시 나는 술도 마셨고 담배를 하루에 한 갑 반씩 피웠다.

필터 담배는 싱거워서 피우지 못할 정도로 골초였다.

때문에 학습 문답에서 걸렸다.

"술 마십니까?" "네."

"담배 피우십니까?" "네."

"아니, 술 담배를 하시면서 어떻게 신앙생활을 하신다는 겁니까?"

목사님은 완고하셨다. 월성교회는 작은 개척교회여서 성찬식 때만 목사님을 초빙했다. 일 년에 한 번 뵙는 목사님께서 술과 담배를 끊겠다고 약속을 하라 하셨는데, 담배만큼은 끊을 자신이 없었던 것이다.

　세례를 받고 신앙생활을 하셨던 아버지는 1965년 8월 20일 46세로 하느님 품으로 떠나셨다.

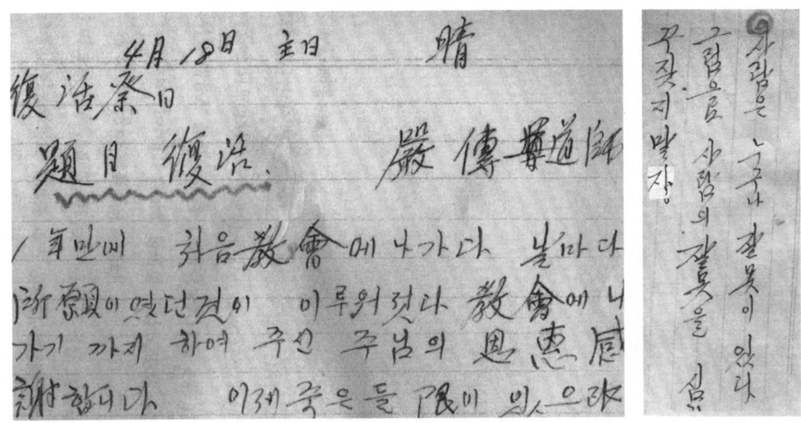

아버지의 친필

　직장 일로 잠깐 서울에 올라간 사이 떠나셔서 임종을 지키지 못했다.
"세상에서는 너희가 환난을 당하나, 담대하라. 내가 세상을 이기었노라."
　이 말씀이 오랫동안 머리에 머물고 있다가 가슴으로 내려온 지 얼마 되지 않았다.

4.

어머니

부잣집 맏며느리

어머니는 1921년 5월 농촌의 한 부유한 가정에서 태어나셨다. 오 남매 중 장녀로 태어나 위로는 오빠 한 분이 계셨고, 아래로는 여동생 한 분과 남동생 두 분이 계셨다.

어머니는 일제강점기 읍내에 있는 보통학교에 다니셨다.

보통학교는 일제가 최초로 세운 초등학교이다. 소학교로 고쳐 부르다가 해방되기 전에 국민학교로 다시 변경되었다. 국민학교란 황국신민의 줄임말이다. 그럼에도 불구하고 우리나라는 국민학교라는 이름을 1995년까지 사용해 왔다.

나름대로 우리 백성을 지칭해 '국민'이라는 의미를 부여하여 그대로 해방 이후까지 사용한 것이다. 해방 50주년을 맞이하여 일제 잔재를 청산하자는 움직임이 일어, 1996년부터 초등학교라는 이름으로 변경되었다. 어머니는 21세 되던 해 초봄에 아버지와 결혼해 1941년 12월 25일에 나를 낳으셨다.

처녀 시절의 삶은 어땠는지 잘 모르지만 시집을 와서는 결코 편안한 삶을 살지 못하셨다. 우선 논밭이 많은 대농에 식구가 12명이었기 때문이다. 거기에 소가 두 마리, 돼지가 한 마리, 개 한 마리, 여러 종류의 가축을 길렀다.

숙부님이 장가를 드셔서 숙모님이 오신 후 잠시 일손을 덜어주는
가 싶더니 이내 딸을 낳으셔서 애 보랴, 살림하랴 숙모님도 정신없
이 바쁘셨다. 동네 처녀 한두 명이 자주 드나들며 부엌일을 돌보아
주어 겨우겨우 일과를 처리해 나갔다.

전통혼례복
(부모님 결혼 기념 사진)

그러다 늦으면 자고 가기도 하고 아니면 밥 한 그릇 얻어 가기도
했다. 당시에는 끼니를 거르는 집도 많았다.

이런 여인들을 당시에는 식모라고 불렀다.

바쁜 농사철에는 거의 상주하며 집안일을 거들었다.

부모님을 돕기 위해 어린 나이에 일터에 나온 여인들이라 마음씨도 착했다.

머슴 한 사람에게는 소 한 마리와 논밭 가는 쟁기 한 개 그리고 물건을 운반하는 수레 한 대가 반드시 딸려있다.

소 두 마리는 봄가을로 논과 밭갈이에 절대적으로 필요한데 정말 많이 먹는다. 머슴 두 사람은 낮에 소가 하는 일을 마치고도 소먹이에 남은 시간을 다 보내야 했다. 방아를 찧으면 쌀겨가 많이 나오고 매끼 쌀뜨물도 많이 나와, 돼지도 두 마리를 길러야 했지만 일손이 모자라 한 마리만 길렀다.

봄부터 가을까지 뜰에는 쉴 새 없이 곡식을 털기 때문에 곡식이 지천으로 널려있었다. 그래서 닭도 여러 마리 길렀다.

그중에서도 가장 힘든 일은 방아 찧는 일이다.

해방 직후까지도 정미소가 있는 동네는 많지 않았다. 소나 말로 하는 연자방아가 없는 동네에서는 각자 집에서 절구질로 알곡을 만들었다. 식구가 많다 보니 1년 내내 방아만 찧다 세월을 다 보낸다고 해도 과언이 아니었다. 이 많은 일 가운데 어느 것 하나 어머니가 관여하지 않아도 되는 일은 없었다.

2012년 12월 6일 우리나라 「아리랑」이 유네스코에 등록되었는데 「정선아리랑」, 「진도아리랑」, 「밀양아리랑」이 대표적인 곡이다.

그중 「진도아리랑」에 "문경 새재(鳥嶺)는 웬 고갠가 구부야 구부 구부 눈물이 난다."라는 구절이 있다. 이 부분을 설명하다 보니 남쪽 끝에 있는 섬 진도와 경상도와 충청도 경계선인 문경 새재와의 연결이 모호하여 설명이 안 되었다.

절 구

그런데도 아무 뜻도 모르고 그렇게 노래를 불러왔다.

결국 향토사학자들과 여러 학자의 노력으로 그 의미가 밝혀졌다. "문전(門前) 세재(三嶺)는 웬 고갠가 구부야 구부 구부 눈물이 난다." 의 오류임이 밝혀졌다.

문전 세재라는 것은 대문턱과 부엌문턱 부엌에서 안방으로 통하는 문턱, 이 세 문턱을 상징적으로 표현하는 말이다.

당시 가정주부들이 하루에도 수십 번씩 넘나드는 힘든 고개이다. 굳이 시어머니의 구박이 없어도 당시 가정주부들의 삶은 참 힘들었다. 이 큰 살림을 맡아 하시는 어머니의 입장도 예외는 아니었다.

머슴은 통상적으로 1년에 쌀 8가마니(1가마니 90kg, 150근)를 주지만 일을 잘하는 힘센 상머슴에게는 10가마니를 준다. 숙식은 물론 주인집에서 제공한다. 그래서 머슴을 두고 사는 집에는 반드시 별채가 있다. 당시 상답(上畓)으로 논 한 마지기 200평의 가격은 쌀 2가마니 정도였다. 심지가 굳은 사람들은 몇 년간 머슴살이를 하면 4,000평(한 섬지기: 20마지기) 논을 마련할 수 있었다. 머슴살이를 그만두고도 가족들을 건사할 수 있는 땅이다.

당시의 농촌의 땅값이나 임금이 너무도 가혹할 정도로 헐값이라 할지 모르나 당시 쌀 한 가마니 얻는 데 한 달여의 시간이 걸린 것을 생각하면 어느 정도 이해가 된다.

식모는 별도의 급여가 없었고, 먹고 자는 것으로 만족했다.

명절 때 한복 한 벌을 해주면 동네에서 소문이 날 정도로 큰 대우를 받는 것이다. 시집갈 때 솜이불 한 채와 비단옷 한 벌이 통상적인 대우였다.

지역마다 차이는 좀 있었으나 이 모든 것들이 어머니가 신경 써야 할 과제들이었다. 더욱이 할머니가 건강해서 매일 호미를 들고 이 밭, 저 밭 다니시는 바람에 어머니도 덩달아 정신없이 바쁘셨다.

잡풀은 뽑고 돌아서면 또 그만큼 자라기 때문이다.

논밭에서 자라는 작물들은 사람에게 한시도 쉴 틈을 주지 않는다.

할머니는 목소리가 카랑카랑해서 다정한 표현은 좀처럼 하실 줄 모르신다.

그렇지만 어머니에게는 시집오자마자 아들을 낳아드리니 신바람이 나셔서, 자애로움이 살짝 묻어나는 목소리로 "에미야."라고 부르셨다.

평소 말수가 적고 소리 내어 웃기보다는 이만 살짝 보이셨던 어머니는 아버지뿐 아니라 동네 사람들과도 다투는 일이 거의 없으셨다.

그로 인해 식구는 많았지만 집안은 조용했다.

문제는 나였다. 가끔 어머니께 매를 맞았기 때문이다.

공부를 잘 못해서 얻어맞는 경우는 한 번도 없었다.

공부를 잘해서가 아니라 어려서부터 병치레를 많이 했기 때문에 어른들 모두 나의 공부에는 관심도 두지 않으셨다.

그렇다고 말을 안 듣는 뺀질이도 아니었다. 비교적 온순하고 착한 학생의 범주에 들었다.

할머니께서 연세가 들고 기력이 떨어지심에 따라 내가 동생들을 돌보아야 했지만 나는 동생들을 보는 일이 너무 힘들었다. 주야장천 업고 있는 것이 힘들다 못해 죽을 맛이었다.

중학교에 입학해서는 은근슬쩍 귀가 시간을 늦췄다.

그리고 돌아와서는 책가방을 던져놓고 볼일이 있다고 말하고는 나가서 저녁이 되어서야 돌아왔다.

그럴 때면 화가 난 어머니가 부지깽이를 들고 매질하러 나오셨다.

할머니는 기겁하여 "그걸로 맞으면 얼마나 아픈지 아냐?"라 하시며 나를 치마폭에 감싸주셨다.

"매는 아프라고 때리는 것인디, 할머니도 참."

어머니는 나오는 웃음을 참으려고 입술을 깨물며 부엌으로 들어가셨다.

이후 어머니는 부지깽이 대신 빗자루를 집어 드셨다.

나는 할머니의 크신 사랑을 고등학생이 되어서야 조금씩 깨닫게 되었다.

내 짧은 생애에 배어든 할머니의 사랑을 조금씩 느끼기 시작할 무렵, 덜컥! 할머니가 앓아누우셨다.

막내를 업어주시다가 허리를 다치신 것이다.

당시 우리 집은 정부미를 보관하는 공판업무까지 맡고 있어, 어머니는 말 그대로 숨 쉴 틈이 없었다. 동네 처녀 한 명이 집에서 상주하며 일을 거들었지만 감당하기 어려웠다.

그때부터 나는 학교가 끝나면 바로 집으로 왔다.

덕분에 어머니에게 매를 맞는 일도 없어졌다.

바느질도 어머니의 큰일 중 하나였다.

우리나라는 해방 이후까지 각자 집에서 옷을 해 입었다.

어른들은 남녀 공히 한복을 입었기 때문에 집집마다 식구들이 입을 옷의 본이 있었다.

본이 없는 집은 이웃집 것을 재어, 오려다 눈대중으로 크기를 맞춰 재단하곤 했다. 한복은 품이나 길이의 여유가 있어 대강 비슷하게 나오지만 학생복은 다르다.

단추를 달아야 하기 때문에 품이 맞아야 한다.

그래서 나름의 전문성이 필요했다.

어머니의 바느질 솜씨는 뛰어난 편에 속했다. 여러 차례 우리들 옷을 만들어 입히다 보니 노하우가 축적된 것이다.

어머니는 농사일이 끝난 겨울부터 할머니와 함께 실을 뽑는 물래질과 날고르기, 베매기, 베 짜기는 물론 바느질과 길쌈에 여념이 없었다.

설날과 추석에는 우리들에게 새 옷도 해 입혀야 했다.

집에서 짠 무명에 검은 물감을 들여 만든 옷이다.

물감은 십 리가 넘는 읍내 오일장에서 어머니가 사 오신다.

집에서 짠 무명도 다듬이질과 홍두깨질을 잘하면 썩 괜찮은 옷감이 된다.

지금 생각해 보면 별로 좋은 옷도 아닌데 추석과 설날이 기다려지는 것은 이 새 옷을 입는 재미였다.

여자들의 옷은 손바느질이 많이 들어가고 빨래할 때 복잡하다는 특징이 있다.

동정과 깃을 뜯었다가 빨래 후 다시 달아야 하기 때문이다.

이래저래 종갓집 며느리는 일 년 내내 쉴 틈이 없다. 경제적으로 풍요로운 집안의 맏며느리의 삶은 정말 고단했다.

어머니의 타고난 낙천적인 성격은 이 많은 살림살이에도 불구하고 가정이 평화롭게 유지되는데 큰 몫을 했다.

신파극의 단역

해방 직후부터 우리나라는 추석이 되면 시골 동네마다 신파극을 했다. 초등학교 6학년 봄에 이 동네로 이사를 와서 처음 겪는 추석 행사인지라 가벼운 흥분마저 느껴졌다. 전에 살던 오정리에서는 동네가 작아 엄두도 못 내는 행사였다.

우리 동네는 북쪽에 자리 잡고 있었고 남쪽에 한마을, 동쪽에 또 한마을 이렇게 세 마을이 있었다. 아이들은 모두 가운데에 있는 월성초등학교에 다니기 때문에 세 개의 마을 사람들은 모두가 이웃처럼 가까이 지낸다. 두 동네는 신파극을 하는 때도 있고 안 하는 때도 있지만 우리 동네는 항상 한다.

우리 동네 친구의 형은 손재주가 있어 그림을 잘 그리고 무대 장치도 잘 꾸민다. 더 중요한 것은 각본인데 그 형은 마치 작가처럼 이야기를 잘 만든다.

배역에 맞는 분장과 의상 제작에서도 남다른 재주를 가지고 있었다.

때문에 추석이 돌아오면 그 형은 신바람이 나서 바쁘다.

덕분에 우리 동네 신파극은 먼 마을에까지 소문이 나있다.

신파극의 주제는 일본 헌병에게 참혹한 봉변을 당한 후 그의 아들이나 동생이 통쾌하게 복수하는 내용이 주를 이룬다.

공연 장소는 초등학교 운동장인데 공연 날짜는 세 부락이 의논해 중복되지 않도록 조절하여 정한다.

공연 무대와 장치를 만드는 것은 사실 힘든 일이다. 무대배경은 처음 공연 때 썼던 각목들을 보관해 두었다가 재활용하지만, 사람 한질 높이의 공연 무대를 조립하는 것은 쉬운 일이 아니다.

대개는 배역을 맡은 사람들이 공연 무대를 만들 자재를 내놓는다. 우리 집에는 무대 조립에 쓸 만한 자재가 많았다.

나는 그런 정보를 슬쩍 흘렸다. 아버지께 허락은 그 형이 받아내면 된다.

어느 날 그 형이 내게 제안을 해왔다

"음, 너 그날 베적삼과 잠뱅이를 만들어 입고 올 수 있어? 좀 쿨렁 쿨렁해야 되는디."

나는 고개만 끄덕였다. 숫기가 없어서 선뜻 나서서 말하지는 못했지만 처음 받아본 제안에 뛸 듯이 기뻤다. 동시에 쓸 만한 자재가 있는지 몰라 은근히 걱정도 되었다. 자재는 사용하고 다시 가져오는 것이니 있다면 아버지께서 승낙해 주실 것이 틀림없고, 옷이 문제였다. 다행히 우리 집에는 일제 때 구입한 재봉틀이 있었다.

어머니께 여쭤보았다.

"그걸 입고 다닐라고?"

"아니, 이번 추석에 신파극 허는디 나보고 뭐 하나 맡으라 하능만."

"아이고 야, 해가 서쪽에서 뜰랑갑다."

어머니는 즐거운 듯 동네 아주머니들이 오면 자랑삼아 묻지도 않은 말씀을 하셨다.

"쟈가 이번 보름날 신파극 헐 때 무엇 하나 맡았능 게벼. 적삼허고 잠뱅이를 만들어 달라 하능만.”

　나는 대사가 한 마디도 없는지라 연습을 많이 시키지 않았다. 드디어 공연이 열리는 밤, 큰 재목과 멍석 등 필요한 자재는 대부분 우리 집에서 가져갔다. 공연이 있던 날 밤 어머니가 오셨다. 평상시에는 이런 곳에 잘 오시지 않는 성품이지만, 아들이 출연한다고 하니 오신 것이다. 공연이 끝나고 무대 정리를 마친 뒤 집에 오자 어머니는 이미 잠자리에 드셨다.

　이튿날 아침 어머니가 밥상머리에서 웃음 띤 얼굴로 말씀하셨다.

　“대규 밥 많이 먹어라. 엊저녁에 욕 보았응게.”

　“왜! 무슨 일 있었어?” 아버지께서 물으셨다.

　“엊저녁 신파연극에 나갔당만.”

　“허 경사 났구만. 잘히여?”

　호기심이 발동한 아버지가 이것저것 물어보셨지만 어머니는 대답 대신 웃기만 하셨다.

　내가 맡은 배역은 한글을 배우는 야학당 학생 12명 중 한 명이었다.

　무대 한쪽에 흑판을 걸어놓고 학생 12명을 두 줄로 앉혔는데, 나는 무대 안쪽에 앉은 6명 가운데 한 명이었다. 선생은 일본 헌병에 쫓기는 독립군이었다. 12명 학생이 각자 옷을 달리 입고 있었다. 나는 어머니가 손수 해주신 옷을 입고 있었으므로 어머니는 바로 알아보신 것이다.

　그 외에 나를 알아본 사람은 단 한 명도 없었다.

　다음 날 등굣길에 연출자의 동생을 만났다.

　“너는 앞니가 빠져서 말하는 역할을 하면 안 된다 허던디.”

　신파극은 싱겁게 끝났지만 내 정신세계에는 큰 전환점을 가져다주었다.

나의 사춘기

나는 어려서 이갈이를 할 때 젖니가 빠지기 시작하더니 한꺼번에 몇 개씩 쏟아져 나왔다. 손으로도 뽑아낼 정도로 잇몸이 망가졌다. 잇몸이 썩어 심한 염증이 생기는 희귀한 병이었다. 입안이 엉망이 되었지만 당시 우리 군내에는 치과가 없었다. 읍내로 나가 가정집에서 하는 의원에서 치료를 받았다.

입안을 소독하고 엉덩이에 주사를 한 방 놓아주는 것으로 그만이었다. 몇 개월 만에 치료가 끝났으나 입안은 전과 같지 않았다. 서로 달라붙은 곳도 있고 패인 곳도 있었다.

이가 새로 나오지 않았으니 걱정이 이만저만이 아니었다.

다행히 1년쯤 지나 이가 나오기 시작하더니, 음식을 씹을 수 있을 정도가 되었다.

하지만 앞니 두 개는 끝내 나와주지 않았다.

먹는 데 큰 지장이 없고 잇몸도 더 이상 아프지 않아 크게 신경 쓰지 않고 지내왔다. 그러나 앞니가 빠졌다는 친구의 이야기를 들은 뒤로는 거울을 자주 보게 되었고, 말할 때 입을 가리기 시작했다.

이갈이를 할 때는 앞니 한두 개 없는 것은 귀엽기까지 한데 영구치가 나온 후에 앞니가 없으면 보기에 영 흉하다.

그 사실을 그때야 비로소 깨달은 것이다.

집에서는 모든 식구가 예뻐해 주고, 동네에서는 있는 집 자식이라고 대접을 받고 자랐으므로 나는 내 모습이 보기에 거북하다는 것을 모르고 지냈다.

신파극이 있고 난 뒤 친구의 거침없는 지적으로 자주 거울을 들여다보기 시작하면서 나는 지금까지 느끼지 못했던 열등감을 갖기 시작했다.

동시에 삶에 대한 잡다한 상념이 머리를 어지럽혔다.

사춘기가 찾아온 것이다. 공부가 싫어졌다.

중학교 1학년 1학기 성적표가 나왔는데 평균 59점이었다.

2학기에도 이 성적이면 2학년으로 진급할 수 없다.

열심히 하겠노라 담임 선생님과 다짐을 했지만, 부모님을 모시고 오라는 것이 문제였다.

어머니에게만 조용히 말씀드렸다.

초등학교 졸업식에서 우등상장을 받았기 때문에 어머니가 많이 놀라셨다.

"야가 여태 공부 안 허고 무엇 히었다냐?"

나는 중학교에 진학하고부터는 삼류 탐정소설과 연애소설만 읽어댔다. 어머니는 내가 늘 책상머리에 앉아있으니까 학교 공부를 열심히 하는 줄로만 알고 계셨다.

아버지가 출근을 하신다는 것이 내게는 얼마나 다행인지 모른다.

퇴근하신 아버지는 어머니에게 학교에 다녀온 연유를 물으셨다.

"응. 성적이 떨어졌응게 신경을 좀 써야것다는 구만."

어머니는 자세한 내용은 말씀하지 않으셨다.

"공부 열심히 허는 것 같던디!"

"긍게(그렇니까)."

어머니의 배려로 위기를 넘어갈 수 있었다. 그럼에도 불구하고 중학교 3년 내내 밤을 새워가며 국내 소설을 읽었다. 교과서와 노트를 옆에 놓고 읽었기 때문에 문틈으로 엿보면 공부는 열심히 하는 것처럼 보였다. 어떤 때는 수업료를 타다가 소설책을 사서 중간고사를 못 치른 경우도 있었다.

내게 소설의 즐거움을 안겨준 것은 초등학교 5학년 겨울방학 때 읽은 탐정소설 『백가면』이었다. 저자가 누구인지 어떤 경로로 그 책을 읽게 되었는지는 전혀 생각나지 않는다. 그 뒤로 탐정소설을 비롯해 국내 모든 소설책을 읽느라 공부를 제대로 할 수가 없었다.

1957년 1월 당시 유명한 시사 잡지 사상계를 정기 구독하기 시작했다. 중학교 졸업식만을 몇 달 앞두고 있는 때이었다. 높은 수준의 소설들로 인해 새로운 세계가 열리는 것 같았다.

호기심에 이끌려 미지의 세계에 첫발을 떼었다.

이처럼 중학교 시절에는 소설책에 빠져 학과 공부를 소홀히 했다.

그해 봄, 아버지가 빠진 내 앞니에 금을 박아주셨다.

나는 뛸 듯이 기뻤다.

노란 금니를 보이기 위해 웃을 일이 없을 때는 입을 조금씩 벌리고 다녔다. 새로운 세상이 열리는 것 같았다.

고등학교에 진학하여 1학년 초 아버지께서 우리말로 번역한 외국 소설 한 권을 들고 오셨다. 프랑스 작가 아베 프레보(Abbe Prevost)가 쓴 『마농 레스코(Manon Lescaut)』이었다.

국내 소설에서 느끼지 못했던 새로운 정서와 감동을 느꼈다.

그렇게 시작하여 고등학교 3년간 국내에서 번역된 외국 소설은 거의 다 읽은 것 같았다. 그러다 보니 국어, 역사는 특별히 공부하지 않아도 성적이 좋았다. 2학년이 되어서는 호기심이 동해 『헌법원론』이라는 제목의 책을 샀다. 정치판에서 자주 거론되는 것들을 알고 싶었지만 얼마 지나지 않아 분수에 맞지 않은 돌발행동이었음을 알게 되었다.

고등학교 3학년 초 어느 일요일에 아버지는 옆 동네에 있는 한학자의 집으로 나를 데리고 갔다.

매일 등교하기 전에 1시간씩 한문을 배우라고 명령하셨다.

며칠 전에 두 분이 말씀을 나누셨던 것이다.

과목은 『맹자집주』 상권이었다.

한학에 대한 호기심이 있었던 터라 싫지는 않았지만 아침 새벽잠을 설쳐야 하는 것이 문제였다. 6시에 일어나서 세수하고 한문을 배우고 돌아와 아침 식사를 한 후 등교를 하면 딱 맞았다. 하지만 매번 시간이 맞아떨어지지 않아 어머니가 많이 힘들어하셨다.

9월까지 바쁜 아침 시간을 보내며 『맹자집주』 상권을 마쳤다.

지금까지 한문은 글자를 익히는 것 위주로 배웠는데, 맹자의 사상을 공부하는 것은 난생처음으로 가보는 새로운 길이었다.

공자가 행동을 예시하여 인의(仁義)를 가르쳐주었다면 맹자는 인의의 개념을 설명해 주었다.

인(仁)은 덕이 있는 마음(心之德)이고, 합리적인 사랑(愛之理)이다.

의(義)는 절제하는 마음(心之制)이요, 일의 마땅함(事之宜)이라고 정의한다.

처음에는 난해하여 쉽게 이해하기 어려웠으나 세월이 흐르면서 자연스럽게 머리와 가슴으로 터득하게 되었다.

새로운 학문을 향한 낯설고 설렌 길로 첫발을 내딛게 되어 가벼운 흥분까지 느껴졌다.

사랑은 마음속에 덕이 있어야 하며 맹목이 아닌 합리적이어야 한다. 의로움은 절제된 마음을 갖고 마땅한 것만을 행하는 것이다. 인의에 대한 맹자의 정의가 맹자 사상의 주축을 이루고 있다. 몇 달 동안 공부한 『맹자집주』는 지금까지 이렇게 정리되어 내 머릿속에 남아있다.

수업료를 타면 먼저 서점으로 달려가서 읽고 싶은 책을 먼저 샀다. 결국 남은 돈에 틈틈이 어머니가 주시는 책값을 보태어 수업료를 만들어 냈다. 3학년 때는 입시를 앞두고 있어서 책값을 타기가 더 수월했다. 그런 면에서 나는 심성이 착하고 성실한 학생이라고 볼 수는 없었다.

설상가상 3학년 초부터 담배를 피우기 시작했는데 어느덧 골초가 되고 말았다. 하굣길에는 막걸리 한잔을 걸치고 교모도 삐딱하게 쓰고 두 명의 친구와 도로 옆에 있는 수로를 따라 유행가를 목청껏 부르며 다니기도 했다.

한 명은 같은 동네에서 살았고, 또 다른 친구는 이웃 동네였지만 같은 문과반이라 하교 시에는 항상 같이 다녔다. 하지만 셋 다 마음이 여려 하굣길에 노래를 부르는 것 이상의 탈선은 없었다. 다만 성적이 좋지 않아 부모님의 걱정이 이만저만이 아니었다.

인문학적 소양은 어느 정도 갖추었고, 수학은 취미도 있고 소질도 있어서 학교 공부로 충분했다. 다만 영어가 문제였다.

다른 여타 과목은 신경을 쓰지 않아 총체적으로 성적표는 엉망이었다.

때문에 입학원서를 쓰는 과정에서 담임 선생님과 한동안 실랑이가 있었다.

우여곡절 끝에 담임 선생님의 승낙을 받았고, 아버지는 어머니가 설득하셨다.

"여보 쟈가 시방 태어나서 여태까지 서울 구경 한번 못 히었응게 이참에 올라가서 창경원도 구경 허고 서울 한 바꾸 돌다 오라고 허면 어떨까 싶은디 어찌히야 쓰까?"

어머니가 서두를 꺼냈다.

"한가헌 소리허네. 쟈가 시방 놀러 댕길 때여? 이번 일차 시험을 놓치면 내년에나 가야 히여."

괜찮은 지방대학의 시험도 같은 날이라 1차 시험에 실패하면 후기 대학을 준비해야 했다. 당시는 전기와 후기의 차별이 심해 아버지의 걱정도 크셨다.

1차에 실패하면 한 해 더 공부를 해야 하는데 지방도시에는 입시 학원이 없다. 재수를 하려면 다시 3학년에 편입해서 후배들과 같이 공부를 해야 한다.

정말 큰 문제가 아닐 수 없었다. 그러나 내친걸음을 되돌릴 수는 없었다.

할머니까지 거들고 나서시니 결국 아버지도 승낙을 하셨다.

시험공부보다 훨씬 더 어려운 과정을 거쳐 응시한 시험이었지만,

어쩐 일인지 마음이 편안했다.

주변에서 기대하는 사람이 아무도 없어서 마음에 부담이 없었던 게다.

아버지도 아무 대학이나 나와서 농사지으면서 동생들 뒷바라지나 하고 살면 되는 것으로 생각하셨으므로 이번 기회에 서울 구경이나 한번 잘하고 오라는 뜻으로 용돈을 넉넉히 주셨다.

결과는 합격이었다. 단기 4293년(1960) 3월 14일, 고려대학교 법과대학 행정학과 수험번호 102번 공준원은 합격증을 받았다.

김제에서 출발할 때 아버지는 앞집에 사는 4년 선배에게 보내는 당부의 편지를 내 품에 안겨주셨다. 선배는 당시 대학을 졸업하고 대학원에 진학 중이었다. 합격자 발표 날 합격을 확인한 후에 가벼운 마음으로 서울 구경에 나섰다. 처음부터 큰 기대가 없었던 부모님은 이왕 간 김에 서울 구경 실컷 하고 오라며 용돈을 넉넉히 주신 덕분에 선배와 함께 창경원을 시작으로 고궁을 다 돌고 남산에 있는 다방과 극장, 맛있는 음식점을 돌아다녔다. '이런 세상도 있구나.' 싶을 정도로 촌놈 눈에는 서울은 별천지였다.

그러다 보니 하향길이 너무 늦어졌다.

합격증을 받아본 집에서는 물론 동네에서도 난리가 났다.

나의 합격은 모두에게 놀라운 소식이었다. 기대했던 사람이 합격을 못 하는 것보다 말도 안 되는 실력으로 합격할 때 세인의 관심을 더 끈다.

내가 생각해도 기상천외한 일이 아닐 수 없었다.

아버지는 싱글벙글하셨고, 어머니도 좋아서 입을 다물지 못하셨다.

"댁의 아들 합격했다며?"

"그랬나 벼."

어머니는 여전히 말수가 없으셨다.

다음 날 학교에 갔다. 다들 수업에 들어가시고 두 분 선생님과 교감 선생님이 자리를 지키고 계셨다.

"너 인제 어디 볼 거냐? 원서 쓸 때 그 난리를 치더니!"

교감 선생님이 퉁명스럽게 물으셨다.

나는 웃으면서 합격증을 보여드렸다.

"어? 이거 무슨 일이냐?"

교감 선생님은 합격증을 한참을 들여다보시더니만

"세상에 어찌 이런 일이 있다냐?"라고 말씀하셨다.

그동안 고대 법대에 합격한 선배들은 있었지만 나처럼 성적이 형편없던 학생이 합격한 것은 개교 이래 처음이라고 놀라시며, 심부름하는 급사를 찾았다.

전지 몇 장을 사 오라 하신 뒤 교문에 한 장, 교사 앞 동 현관에 한 장, 뒷동 현관에 한 장씩 대자보를 붙였다.

"공준원 고대 법대 합격."

좀 멋쩍었지만, 기분은 좋았다.

높은 경쟁률을 뚫고 그 어려운 학과에 들어가서가 아니라 좋지 않은 성적으로 법대에 들어갔으니 말 그대로 센세이션 아니겠는가?

내가 대학교에 합격한 것은 부모님께 드리는 마지막 효도였다. 대학교 1학년 여름 방학이 끝나고 외증조할머니가 돌아가시더니 이어

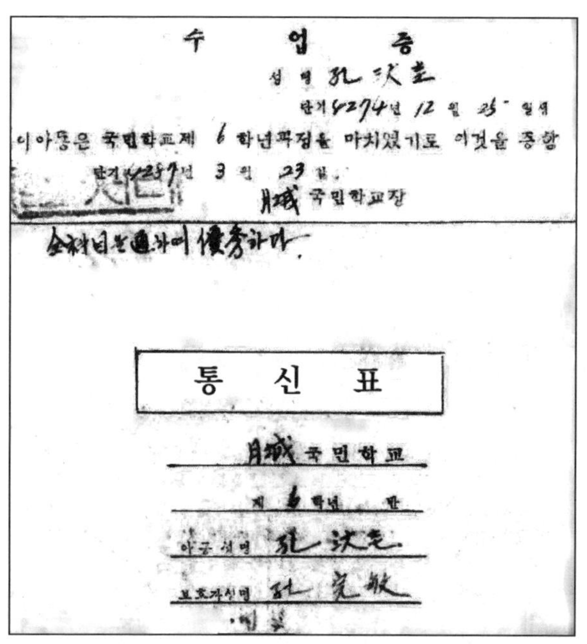

통신표
(1954년 초등학교 6학년 통신표)

아버지 건강이 나빠지기 시작한 것이다.

시골은 부유한 가정일수록 여자들의 일상이 고되다.

하지만 마음이 풍요로우니, 번뇌는 없다.

젊은 아버지가 병환으로 몸져누우시기 전까지는 그랬다.

할머니가 돌아가신 후 어머니는 가족들의 세끼 식사부터 온갖 집안일과 아버지 병수발까지 몸이 열 개라도 부족할 지경이었다.

결국 당신의 건강까지 나빠지셨지만 푸념도, 신세타령도 하지 않으셨다.

훗날 나도 결혼해서 가정을 꾸리고 크고 작은 어려움을 겪을 때마다 어머니의 뜨거운 눈물이 떠올랐다. 사형제 모두 결혼해서 가정을 꾸리고 살았지만 어느 집 한 곳, 어머니를 편히 모실 가정이 없었다. 모두 셋방에서 살았기 때문이다.

손자가 생길 때마다 이 집, 저 집 다니며 손자를 돌봐주셨다.

추운 겨울 어느 날 어머니가 오셔서 하룻밤 주무시고는 동생들 집으로 가신다며 나가시는데 어머니의 눈가가 젖어있었다. 며칠 계실 요량으로 오셨는데 갑자기 눈시울을 붉히며 가신다니 가슴이 철렁 내려앉았다. 무슨 일이 있었나 싶어 알아보았더니 어머니가 쓰시던 쌀독을 아내가 시집와서는 물려받았는데 아내가 쌀독 바닥 긁는 소리를 들은 것이다. 어머니는 진저리 칠만큼 혹독했던 옛일이 생각나신 듯 "어쩔거나, 어쩔거나."를 몇 번 되뇌셨다고 한다. 아내도 마음이 북받쳐 울먹였다. 나는 목이 메여 통곡하며 울었다. 소리 내어 울 수 없어 두꺼운 이불을 뒤집어쓰고 울었다. 이것이 어머니와 영원한 이별이 될 줄은 꿈에도 몰랐다.

5.

인생의 소용돌이

❈

4.19 혁명과 고대의 4.18

농촌의 넓은 들판을 보고 자랐지만, 대학 캠퍼스의 압도적인 크기는 부푼 기대를 안겨주기에 충분했다. 4월 1일 새 학기가 시작되고 사흘 뒤에 모의고사를 치렀다.

수강 신청하고 아직도 낯선 강의실 찾아 헤매는데 캠퍼스 바닥 여기저기에 돌로 누른 4절 크기의 대자보가 놓여있었다.

"고대 전교생 본관 앞에 모여라."

곧이어 본관 앞에서 마이크 소리가 들렸다. 이승만 정권을 규탄하는 내용의 선동이었다.

1960년 4월 18일 오후 점심때가 막 지난 시간이었다.

평소 시사 잡지를 구독했지만 시골에서 살다 보니 정치는 먼 나라 이야기처럼 실감이 나지 않았다. 배도 고프고 할 일도 좀 있고 하여 교문을 막 나서려는데 학교로 들어오던 한 친구가 나를 불러 세웠다.

"어이 이봐, 어디가?"

"집에 가려고."

"이 사람아, 정신 있어? 이승만이 고대 없애버린대."

청천병력 같은 소리였다.

그 친구는 소식을 듣고 시위에 참여하기 위해 오는 중이었다.

지난 시간을 떠올려 보면 이승만 정권은 유독 학생들을 많이 동원했다. 대통령의 해외 순방 또는 지방 순시에는 반드시 학생들이 연도에 나가 태극기를 흔들며 환송했다. 거리에서 수시로 궐기대회도 했다. 북진통일부터 멸공통일까지 반공 궐기대회를 수시로 벌였다.

그뿐인가? 매년 3월 26일에는 이승만 대통령 탄신 기념행사를 했다. 초등학교 운동장에 학생들을 모아놓고 가장 먼저 군수가 축사를 했다. 뒤이어 경찰 서장이 축사를 하고, 대통령의 장수를 기원하는 만세삼창을 한 뒤 끝이 났다.

모를 이앙할 때가 되면 학생들이 보리 베기에 동원된다.

모를 심고 나면 피 뽑기, 나락이 팰 무렵이면 퇴비 증산을 위한 풀 베기, 가을이면 벼 베기에도 학생들이 동원되었다.

도대체 공부는 언제 하란 말인가?

어린 나이였으니 재미없는 공부보다 차라리 노력 동원이 났다고 생각한 적도 있었다. 하여 부정선거, 독재 타도 등의 구호에는 별다른 감정을 느끼지 못했다.

전교생이 본관 앞에 모였다. 우리는 스크럼을 짜고 교문을 나섰다. 내가 얼마나 어렵게 이 학교에 들어왔는데 이 학교를 없앤다니 말이 되는가.

"독재자 물러가라!"

"부정선거 규탄한다!"

구호를 외치며 행진해 나갔다. 너도나도 손에든 가방이 거추장스러워 길가에 있는 가게에 맡겼다. 그리고 홀가분한 몸으로 서울 시청 앞까지 갔다.

4월의 해는 짧아 벌써 어둠발이 드리우기 시작했다.

당시 민주당 국회의원 이철승 씨가 나타나 "우리의 투쟁은 민주화가 정상적으로 이루어질 때까지 계속되어야 하니 오늘은 이만 돌아가고 내일 다시 만나자."라고 설득했다.

지도부의 결정으로 학교로 다시 돌아가는데 도중에 누군가 마이크를 들고 안내 방송을 했다.

안전한 귀가를 위해 길을 안내할 것이니 질서 있게 따라 달라는 당부였다.

모두는 종로로 가는 줄 알았는데 우리는 청계천으로 안내되었다. 어둠이 밀려오고 청계천 4가에 이르렀을 때 갑작스럽게 앞 대열이 무너지기 시작했다.

한 손에는 단검을, 한 손에는 방망이를 든 사내들이 무자비하게 학생들을 가격하면서 몰려 왔다.

머리에는 하얀 운동모자를 썼다.

비명이 들리고 거리에는 여기저기 부상자들이 쓰러져 있었다. 이승만 정부에서 동원한 깡패들의 습격이었다.

뒤따르던 학생들이 쓰러져 있는 학생을 구하기 위해 모여드는 순간 다시금 깡패들의 가격이 이어졌다. 우리는 옆 가게나 가정집으로 들어가 무기가 될 만한 것은 무엇이든 들고나와 깡패들을 향해 달려갔다.

동시에 깡패들은 흔적도 없이 사라졌다.

정확히 말하면 깡패들이 흰 운동모자를 벗고, 들고 있던 단검과 방망이를 버리니 학생들과 구분이 안 된 것이다.

순식간에 일어난 일이었다.

앰뷸런스가 오고 부상을 입은 학생들이 실려 나갔다.

우리는 들고 있던 방어용 무기로 몇 개의 파출소를 부쉈다.

어둠이 밀려온 뒤에야 우리는 학교에 도착했다.

학교 운동장에 도착하자 유진오 총장님이 연단에 올라서서 두 손을 들어 우리를 맞아주셨다.

우리는 가슴이 벅차 감격의 눈물을 흘렸다.

이튿날 아침 각종 조간신문은 어제 있었던 고대생의 데모와 깡패 습격 사건으로 전 지면을 가득 채웠다.

온 나라가 발칵 뒤집혔다.

피곤했지만 어제의 흥분이 채 가시지 않아 아침 일찍 학교에 나갔다.

이승만이 고려대학교를 없애려 한다는 말은 계속 흘러나왔다.

뒷산에 있는 석산 발파작업을 보면 알 수 있다고 한다. 발파작업이 결국 학교 본관으로 이어진다고 했다. 당시 고대 뒷산에서 온종일 진행되던 발파작업은 수업에 막대한 지장을 줄 만큼 시끄러웠기 때문에 학생들의 불안도 점점 커졌다.

학생들이 '나가자', '오늘 하루는 쉬자.'로 옥신각신하고 있을 때 저 멀리서 서울대학교 상대 학생들의 구호 소리가 들렸다.

당시 서울상대는 홍은동에 있었다.

누가 먼저라 할 것도 없이 자연스럽게 우리도 행렬을 만들어 교문을 나섰다.

이윽고 어제처럼 시청 앞에 자리를 잡았다. 서울 시내 대학생들이 속속 모여들기 시작했다. 점심때가 되자 연도에 서있던 시민들이 수없이 많은 빵, 과자, 음료 등 먹을거리를 나누어주었다. 어떤 사람은 가게를 몽땅 털어 가지고 나왔다 한다.

많은 시민들이 이승만 정권 타도를 위해 나섰다.

오후쯤 되자 경무대 쪽에서 총소리가 났다.

장소가 좁아 밀려가다 보니 좀 늦게 도착한 학생들이 경무대 저지선을 넘어버린 것이다. 총소리와 함께 앰뷸런스 소리가 들렸다. 얼마 지나지 않아 시신과 부상자를 태운 앰뷸런스가 시위 행렬을 가까스로 비집고 지나갔다.

환자와 시신이 많아 앰뷸런스에 다 타지도 못했다. 앰뷸런스 전체가 피투성이였다. 앰뷸런스 위에서 선혈이 낭자한 환자를 부여안고 통곡하는 학생의 모습도 보였다. 몇 대의 앰뷸런스가 계속해서 지나갔고, 피를 본 학생들은 흥분했다.

애꿎은 경찰관 한 명이 무참하게 희생되었다.

서울 신문사가 불길에 휩싸였다. 학생들은 불 끄러 온 소방차까지 빼앗아 타고 시위대를 이끌었다.

상황은 이제 걷잡을 수가 없었다.

말 그대로 치안이 마비된 상태였다. 나를 비롯해 고대생 몇몇은 서대문에 있는 이기붕의 집으로 갔다. 너무 많은 사람들이 몰려들어 집 안은 온통 난장판이 되었다. 훗날 지하실에서 수박과 참외가 나왔다는 이야기가 있었지만 나는 보지 못했다. 4월의 수박과 참외는 부의 상징이라기보다 권력의 상징이었다. 당시에는 돈으로 구할 수 있는 물건이 아니기 때문이다.

파출소 여러 곳도 부서졌다.

나는 어제보다 일찍 집에 돌아왔다. 들고 있던 돌덩이는 학교에 도착한 뒤 버렸다. 출발할 때 돌덩이를 쥐고 있었던 것은 불의의 습격에 대비한 것이지 무엇을 파괴하거나 공격하기 위함이 아니었다. 그래서 파출소를 공격할 때 나는 적극적으로 참여하지 않았다. 파출소를 향해 돌을 던지는 학생들을 보며 과연 이것이 옳은 것인가 하는 회의가 먼저 일어났기 때문이다.

이승만 대통령은 1960년 4월 27일 하야 성명을 발표했다.
결국 이승만 정권은 이렇게 무너졌다.
그러고는 5월 초에 서둘러 미국 하와이로 망명길을 떠났다.
이승만이 이토록 급하게 떠난 것은 김구 암살 사건 때문이었다.

4월 18일 고대생의 유혈 봉기는 4.19 혁명의 도화선이 된 것이다.
18일에 짐이 되어 맡겨둔 가방은 기어이 찾지 못했다.
초행길이어서 맡겨 둔 가게조차 찾지 못하고 돌아왔다.
4·19 혁명이 있은 후 고향 집마다 자식들 걱정에 애간장이 타고 있었다. 나 역시 고향 집에 전보를 보내, 무사하다는 소식을 알려야 했는데 깜빡 잊고 있었다. 전보를 치고 돌아오는 친구들이 전보 여부를 물어본 뒤에야 '아뿔싸' 정신이 들었다.
하숙집을 정하고 집에 편지를 보낼 때 하숙집의 전화번호를 적지 않았던 것이다.
전보를 치러 광화문 우체국에 가니 대기 줄이 끝이 보이지 않았다. 그냥 돌아와 무심한 놈이라며 스스로를 자책하고 있을 때 어머니가 하숙집으로 들이닥쳤다. 내 걱정에 주소만 들고 서둘러 서울로 올라오신 것이다. 나를 보는 순간 어머니의 눈에 눈물이 고였다. 나를 품에 안은 어머니의 뜨거운 눈물이 흘러내렸다. 태어나서 어머니의 눈물이 그토록 뜨겁게 느껴진 것은 처음이었다. 어머니의 크신 사랑과 함께 죄송함이 밀려와 온몸에 전율을 일으켰다. 어머니는 절절하고 뜨거운 정을 전해주신 뒤 다음 날 고향으로 내려가셨다.

나는 지금도 어머니의 그때의 모습을 잊을 수가 없다.

학창 시절의 설계

입학 후 조금 지나 나름대로 대학 4년간의 설계를 했다.

중학교 시절에는 국내 소설을 읽었고, 고등학교 시절에는 번역된 외국 소설을 주로 읽었으니 대학교 1학년 때는 철학을 공부할 예정이었다. 학과 공부는 적당히 학점만 받으면 된다고 생각했다. 고등학교 때 읽은 철학책은 니체의 『초인의 철리』 한 권뿐이었다. 무슨 뜻인지도 모르고 읽었다.

낮에는 강의를 듣고, 친구들과의 시간도 가져야 했으니 독서 시간은 새벽 4시부터 8시까지로 정했다. 저녁에는 7시부터 12시까지 독서 시간이다. 통금시간이 있었지만 집과 교문까지 거리는 불과 5분 남짓했고, 학교 앞이라 단속도 심하지 않았다. 일과표를 꼭 지킨 것은 아니지만 대체로 지켰다.

토요일 오후에는 청년회 모임이 있고, 일요일은 예배와 찬양이 있다. 예배가 끝나면 찬양 연습이 있다. 토요일 오후와 일요일은 대부분의 시간을 이렇게 교회에서 보냈다.

남녀 친구들과 어울려 시간을 보내는 것이 정말 좋았다.

교회에 열심히 다닌다고 해서 신앙심이 깊은 것은 아니다.

한번 선택한 이상 나는 의리를 지켜야 한다고 생각했다.

똘마니 수준의 의리였다.

하지만 무신론에 대해서는 강력한 저항감을 갖고 있었다.

마르크스의 자본론을 시작으로 공산주의에 대한 서적들이 4.19 혁명 이후 서점가에 쏟아져 나왔다. 공산주의가 무엇인지 이해할 수 있는 자료는 충분했다. 독재정권을 합리화하기 위한 통치이념으로 도입한 것이 마르크스-레닌 주의이다. 즉, 마르크스 자본론을 레닌이 정치적 통치 이념으로 각색한 것이다.

레닌은 유물사관을 바탕으로 한 공산주의를 통치 이념으로 삼아 1917년에 러시아에 사회주의 정부를 세웠다.

사회주의란 공산국가를 완성하기 위하여 필연적으로 선행되는 강력한 통치체제로 독재정치의 명분을 제공하는 이론이다.

이것을 이웃 나라 중국 모택동이 받아들여 중국 인민을 불행하게 만들었다. 모택동의 타고난 달변과 뛰어난 문장력이 만들어낸 비극이었다.

변증법적 유물론과 '심은 물의 속성'이라는 이론만 대강 이해하고 접었다.

공산국가는 유토피아에 불과한 것임을 깨달았기 때문이다.

공산주의는 독재정권을 합리화하고 독재자를 우상화하기 위한 논리적 명분에 불과했다.

나는 하느님을 믿는 기독교 신자로서 유물론에 대한 학문적 지식을 넓혀야 할 가치를 느끼지 못했다.

대신 제1·2차 세계대전을 전후해 세상에 만연된 실존주의 철학에 관심이 갔다.

'존재는 본질에 앞선다'는 실존철학은 세계대전으로 생겨난 불안과 초조, 부조리와 공포 그리고 허무주의가 100년 전, 키에르케고르(KierKegaard)가 주장한 실존철학을 무리 없이 받아들이고 있었다. 또한 플라톤(Platon), 아리스토텔레스(Aristoteles) 이래로 내려온 철학을 모두 접고 '인간의 삶은 죽음의 시작이다.'라는 대명제로 시작하는 실존철학에 마음이 끌렸다.

당초 내 계획은 2학년부터 고시 공부에 전념하는 것이었지만 철학에 대한 호기심을 떨쳐 버릴 수가 없어, 저녁 시간만큼은 철학 공부를 계속하기로 했다. 그런데 계획에 차질이 생겼다.

고향에서 같이 올라온 한 친구가 평택에서 학교 다니는 것을 알았다.

평택에서 서울역까지 완행열차로 2시간, 서울역에서 학교까지 2시간이었으니 왕복 8시간이 걸린다. 나로서는 상상도 못 할 일이었다.

"야 우리 자취 한번 해볼래?"

지금 내가 지불하고 있는 하숙비로 자취를 하면 두 사람은 충분히 살 수 있을 것으로 생각했던 것이다.

구멍가게가 딸린 허름한 집의 방 한 칸을 얻었다. 수도도 있었다. 당시 제기동 일대의 단독주택은 수도 없는 집이 꽤 많았다. 몇 집이 같이 쓰고 물세를 공동으로 부담한다.

주인은 중년으로, 초등학교 5학년과 2학년인 어린 딸이 두 명 있었다.

자취의 좋은 점은 식사 시간을 맞추지 않아도 된다는 것이었다. 밥을 하고 설거지를 하는 것도 큰 문제가 되지 않았다. 허나 반찬은 쉬운 일이 아니었다. 매일 두부찌개와 콩나물국만 끓여 먹었다. 우선 요리가 쉽다.

보다 못한 주인아주머니가 반찬을 조금씩 주셨지만 한두 끼면 그만이다.

한창 활동할 나이에 몸이 부실해 질 수밖에 없었다.

더 큰 문제는 직접 밥을 지어 먹는다 해도 내 하숙비로는 두 사람의 식비를 감당할 수 없다는 점이었다. 몇 차례 책을 산다는 핑계로 부모님께 더 받아냈지만 역부족이었다.

반찬은 주인아주머니의 도움을 자주 받았다.

계약한 지 얼마 되지 않았지만 나와 주인 내외 사이에는 깊은 신뢰관계가 형성되어 있었다.

어린 딸들과 수시로 놀아주고 공부도 가르쳐주었지만, 그보다 중요한 계기는 주인아저씨의 주벽이었다.

아저씨는 종종 구멍가게에서 판매할 막걸리를 떼어오기 위해 양조장에 가셨다. 그럴 때마다 양조장 주인이 주인아저씨에게는 막걸리를 마음껏 드시도록 배려해 주었다. 그러다 가끔씩 과음을 하셔서 귀갓길에 자전거를 내팽개친 채 길가에서 코를 골고 잠들어 계시는 때가 많았다.

그럴 때면 아주머니가 마중을 나가 힘들게 모셔온다.

그 사실을 알게 된 뒤로는 시간이 허락될 때마다 아주머니를 도와드렸다. 어렸을 때 삼촌들과 함께 할아버지 막걸리 심부름을 했던 일들이 생각나, 싫지도 힘들지도 않았다.

이렇게 하여 주인 내외분도 나를 친자식처럼 여기게 되었다.

2학년이 되고 얼마 지나지 않아 1961년 5월 16일 군사 쿠데타가 일어났다. 5,000년 만에 처음으로 맞이한 민주주의 제도가 하루아침에 무너졌다.

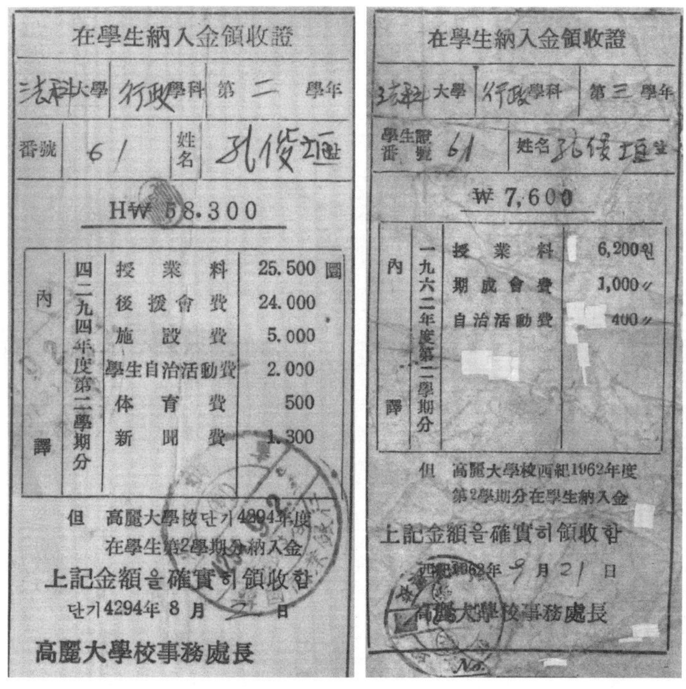

등록금 영수증

1962년 화폐개혁으로 3학년 2학기 등록금이 2학년 2학기
등록금보다 10분의 1 이상 줄었다.

군인들이 교정을 들락거렸고 학교 분위기는 어수선해졌다.

정국이 얼어붙었으니 공부가 제대로 될 턱이 있겠는가?

그 무렵 호성회 회원 중 한 명이 이화여대 2학년 재학생 중 대구 출신들 모임과 연대하자는 제안을 해왔다. 어차피 공부도 안 되고 마음 둘 곳도 없었던 터라 모임을 추진했다.

만나는 장소는 우리가 다녔던 서울 근처의 산이었다.

군사정권이 들어섬에 따라 공부에 대한 긴박감도 사라졌다.

같이 자취했던 친구도 새로운 방을 구했다며 짐을 챙겨 떠났다. 경제적으로는 조금 여유가 생겼다.

혼자 몸이 되었으니 밥을 해 먹어도 되고 죽을 끓여 먹어도 되고 외식을 해도 된다. 호성회 친구들도 자주 찾아왔다.

수시로 고구마, 감자, 옥수수 등을 쪄 먹었다.

나의 자취방은 호성회의 사랑방이 되었다.

그 바람에 내 방은 김영준의 휴식처가 되기도 했다.

영준은 호성회 창설 멤버로, 밤에 근무하고 낮에 공부하는 친구였다. 토요일 오후가 되면 꼬마들이 몰려온다.

주인집 큰딸 함경아의 친구들이다.

경아에게 틈나는 대로 학습지도를 해주었더니 두 자매가 수시로 내 방에서 숙제도 하고, 공부도 했다.

내가 있거나 없거나 상관이 없었다.

동네 아이들까지 모여들어 때로는 7~8명이 되기도 했다.

아이들이 많아짐에 따라 내 방에 들어올 수 있는 시간은 토요일 오후로 한정했다.

❊

친구 죽음의 미스터리

1960년 5월 26일 저녁 8시 돈암동 전차 종점 근처의 한일다방에서 조촐한 모임을 가졌다. 아침부터 비가 오다 그치다를 반복해 길이 질척거렸다.

남자는 나와 이창규, 여학생은 주성매와 김덕선이었다. 유익하고 보람된 학창 시절을 보내기 위해 뜻이 맞는 친구들이 모여 동아리를 만들어 보자고 모인 만남이었다.

4월 4일 모의고사가 있다는 것을 학교에 도착한 뒤 알았던 나는 난감했다. 필기도구가 없었기 때문이다.

그때 흔쾌히 연필을 빌려준 여학생이 바로 옆자리에 앉았던 주성매였다.

김덕선은 주성매와 친해서 자연스럽게 네 사람이 한자리에 모이게 되었다. 날씨 탓인지 다방은 한산했다.

동아리 모임 인원은 17~19명으로 하고 창립총회는 5월 30일 오후 7시 정동 밀크홀로 정했다.

모임의 이름은 호성회(虎聲會)라 하고 날짜는 매월 마지막 수요일로 했다. 모임 날짜는 졸업할 때까지 변하지 않았지만 장소는 수시로 바뀌었다.

이렇게 하여 호성회는 17명의 인원으로 1960년 7월 27일부터 정동 밀크홀에서 야심 찬 출발을 했다.

호성회는 첫 여름 방학이 끝나고 개학 후 두 번째 토요일인 1960년 9월 17일, 회원 전원이 문명호 집에 초대되어 점심 식사를 하게 되었다.

서울 출신은 문명호와 은상기 두 명뿐이었다. 문명호의 부친께서는 유수한 제분회사의 전무로 재직 중이어서 경제적으로 여유가 있는 가정이었다.

우리는 정말 따뜻하고 후한 대접을 받았다.

2학년에 올라와서는 한 회원의 소개로 이화여대의 동아리를 소개받았다. 우리와 같은 학년이고 모두 대구 출신이었다.

두 모임을 합하여 여울이라는 이름으로 모여 주말이면 산과 명승지를 누비고 다녔다.

3학년 여름방학이 끝나고 두 주가 지난 금요일, 수업을 마치고 나오다 강의실에서 문명호를 만났다. 명호는 호성회 멤버 중에서 비교적 가까이 지내는 친구였다.

명호는 대뜸 "내일 오후에 이대에 놀러 가자."라고 제안했다.

마침 나도 다른 약속이 없어 "그러자"고 했다.

명호는 공중전화 부스로 달려가 전화를 건 뒤, 만면에 웃음을 지으며 돌아왔다. "내일 이대 정문 앞에서 만나자."라고 약속한 뒤 우리는 헤어졌다.

다음 날, 하늘은 맑았고 더위도 가셨다. 이대 기숙사 앞 잔디에서 여울회 멤버 여섯 명이 모여있었다.

3시가 조금 넘은 시간이었다.

그동안 쌓아온 우정 덕분에 분위기는 화기애애했다.

농담을 주고받고 때로는 잔잔한 목소리로 「노란 샤쓰 입은 사나이」를 시작으로 대중가요를 부르기도 했다.

문득 명호가 김 양은 왜 안 나왔는지 물었다.

"갑자기 부모님이 올라오셔서 같이 나갔다."라고 한 친구가 알려주었다. 명호의 얼굴이 조금 어두워 보였다.

눈치 빠른 여울회 멤버들이 익살을 부리며 명호를 다독였다.

저녁 시간이 다 되어서야 우리는 여학생들과 헤어져 나왔다.

여전히 해는 중천에 떠있었다.

이대 정문을 나와 음식점을 찾아 들어갔다. 명호는 주량이 세지도 않은데 막걸리부터 주문하고는 계속 마셨다.

무언가 심사가 뒤틀려 있다는 느낌이 들었다.

얼큰하게 취기가 돌자 "야, 사실 나 김 양을 만나러 왔다." 하며 본심을 드러냈다.

어제 전화로 연락할 때 참석자 명단에 김 양이 있었는데 오늘 보이지 않아 크게 낙담한 것이다.

단둘이 만난 적은 없었지만 그간의 미팅을 통해 이심전심으로 교감이 있었던 모양이다.

명호가 평소 속내를 잘 드러내지 않아 나는 전혀 눈치채지 못했다.

기분이 나빠도 육두문자를 쓰지 않던 명호였지만 실망감에 술기

운까지 더해 차츰 흥분하기 시작했다.

갑자기 주먹으로 식탁을 내리쳤다. 그 바람에 식탁 위에 엎질러진 물기가 옆에서 식사를 하고 있던 청년들에게 튀었다.

나이는 우리 또래였고 체구가 매우 건장했다. 그들은 다소 불쾌한 표정을 지었지만 싸울 의사는 없어 보였다.

명호가 먼저 시비를 걸었다.

"야, 기분 나빠?"

"이 새끼가!"

한 청년이 명호의 멱살을 잡았다. 내가 나서서 사과하며 말렸지만 이런 놈들은 혼을 내줘야 된다는 기세로 끌고 나가려고 했다. 참 난감했다. 결국 주인아주머니의 적극적인 만류로 우리는 무사히 음식점을 빠져나올 수 있었다.

우리는 어깨동무를 하고 「노란 샤쓰 입은 사나이」를 부르며 먹자골목을 지나 한길로 나왔다. 당시 「노란 샤스 입은 사나이」는 전국을 휩쓸 정도로 유행된 노래였다.

어둠이 내려앉아 가로등이 도심을 밝힌 지 꽤 지난 시각이다.

나와 명호는 이대 앞에서 헤어져, 각자 집으로 가는 버스를 탔다.

월요일 아침 첫 강의가 끝나고 나오는데 명호 부모님이 찾아오셨다. 갑작스러운 일이라 어리둥절했다. 나와 명호가 가까운 사이라 부모님도 내 이름은 알고 계셨다. 지난 토요일에 만났다는 사실은 알고 계셨지만 이대에 갔다는 사실은 전혀 모르고 계셨다. 자초지종을 설명해 드렸다.

그런데 그날 이후 지금까지 소식이 없다는 것이다. 가슴이 덜컥 내려앉았다. 집에 전화가 있는데 지금까지 연락이 없다는 것은 큰 변고가 일어났다는 뜻이다.

불길한 예감에 마음이 조였다.

부모님들도 경찰에 신고하고 오시는 것이라고 하셨다.

도대체 무슨 일일까? 잠도 오지 않았다.

다음 날 첫 교시가 끝나자마자 명호의 집으로 전화를 걸었다.

나이가 들어 보이는 분이 침착한 목소리로 전화를 받았다.

친척인 것 같았다.

소식을 여쭙자 "어제 경찰에 신고한 뒤 바로 연락이 왔다."라고 대답해 주셨다. 나이가 들어 보이는 아저씨의 목소리였다.

일요일에 북한산 골짜기에서 시신이 발견되었다는 것이다.

너무도 갑작스러운 소식이라 가슴이 철렁 내려앉았다.

소지품을 토대로 조사해 본 결과 명호 스스로 선택했다는 사실이 확인되었다고 한다.

부검을 통해 죽음에 이른 약물만 확인하고 가매장을 했다며 심하지는 않았지만 평소에 우울증이 좀 있었다고 덧붙이셨다.

가족들은 사체의 신원 확인을 위해 가매장지인 수색 공동묘지로 가셨다고 한다. 전화를 끊고 나도 바로 수색 공동묘지를 찾아갔다. 초행길이라 버스를 여러 번 탔고, 길도 헤매다 보니 2시가 넘어서야 도착했다. 다닥다닥 붙은 봉분 사이를 헤맨 뒤 새로 쓴 비목 하나를 찾아냈다. 약간의 여유가 있는 무덤 사이에 아무렇게 깎아 만든 비목 뒤로 길게 흙을 올려놓은 문명호의 가묘를 찾아냈다.

이럴 수가! 정말 이게 무슨 날벼락인가?

너무도 큰 상실감에 마음이 허탈했다.

꿈만 같았다.

꺽꺽 북받치는 설움에 가슴이 막혀 울기도 힘들었다.

태어나서 처음 겪는 충격이고 아픔이었다. 몇 시간을 명호 옆에 앉아 훌쩍거리다가 무거운 발걸음으로 돌아왔다.

다음 날 호성회 친구들과 다시 찾아갔다.

모두들 허탈한 마음을 주체하지 못했다.

며칠이 지나 너무도 아쉬워 다시 찾았으나 가묘는 사라지고 없었다. 전화로 확인해 보고 싶었지만 부모님의 아픈 상처를 자꾸 건드리는 것 같아 그만두었다.

명호를 잃고 난 다음 달인 10월에 회원들의 다수 의견에 따라 모임 이름을 호성회에서 안암 심우회(安巖 心友會)로 바꾸었다. 여울이라는 이대생과의 모임도 더 이상 갖지 않았다.

막을 내린 고시 공부

이제 나는 모든 것을 잊고 고시 공부에 열중하기 위해 지인의 소개로 조용하고 하숙비도 저렴하다는 장위동으로 숙소를 옮겼다.

이사하는 날이 마침 토요일이어서 살던 집에서 난리가 났다. 꼬마들이 같이 가겠다고 떼를 써서 떠날 수가 없었던 것이다. 낮은 책상은 택시 뒤 짐칸에 문을 연 채 묶어 매달고 이불과 책을 쑤셔넣어 두 자리를 만들었다.

주인집 딸 경아와 다른 아이들은 자기들끼리 가위바위보 해서 이긴 한 명이 함께하게 되었다.

복잡한 과정을 거쳐 나는 장위동으로 이사를 했다.

가까운 곳에 산이 있어 아침 산책이 가능했고, 뻐꾸기가 울어 아침을 열었다. 산에 올라 두 손을 모아 뻐꾸기 소리를 내면 온산의 뻐꾸기가 다 모여들었다. 공부가 잘되고 마음도 상쾌했지만, 그 생활은 오래가지 못했다. 아버지가 많이 편찮으시다고 집에서 연락이 왔기 때문이다. 서울과 고향을 오가는 상황에서 고시 공부는 어려울 것 같았다. 휴학계를 내려고 했는데 아버지께서 말리셨다.

이 생각, 저 생각하며 혼자 걷다가 마음이 너무 혼란스러워 서울

상대 입구에서 나도 모르게 술집으로 들어섰다.

극도로 피로한 몸에 마실 줄도 모르는 막걸리를 꽤 마셨다.

얼마를 지났을까? 머리가 깨질 듯이 아파 눈을 떠보니 말이 끄는 달구지 위에 몸이 실려있었다. 술집 주인은 내가 사는 곳을 확인하고 마침 출출하여 막걸리 한잔하러 들린 단골 마부 아저씨께 나를 부탁한 것이다.

비포장도로인 데다 마차 나무토막 위에 머리를 두고 있으니 터덜거릴 때마다 머리가 부딪쳐 아팠다.

그 바람에 나도 정신이 조금 들었다.

마부 아저씨는 하숙집 근처까지 데려다주는 친절을 베풀어 주셨다.

4월 초 밤공기는 다소 차가웠다. 하숙집 현관문을 들어서자마자 온기가 덮쳐 왔고 구토가 시작되었다. 현관에 있던 신발부터 2층에 오르는 계단까지 온통 난리를 쳐놓았다.

아침에 늦게 일어나 아주머니께 어제 밤일을 사과드렸다.

아주머니는 웃으며 꿀물을 타 오셨다.

하숙집의 주인아저씨는 당시 서울 사람이면 누구나 다 아는 굴지의 양복점 재단사로 근무하셨다. 평소에 약주를 좋아해서 밤늦게까지 약주를 들고 오시는 경우가 많았다. 간혹 과음하여 버스정류장에 내려 그 자리에서 잠들어 버리는 경우가 종종 있었다. 버스 안내양이 내리는 곳을 알기 때문에 부축을 해주면 내린 자리에서 그대로 잠이 드시는 것이다. 주인아주머니는 아저씨가 시간이 되어도 안 오시면 버스정류장까지 가서 부축해 온다. 그럴 때는 내가 주인아주머니를 도와 아저씨를 부축해 집으로 모시고 들어왔다.

덕분에 아주머니와 나는 다소 흉허물 없는 사이가 되었다.

전에 살던 집과 똑같은 상황이 여기서도 일어난 것이다.

정말 기구한 인연이었다.

때문에 아주머니는 내 실수를 너그럽게 받아주신 것이다.

술값이 없던 내가 어떻게 술집에서 나왔을까 궁금했다.

학교에 가려고 시계를 찾았더니 손목시계가 없었다.

아침에 일어나서야 어제 있었던 일들이 주마등처럼 떠올랐다.

아버지께서 대학 합격기념으로 사주신 명품 스위스제 부로바 시계였다.

시계는 며칠 후 영준이가 찾아주었다.

이후 아버지 병환으로 고향을 자주 다녀와야 했다.

허둥거린 첫 데이트

1963년 5월 16일, 당시에는 혁명 기념일이라 하여 공휴일로 지정되어 있어, 교회 청년회에서 야유회를 가기로 했다.

행선지는 경기도 고양군 지도읍 행주내리에 있는 행주산성이었다. 일행은 서울역에서 열차를 타고 능곡역에서 내렸다.

20여 명의 남녀 청년들이 삼삼오오 짝을 지어 앞서거니 뒤서거니 걸었다.

따스한 봄날의 정취가 물씬 풍기는 쾌청한 날씨였다.

경자도 언니 팔짱을 끼고 정답게 걷고 있었다.

한 손에 들고 있는 붉은 표지의 작은 노트가 눈에 띄어 호감이 갔다. 내가 붉은색을 유난히 좋아했기 때문이다.

그래서 나는 늘 붉은 장미가 피는 5월을 기다린다.

"무슨 책인가요?"

"보세요."

대뜸 서슴없이 내미는 책을 무심코 받아보았다.

영시를 자신이 직접 번역해서 적어놓은 예쁜 수첩이었다.

고등학교 때 즐겨 읽던 시가 적혀 있어 오며 가며 다 읽었다.

지금은 장곡도의 시 "나는 소라껍질 바다의 소리를 듣는다."라는 구절만 떠오른다. 박경자는 언니 윤경과 함께 서울사범대학 영문과를 다녔다.

돌아오는 길에 시집을 돌려주면서 물었다

"시 좋아하세요?"

"그냥 번역해 본 거예요. 시 좋아하세요?" 경자가 내게 되물어 왔다.

"고등학교 때 조금 관심을 가졌는데 내 취향이 아닌 것 같아 법대에 들어왔답니다."

"이 책 드릴게요."

얼떨결에 받아 들고 "이 귀한 것을…."이라며 망설이자, 윤경이가 웃으며 "주는 것이니 받으세요."라며 거들었다.

난생처음 생각지도 않은 여인에게서 귀한 선물을 받았다.

그리고 닷새가 지난 5일 21일 수요일, 비가 세차게 내리는 오후 윤경이 내 하숙집을 찾아왔다.

당시 하숙집이 장위동이라 자매들이 살던 제기동에서는 좀 먼 길이었다. 미리 전화 연락은 받았지만 너무도 갑작스러운 일이라 당황했다.

"내 동생을 어떻게 생각하세요?"

자리를 잡고 안자마자 웃음 띤 얼굴로 진지하게 물어왔다.

"왜요?"

내 나이 23세. 언니의 질문에서 동생이 나에게 가진 감정과 분위기를 알 수 있었지만 당혹스러운 나머지 무의식중에 불필요한 질문을 던졌다.

윤경은 나하고 동갑이라 스스럼없이 대화도 하고 선배들과 어울려 탁구도 치고 영화 구경도 다니는 친구였다.

하지만 경자와는 함께 어울리는 시간이 많지 않았다.

경자는 자태가 다소곳하여 여성스럽고 귀여운 스타일이었다.

"그날 이후로 동생이 말이 없고 밥도 잘 먹지 않고 그래요."

아무 생각 없이 시를 적은 수첩을 들고나온 것이 아니었다. 야유회를 기회로 자신의 마음을 전달했던 것이다. 그녀 자신도 자기의 감정을 난생처음 다른 사내에게 전달하는 당돌한 행사를 치르고 나서 그 격한 감정을 주체하지 못하고 마음을 앓고 있었던 것이다.

나는 더 큰 회오리바람 속에 소용돌이치고 있었다.

태어나서 지금까지 이성과 진지한 대화를 나눠본 적이 한 번도 없었기 때문이다.

그룹 미팅은 종종 했지만 단둘이 만나는 일은 거의 없었다.

5월 26일 윤경의 주선으로 제기동에 있는 고대 앞 빵집에서 만나기로 했다.

날짜가 가까워질수록 마음이 요동쳤다.

소용돌이가 아니라 이제는 천둥번개였다.

약속 당일 기어이 비가 억수같이 쏟아졌다. 버스를 타고 종로 2가에서 내린 뒤 다방에서 차 한 잔을 마시며 이야기를 나누었다. 대화의 밑천이 금방 드러났다. 다방을 나왔을 때 비는 여전히 줄기차게 내렸다. 각자 우산을 들고 걷다가 종로 5가쯤에서 저녁을 먹고 다시 걸었다. 결국 우중에 제기동까지 걸었다. 그녀의 집 앞까지 참 많이도 걸어왔다.

저마다 마음에서 격한 소용돌이가 치고 있었다는 뜻이다.

집 앞에 이르러서 더 걷자고 하니 순순히 응해 주었다.

어느덧 통금 시간이 가까워져서 더 이상 걸을 수도 없었다.

그녀가 집에 들어가는 것을 보고 근처에서 하숙하고 있는 안암 심우회 친구 안의종의 하숙집으로 갔다. 참 고단한 밤이었다.

그녀는 헤어지면서 "그만 만나자."라고 했다.

그 말이 마음에 걸렸다.

내가 이토록 무력한 사람인 줄은 정말 모르고 살았다.

교회를 오래 다니다 보니 청년회에 속한 멤버들과 늘 미팅을 자주 가진다. 단둘이 만나기도 하고 여럿이 만나기도 하지만 아무 문제가 없었다. 스스럼이 없었고 대화도 오히려 내가 주도할 때도 많았다. 그런데 이번 우리 만남은 도대체 감당이 안 되었다. 말문만 막히는 것이 아니라 걸음걸이까지 이상해지며 손발까지 얼어붙어 버렸다.

난생처음 해보는 데이트이지만 정말 이렇게 힘든 줄은 몰랐다. 서로 좋아서 만난 처지인데 몸과 마음이 이렇게 굳어버리는 경우는 처음이었다.

하지만 그 후로도 몇 번 더 만났다. 그러나 나의 미숙함은 좀처럼 개선되지 않았다. 공부를 해야 된다는 긴박감까지 더하여 갈등만 증폭되었다.

8월 18일, 그녀의 제안으로 영화를 보았다. 「페니의 환상」이란 영화인데 스토리는 기억나지 않지만 심히 마음을 졸이게 하는 공포영화였다. 가벼운 마음으로 영화나 한 편 보자고 들어갔지만 헤어질 때까지 여운이 남는 소름 끼치는 영화였다.

일부러 찾아가기 힘든 행보를 우리는 처음부터 걷고 있었다.

결국 헤어지는 연습이었다.

"Today is the last day."

그녀의 마지막 인사였다. 운명이겠지.

그것으로 끝이었다. 만나자고 들면 더 만났겠지만 그럴 수가 없었다. 아버지가 위독하시다는 전보를 받았기 때문이다.

행주산성 야유회 때 받은 수첩을 우체국에서 발송했다.

시간이 흐른 뒤 알게 되었는데 경자가 나를 마음속에 담고 있었던 세월도 길었고 정도 깊었다.

하지만 막상 만나보니 너무 힘들었던 모양이다.

우리에게는 이 만남이 지옥보다 더 큰 고통이었다.

연자를 불러냈다. 연자는 대학생 공씨 종친회에서 만나 오누이처럼 지내는 처지이었다. 연자는 나보다 한 살 아래였고, 이화여대 3학년이었다.

명보극장 뒤에 위치한 집(중구 인현동 1가)에 찾아가 부모님께 인사도 드렸다. 아주 친절하셨다.

바로 밑에 동생 은식이도 상냥하고 귀여웠다.

공부도 많이 하고 사람도 많이 만났다. 다정한 친구들과 우정도 나누며 바쁜 일정을 보내면서도 좀처럼 지칠 줄 모르던 내가 박경자를 만나면서부터 심신이 고달파지기 시작했다.

정말 죽을 지경이었다. 상대가 호감 있어 청한 만남인데도 도대체 마음이 가라앉지 않았다. 헤어져 있으면 그립고 만나면 오금이 저려 어찌할 바를 몰랐다.

연자를 만나고 다소 여유를 찾았다. 쉴 곳을 찾은 것이다.

연자의 후배 공삼정과도 가깝게 지냈다.

내가 힘들 때 연자와 삼정이는 좋은 친구가 되어주었다.

예전처럼 편하지는 않았지만 윤경이와는 종종 만남을 이어나갔다. 가끔씩 나를 위로해 주는 것 같아 고마웠다. 후일담이지만 일흔이 넘어 윤경과 연락이 되었고, 참으로 오랜만에 만나게 되었다. 경자도 보고 싶다고 하여 같이 나와 달라고 부탁하였더니 그러겠다고 했다. 약속한 날 윤경이 혼자 나왔다. 경자가 세상을 떠났다고 한다. 너무도 큰 충격과 아픔이었다.

6.

비보와 그 여운

해 후

옥자가 왔다. 하굣길에 둘째 병채 삼촌을 읍내에서 만나 같이 왔다고 했다. 내가 중학교 3학년 졸업을 앞둔 11월 15일 목요일이었다.

6.25가 지난 후 숙부님이 돌아가신 뒤 헤어졌으니 5년 만이다. 초등학교 4학년이 된 옥자는 오랜만에 만났지만 스스럼이 없었다.

즐거워하며 설레는 모습을 보니 그간 무척 오고 싶어 했던 것이 분명했다. 단발머리에 장난기도 있어 귀엽고 예뻤다.

동생 미자에 대해서도 물었다.

내년에 초등학교에 입학하면 같이 오겠다고 한다.

할머니는 눈물을 주체하지 못하시고 앞치마로 연신 눈물을 훔치시며 옥자를 안아주셨다. 할머니에게 6.25가 남긴 상처는 너무도 깊고 아팠다. 혀를 차시며 "불쌍한 것, 불쌍한 것." 혼잣말을 되풀이하시며 바쁘게 왔다 갔다 하셨다.

저녁 식사라도 손수 챙겨 먹이고 싶으셨던 것이다.

온 식구가 반기는 가운데 옥자는 하룻밤을 묵고 다음 날 우리와 같이 등교했다.

1956년 12월 7일, 그해 겨울 우리는 뒷집으로 이사를 했다. 금요일에 이사를 한 것은 할머니께서 손 없는 날로 택일하셨기 때문이었다. 대지 600평의 넓은 터에 방이 4개였고, 넓은 대청이 하나 있는 큰 일산 가옥이었다. 지붕이 양철로 마감되어 있어 해마다 지붕을 갈아 이을 필요도 없었다.

연말에 옥자는 미자를 데리고 왔다. 숙제할 것과 공부할 과제를 한 보따리 가지고 왔다. 지난번에 왔다 간 옥자는 매일매일 손꼽아 방학을 기다리고 있었던 것이다. 두 자매는 할머니의 따뜻한 보살핌과 부모님의 애정 어린 배려로 우리 집에 쉽게 적응하며 방학을 함께 보냈다.
집도 넓은 데로 옮겨왔으니 지내기에도 편했다.
나도 중학교를 마치고 졸업식만 앞두고 있기 때문에 시간이 많았다. 보고 싶었던 동생들과 함께할 수 있다는 기쁨에 방학 내내 같이 놀아주고 공부도 가르쳐주었다.
그러던 어느 날 옥자의 일기장을 훔쳐보게 되었다. 1958년 1월 10일이었다.
시 한 편이 눈에 띄었다.

목화송이 같은 눈이 왔어요.
그 위로 걸어간 도련님의 발자국
도련님의 마음은
눈과 같이 희지요.

미지의 세계에 대한 호기심이 미풍처럼 일고 있었다.

방학이 끝나면 옥자는 6학년에 올라간다.

사춘기라는 이름의 새순이 돋아나는 것 같은 신선함이 느껴졌다.

여동생들은 여름방학과 겨울방학 이외에도 봄방학, 농번기 방학, 명절 등 연휴가 겹치기만 하면 왔다.

어떤 때는 토요일에 와서 일요일에 가기도 했다.

할머니도 쉬는 날이 돌아오면 행여 오나 하고 기다리셨다.

고등학교 1학년이 된 뒤로 나는 사회봉사에 관심을 갖게 되었다. 심훈의 『상록수』를 읽고 난 후 일어난 마음의 변화였다.

당시 농촌 각 시군에는 농촌지도소라고 하는 농사지도기관이 있었다. 농촌 봉사 운동인 4H 구락부도 이곳에서 관장하고 지원했다. 나는 그곳에서 조직과 행동강령을 교육받고 봉사활동에 필요한 자료를 모아 가져왔다. 그해 여름 방학 때 우리 부락에는 4H 구락부가 조직되었고, 내가 회장을 맡았다.

덕분에 나는 방학 때 더 바빠졌다.

평상시에는 고샅을 청소하고 잡풀을 뽑고 눈이 오면 눈을 쓸었다.

옥자는 봉사활동으로 정신없이 돌아다니는 나를 쫄랑쫄랑 따라다니며 좋아했다. 어느덧 동생들과도 한식구가 되었다.

옥자는 집에 있을 때면 할머니가 주무시는 안방 벽에 두 다리를 올려놓고 목청껏 노래를 불렀다.

과꽃 예쁜 꽃이 피었습니다.

꽃밭 가득 예쁘게 피었습니다.

누나는 과꽃을 좋아했지요.

꽃이 피면 누나가 또 생각나요.

나는 이 노래의 가사가 맞는지 이게 전부인지도 모른다.

마음먹고 암기한 일도 없는데 하도 많이 들어서 머리에 각인되었다. 과꽃은 단념 또는 이별이라는 꽃말을 가지고 있다.

옥자는 항상 이 노래를 시작으로 해서 이것저것 동요들을 부르다가 잠이 들거나 뛰어나가 논다.

여섯 살 때 아버지를 잃고 어머니와 동생, 세 식구가 험한 세상을 살며 겪은 심신의 고초가 철이 들면서 회한으로 쌓여 절규하는 목소리처럼 들릴 때도 있었다.

그래서 나는 여동생들과 더 많은 시간을 함께했다.

미자는 말수가 적고 순했다.

소리 없이 웃을 때는 정말 예뻤다.

옥자와 미자의 가을 운동회 때는 온 가족이 모였다.

옥자가 다니는 학교는 5km쯤 걸어야 하는 읍내에 있다.

음식을 장만하고 고모와 삼촌들까지 참석해 즐거운 하루를 보냈다.

동생들에게는 이때가 가장 행복했던 시절이 아니었을까 싶다.

내가 대학교에 진학해 서울로 올라오면서 집안 분위기도 조금씩 달라졌다.

아버지의 건강이 쇠약해지기 시작했기 때문이다. 할머니도 점점 연로해지셨다. 어머니 역시 두 분 몫의 일까지 다 떠맡아 지쳐가고 있었다. 내가 대학교에 진학하고 나서는 옥자와 미자가 집에 와도 말동무 해줄 사람이 없었다.

그러니 이제는 인사차 다녀가는 손님처럼 하루 이틀 머물다 떠났다.

나는 고시 공부 때문에 방학 때 집에 내려가도 2, 3일 지나면 올라가라고 부모님이 독촉하시는 바람에 두 자매와 만나지도 못한 때가 많았다.

4학년 여름 방학 때 잠시 집에 내려갔다가 집에 와있는 옥자를 만났다. 정말 반가웠다.

여고 3학년이었던 옥자의 웃는 모습이 정말 예쁘고 귀여웠다.

저녁 식사를 마치고 이런저런 이야기를 하며 걷다 보니 마을 앞 수로에 이르렀다.

내 오른팔을 두 손으로 부여잡고 걸으며 학교에서 있었던 재미난 이야기들을 늘어놓았다. 오랜만에 가져보는 오누이 간에 오붓한 시간이었다.

옥자는 학교에서 응원 단장을 맡는 등 만족스러운 시간을 보내고 있는 것 같았다.

우리는 콘크리트 수문 구조물에 앉아 이야기를 나누다 차츰 과거로 거슬러 올라가면서 분위기가 무거워지기 시작했다.

내가 미처 모르고 있던 일들이 너무도 많았다.

어린 동생들이 겪은 고생은 차츰 내 가슴을 미어지게 했다.

진심으로 아파하며, 진정 어린 위로의 말을 전하자, 옥자는 억눌렸던 울음보가 터졌다.

옥자의 등을 다독이며 나도 소리 죽여 울었다.

가볍게 시작한 이야기는 아픈 과거를 헤집으며 훌쩍거리던 울음이 통곡으로 변했다.

앞은 망망대해와도 같은 넓은 들이라 메아리도 없었다.

6.25 전쟁은 옥자에게 너무 큰 상처를 남겨주었다.

감당하기 어려울 정도로 마음고생이 심했던 동생들과 작은어머니의 어려움을 듣고도 내가 할 수 있는 일은 아무것도 없었다. 대신 어떻게든 성공해서 가족 모두가 행복하게 살 수 있도록 해야 한다고 스스로에게 몇 번이나 다짐했다.

달은 없었지만 별이 총총해 칠흑같이 어두운 밤은 아니었다.

흐느껴 우는 옥자를 가까스로 달래 집으로 돌아왔다.

가슴이 너무 아파서 잠을 이룰 수가 없었다.

옥자는 다음 날 나를 가볍게 안아주고 떠났다.

옥자가 떠난 다음 날 나도 무거운 마음으로 상경했다.

객지에 나오면 늘 그 자리에 있어 아무 때나 만날 수 있는 가족들에 대한 생각은 금세 잊어버리고 새로운 환경에 빠져드는 것이 상정이다. 동생들의 슬픔은 뒤로하고 마음을 다잡으며 공부에 집중했다. 옥자는 그 후 여고를 졸업하고 취업을 했다는 소식을 들었다. 기쁜 소식이었다.

비 보

초여름의 어느 날, 조용한 절 안방에서 전화벨이 울렸다.

공병호 큰삼촌의 전화였다.

"옥자가 갔다."

병호 숙부님은 잠시 망설이더니 짧은 한마디를 던졌다.

"가다니요?"

한동안 말이 없었다.

하마터면 정신을 놓을 정도로 큰 충격을 받았다.

이미 한 달이 지났다고 한다. 충격이 너무 클까 봐, 모든 것을 다 마무리하고 난 뒤 알려주는 것이라고 했다.

이 무슨 마른하늘에 날벼락 같은 소식인가?

여동생들은 건강하고 평소 명랑한 성격이어서 이렇게 세상을 등질 것이라고는 꿈에도 생각하지 못했다.

마음에 켜켜이 쌓인 회한을 다 토해 낸 후 끝없이 펼쳐진 넓은 들만큼이나 허허로운 텅 빈 가슴을 주체하지 못하고 떠났을 것을 생각하니 가슴이 시리고 아팠다.

공부는 말할 것도 없고 잠도 달아났다.

올라와서 따뜻한 위로의 편지라도 할걸!

아니 하루 이틀 더 머물면서 마음의 안정을 취할 수 있도록 다독여 주고 올라올걸!

이런저런 후회가 마음을 더 아프게 했다.

그날 밤늦게야 가까스로 잠이 들었는데 꿈속에서 옥자가 나타났다. 소복 차림에 평범한 얼굴이었다.

웃지도 않고 화난 얼굴도 아니었다.

무표정한 얼굴로 나타났다가 말없이 사라졌다.

반가워하며 잠에서 깼는데 눈물이 왈칵 쏟아졌다.

주체할 수 없을 정도로 눈물이 쏟아졌다. 소식을 들었을 때는 너무 큰 충격으로 눈물도 나지 않더니 이제야 사랑하는 동생을 잃은 큰 상실감을 주체할 길이 없어 한나절을 엎드려 울었다. 점심시간이 조금 지났을 때 물에 말아 밥 몇 수저 뜨고 인현동에 있는 연자의 집을 찾았다.

연자 집은 심신이 지치고 힘들 때 찾아가는 곳이 되었다.

집에서 한나절을 누워있었지만 여전히 피곤했다.

들어가자마자 눕고 싶다고 했다.

안색이 좋지 않았으니, 연유가 궁금할 법도 했지만 연자는 묻지 않고 이부자리를 펴주고 나갔다.

친오누이처럼 스스럼이 없었기에 가능했던 일이다.

잠깐이지만 깊은 잠을 잤다. 몸은 좀 가벼워졌지만 회복된 원기만큼이나 서러움이 북받쳐 올라왔다.

연자 집을 나와 남산에 올라갔다.

빈 나무 의자에 앉아 하염없이 눈물을 쏟았다.

상실감이 너무 커 주체할 길이 없었다.

어둠 발이 내려앉기 시작하였다.

"어이 젊은이, 이야기 좀 나눌 수 있을까?"

나이가 좀 들어 보이는 분이 다가왔다. 한 손에는 가방을 들고 옆구리에는 얇은 책 몇 권을 낀 채 다가오더니 내 대답을 듣기도 전에 옆자리에 와 앉았다. 유원지 등을 돌아다니며 사주 관상을 봐주고 복채를 받는 사람이었다. 말하지 않아도 당시 내 모습을 보면 누구나 알 수 있을 행색이니 그들의 표적이 된 것이다. 마음에 담고 있던 근심 몇 가지를 나눴다.

대뜸 나에게 부모 덕과 형제 덕이 없다고 말해 주었다.

당시에 그분의 사주풀이는 내게는 아무런 의미가 없었다.

건강은 좋지 않았지만 아버지는 젊으셨고, 형제들은 어렸기 때문이다.

나는 우선 여동생들에 대해 물었고, 나와 아버지의 생년월일도 가르쳐주었다.

이 책, 저 책을 꺼내 뒤적거리더니 나와 아버지 사주에는 딸이 없다고 했다. 딸이 없는 사주는 딸을 낳아도 잘 자라주지 않고, 아들이 없는 사람은 아들을 낳아도 잘 자라주지 않는다고 덧붙였다.

그래서 어머니가 딸 둘을 잃었을까? 나도 모르게 그분의 말에 말려들고 있었다.

아버지는 작은숙부님이 일찍 돌아가시자 옥자와 미자를 친딸로 호적에 정리하셨다.

적당한 기회에 데리고 와서 친딸로 키울 생각이었던 것이다.

그 사실을 전하자 "결코 잘한 일이 아니다."라고 대답했다. 순간 소름이 돋았다. 생각해 보니, 이웃집을 봐도 딸만 있는 집은 아들을 낳아도 잘 자라주지 않았고, 아들만 있는 집은 딸이 잘 자라주지 않았다.

내가 직접 보고 듣고 한 사실이 모두 그러한지라 가슴이 덜컥 내려앉았다.

동양철학은 일종의 통계수치에 불과할 뿐 절대적인 철리(哲理)가 아니라는 것이 현대과학의 평가이지만 현실에 당면하고 있는 나로서는 그냥 넘길 수가 없었다. 그러나 나는 하나님을 믿는 신앙인으로서 이런 말에 현혹되어서는 안 된다고 생각했다. 실제로 나는 지금까지 일상에서 무속이나 동양철학 등은 전혀 무시하며 살아왔다.

할머니가 철저한 무속신앙을 갖고 사셨지만 나는 관심조차 두지 않았다.

허나 여동생을 세 번째 잃고 나자 몹시 두려웠다. 여동생이 한 명 더 있었기 때문이다. 마음속으로 하느님을 부르며 미신을 믿어서는 안 된다고 거듭 외쳤지만 엄습하는 두려운 그림자를 지울 수는 없었다.

호적에 있는 딸은 어쩌면 좋으냐고 물었다. 내 질문에 준비한 답변이 없었는지 잠시 머뭇거렸다.

현재 같이 살지 않으니 괜찮을 것 같고, 시집가면 호적이 정리될 테니 괜찮지 않겠느냐고 대답해 주었다.

처음 접해보는 화두라서 그분도 자신 있는 대답을 못 했다.

미자가 해를 입는다면 정말 큰일이다.

어찌해야 좋을까? 올라올 때보다 마음이 더 무거워졌다.

남산에서 내려와 산사로 돌아왔지만 좀처럼 잠이 오지 않았다. 책에 적혀있는 사주팔자는 무시한다 해도 실제 내 주변에서 일어나고 있는 불가사의한 현상을 어떻게 간과할 수 있겠는가? 잠시 잠이 들었다. 옥자가 또 꿈에 나타났다. 다음 날도 다음 날에도 같은 모습으로 나타났다. 무려 40여 일이나 나타났다. 이제는 밤이 무서웠다. 할머니가 무서움을 주고 떠나신 후, 두 번째로 불가사의한 일이 일어나고 있었다.

아침 일찍 일어나 청룡암 뒷산으로 올라가 기도를 드렸다.

급할 때만 하나님을 찾는 나의 약삭빠른 신앙심이 발동한 것이다.

그래도 부처님을 모시고 있는 사찰 안에서 기도를 드릴 수는 없지 않은가?

옥자가 계속 나타나는 것은 동생을 잘 지켜달라는 간곡한 당부처럼 느껴졌다. 그렇게 정리하고 산에서 내려왔다.

그날 이후 옥자는 한 번도 꿈에 나타나지 않았다.

하지만 내 인생은 허리케인만큼이나 큰 회오리바람에 휩싸여 정신 없이 맴돌았다.

얄궂은 운명

공부를 포기하는 것을 넘어 아버지가 돌아가신 뒤 부채까지 고스란히 내 앞에 산처럼 쌓였다. 다섯 식구가 먹고 살아야 할 쌀독을 채우는 일은 너무도 절박했다. 동생들 공부도 시켜야 하는 내 인생은 백척간두에 서있었다.

공적인 큰 빚은 모두 숙부께서 떠안으시기로 하고 공판장을 넘겨드렸다.

우리 식구들은 옆에 있는 단칸방에 임시로 옮겨 살게 되었다.

그 무렵 고등학생이 된 미자가 찾아왔다.

업고 동네 한 바퀴 돌고 싶을 정도로 반가웠다.

당시 나는 일기를 쓰지도 못했다.

앉아서 몇 자 적을 정도의 공간도 없었기 때문이었다.

미자 역시 가세가 이 정도로 기울어 있으리라고는 생각하지 못한 모양이다.

뼈아픈 외로움도 모자라 오빠의 처참한 모습까지 보고 넋이 나간 것 같았다. 언니를 잃고 한동안 방황했을 동생을 생각하니 가슴이 아팠다.

옥자가 떠난 후 연자의 집에도 발길을 끊었고, 미자도 찾지 않았다.

나보다 더 힘들었을 미자가 먼저 나를 찾아왔으니 가슴이 미어졌다.

아버지 얼굴도 모르고 태어나서 온갖 고초를 다 겪으면서도 언니와 함께 간신히 이겨냈는데, 언니마저 떠나보냈으니 얼마나 허망했겠는가?

남산에서 만났던 분의 사주풀이와 40여 일간 밤마다 이어졌던 악몽이 떠올랐다.

갈등의 실타래가 주체할 수 없이 뒤엉켜 마음이 좀처럼 안정되지 않았다.

마음을 추스르기 위해 혼자 걷다 보니 몇 년 전 옥자와 함께 울었던 수문에 다다랐다. 또다시 눈물이 쏟아졌다.

소리 없이 한참을 울다가 집으로 돌아왔다. 가족 모두 잠들어 있는 것 같았다. 이부자리에 들어 잠을 청했지만 잠이 오지 않았다. 자고 있는지, 깨어있는지 모를 미자의 손을 힘주어 꼭 잡았다.

'나중에 언젠가는 내 마음을 알게 될 날이 있으리라. 내가 해를 입는 것이 아니라 네가 해를 입는다고 하지 않은가?'

하룻밤을 자고 갔는지 이틀 밤을 자고 갔는지는 기억나지 않는다. 미자가 행복하게 살아주기를 간곡하게 빌고 또 빌었다. 미자를 위해 잠시 잊고 있던 교회도 열심히 나갔고, 할 줄 모르는 기도도 열심히 드렸다.

내 인생에서 가장 가파른 벼랑 끝에 서있던 시기였다.

공부도 할 수 없고 일자리도 없고, 가족의 생계를 꾸려갈 방도도 없는 흑암의 시대였다.

동네 분들의 빚 독촉도 심했다. 읍내에 나아가 지인들에게 몇 푼씩 빚을 내어 생계를 이어가는 절박한 상황이었으니 동네 빚을 갚을 여유가 없었다.

아버지의 빚에 내 빚까지 더해져, 점점 헤어 나올 수 없는 깊은 늪에 빠져 허우적거리고 있었다.

다행히 미자는 교대에 진학했다.

그때 나는 직장생활을 하고 있었지만 임시직이었다.

이후 1974년 9월 18일 미자에게서 편지가 왔다. 결혼 상대를 정했다는 소식과 함께 외롭고 서글픈 심정을 하소연하는 내용이었다. 기다리던 기쁜 소식이자 가슴 아픈 사연이었다.

12월 1일, 미자의 신랑 될 사람을 만나기 위해 전주로 갔다. 소 씨 집안의 청년이고, 같은 직장에 근무하는 교사였다.

차 한 잔씩 나눈 뒤 신랑의 형님 집으로 안내되어 그곳에서 시어머니 되실 분과 점심을 같이하고 헤어졌다.

정말 기분 좋은 날이었다. 신랑과 시어머니를 비롯해 가족들 모두 양순하고 따뜻해 보였기 때문이다.

결혼 날짜는 1월 19일이었다.

결혼해서 새 가정을 이루면 소 씨 집안사람이 되는 것이니 천부의 액에서 벗어나겠지!

결혼식은 익산에 있는 예식장이었다.

서울에서 삼촌 식구 모두 다 내려와 축복해 주었다.

드디어 나도 불안과 두려움 없이 미자의 행복을 빌어줄 수 있게 되었다.

힘든 삶을 결혼을 통해 벗어났으니, 인고의 세월보다 행복한 세월이 길지 않았겠는가?

모든 것을 하느님의 은총으로 받아들였다.

이제 미자의 나이도 일흔이 넘었고, 나도 여든이 넘었다.

남은 생애도 행복한 세월만 이어지기를 진심으로 축원했다.

돌팔이 사주쟁이의 말에 그토록 마음이 매달려 삶의 한 조각을 떼어내 버린 구차한 인생이 또 어디에 있겠는가?

한심하다 싶지만 행여나 하는 두려움 때문에 여기까지 왔다.

『법구경』에 나오는 말이 떠올랐다.

사랑하는 사람을 가지지 마라	不當 趣所愛
미운 사람도 가지지 마라	亦莫 有不愛
사랑하는 사람은 못 만나 괴롭고	愛之 不見憂
미운 사람은 만나서 괴롭다.	不愛 亦見憂

7.

야학

보람을 안고

나는 할머니와 부모님의 사랑을 듬뿍 받고 자랐지만 어린 동생들은 그렇지 못했다. 응석을 부릴 나이에 부모님 모두 결핵에 걸렸고, 가정 형편도 급격하게 기울었기 때문이다. 부모님을 대신해 세 명의 남동생을 뒷바라지해야 하는 내 신세도 서글펐지만, 부모님께 응석 한번 제대로 부리지 못한 동생들도 안쓰럽기는 매한가지였다.

형제처럼 지내던 이웃집 최규상 형은 9급 공무원 시험에 합격해 객지로 떠났다. 형이 곁에만 있어도 의지가 될 텐데, 답답하고 삭막한 외로움이 나를 옥죄고 있었다.

설상가상 어머니는 폐결핵 후유증으로 천식이 왔다. 기침이 시작되면 자지러질 때까지 이어졌고 급기야 가슴을 쥐어뜯으며 괴로워하셨다.

모두가 잠든 밤, 어머니의 기침 소리는 천둥보다 더 큰 울림이 되어 내 가슴을 찢어놓았다.

어머니의 기침 소리가 멈출 때는 무거운 정적이 집안 분위기를 압도했다.

겨울의 끝자락에 이른, 어느 날 밤.

"땡그랑, 땡그랑."

갑자기 먼 곳에서 워낭 소리가 들렸다.

"원호(怨乎)! 원호! 원한이 넘쳐 원호!"

끊어질 듯 이어지는 상여의 운구 소리가 칠흑 같은 어둠이 만들어 낸 정적을 가볍게 흔들고 있었다.

"이 밤중에!"

환청이 아닐까 귀를 의심했다. 소름이 끼쳤다. 기침으로 괴로워하시던 부모님도 깊은 잠이 드신 것 같았다. 깊은 밤에 들리는 워낭 소리와 상여꾼들의 행상소리에 잠을 이룰 수가 없었다. 소름이 끼쳐 온몸에 닭살이 돋았다.

자는 듯 마는 듯 잠을 설치고 일어나 부모님을 치료해 드렸다. 이어 식사를 차려 드린 뒤 앞 동네로 힘껏 내달렸다.

"원통허네. 원통허네. 이내 팔자 원통허네."

상여 앞을 인도하는 요령잡이의 메기는 소리에 상여꾼들이 "원호, 원호, 원한이 넘쳐 원호."라고 받으며 마을 어귀를 막 벗어나고 있었다.

"그러면 그렇지!"

어젯밤 소리가 환청이 아니었음이 확인되자 안도의 한숨이 절로 나왔다.

출상 전날 저녁에 하는 상여놀이는 부모님이 수를 다하고 돌아가신 호상인 경우에 한다. 당시에는 일흔을 넘겨 돌아가시면 호상으로 보았다.

지역에 따라 '걸걸이' 또는 '다시래기'라고도 한다.

호상인 경우, 출상 전날 밤에 다음 날 상여를 맬 상여꾼들이 모여 막걸리를 거나하게 마신다. 취중에 빈 상여를 메고 제자리걸음을 하며 앞잡이가 워낭을 앞뒤로 흔든다.

매김 소리를 내면 상여꾼들이 그 소리를 받아 한참을 논다.

그리고 다시 술 한 잔씩 나누고 잠시 눈을 붙인다.

그 동네 친구에게 어젯밤에 있었던 상여놀이에 대한 이야기를 한참을 듣고 나서 돌아섰다.

그날 밤, 깊은 어둠과 적막이 찾아왔을 때 행상소리가 또 들려왔다.

멀리서 들리는 것 같다가 다시 가까워졌다를 반복했다.

또다시 소름이 돋았다.

환청은 밤마다 계속 들렸다. 밤이 무서웠다.

부모님은 당신들의 병환보다 대학을 졸업한 뒤에도 집에 묶여있는 나를 더 걱정하며 마음을 졸이고 계셨다.

가끔 문틈으로 새어 나오는 부모님의 한숨 섞인 걱정이 내 마음을 더 무겁게 했다.

정신을 가다듬고 그동안 미뤄왔던 책을 정리하기 시작했다.

마음이 해이해질 때마다 읽으며, 삶의 지표로 삼았던 카네기의 『행복론』이 눈에 띄었다. 데일 카네기는 1930년대에 미국에 몰아닥친 대공황을 극복할 수 있도록 정신적 자양분을 미국 국민들에게 제공해 준 인물이다.

재미로 다니기 시작했지만 교회 문턱을 밟은 지도 벌써 10년이 넘었다. 눈을 감고 묵상하면서 늘 청했던 기도는 어려움을 당할 때도 마음이 어긋나지 않도록 꼭 붙들어 달라는 것이었다. 기도라기보다는 다짐이라고 해야 옳다.

심연에서 우러나는 간절함이 부족했다는 뜻이다.

그러니 그 기도가 무슨 힘을 얻을 수 있었겠는가?

처한 입장이 절박하다 보니 느는 것은 담배뿐이었다.

도대체 나라는 사람은 왜 이토록 대책이 없는 것일까?

이제는 밤마다 환청에 시달리고 있었으니, 마음을 다잡을 방법이 없다.

성경책은 평상시에 늘 책상 위에 있었다.

하지만 고등학교 3학년 때, 당시 내 마음을 붙들어준 것은 성경책이 아니라 카네기의 『행복론』이었다.

손때 묻은 책을 들고 잡히는 대로 책장을 폈다.

30페이지가 나왔다.

마음이 행복한 사람은 외치라.

내일은 최악의 것일지라도 그것이 무엇이랴

오늘 이토록 충실한 삶을 내가 누리었나니.

로마의 시인 호레이스(Horace_BC 30)가 쓴 시이다.

인간의 성품 가운데 가장 비극적인 것 중 하나는 생활에서 도피하려는 것이다. 몇 장을 더 넘겼다. 고등학교 3학년 때 그어놓은 빨간 줄이 눈에 띄었다.

보라, 오늘을

오늘은 생명이다.

생명의 생명

오늘의 짧은 행로에는

너의 존재의 진실과 현실이 담겨있나니.

성장의 기쁨

행동의 영광

화려한 성공

어제는 꿈에 지나지 않고

내일은 환상일 뿐

그러나 충실하게 지낸 오늘은

어제를 행복한 꿈이게 하고

내일은 희망이 넘치는 환상이게 한다.

그대여! 보라, 오늘을 인식하라.

하여 여명에의 인사를 하라.

인도의 극작가 칼리다사(Kalidasa)가 쓴 「여명에의 인사」란 제목의 시이다.

매일 새로운 마음으로 여명을 맞이하기 위해서는 그럴만한 동기부여가 있어야 한다. 무엇이라도 하자. 젊은 나이에 늦은 밤, 환청에 시달린다는 것은 여백에 지저분한 낙서와 같은 것이 아닌가?

칼리다사의 시가 내 마음을 일깨워 주었다.

새로운 날을 맞이하기 위해서는 언제나 여명과 함께 마음에서 용솟음치는 무엇인가가 있어야 한다.

책을 정리하다 보니 『상록수』도 눈에 띄었다.

고등학교 1학년 때 4H 구락부 활동을 하며, 야학에 대해 고민했던 일이 생각났다.

야학을 열어보자.

야학을 한다면 삶이 보다 의미 있어지겠지.

야학을 운영하려면 여름 모기와 겨울 추위로부터 안전한 장소가 필요했다.

친구들과 의논한 끝에 학교를 빌리기로 했다.

내가 다니던 초등학교 교장 선생님은 같은 마을에 사셨고, 할아버지와도 친분이 두터우셨던 분이시다.

하지만 쉽게 승낙이 떨어지지 않았다.

여러 차례 방문한 후에야 가까스로 승낙을 받아냈다.

각 부락을 돌며 함께 수고해 줄 선생을 찾아 나섰다.

7명이 동참해 주었다. 정말 의외의 성과였다.

1965년 8월 20일 드디어 야학의 문을 열었다.

분필과 지우개는 우리가 따로 마련했다.

지원자가 150여 명이나 되어 교실도 두 칸을 써야 했다.

그래도 공간이 부족하여 두 명씩 앉는 의자에 세 명이 앉기도 했다. 교과서는 7명의 선생이 각 부락을 돌며 수집했고, 부족한 것은 읍내 헌책방에서 구입했다.

이 비용은 모두 선생들의 호주머니를 털었다.

수업 시간은 오후 7시에 시작해서 11시에 끝났다.

수업이 끝나고 뒷정리를 한 뒤 집에 오면 자정이 넘었다.

바쁘고 유익한 시간을 보내자 환청도 사라졌다.

자리에 눕자마자 잠이 들었기 때문이다.

단잠은 무너져 버린 마음을 추스르는 데 큰 도움이 되었다.

학생들의 불타는 향학열까지 더하여 열정이 솟구쳤고, 벅찬 보람을 느꼈다. 살맛이 나자 세상도 살맛 나는 공간이 되었다. 그러나 오래지 않아 생각하지도 못한 문제가 발생했다.

다수의 학생들이 초등학교 졸업한 지 3, 4년이 지난 지라 사춘기이고 여학생들이 대부분이라 수업이 끝나고 귀갓길에 불미스러운 일이 종종 일어났던 것이다.

궁리 끝에 수업 여부와 상관없이 모든 선생님이 매일 밤 출근하여 학생들의 귀갓길에 동행하기로 했다.

그 때문에 집에 오면 새벽 1시가 넘었다.

야학을 시작한 지 한 달여쯤 지났을 때 아버지가 돌아가셨다. 겨우 46세였으니 너무 일찍 떠나신 것이다.

집안이 텅 비어버린 것 같았다.

잠시 조용한 시간이 지나자 집안이 어수선해지기 시작했다.

아버지의 부채가 여기저기에서 불거진 것이다. 상속을 포기하면 되는 일이었지만 남아있는 부동산마다 조상의 산소가 모셔져 있었다.

당시 윤리관에서 보자면 조상의 산소를 지키지 못하면 천하에 불경한 자식으로 낙인이 찍힌다. 더욱이 부채 관계의 면면을 살펴보니 평소에 아버지와 친분이 두터운 분들이었다.

아버지가 돌아가셨다고 해서 모르는 일이라고 잡아뗄 수도 없는 처지이었다.

어떻게든 내 힘으로 갚아드리는 것이 도리라 생각했다.

다만 아버지의 재산이 아버지 외가댁인 박씨 집안의 땅이라 삼대에 걸친 상속 절차가 복잡하고 비용도 많이 들었다.

공판장을 큰숙부님께 인계하여 공적인 빚은 숙부님이 해결하시도록 하고 나는 사적인 빚만 짊어지고 나왔다.

그 빛이 만만치 않았다는 것이 큰 문제였다.

  절망의 늪에 빠져있었던 내가 야학을 하면서 나 자신이 알 수 없는 존재감의 무게를 조금이나마 느끼게 되었고, 학생들의 향학열에 불타는 눈빛을 볼 때 느끼는 희열은 나에게 지푸라기보다는 든든한 무엇을 던져주었다.
  늦깎이 학생들의 향학열을 보며, 용기와 희망을 품게 되었기 때문이다.

도전과 좌절

이듬해인 1966년 초, 전주 모 방송국에서 연락이 왔다. 각 시군에 주재원을 모집하는데 선배 한 분이 나를 소개한 것이다. 근무 기간은 3개월 시한부였다. 돈이 되는 일이면 단 3일이라도 일해야 하는 다급한 내 입장에서는 망설일 겨를이 없었다. 결국 업무 실적이 우수하다는 평가를 받아 사장님의 배려로 연말까지 활동하도록 특혜를 받았다.

덕분에 아버지가 생전에 팔고 등기이전을 해주지 못했던 성토재 920평을 다시 찾아올 수 있었다. 상속 절차가 제대로 이루어지지 않아 등기이전이 불가능했고, 선조의 산소를 이장 할 수도 없는 상황이어서 다시 찾아올 수밖에 없었다.

방송국 일을 하면서 야학도 계속했다. 하루 4시간 공부로 3학년 전 과정을 마치려면 쉴 틈이 없었다. 휴일은 일요일뿐이었고, 방학도 없었다. 그래도 시간이 모자랐다.

낮에는 방송국 일로 읍내에 나가 기사를 쓰고, 밤에는 귀가해서 학생들을 가르쳤다. 내가 맡은 과목은 역사와 국어였다.

출근하지 못한 선생이 있을 때는 그 시간을 메웠다.

야학이라는 것이 생각했던 것보다 훨씬 힘들었다.

당시는 남아선호사상이 강해 가정 형편이 넉넉한 집에서도 여자를 가르쳐 무엇 하느냐며 진학을 중단시키는 집이 많았다. 사춘기 학생들이 많다 보니, 풍문이 난무해 학부모들에게 사죄하는 일도 비일비재했다.

재미로 나오는 학생도 있었지만 그렇다고 출석을 막을 수도 없었다. 길목을 지키고 있다가 학생들을 괴롭혔기 때문이다.

하굣길에 각 부락까지 동행해도 문제는 계속 일어났다.

그래도 야학은 중단하지 않았다.

배우려는 학생들의 열의와 가르치는 선생들의 결기가 강했기 때문이었다.

어느 날 선생 한 분이 "분필, 시험용지, 헌 교과서, 연료비 등 비용 마련을 위해 사업을 구상해 보자."라고 제안했다.

모두 찬성하며 적극성을 보였다.

나는 그간 가족들의 끼니를 위해 자의 반 타의 반으로 선생들에게 쌀 한두 가마니 정도의 빚을 지고 있었다. 빚이 있었던 나는 빚과 사업자금을 더해 300여 평의 땅을 내놓았다.

나에게는 마지막 남은 땅이었다.

다른 선생들은 각자 쌀 3가마니씩을 내놓기로 했다.

그 돈으로 닭을 길러 계란을 생산하고 번식력이 강한 토끼를 기르자고 의견일치를 보았다.

300여 평의 땅에 축사와 이를 관리할 집을 짓기 시작했다.

선생과 학생이 한마음 한뜻이 되어 'ㄷ'자 형의 담을 남향으로 쌓아나갔다. 새끼줄로 대충 어림잡아 말뚝을 박은 후에 담치기를 시작했다.

무슨 일이든 쉬운 일은 없다. 한 달여간 메질하여 다 쌓아 올린 담이 갑자기 내린 비에 다 무너져 내렸다.

정말 맥이 풀렸다. 담집은 짓다가 비가 오면 무너져 버린다. 나래를 미리 대비해 두었다가 비가 오면 덮어 비를 막아주어야 하는데 준비가 없었던 것이다. 비가 그쳐도 땅이 젖어있으면 어느 정도 땅이 마를 때까지 기다려야 한다.

발생할 수 있는 상황에 대비를 하고 나서 다시 시작했다.

결국 3개월여 만에 축사와 집의 담이 겨우 완성되었다.

필요한 목재는 각자 집에 있는 것들을 내놓았다.

그래도 부족한 것은 읍내에 나가 사 왔다.

축사 지붕은 각자의 집에 있는 볏짚을 가져와 다 함께 용마름을 틀고 나래를 엮어 완성했다.

이제는 사람이 거처하는 집을 지어야 한다.

집을 짓는 일은 온돌방과 부엌 그리고 아궁이를 만들어야 하기 때문에 결코 쉬운 일이 아니었다.

지붕은 기와를 올리기로 했다.

동네마다 새마을 사업을 한답시고 새로 개발한 틀로 찍어낸 시멘트 기와장이 부락마다 여기저기 널브러져 있었다.

진흙을 이겨 지붕 위에 깐 다음 기와를 올려야 하기 때문에 여간 힘든 작업이 아니었다.

경험자의 도움을 받아 이틀 동안 기와를 올렸다.

처음 해보는 일인 데다 일 자체가 정말 힘들었다.

이튿날 아침 멀리서 바라보니 어제 올린 집이 보이지 않았다. 감쪽같이 사라진 것이다. 가까이 가보니 기둥 하나가 부러져 지붕이 전부 내려앉아 버렸다. 젖은 흙을 깔고 기와를 올려야 하기 때문에 기둥이 엄청난 무게를 견디지 못한 것이다.

선생과 학생들은 그 자리에 주저앉아 엉엉 울었다.

우리들은 그간 너무 많이 지쳐있었다. 낮에는 일하고 밤에는 공부하고 그야말로 4개월간 주경야독했으니 그곳에 모인 선생들과 학생들의 손바닥이 부르트고 입술까지 부르텄다.

기둥을 다시 구입해서 기와를 올리는 데 여러 날이 걸렸다.

선생과 학생들의 뜨거운 열정 아래 집과 축사가 겨우 완성되었다. 축사의 절반은 닭을 기르고, 절반은 토끼를 길렀다.

어느 날 읍내에 나갔다가 일이 있어 저녁 식사까지 하고 밤늦게 돌아왔다. 마루에 흰 물체가 눈에 띄어 자세히 보니 쌀자루였다.

"야학 학생들이 놓고 갔다." 어머니께서 말씀하셨다.

가슴이 뭉클해 코끝이 시큰하고 눈시울이 붉어졌다. 한 번도 상상하지 못한 일이었다. 누군가를 도울 수 있다는 사실에 보람을 느끼며 시작한 일인데 오히려 내가 도움을 받다니.

고마운 일임은 틀림없었지만 한편으로는 초라한 내 처지를 돌아보지 않을 수 없었다.

고민 끝에 야학을 그만두기로 했다.

학생들이 찾아와 울며, 생각을 바꿔달라고 매달렸다.

선생들도 찾아왔다.

처음 입학한 학생들이 이제 3학년 과정을 배우고 있으니 마음이 더욱 무거웠다.

학생들의 성화에 못 이겨 결국 20여 일 만에 다시 교단에 섰다. 모두가 진심으로 반겨주었다.

어느 날 동네 어르신 한 분이 나를 찾아오셨다.

"봉사는 여유가 있는 사람이 해야지, 자네처럼 긴박한 처지의 사람에게는 가당치 않네. 당장 먹고사는 문제부터 해결해야 하지 않겠나? 희망이 없는 일에서 손을 떼고 생활 전선에 나서게."

지당하신 말씀이지만 희망이 없다니.

'200여 명의 학생에게 희망을 심어주는 일인데 이보다 더 큰 보람이 어디에 있습니까?'라고 말하고 싶었지만 가까스로 억눌렀다. 진심으로 걱정해 주시는데 잘못하면 말대꾸가 될 수 있기 때문이다. 어르신 말씀대로 내 처지가 긴박했으니 마냥 손을 놓고 있었던 것은 아니다. 서울에 선을 대어 일자리를 알아보고 있었다. 하지만 어머니 건강을 돌봐드리고, 동생들 학업도 신경 쓰고, 쌀독의 쌀도 눈여겨봐야 했으니 한시도 가정을 떠날 수가 없었다.

당시 내가 희망하는 직장에 입사하려면 민간인 신원진술서 6매가 필요했다. 민간인 신원진술서를 수도 없이 썼지만, 가는 곳마다 서류가 반려되었다. 육군 장교시험과 해병대 장교시험도 보았지만 신체검사에서 탈락했다.

충치 몇 개 있는 것 외에는 건강한 체격인데 이유를 알 수가 없었다.

충격과 보람의 소용돌이 속에서도 세월은 흘렀고, 우리에게 작은 열매를 가져다주었다.

1968년 3월 중학교 3학년 과정을 마친 첫 졸업생이 배출된 것이다. 인원은 50명이 조금 넘었다.

취업 등의 이유로 선생 두 분이 고향을 떠났다. 나를 비롯해 남은 선생들의 일이 더 많아졌다. 그 과정에서도 다음 해에 어렵사리 두 번째 졸업생을 배출했다.

1969년 6월 1일 나 역시 드디어 안정된 직장에 출근하게 되었다. 보람은 희망을 잉태하고, 희망은 현실을 크게 변화시켜 놓았다. 지금 농어촌공사의 전신인 동진농지개량조합에 취직하게 된 것이다. 집과 직장까지의 거리는 5km 정도라 걸어 다녔다. 야학도 계속했다. 힘들었지만 그만큼 보람도 컸다.

어느 날 밤, 학교에 도착해 보니 칠흑처럼 컴컴한 교실에서 학생들이 웅성거리고 있었다. 선생 몇 명은 복도에서 담배만 태우고 있었다. 학교 측에서 전기를 차단한 것이다. 이제 끝이라는 예감이 들었다. 학생들이 흐느껴 울기 시작하더니 이어 모두가 얼싸안고 큰 소리로 엉엉 울었다.

그동안 학교 측에서 여러 차례 애로사항을 전해 왔고, 야학을 중지해 달라고 다그쳐 왔었다.

교장 선생님을 찾아뵙고 사정해 보았지만 완고하셨다.

1965년 4월에 문을 연 야학은 1969년 9월에 막을 내렸다.

4년 5개월 동안 총 2회 졸업생을 배출했다. 중학교 과정을 마친 학생은 100여 명에 이르렀으니 어렵고 힘들었지만 의미 있고 보람있는 시간이었다.

폐교와 함께 축사와 집도 정리했다.

8.

한 그루의 나무를 숲이라 하지 않는다

푸른 숲, 성림

"한 그루의 나무를 보고 숲이라 하지 않는다."

언젠가 읽었던 이 글은 내 마음에 깊은 울림을 주었다.

숲은 여러 가지 나무가 어우러져 같이 산다.

이런 소박한 뜻을 가지고 성림(成林)은 내 고장에서 뿌리를 내리고 있었다.

고단한 삶 속에서도 읍내에 나가 선후배를 만나 차를 마시다 보면 생각이 같은 사람, 정감이 가는 사람들과 어울리게 된다. 그러다 보면 자연스럽게 의기투합하게 되는 것이다.

그런 과정에서 반독재 전선에 뜻을 같이하자는 지인들이 있었다. 내가 젊고 명문대를 졸업한 엘리트이니, 좋은 재목이 될 것이라 하여 기대가 컸다. 망설일 이유가 없었다.

하지만 당시 내가 처한 입장이 호구지책도 해결하기 어려웠으니, 당장 참여하기는 어려웠다.

그러던 어느 날 지인의 소개로 나이가 지긋한 분을 만났다. 아버지와 숙부님과도 교분이 있는 권태영 씨이셨다.

신중하고 무거운 대화가 조심스럽게 오갔다.

혼자 힘으로 어려움을 해결하기보다는 여러 사람이 힘을 합치는 것이 보다 쉽게 해결될 수 있는 방법이라 하시며 기꺼이 동참해 주기를 원했다.

그렇게 하여 나도 성림의 핵심 멤버가 되었다.

박정희 독재정권이 들어선 지 5년쯤 지난해 아버지께서 작고하시고, 시국은 여러 측면에서 장기 집권의 야욕이 드러나고 있는 때였다.

하루가 멀다 하고 신문에는 간첩 사건이 대서특필되었다.

그 결과 수많은 별이 떨어지고, 고관대작들이 추락했다.

자세히 들여다보면 대개 호남지역 출신들이었다.

간첩 사건은 국가기밀이라서 특별한 경우가 아니면 언론에 공개되어서는 안 된다. 그런데 독재자는 장기 집권을 위해 의도적으로 간첩 사건을 조작해서 거의 매일 언론에 보도했다.

정적을 제거하고 친정체제를 구축하기 위한 공작이었다.

여기에 반기를 들고 나서면 공산당의 굴레를 씌워 잡아다 고문하고 죽였다. 즉, 반체제 운동을 한다는 것은 빨갱이의 굴레에서 벗어날 수 없게 된다는 뜻이다.

그래서 절대로 노출되어서는 안 되는 고도의 치밀한 암약이 요구되었다.

집권당은 감시의 눈으로 주시하였고, 야당은 끊임없이 구애의 손길을 내밀었다. 여당의 선무공작도 계속되었다.

그 무렵 고향에서는 볏짚으로 양송이를 재배하는 기술이 개발되었다.

농촌 소득증대 사업의 일환으로 정부는 호남지역에서 양송이 재배사업을 할 수 있도록 적극적으로 지원했다.

재배사는 보온이 가장 중요하므로 사방에 이중으로 벽을 쌓아야 하기 때문에 건축비가 많이 들었다.

하지만 후취담보 형식으로 융자를 해줘서 자기자본 없이도 사업이 가능했다. 따라서 경쟁률이 매우 높았다.

이 사업은 반독재 체제에 저항하는 민심을 선무하는 데는 다소 성공할 수 있었다.

성림도 이 사업에 뛰어들었다. 선무공작으로 여당에서 성림에 특혜를 준 것이다. 재배에 이어 양송이를 가공하는 캔 공장도 세웠다. 성림의 세력도 점점 커졌다. 17개 읍면에서 600여 명에 달하는 요원을 확보했다. 우리는 거대한 숲을 이루었다.

요원들 대다수가 지역사회에서 상당한 영향력을 미치는 인사들이었다.

그러나 순조롭게 진행되던 양송이 사업에 문제가 생겼다.

양송이에 작은 벌레가 생긴 것을 모르고 있었다.

전량 유럽에 수출하려던 계획이 수포로 돌아가고 말았다.

벌레를 죽이기 위해 해충 약을 사용하면 양송이가 죽으니 해결책이 없었다.

결국 양송이 사업은 도산으로 막을 내렸다. 정부에서 빌린 돈은 공장 대지와 건물을 반납하는 것으로 마무리되었다. 캔 공장은 충남 부여에 있는 양송이 업체에 매각했다. 당시 사주는 국내 유명한 오페라 지휘자 J 씨의 어머니 이원숙 여사였다. 우리에게는 행운의 여신이 나타나 주신 것이다.

매각 대금으로 빚잔치를 했다.

사업은 망했지만 자산을 탕진한 사람이 없었으니 그나마 다행이었다.

양송이 사업을 비롯해 통일벼 재배사업 등 당시 정부가 추진했던 농업정책은 심도 있는 연구 없이 졸속으로 추진되는 경우가 많아 결국 모두 실패하고 말았다.

성림의 사업은 도산으로 끝났지만 조직은 와해되지 않았다.

오히려 결속력이 강화되었고 움직임도 활발해졌다.

성림(成林)이 성림(盛林)이 된 것이다.

성림은 조직체계와 회비가 없었기 때문에 자금관리를 할 필요가 없었다.

유사시 각자 호주머니를 털어 크고 작은 일들을 해결했다.

하지만 불만을 제기하거나 보상을 요구하는 사람도 없었다.

회원 명부도 없다.

한 부 있었던 회원명단은 내가 가지고 있었다.

다만 명단에 내 이름은 없었다.

성림의 리더는 권태영 씨였으며, 우리는 그분을 권 선생님이라고 불렀다.

나이는 나보다 17살 많았다. 한학을 조금 배웠으나 무학이라 해도 무방했다. 그러나 정말 훌륭한 선비였다.

양복을 입은 모습을 한 번도 보지 못했다.

수수한 차림에 늘 고무신이나 운동화를 신고 다니셨다.

변두리에 사셨기 때문에 읍내에 나오실 때에는 항상 도보로 나오신다.

중요한 일이 있을 때면 이른 새벽 우리 집을 찾아와 나와 의논하

곤 했다. 유사시에는 내가 그분을 대신하기로 되어있어서 크고 작은 일을 나는 알고 있어야 했던 것이다.

회의는 주로 3~4명 또는 5~6명이 모여 진행했다. 회원이 17개 읍면에 산재해 있고, 지역별로 만남이 이루어졌기 때문에 회의는 늘 있었다.

회원 중 여관업을 하는 사람이 있어 낮에는 방 한 칸을 빌려 회의 장소로 사용했다. 회의록은 남기지 않는다.

하지만 정보기관에서 늘 감시와 도청을 하고 있었다.

우리도 감시하는 기관이나 인물들을 대강은 알고 있었다.

그러니 모든 내용은 머릿속에만 담아두고 있어야 하는 것이다. 나는 매일 일기를 썼지만 성림과 관련된 이야기는 그 무엇도 남기지 않았다. 우리는 최대한 드러나지 않게 행동했지만 그렇다고 해서 우리의 모임이 철저하게 감춰져 있었던 것은 아니었다. 먼발치에서 우리를 지켜보며 빨갱이라는 단어를 서슴없이 사용하는 사람들도 있었기 때문이다. 사실 멤버 중 절반가량이 6.25 이후 공산군이 밀고 들어왔을 때 잠시 그쪽에 가담해 활동하다 희생된 자들의 가족이었다.

그들은 짧은 동란 동안에는 잘 견디어냈지만 정작 수복 후에는 너무도 가혹한 시련을 겪었다. 수사기관을 수없이 드나들며 모욕과 구타를 당한 것은 물론 가을걷이가 끝난 후 수확한 곡식을 모조리 빼앗겼다.

연좌제에 걸려 취업도 쉽지 않았다.

이는 성림이 반드시 풀어야 할 중요한 과제였다.

독재정권에 저항하기 위해 조직한 것이 성림이기 때문이다.

우리는 용공 세력이 결단코 아니었으며, 그렇게 매도되어서도 안 된다.

그래서 나는 기회가 있을 때마다 회원들에게 공산주의의 정의를 물었다. 바르게 대답하는 사람은 한 명도 없었다.

그저 이승만 정권이 싫다는 입장뿐이었다. 나도 그때 비로소 알았지만 6.25 직후 경찰에 출두하면 욕은 다반사고, 구타를 당하는 경우도 많았다고 한다. 수없이 소환을 당했던 아버지의 모습이 떠올라 가슴이 아팠다.

이에 나는 틈틈이 회원들을 교육시켰다. 우리의 목적은 반독재 투쟁이며, 공산주의는 예외 없이 독재로 이어지기 때문에 반드시 자유민주주의를 추구해야 한다고 거듭거듭 강조했다.

세계 모든 선진국 들은 모두 자유민주주의를 채택하는 만큼 우리 민족이 살 수 있는 길은 자유민주주의뿐이라고 설득이 아닌 교육을 시켰다.

뒤이어 사회주의 국가에 관해 설명했다.

사회주의 국가란 공산국가를 만들기 위한 전 단계로 빈부 격차가 없는 국가를 만들기 위해 개인의 자유를 제한한다. 강력한 정부가 필요하기 때문에 공산당이라는 집단지도 체제가 불가피하다는 뜻이다. 그래서 공산당은 국가 위에 존재한다. 문제는 공산국가를 완성한 나라가 이 세상에 존재하지 않는다는 점이다.

공산국가란 결코 이룰 수 없는 유토피아이기 때문이다.

국민들이 깨닫게 되면 사라질 수밖에 없는 정치제도인 것이다. 교육은 한두 명이 모이든 5. 6명이 모이든 반복적으로 지속적으로 이어졌다.

국가 경제성장의 가장 비옥한 토양은 자유민주주의라는 것이 예나 지금이나 나의 확고한 소신이었다.

민주주의는 모든 생명체가 함께 사는 숲속에 심오한 철리가 담겨있다.

간첩 소동

이른 아침 "회원 한 분이 간첩 혐의로 체포되었다"는 급박한 소식이 들려왔다. 상상도 하지 못했던 사건이었다.

사건은 사소한 데서 시작되었다. 경제적으로 어려운 처지에 있던 회원이 어느 도정공장에 취업을 하게 되었다.

도정공장 일이란 밤낮이 없기 때문에 직장에서 자는 날도 많았다.

어느 날 새벽 잠자리에서 일어나기도 전에 소란이 일어났다.

"이준상, 손 들고 나와라."

"이준상, 손 들고 나와라."

핸드폰에서 나오는 소리는 쉴 새 없이 계속되었다.

방 안에서 무슨 소리인 줄도 모르고 시끄러워 눈 비비고 나온 준상 씨는 수없이 많은 총구가 자신을 겨누고 있음을 보고 벌벌 떨며 손을 번쩍 들었다.

이준상 씨는 4년 선배 되는 분으로, 몇 년 전에 만나 뜻을 같이하게 되었고, 자주 만나 대화를 나누는 친분이 두터운 처지이었다. 취직 턱으로 점심 식사를 나눈 지도 7, 8개월이 지났다.

그간 어려운 생활을 하다 보니 이래저래 말 못 할 부채가 좀 있었던 모양이다. 아내가 모르는 부채도 꽤 되었다.

월급 때마다 조금씩 갚아 나가다 보니 월급봉투가 모자라 아내와 충돌이 잦았다. 인내심이 한계에 치닫던 어느 날 그는 아내에게 손찌검을 했고, 집을 나와 사무실에서 자게 되었는데 이튿날 아침, 영문도 모른 채 잡혀갔다.

거친 부부싸움 끝에 화가 난 아내가 경찰서로 달려가 남편을 간첩이라고 신고한 것이다.

아내의 신고였으니 기관에서도 믿을 수밖에 없었다.

도경에서 출동한 경찰관 수백 명이 우글거렸지만 중앙지는 물론 지방신문조차 단 한 줄의 기사도 보도하지 않았다.

역설적이게도 사실로 믿었기 때문에 철저한 보안이 필요했던 것이다.

그러나 아무리 추궁을 해도 나올 것은 없었다.

그는 간첩은 고사하고 성립에 대해서도 아는 것이 전혀 없었기 때문이다.

조직의 일원이라는 것 외에 조직의 이름조차 몰랐던 것이다.

압수한 물건 중에 간첩이라고 인정될 만한 단서는 단 한 가지도 없었다.

간첩이 아니었으니 당연한 일이었다.

반독재 투쟁을 하는 사람들이 공산주의를 지지할 수는 없지 않은가? 우리는 민주주의를 수호하는 단체이다.

공산국가를 완성하기 위해서는 공산당이 지배하는 사회주의 국가를 거쳐야 한다. 사회주의 국가는 강력한 통치체제를 통해 공산국가로 가는 과도기적 시스템이므로 필연적으로 획일적이고 가부장적인 지배체제를 요구한다. 그러나 공산국가를 표방하는 나라는 사회주의적 지배체제에 머물러 있거나 아니면 공산국가라는 꿈을 이루기 전에 궤멸했다. 지상에서 공산국가로 발전한 나라는 없다. 그래서 공산국가는 지상에서 이룰 수 없는 유토피아다. 공산주의자들이 궁극적으로 도달하고자 하는 아나키(anarchy)는 하늘에서나 이룰 수 있는 천상세계일 뿐이다.

일제강점기 독립운동을 했던 이회영, 여운영, 정화암 씨 등이 주장하는 아나키즘은 유물사관에 의한 아나키즘과는 또 다른 의미다.

당시는 일본의 제국주의를 부정하는 데 논리적 초점을 맞췄기 때문이다.

독재자가 지배하는 나라에서는 한 번 반체제 인사로 지목되면 어떤 경우에도 무고란 없다. 신고가 되었다고 해도 혐의가 없으면 풀려나야 하지만 성림 회원들이 반체제 인사로 정보기관에 올라있기 때문에 공산주의자라는 굴레를 벗어날 수가 없었다. 굴레란 「반공법」 위반이었다.

증거물로 제시된 것은 공산주의 이론에 대한 해설서였다.

그것은 민주당 정부에서 합법적으로 발행한 간행물들이다. 이 사건으로 20여 명의 성림 회원들이 암암리에 연행되어 조사를 받았고, 결국 몇 명은 6개월 정도의 실형 또는 집행유예를 받았다.

중앙정보부 요원들은 검찰수사부터 재판까지 모두 간여하는 것이 역력했다.

조지오웰의 소설 『1984』가 현실이 된 것을 나는 보고 있었다.

이윽고 1972년 남북 7.4 공동성명이 발표되었다. 금방 통일이라도 되는 것처럼 온 국민은 들떠있었다. 같은 해 11월 21일 「유신헌법」을 위한 국민투표가 실시되고, 12월 27일 「유신헌법」이 공포되었다.

이로써 박정희는 「헌법」에서 대통령 3선 금지 조항을 삭제하고 영구집권의 기틀을 마련했다.

김일성은 미완성이었던 사회주의 헌법을 완성시켰다. 남과 북, 박정희와 김일성이 영구집권을 위한 기반 구축에 성공한 것이다. 두 사람이 각각 남과 북에서 장기 집권을 해야 7.4 공동성명에 따라 남북통일의 대업을 이룬다는 것이 명분이었다. 결국 7.4 공동성명은 국민을 기만하기 위한 사기극이었다.

독재정권의 긴장된 분위기는 공포 분위기로 전환되었다. 그에 따라 성림은 지하로 스며들 수밖에 없었다. 회원들은 하나둘 고향을 떠났다.

1978년 5월, 나마저 고향을 떠나고 성림도 숨을 멈췄다. 내가 아내에게 시국관과 성림의 활동 사항을 설명한 것은 성림이 양송이 사업에 열중하던 1970년 가을이었다.

9.

직장에서 생긴 일

참사와 어사출두

1969년 6월 1일에 나는 내 고향에 있는 동진농지개량조합에 취업하여 난생처음 직장생활을 하고 있는데, 이석우 조합장님이 임기를 다 채우지 못하고 갑자기 떠나셨다.

새로운 조합장님이 오셨는데, 그분은 몇 년 전에 근무하시다가 임기를 못 채우고 그만둔 전력이 있었다. 그럼에도 다시 올 수 있었던 배경이 무엇일까? 당시에는 지역 국회의원이 해당 지역 기관장이나 각종 단체장의 모든 것을 장악하고 있었기 때문에 더욱 이해가 되지 않았다.

피 끓는 나이에 혈기 왕성했던 나는 선후배들의 만류에도 불구하고 종종 볼멘소리를 냈다. 공공기관을 개인이 운영하는 구멍가게처럼 마음대로 하는 것을 그냥 볼 수만은 없었기 때문이었다.

어느 날 조합장 부속실에서 "근무가 끝나면 사택으로 오라"는 전갈을 받았다.

나의 동태가 새로 부임한 조합장에게 보고된 것이다.

나무랄 일이 있으면 조합장실에서 하면 될 일인데 사택으로 부르는 이유가 무엇일까 의아해했다.

사택 응접실에 마주 앉자마자 물었다.

"자네가 공준원인가?"

"네."

조합장님은 작은 메모지 한 장을 손에 들고 있었다.

"고향이 봉남면 월성리로구먼! 그 동네에 공 씨가 많이 사시는가?"

"네. 서너 집 됩니다."

"그럼 혹시 공완식 씨를 아는가?"

"제 작은아버지 되십니다."

"뭐야? 친작은아버지?"

"네, 아버지는 완자 민자시고, 작은아버지는 완자 식자이십니다."

"허."

하시면서 내가 앉아있는 긴 의자 쪽으로 오시더니 내 손을 꽉 잡고 눈물을 흘리셨다.

"아니 그분은 황산면에 사셨는데?"

"저희와 황산면 오정리에서 같이 사셨지만 작은아버지는 동란 중에 돌아가시고, 저희는 그 후 봉남면으로 이사했습니다."

"그래 작은아버지 식구들은 어떻게 사시는가?"

"딸만 둘 있었는데 큰딸은 일찍 세상을 떠났고, 둘째는 지금 교육대학 졸업반입니다."

"저런 그랬구나!"

죽산면은 왜정 때부터 축구 잘하기로 소문나 있었다. 조합장님은 일제강점기 때 늘 죽산면 대표로 출전했다고 한다.

작은아버지도 축구를 잘하셨다고 하셨다.

두 분은 운동을 통해 우정을 쌓으며 자주 왕래하는 다정한 친구가 되었던 것이다.

"너희 집과는 세교가 있는 관계다. 그놈의 사상만 아니었으면 네 숙부께서도 이 나라에서 아주 큰 인물이 되었을지도 모른다. 어찌 되었거나 네 숙부께서 나를 살렸는데 나는 네 숙부를 위해 한 일이 없구나!"

하며 내 두 손을 모아 잡고 한없이 눈물을 흘리셨다.

올 때는 각오를 단단히 하고 비장한 마음으로 왔는데 모든 것이 한순간에 무너져버렸다. 한참을 같이 울다 사택을 나왔다. 달이 있는지 별이 있는지는 모르겠고, 가로등 불빛 아래로 굴러다니는 돌멩이를 향해 맥없는 헛발질을 하며 돌아왔다.

숙부께서 축구를 좋아하셨다는 사실을 그때 처음 알았다.

그 일이 있고 난 뒤로 나는 직장에서 더 이상 악성 루머에 시달리지 않았다.

초여름이 막 지나고 햇볕이 따갑게 느껴지는 한여름의 무더위가 시작되는 1972년 7월 초, 이른 아침 와이셔츠 바람에 흰 고무신을 신은 중년 남자가 사무실에 나타나 서무계장을 찾았다.

서무계장이 자리에 없는 것을 확인하고는 빨리 찾아서 조합장실로 데려오라고 말한 뒤 나갔다.

형색이 정신 이상자의 발작이 아닌가 싶을 정도로 흰 고무신에 와이셔츠 차림이었다.

마침 조합장님도 출장 중이었다.

뒤쫓아가 조합장실에 이르렀는데 부속실 여직원이 가로막으며 손가락을 입에 댔다.

"쉿! 높은 데서 나온 것 같은데 서무계장이나 찾아보세요."

순간 긴장감이 감돌았다.

아래층에서 일을 하고 있던 서무계장을 찾아 조합장실로 보냈다.

조합장실에 들어간 서무계장은 한참 후에 허리띠 없이 흘러내리는 바지를 한 손으로 잡고, 한 손으로는 뺨을 어루만지며 나오더니 책상 서랍에서 몇 가지 서류를 챙겨 들고 다시 들어갔다.

그자는 서무계장이 들어가자마자 허리띠를 빼고 뺨을 몇 대 갈긴 뒤 필요한 서류를 가져오라 한 것이다.

정말 피가 거꾸로 솟았다. 고함을 쳤다.

다른 동료들이 힘주어 허리를 잡고 말렸다. 개죽음은 하지 말라며 진정시켰다. 이런 행패가 민주공화국 대한민국에서 백주에 벌어지고 있다니 참을 수가 없었다.

청와대 사정반에서 나왔다는 말도 있고, 민정반에서 나왔다는 말도 있었다. 나는 지금도 그 구분을 하지 못한다.

무언가 심상치 않은 일이 벌어지고 있는데도 나는 출장소의 급수 지원이 있어 출장을 나왔다.

제방이 차고 넘칠 만큼 물이 김제 간선수로를 타고 도도히 흘렀다. 이토록 가뭄이 심할 때는 수로에 벙벙하게 흐르는 물만 보아도 농촌 인심이 풀린다. 그런 점에서 본다면 섬진 댐 관내 농민들은 축복받은 셈이다.

저만치에서 수로 양쪽에 사람들이 모여 소란스러웠다.

징 소리, 울부짖는 소리, 사람을 부르는 소리가 뒤섞여 시끄러운 것을 보니 사고가 난 것이 틀림없었다.

관내에서 일어난 일이니 출장 직원은 확인하여 보고해야 한다. 우선 그쪽으로 자전거를 몰았다.

몇 시간 전에 상류에서 6살 난 어린아이가 물에 빠져 실종되었는데 아직 시신을 못 찾았다고 한다.

아이의 엄마는 몸가짐이 마구 흐트러진 채 통곡하며 아들의 이름을 불러댔고, 무당은 실종된 아이 이름을 부르며 수로를 따라 징을 치고 서서히 움직였다.

두 사람이 그물처럼 보이는 줄을 제방 양쪽에서 잡아 물속으로 끌고 있었다.

넋 건지는 무속 행렬이었다. 정말 안타까운 광경이었다.

논에 물을 대는 컴프레서 돌아가는 소리가 온 들을 뒤덮고 있었고, 길 여기저기는 넘치는 물에 젖어 타고 간 자전거는 메고 가야 할 지경이었다.

결국 점심때가 다 되어서야 출장소에 도착했다.

출장소 직원들은 뒤뜰에 심어놓은 상당히 큰 이태리포플러 한 그루를 베어 다듬는 중이었다. 포플러는 속성수이면서 성냥, 나무젓가락, 이쑤시개 등의 재료로 쓰기 때문에 경제성이 높아 수로와 출장소 등지에 많이 심어놓았다.

무슨 이유로 아까운 나무를 베었는지 물었다.

간선에는 지선으로 통하는 수문이 곳곳에 있는데 하나가 단단히 막혀있어 긴 나무를 이용하여 뚫어볼 계획이라고 했다. 지선으로 통하는 수문은 대체로 통로가 좁아 떠내려오는 쓰레기로 막혀 종종 애를 먹는 경우가 있다.

하지만 이번처럼 터지지 않는 적은 별로 없었다 한다.

아침부터 구역 농민들과 함께 밖에서 뚫어보려고 애를 썼지만 여

의치 않아 물 안쪽에서 뚫어보려고 하는 것이다.

간선 수로는 물이 가득 차 흐르고 있기 때문에 수로 안에서 뚫는 것은 매우 위험한 일이다. 하지만 이토록 가뭄이 심할 때 지선 수문이 막히면 큰 걱정거리가 아닐 수 없다.

위험하지만 경작자들 모두 애가 타고 있으니 안에서 밀고 밖에서 잡아당기는 방법을 써보기로 한 것이다. 두 사람이 옷을 벗고 물속으로 들어가 다듬은 통나무를 수문에 집어넣었다. 물이 어깨까지 차 여간 위험한 작업이 아니다.

한 시간여 만에 막힌 수문이 터졌다.

그곳에 모인 모든 사람의 함성도 터졌다.

쓰레기 더미와 함께 물 폭탄이 터져 나오더니 넝마 같은 물건이 딸려 나와 좁은 수로 한쪽으로 밀려났다.

직원 한 사람이 원활한 통수를 위해 건져내려다 비명을 질렀다. 처참한 상태로 망가진 어린아이의 시신이었기 때문이다.

하마터면 기절할 뻔했다. 인간의 모습이 이토록 처참하게 망가져 주검이 된 것은 난생처음 보았다.

같이 있던 모든 사람이 구토증을 일으킬 정도로 경악했다.

부모가 이 광경을 본다면 얼마나 가슴이 미어질까?

이곳을 지나 저만큼 가고 있는 넋 건지기 굿 행렬을 향해 직원 한 사람이 뛰어가고 있었다.

막힘과 뚫림 그리고 처참한 시신의 출현이 온통 세상을 뒤흔들어 놓았다.

출장이 끝나고 출발할 때 심상치 않은 일이 있어 궁금하기도 하여 본부에 들렀다. 퇴근 시간이 한참 지나 어둠발이 드리우고 있는 시각인데도 1층에서 3층까지 불이 켜져있었다.

심상치 않은 일이 일어났음이 분명했다.

그날 밤부터 그는 조합 건물 앞 가까운 여인숙에 자리를 잡고 이 사람 저 사람을 불러댔다. 국세청에서 몇 사람, 도경에서 몇 사람을 차출해 조사를 시작했다. 조사가 아니라 고문이었다. 들어갔다가 나오는 사람마다 얼굴이 벌겋게 되었다.

뺨 몇 대 맞는 것은 일도 아니란다.

경찰서와 세무서에서는 모르는 일이라며 손사래를 쳤다.

이 일은 10여 일 가까이 지속되었다.

그동안 말로만 듣던 일을 지금 직접 내 직장에서 목격할 줄이야.

결국 판공비 담당자와 이에 관련된 직원 3명 정도가 서울로 압송되었지만, 조합장은 한 번도 부르지 않았다.

다음 날 부속실에서 조합장님이 나를 찾았다.

조합장님은 내게 비장한 당부를 하셨다.

"동진농지개량조합은 동양 제일의 조합이니, 너 같은 젊은 엘리트가 이끌어 가야 한다."

격의 없는 말투였지만 '같이 함께하자'는 것인지 '떠나는 마당에 하시는 마지막 당부'인지 속뜻을 알 수가 없었다.

이튿날 조합장님이 서울로 압송되었다. 동진농지개량조합은 호남평야의 심장부로 6개 시·군 6만 정보의 엄청난 농지에 물을 공급해 주고 있다. 지금은 벼알을 잉태하는 수잉기(穗孕期)라 간단급수(間斷給水:며칠간 물을 넣었다가 며칠간 물을 빼주기를 반복하는 것) 하는 시기이다. 500명의 직원들이 24개 출장소에서 밤낮없이 뛰고 있다. 어린아이가 물에 빠져 시신을 찾지 못하는데도 급수를 중단할 수 없는 절박한 시기이다. 이 바쁜 시기에 이런 무모한 분탕질이 웬 말인가?

조사를 받고 나온 사람들은 모두 벙어리가 되었다.

여관에서 일어났던 일들이 취조받고 나온 직원들의 안방에서 새어 나오기 시작했다.

일단 들어가면 말하기 전에 '뺨부터 친다, 무릎 사이에 방망이를 넣고 짓밟는다.' 등등 왕정 시대에나 있었던 갖가지 가혹행위들이 풍문으로 날아다녔다. 바람결에나 듣던 소문이 지금 내 앞에서 현실로 나타났으니 실감이 나지 않았다.

결국 조합장님의 사표로 이 소란은 끝이 났다. 무엇 때문에 사표를 냈는지 아는 사람도 없다. 조합장님과 다른 직원은 돌아왔는데 판공비를 담당하는 직원만 돌아오지 못했다.

그는 20여 일 만에 몸을 가누기 힘든 상태로 나타났다.

얼마나 두들겨 맞았는지 몸을 가누지 못해 어느 정도 회복시킨 뒤 내보낸 것이다.

정말 친절(?)한 배려 아닌가? 그는 한 달 정도 병가를 냈다. 병가 후에도 지팡이를 짚고 출근한 그는 평생 지팡이에 의지해 살아야 했다.

얻어맞고 돌아온 사람들은 있는데 아무 일도 일어나지 않았다. 구속은커녕 기소된 사람도 없었다.

신문사도, 방송국도 침묵했다.

7월 12일 자 지방지 한쪽 구석에 조합장이 개인 사정으로 사표를 냈다는 기사가 실렸다.

사표 한 장 받아내기 위해 이토록 사람을 두들겨 패고 소란을 피운 것이다.

방하착(放下着)

1976년 4월 하순, 수로 양쪽에 심은 이태리포플러 나무에서 새순이 돋아나기 시작했다.

나는 자전거를 타고 수로 위를 달리고 있었다.

출장소 차석으로 승진해 부임한 지 한 달 만이다.

벚꽃은 졌지만 봄의 향기가 아직도 무르익은 오후였다.

갑자기 본부에서 들어오라는 연락을 받았다.

수로를 타고 2km를 가면 양수장이다. 양수장에 자전거를 맡겨놓고 다시 버스를 타야 한다.

이 행로는 매일 내가 출퇴근하는 코스였다.

중앙에서 나온 감사반이 오늘부터 본격적인 감사에 들어갔다.

맨 처음 감사 대상은 내가 맡은 업무인 용도계 사무였다.

올 것이 왔구나 싶었지만, 마음은 착잡했다.

모든 것을 각오하고 감사에 임했다.

'암행어사 출두'로 기관장이 부임하지 않은 채 1년여의 어수선한 세월을 보내더니 오랜만에 기관장이 부임했다. 기관장은 이듬해 2월에 나를 기획계로 발령 내고 6개월도 안 되어 다시 용도계로 발령을 냈다.

그날 밤 조합장님 집을 찾아갔다. "일을 다 배우기도 전에 자리를 옮기면 늘 아무 일도 못 하는 직원으로 남을 것이니 일을 다 배울 때까지 인사 발령을 보류해 주십사" 정중하면서도 조심스럽게 부탁드렸다.

용도계는 이권부서로 누구나 관심을 가지는 자리였다.

기관장님은 별놈 다 보겠다는 표정을 지으며 두런거리시더니 호통을 치듯 나를 내쫓았다.

할 수 없이 다음 날 용도계로 자리를 옮겼다. 전임자와 인수인계를 하고 기명날인을 했지만 그 많은 종류의 물품을 다 확인할 수가 없었다. 또한 몇 년을 같이 근무하며 호형호제하는 사이라 미주알고주알 따지기도 어려웠다.

이런 이유로 대충대충 인수인계를 하고 근무에 들어갔다.

용도계는 오랜 세월 동안 이렇게 사무인계가 되어왔다.

출근 후 제일 먼저 하는 일은 그날 운행할 차량에 20L 상당의 유류 티켓을 끊어주는 것이다.

하루는 운전기사 한 사람이 다가와 주유소에서 기름을 다 채워주지 않는다고 속삭이듯 귀띔해 주었다.

매일 20L의 티켓을 끊어주는데 주유소에서는 19L 내지 18L만 넣어준다는 것이다.

다른 기사들에게도 확인해 본 결과 사실이었다.

휘발유는 정부 고시 가격이라 수의계약이 가능하기 때문에 그날 바로 주유소를 옮겼다. 내가 근무하는 기관에서는 휘발유 외에도 중유, 경유 등 많은 기름을 사용한다.

양 배수장이 많기 때문이다.

배수장은 비가 많이 내릴 때 가동해야 하므로 전기 모터를 사용하기 어렵다. 주로 자가 발전하는 엔진을 사용한다.

낙뢰와 비바람이 몰아치면 정전이 되기 때문이다.

그래서 중유와 경유를 많이 사용한다.

중유는 고시가가 아닌 경쟁 가격이라 연말에 신년도에 사용할 중유를 공개경쟁 입찰로 구매한다. 낙찰 업체가 결정되면 업무의 편의상 관례적으로 가격이 고시된 휘발유도 해당 업체에서 구매한다.

그래서 고시 가격인 휘발유만 업체를 바꾸었다.

며칠이 지났을 때 부속실에서 올라오라는 전갈이 왔다.

마침 결재를 받아야 할 서류도 있어 들고 올라갔다.

"휘발유 거래처 바꾸었나?"

"네."

"왜?"

서류는 건성으로 보시는 것 같았다.

"제 양을 넣어주지 않는답니다."

"확인해 보았어?"

"네."

"그러면 말을 해야 할 것 아니야."

"말씀드리면 승낙을 안 해주실 것 같아서 그랬습니다."

본의 아니게 꼬박꼬박 말대꾸를 하는 행색이 되었다.

"야, 임마 네가 기관장이야? 결재판은 뭐 하러 가지고 올라왔어?

네 맘대로 할 일이지.”

결재판을 내동댕이쳐 그 안에 있던 결재 서류가 바닥으로 흩어졌다.

나도 씩씩거리며 문을 박차고 나왔다.

내 나이 이제 서른세 살. 기관장님은 예순이 가까워 내게 반말이나 막말을 하시는 것쯤은 이해할 수 있지만, 정성 들여 만든 서류를 팽개치는 것은 참을 수가 없었다.

내 자리로 돌아와 온종일 담배만 물고 있었다.

각오는 했지만 벽지로 전보 발령을 낸다면 그나마 다행이겠으나 어쩌면 사표를 내라고 할지도 모른다.

그러면 법정 다툼을 해야 할까? 생각이 많았다.

퇴근 무렵에 부속실에서 연락이 왔다.

마음을 다잡고, 올라갔다.

서류가 책상 위에 가지런히 놓여있었다.

“야, 이 뙤놈아. 직장 생활을 그렇게 하면 목이 열 개라도 모자라. 그런 사정이 있었으면 일단 말을 했어야지.”

“죄송합니다.”

“상급 기관에서 연락이 왔다. 그것은 내가 알아서 할 테니 너는 소신껏 해봐.”

“감사합니다.”

사건은 그렇게 끝났다. 마음이 홀가분하고 기뻤다. 용서를 받아서가 아니라 모처럼 마음이 크고 넓으신 분과 함께 일할 수 있게 된 것이 기뻤다.

며칠 후 부속실에서 다시 오라는 전갈을 받았다.

업자가 상급 기관에 청탁을 넣어 사퇴 압력이 내려왔다는 것이다.

기관장의 임기가 4년이었지만 해방 후 임기를 마친 분이 한 사람도 없을 정도로 상급 기관의 눈치를 봐야 하는 기관이다.

정말 큰일이었다.

독재정권 하에서는 썩지 않으면 지방 수령도 못 한다.

법대를 졸업한 터라 이 기관에 들어오면서부터 소송을 담당해 온 내가 판단하건대 기관장님은 임기를 다 채우는 것을 넘어 한 번 더 연임을 하셔야 할 청빈한 분이셨다.

기관장님은 지혜를 짜보자고 결기를 보이셨다.

빙하착(放下着), 지금이야말로 모든 것을 내려놓을 때라고 생각했다.

어차피 나는 입사할 때부터 오래 근무할 생각이 아니었으니 그만둘 각오로 이 일에 매달렸다.

그리고 얼마 뒤 1976년 4월 2일, 아침에 출근하자마자 실내 스피커에서 승진자 한 명을 발표했다. 내 이름이 흘러나왔다.

누구도 예상치 못한 갑작스러운 일이었다.

선임자가 40여 명이나 되는데 정말 미안했다.

승진하면 일단 출장소로 나가 1년 이상 경험을 쌓고 돌아오는 것이 관례였으므로 나 역시 이평 출장소로 나가게 되었다.

출장소로 나와 한 달 가까이 될 무렵 중앙 감독기관에서 감사가 나왔다는 소식이 들려왔다. 내가 들어와서는 두 번째쯤 받아보는 감사이었지만 몇 년 전 감사는 총무과 홍보계에서 근무할 때라 감사받을 일이 별로 없었다.

이번에는 용도계에 2년쯤 근무하다 승진하여 이상 없이 인수인계

다하고 왔기 때문에 내가 책임질 일이 없었다.

하지만 새로 온 직원이 선배인 데다 인계받은 지 얼마 되지 않아 내용 파악을 다 못한 상태에서 감사를 받다 보니 감사관의 심사를 몹시 불쾌하게 만들어 놓았다.

감사관은 전임자를 찾았다. 그러니 내가 나설 수밖에 없었다.

감사관의 혹심한 추궁에 내 마음은 착잡하고 얼떨떨했다.

안타깝지만 모든 내용을 부인할 수도 없었다. 기재 누락, 물건 부재, 수량 부족 등 어느 때 누가 했는지 모르는 오류들이 수없이 지적되었다. 인수인계 서류에는 아무 이상 없이 인계한 것으로 되어있었다. 나는 모르는 일이라고 하면 된다.

새로 부임해 온 선배 직원은 사색이 되어있었다. 관행처럼 두루뭉술하게 인수인계를 해왔기 때문에 책임을 전가할 사람도 없었다. 함께 일한 선후배 동료 모두가 내 가정의 어려움을 도와준 고마운 분들이었다.

이제야 내가 떠날 때가 된 것이라 생각했다.

모든 것을 혼자 짊어지고 떠나야겠다고 결심했다.

방하착! 마음을 내려놓아야 한다는 부처님 말씀이다.

마음을 내려놓으니 정말 마음이 편했다.

한마디 변명도 하지 않고 시인서 몇 장을 썼다.

감사관은 "당신의 목이 몇 개나 되느냐?" 하고 물었다.

감사는 꼬박 열흘간 지속되었다.

내가 가장 긴 시간 감사를 받았고, 시인서도 제일 많이 썼다.

5월 7일 출근해서 근무를 시작하려는데, 오후 2시까지 기관장실로 오라는 전갈을 받았다. 올 것이 왔구나 싶었다.

만감이 교차했다. 사직서 한 장을 준비해 갔다.

기관장실에는 감사반 5명이 앉아있었고, 옆에 기관장님이 앉아계셨다.

나를 담당했던 감사관이 손을 들어 아는 체했다.

"이분이 공준원 씨입니다."

소개하자 감사관 일행들이 일제히 박수를 치기 시작했다.

순간 나는 어리둥절했다.

자기들끼리는 이야기를 다 나눈 것 같았다.

기관장님께서 만면에 웃음을 띠시며 악수를 청해주셨다.

"기관장님, 정말 훌륭한 직원을 두셨습니다. 누구 한 사람에게도 책임을 전가하지 않고 전부 혼자 뒤집어쓰는 사람은 이번에 처음 보았습니다."

과분한 칭찬을 남기고 감사반은 떠났다. 보완해야 할 서류는 바로 보완해서 올리라는 당부만 남겼다.

이 일은 내가 평생 두 번 다시 느껴보기 힘든 가슴 벅찬 감동이었다.

그 바람에 출장소에서 1년을 다 채우지 않고 본부로 돌아왔다. 기관장님은 결국 4년 임기를 다 채우고 떠나셨다.

청렴하고 사내다운 기개가 차고 넘치는 분이셨다.

이분이 바로 군산시장 시절 전군 도로에 벚꽃 나무를 심은 유남기 씨이다.

✳︎

가슴 아픈 이별

1972년 6월 12일, 출근하자마자 총무과장이 새로 들어온 여직원 한 사람을 소개했다. 이름은 숙, 나이는 22살, 세련되고 예뻤다.

첫날부터 일 다루는 솜씨가 숙달된 모습이어서 호감이 갔다.

며칠 후 출근길에 아주 다정한 선배 한 분을 만났다.

지방신문 주재 기자였다.

"자네 사무실에 여직원 한 사람 새로 들어왔지?"

"아니, 형님이 그걸 어떻게 알아요?"

"응. 내 조카야. 누님 딸이니 내가 외삼촌이네. 잘 부탁하네, 자네가 있으니 든든하구먼."

그 선배는 나와 평소 친분이 돈독한 분이었다.

선배의 조카이니 남다른 신경을 쓸 수밖에 없었다.

이래저래 숙과는 친분이 두터워졌다.

일도 잘하고 예절도 있는 데다 용모가 귀여워 상하 없이 귀여움을 받았다.

그 무렵 나는 주말이나 공휴일이면 산에 올랐다. 그러다 보니 동료 직원 몇 사람이 동참해 같이 움직이게 되었다. 대학에 다닐 때는 산을 자주 올랐지만, 졸업 후에는 가정 형편 때문에 한동안 산을 찾을 기회가 없었다.

숙은 같은 사무실에서 근무하는 관계로 나의 산행 일정을 알 수밖에 없었다.

어느 날 숙은 일행에 끼워줄 것을 조심스럽게 제안해 왔다.

거절할 이유가 없었다. 일행들도 반기는 눈치였다.

숙의 일행도 합류해 멤버는 8~9명으로 늘어났다. 자연스럽게 숙과는 더 가까워지고 단둘이 있을 때는 오빠라고 불렀다.

사실 나이가 10년 차이라 오빠라고 부르기에는 좀 무리가 있지만 마땅한 호칭도 없었다.

1974년 한 해가 저물어가는 12월 17일, 숙이 "퇴근 후에 차 한잔하자." 하고 귀에 대고 속삭였다.

지인의 소개로 만난 남자가 마음에 들었던 모양이다.

같은 남자로서 한번 봐달라고 부탁했다.

연말쯤에 망년회 겸 맥줏집에서 셋이 앉아 만남을 가졌다.

청년의 이름은 박소정이었고, 숙이 첫눈에 반할 정도로 미남이었다. 체격도 건장했다.

나이는 숙보다 두 살 연상이다. 집은 서울이지만 직장이 군산이라 군산 시내에서 하숙을 하고 있었다. 나는 기분이 좋아 못 마시는 술을 취할 정도로 마셨다. 정말 잘 어울리는 커플이었다. 진심으로 축복해 주고 싶었다.

"오빠! 어때?" 월요일에 출근하자마자 숙이 물었다.

"100점 플러스(+)다."

숙은 애교를 부리며 물었고, 내 대답에 하루 종일 콧노래를 부르며 즐거워했다. 그 후 우리 셋은 자주 만났다.

1975년 1월 6일, 숙이 출근을 하지 않았다. 전화로 연가를 냈다고 한다.

무슨 일이 있으면 나에게 먼저 연락을 했을 텐데, 한마디 상의도 없이 일주일씩이나 연가를 낸 이유가 무엇일까? 궁금해서 전화를 했지만 받지 않았다. 아예 코드를 뽑아버린 것 같았다. 식당을 하시는 부모님과 함께 살 때는 가보았지만, 부모님이 폐업하고 객지로 떠나신 뒤에는 동생과 둘이 방을 얻어 산다는 것 외에는 십 위치를 알지 못한다.

영문도 모른 채 시간이 흘렀고, 나는 금요일에 서울로 출장을 갔다. 저녁 시간에 내가 머물고 있던 서울 숙소로 숙이 전화를 해왔다.

당시에는 핸드폰이 없던 시절이라 서울로 출장을 가면 숙소와 전화번호를 소속 부서에 알리는 것이 의무였다.

그렇게 하여 내 연락처를 안 것이다.

"야! 어떻게 된 거냐?"

"응. 그럴 일이 있었어, 오빠! 내일 오후 2시 정각에 김제역에서 만날 수 있어?"

"알았어, 맞춰볼게."

토요일 아침 서울역에서 9시 반 특급열차로 출발해 김제역에 도착했다.

약속 시간보다 일찍 도착했지만 숙은 이미 나와있었다.

무척 수척해 보였다.

아침부터 잔 눈발이 흩날리더니 어느새 함박눈이 포근하게 내리고 있었다.

"어떻게 된 거냐?"

숙은 말없이 집게손가락을 자기 입에 대고 말을 막았다.

"지금부터는 내가 하자는 대로 해야 돼, 알았지?"

"명령하는 거냐?"

"응. 명령이야, 딱 한 번."

웃으며 말했지만 무거운 결기가 흘러나왔다.

한 시간 뒤에 도착한 열차를 탔다. 숙은 표를 미리 예매해 놓고 있었다.

나와 숙은 나주역에 이를 때까지 별로 대화를 나누지 않았다.

나는 예사롭지 않은 일에 어리둥절하고 있었고, 숙이는 웃고 있었지만 결코 즐거운 기분이 아니었다.

나주역에서 직행버스로 도착한 곳은 해남 대흥사였다.

몇 년 전 숙을 포함해 동료 직원들과 함께 온 곳이다.

절반쯤 왔을 때 행선지가 예측되자 몹시 당혹스러웠다.

일박을 해야 하는 코스였기 때문이다. 어쩌자는 것인가?

결혼할 신랑까지 정해놓았고, 몸가짐을 아무렇게나 하는 천박한 여인은 절대 아닌데?

대중식당에서 저녁 식사를 간단히 하고 나서는 숙은 내 팔을 끼고 끌고 가다시피 앞으로 나갔다.

한옥으로 지어진 여관으로 들어갔다.

이 상황이 전혀 이해가 되지 않아 망설이지 않을 수 없었다.

숙이는 다시금 내 팔을 잡아끌고 여관으로 들어가 한지를 바른 띠 살 쌍문으로 된 방문을 열었다.

온돌방은 불을 미리 지펴놓아 따뜻했다.

방에 들어서서 방문을 닫자마자 숙은 내 목을 와락 껴안고 훌쩍거 리더니 이내 통곡하기 시작했다. 감당하기 어려운 일을 당한 것은 분 명한데, 얼마나 기막힌 일을 당했기에 이토록 통곡을 하는 것일까?

"앉자, 앉아서 무슨 일인지 들어나 보자."

가까스로 진정시키고 마주 앉았다.

앉자마자 개고 앉은 내 다리 위에 얼굴을 묻고 또다시 울기 시작했다.

이런 경우 나는 어찌해야 하는가? 위로하는 마음으로 등을 어루 만지며 달래려는데 숙이 깜짝 놀라며 자시러지듯 "아파, 오빠 아파, 아파!" 비명을 지르며 되바라졌다.

목에 옷깃을 조금 젖히고 등을 살펴보니 온통 시퍼렇게 멍이 들어 있었다.

몹쓸 병에 걸렸구나 싶었다. 서둘러 밑자리를 두텁게 깔고 숙을 뉘었다.

그리고 나서야 숙이 천천히 입을 열었다.

지난 일요일 겨울인데도 날씨가 비교적 포근했다. 오후에 집안 먼 친척 오빠뻘 되는 사람이 숙의 집에 놀러 왔다.

평소에도 이따금 놀러 오기 때문에 스스럼없이 대해주었다.

그는 희귀식물 몇 그루를 기르는데 꽃이 하도 특이하다며 호기심 을 자극했다.

하도 신기하여 숙이는 가보고 싶은 충동이 일어났다고 한다.

두 사람은 택시를 타고 읍내를 벗어나 한참을 달린 뒤 한적한 어느 밭머리에서 내렸다. 그 일대는 숙도 잘 알고 있는 곳이지만 인적이 드문 곳이었다.

숙이 잠시 망설이자 그가 조금만 가면 된다고 했다.

50여 m쯤 더 갔을 때 그가 뒤돌아서더니 갑자기 숙을 덮쳤다. 아차, 했지만 때는 늦었다.

개발 지역이라 바닥에는 돌멩이가 지천으로 널려있었다.

그 위에서 사내를 상대로 한참을 발버둥을 친 것이다.

"위급한 상황에 이르렀을 때 오빠 생각이 먼저 떠올랐어. 왜 오빠 생각만 났는지는 모르겠어. 우리 소정이 생각이 먼저 나야 하는 것 아니야?"

숙이는 엷은 미소를 띠며 멋쩍은 표정을 지었다. 친한 선배의 조카라는 이유로 다정한 사이가 되었지만, 함께 근무하는 동안 숙은 내게 무척 고마운 동지였다. 누구에게도 말하지 못한 내 어려운 집안 사정을 먼저 헤아린 뒤, 어려움이 생길 때마다 팔을 걷어붙이고 나서서 돈을 구해주곤 했었다.

일을 할 때도 주야를 가리지 않고 성심성의껏 도와주었다.

덕분에 나는 3년 연속 우수 직원으로 선발될 수 있었다.

착하고 예쁘고 일 잘하고 어려울 때 성의를 다해 도와주었으니, 나로서는 이처럼 고마운 동생이 없었다. 회사의 50년 사를 편찬할 때도 매일 저녁, 하루도 거르지 않고 6개월 동안 커피를 끓여와 같이 일하는 동료들까지 챙겨주었다.

나 역시 오빠로서 최선을 다했다.

"오빠가 나를 항상 지켜주었는데 어쩌다 내가 이 지경에 이르렀을까? 후회와 함께 비참한 생각이 들었어. 차라리 죽는 게 나을 것 같아서 혀를 깨물었어.”

그때를 회상하며 다시금 눈물을 주르륵 흘렸다.

“입에서 피가 흐르니까 그자도 놀라 도망을 쳤어.”

숙은 그때부터 지금까지 병원 치료를 받으며 가까스로 몸을 추스르고 있었다. 아직 몸이 회복된 것은 아니지만 다음 주 월요일에는 출근을 할 생각이었다.

그에 앞서 나를 먼저 만난 것이다. 몇 마디 이야기를 하더니 고단했던지 스르륵 잠이 들었다. 몸과 마음에 심한 상처를 받아 그동안 제대로 잠자리에 들지 못했던 것 같았다. 훈훈한 방 안 공기와 오랜만에 긴장을 풀고 평안한 상대를 만나 심회를 토로하다 보니 쏟아지는 잠을 주체하지 못한 모양이다.

잠든 숙이를 뒤로하고 앉아 두 팔로 무릎을 안고 고개를 묻었다.

문풍지가 울었다. 아마 진즉부터 문풍지는 울고 있었던 것 같았다.

나도 눈꺼풀이 내려앉았다. 서울에 출장하여 업무를 마치고 저녁에 친구들과 만나 늦은 시간까지 회포를 푸느라 잠을 설친 뒤 토요일 아침 일찍 일어나 열차를 타고 김제역에 내려와 숙을 만나 여기까지 왔으니 나도 이틀간 강행군이었다. 극도의 피로가 덮쳐왔다. 그대로 고꾸라져 깊은 잠에 빠졌다. 둘 다 씻기는 고사하고 양말조차 벗지 못한 채 잠의 습격을 받았다.

숙이 잠든 이불 발치에 쓰러져 새우잠을 잤지만 피로가 가실 만큼 푹 잤다.

아침에 눈을 떠보니 내 어깨 위로 숙의 외투가 덮여있었다.

숙은 벌써 일어나 세수를 하고 화장대 앞에 앉아 얼굴을 토닥거리고 있었다.

"춥지도 않은데 옷을 덮어주었구나."

"응, 그냥."

원기가 회복된 듯 명랑해 보였다. 세수를 하고 11시쯤 대흥사를 출발했다.

버스를 타고 나주 영산포역에 도착해서 오후 2시 22분에 출발하는 특급열차를 탔다.

"오빠! 내가 당한 일을 소정에게 이야기해야 하지 않을까?"

"나 말고 또 누가 아는데?"

"내 동생."

"아무 일도 없었는데 무슨 말을 해? 이 일은 무덤까지 가지고 가거라."

"알았어."

"어제오늘 일은 너와 나 그리고 하나님만 아시는 일이야."

동시에 숙의 삼촌이 머릿속을 스쳐 지나갔다.

선배를 만나면 어떻게 해야 할까?

"우리는 열차 타고 밤새워 여행한 것과 다를 게 무어야?"라며 숙은 웃었다.

오랫동안 교회에 다녔지만 읍내로 이사 온 뒤에는 5년 가까이 교회를 나가지 않고 있다. 이끌어 주는 사람도 없고, 마땅히 눈에 띄는 교회도 없다 보니 차일피일 미루게 된 것이다.

주일에는 교회 대신 산을 찾았다. 산길에서 절을 만나지만, 예불을 올린 적은 한 번도 없었다. 그래도 귀동냥 눈동냥 덕에 불교의 교리는 조금 알고 있다. 하느님과 부처님 그리고 숙과의 사연이 얽혀 머릿속에는 여러 가지 상념이 뒤엉켰다.

1975년 3월 31일 월요일, 군산 버스 정류장에서 숙을 만났다.

나는 토요일이면 아내와 함께 장모님이 계시는 군산을 자주 간다. 아내는 몸이 약한 편이라 장인 장모님께서 늘 걱정을 많이 하셨다. 아내의 친정 나들이는 휴식이자 여가였고, 장모님께는 위안의 즐거움이었다.

둘째 아이 출산일이 가까워져 아내는 친정에 더 머물기로 하고, 나는 출근하기 위해 버스 정류장에 서둘러 나오는 길이었다. 갑작스러운 만남이라 놀랐지만 의미는 알 수 있었다.

"오빠 먼저 가. 같이 버스 타고 출근하면 직원들이 이상하게 생각할지도 몰라."

"어서 타. 같이 외박하고 같은 버스를 타고 출근하는 미친놈이 어디 있어. 다음 차 타면 너무 늦어."

직행버스는 8시 반 출발이었다.

같은 좌석에 앉았지만 우리는 말이 없었다.

숙의 손등을 살며시 잡아주었다. 축하의 메시지였다.

숙은 손을 뒤집어 내 손을 꽉 잡았다. 뒤이어 내 손등을 살며시 꼬집으며 고개를 내 어깨에 살며시 기댔다.

굳이 말하지 않아도 알 수 있을 만큼 행복해 보였다.

목숨 걸고 지켜낸 소중한 숙의 사랑 아닌가?

전에는 소정이가 토요일에 김제로 왔다가 당일 돌아갔다면 이제는 숙이 토요일에 군산에 갔다가 월요일에 김제로 왔다.

소정이 김제에 오면 나를 만나러 오는 것이다.

소정이와는 예전보다 훨씬 더 가까워졌다.

형이 없다며 친동생처럼 따라주었다.

1977년 12월 셋째 주 토요일 오전쯤으로 기억된다.

오후 2시에 버스 정류장에서 만나자고 숙에게서 전화가 왔다.

그 무렵 나는 재무과에서 근무했는데, 별일이 없어 버스 정류장으로 나갔다.

숙은 물어보지도 않고 전주행 티켓을 끊었다.

전주에 도착하자마자 내 팔을 끼고 극장으로 직행하여 영화 한 편을 보았다.

극장 문을 나올 무렵에는 날이 저물었다. 숙은 만나서 그때까지 평소처럼 까불지도 않았고 말도 없었다.

식당에 들어가 홀 한쪽 구석 테이블에 마주 앉았다.

분위기가 가라앉아 있어 내가 먼저 말을 걸기도 멋쩍었다.

"오빠."

숙의 눈에서 눈물방울이 주룩 흘러내렸다. 소낙비 온 뒤에 초가집 추녀에서 내리는 낙수만큼이나 굵은 눈물방울이 주체할 수 없이 흘러내렸다.

"야, 너 울면 겁이 나. 무슨 일이야?"

"나, 결혼 날짜 잡았어."

"축하할 일이구만. 나는 또 무슨 일 난 줄 알았잖아."

"그동안 고마웠어. 오빠가 없었다면 마음 의지할 곳이 없어서 정말 힘들었을 거야. 오빠가 나를 잘 지켜줬어. 정말 고마워."

"소정이 사랑하냐?"

“응.”

“그러면 됐다.”

숙은 잠시 더 훌쩍거리고 나서 저녁 식사를 하고 헤어졌다.

이후 숙은 1978년 2월 12일 월요일 서울 종로 4가 K 예식장에서 결혼식을 올렸다. 당시만 해도 사주를 보고 택일하여 날짜를 정하기 때문에 월요일에 예식을 올리기도 했다.

나를 포함해 직원 몇 사람이 직장 대표로 참석했다.

나로서는 단순히 우정을 쌓은 여인의 결혼식이라기보다는 내 생애에 가장 어려운 시절에 나를 도와준 소중한 동지가 새로운 인생을 시작하는 중요한 행사였다.

결혼한 지 2개월쯤 되었을 때 숙의 안부 전화가 왔다. 짧은 대화 중에 숙은 건강에 이상이 생긴 것 같다고 말하며, 전화를 끊었다.

시집살이가 좀 힘든가 보다 생각했다.

1978년 5월 3일, 나는 직장을 옮기게 되면서 서울로 이사를 했다.

병채 숙부의 소개로 창업한 냉장고 부품 회사의 총무이사로 취임한 것이다.

서울 생활에 다소 적응이 되었을 때 숙에게 연락했다.

소정이는 결혼에 맞춰 회사를 그만두고 제기동 재래시장에서 건어물 장사를 하고 있었다.

행인들에게 물어물어 가게를 찾아갔다.

숙은 나를 보자마자 뛰어나와 목을 껴안으며 반가워했다.

저만치에서 신랑이 물건을 정리하고 있었다.

“이 사람아, 신랑 앞에서 이러면 못써.”

"쟤는 형님만 보면 죽고 못 살아요."

소정도 스스럼없이 나를 대해주었다. 정말 착한 사람이었다. 셋이 마주 앉아 차를 마시며 오랜만에 격의 없는 대화를 나누었다. 헤어지면서 비싼 조기 굴비를 한 보따리 싸 주었다. 오랜만에 만나 스스럼없는 대화를 나누웠지만 숙의 과분한 환대와 정감의 표현이 마음에 걸렸다.

숙의 얼굴에 드리워진 그늘도 신경이 쓰였다.

시부모와 문제가 있는 걸까?

소정은 괜찮다며 웃어넘겼지만 남편 앞에서 과도한 애정 표현을 하는 숙의 모습도 다소 마음에 걸렸다.

이제는 더 이상 찾아가지 않는 것이 좋겠다고 생각했다.

그 뒤로 전화 연락도 하지 않은 채 덧없이 세월이 흘렀다.

1986년 6월 초, 서울에서 고향 선후배들의 모임이 있었다. 그 자리에서 숙의 외삼촌을 만났다. 몇 해 전 상경해서 작은 사업을 시작했다고 한다.

그동안 나를 찾았지만 좀처럼 아는 사람이 없었다며, 그간 무슨 일이 있었는지 물었다. 선배의 걱정 그대로 나는 사업에 실패하여 몇 번의 이사와 이직을 반복하고 있었다.

그 바람에 집과 직장의 전화번호가 바뀌어 연락이 두절되었던 것이다.

선배님은 소정이에 꼭 연락해 보라는 당부만 하고 헤어졌다.

나를 찾은 사람은 선배가 아닌 소정이었다.

건어물 가게의 전화번호는 그대로였다.

"형님을 얼마나 찾았는지 몰라요."

소정이 반갑게 전화를 받았다.

다음 날 우리는 고대 정문 앞에서 만났다.

"형님 집사람이 많이 아파요."

"어디가 어떻게 아픈데?"

"백혈병이래요."

소정의 눈에서 눈물이 흘렀다.

가슴이 철렁 내려앉았다.

당시만 해도 백혈병은 치료가 불가능한 병이었다.

"아내가 형님을 보고 싶어 해서 한참을 찾았어요."

"지금 어느 병원에 있는가? 가보세."

"아니오. 집에 있어요. 형님이 집사람 좀 설득해 주세요. 어차피 죽을 텐데 뭐 하러 돈만 없애느냐며 집에서 죽겠다고 고집을 부려요."

소정이가 아내를 얼마나 사랑하고 있는지 나는 안다.

집은 가게에서 좀 떨어진 곳에 있었다.

방문을 열자 서툰 걸음걸이로 자박거리는 어린애가 있었다. 누워서 젖병을 물고 있는 갓난아기도 보였다. 그 옆에 흐트러진 머리를 한 채 숙이 누워있었다. 눈물이 왈칵 쏟아졌다. 이렇게 처참할 수가.

"숙아."

결혼한 유부녀인데 옛날처럼 그냥 이름을 불렀다.

잠이 든 모양이다.

소정이가 가볍게 흔들어 깨웠다. 숙은 가는 눈을 뜨고 바라보더니, 와락 내 목을 껴안고 울었다.

"오빠, 나 죽는대."

"죽기는 왜 죽어. 일어나라. 병원으로 가자. 집에 있으면 죽어."

“소용없어. 백혈병은 치료할 수 없잖아.”

“누가 그래. 백혈병도 잘만 낫더라. 일어나라. 나와 함께 가자.” 진심을 다해 희망을 주었다.

“정말 나을 수 있을까?”

“병을 치료하는 데 가장 중요한 것은 환자의 의지야. 환자가 의욕을 잃으면 아무리 좋은 약을 먹어도 소용없어. 희망을 가져야 한다.”

“오빠, 나 살고 싶어. 살고 싶어.” 살고 싶다는 말을 수십 차례 반복하며 생의 애착을 호소했다.

절규요, 울부짖음이었다.

엄마의 통곡 소리에 어린애가 따라 울었다. 마루에서는 소정이 울고 있었고, 나도 울었다.

숙은 그날로 명동에 있는 성모 병원에 입원했다.

병원을 나오는데 소정이 한참을 머뭇거리더니 어렵게 말을 꺼냈다.

가게는 아버지가 봐주시고, 애들은 어머니가 돌봐주시는데, 물건을 떼 오고 몇 군데 식당에 납품하는 것은 소정이밖에 할 수 없다는 것이다. 그러기 위해서는 최소한 서너 시간은 병실을 비워야 한다. 환자에게는 24시간 돌봐줄 보호자가 필요했던 것이다. 나는 당시 월간 자동차라는 잡지사를 운영하고 있어서 아침 일찍 출근해서 업무 현황을 체크하고 직원들에게 지시 사항을 전달하고 나면 오후에는 시간을 낼 수 있을 것 같았다.

숙은 내가 어려울 때 있는 힘을 다해 나를 도와주었다.

숙이 내가 도움을 줄 수 있는 기회를 주어 오히려 감사했다.

다음 날부터 나는 오후에 명동 성모병원으로 출근해 소정과 교대했다.

소정은 진심으로 고마워하며 힘을 냈다.

숙은 숙대로 나를 반겼다.

당시 숙은 일주일에 한 번씩 혈소판을 제공해 주어야 했다.

혈액형이 AB형이어서 사람 구하기도 어렵거니와 한 번 수혈하는데 3시간 이상이 걸려 선뜻 응하는 사람도 없었다.

다행히 사무실 직원 중에 AB형이 두 명이나 있었다.

그들은 숙을 위해 기꺼이 헌혈을 해주었다.

혈소판 제공 시 혈액을 채취해 혈소판만을 분리하여 환자에게 투여한 뒤 남은 혈액은 다시 헌혈한 사람에게 넣기 때문에 일주일에 한 번씩 한다 해도 건강에 무리가 없었다.

우리는 직장 생활을 같이하며 많은 시간을 보냈기 때문에 추억이 많았다. 시간 가는 줄 모르고 옛이야기를 하며 예전처럼 웃기도 했다.

한동안 숙의 병세가 호전되는 것처럼 보이기도 했다.

입원한 지 한 달쯤 되었을 때 성모병원은 여의도로 이전했다. 신축 건물이라 깨끗했다. 이사 온 지 얼마 되지 않은 어느 날 오후, 소정과 교대하기 위해 병원에 갔다. 잠시 밖에서 담배를 피우고 있을 때 간호사가 나를 찾아왔다.

숙이 나를 찾는다는 것이다.

환자를 만날 때 지켜야 할 첫 번째 수칙이 청결이다.

손을 깨끗이 씻고 들어갔다. 숙은 힘없는 눈꺼풀을 겨우 뜨면서 내 손을 잡았다. 뒤이어 힘없이 감기는 눈동자에서 흰 망자가 스쳐지나갔다. 순간 소름이 끼쳤다.

숙은 가만히 내 손을 잡고 가슴으로 가져갔다. 아무리 손을 씻었다 해도 보호자의 손이 환자의 몸에 닿아서는 안 된다. 하여 내가 손을 빼려고 하자 숙은 두 손으로 내 손을 움켜잡고 자기 가슴으로 가져갔다. 내버려두었다.

감은 두 눈에서 눈물이 흘러내렸다.

"오빠 고마워." 잠시 침묵이 이어졌다.

"오늘은 일찍 가. 소정이 빨리 온댔어."

성대에서 나오는 목소리가 아니고 목구멍 안에서 만들어 내는 바람으로 속삭이었다.

숙은 다가오는 운명을 조용히 받아들이고 있었다.

숙의 말대로 소정이 평소보다 일찍 왔다.

그러고는 서둘러 쫓아내듯 나를 내보냈다.

아침 회진 때 의사의 암시가 있었던 모양이다.

사무실에 도착했을 때는 이미 퇴근 시간이 가까웠다.

전화벨이 울렸다.

"형님, 아내가 떠났네요. 그동안 고마웠습니다."

나는 말없이 전화를 끊었다. 그래도 마지막 가는 길은 사랑하는 남편 품에서 떠났으니 참 다행이다 싶었다.

숙의 나이 36세. 정말 꽃다운 나이에 세상을 떠났다.

빈소를 찾아가면 쏟아지는 눈물을 주체할 수 없을 텐데 주변 사람들의 의아한 눈초리를 감당하기 어려울 것 같았다.

좀 멀기는 하지만 남산으로 올랐다.

특별한 의미가 있어서 오른 것은 아니다.

주체하기 힘든 눈물을 뿌릴 곳이 없었다.

옥자가 세상을 떠났을 때 찾아온 곳이었다.

장소는 같았지만 그때 앉았던 의자는 아니었다.

소리 없이 눈물을 쏟아냈다.

고향 읍내로 나와 10여 년간 교회를 다니지 못했지만, 서울로 올라와서는 일요일마다 빠짐없이 교회를 나갔다. 하나님을 믿는 신도로 충실하게 살기 위해 노력했다. 하지만 뜻하지 않은 비극을 겪게 되면 속된 운명론자가 되어버린다. 사주팔자라던 일들이 현실로 되었기 때문이다. 아내 역시 장성한 오빠 둘을 잃어버렸다. 그 또한 사주가 아닌가 싶은 것이다.

성경 말씀을 따라야 하지만 그럼에도 돌팔이 사주쟁이의 풀이를 묵과하고 지나칠 자신이 없었다.

8세에 세상을 떠나면 흉(凶), 20세에 세상을 떠나면 단(短), 30세에 세상을 떠나면 절(折)이다. 친동생 순덕이는 8살에, 옥자는 20살에, 숙은 36세에 세상을 떠났으니 나는 흉, 단, 절을 다 겪은 셈이다.

어쩌면 얄궂은 내 운명에 얽혀 애꿏은 여인 한 사람이 또 희생된 것이 아닌가 싶어 마음이 무거웠다.

모든 것이 정리되었을 무렵 건어물 가게로 전화를 걸었다.

받지 않았다.

며칠 동안 계속 전화를 걸어도 받지 않았다. 오랜 세월이 지난 어느 날 소정이도 세상을 떠났다는 소식을 바람결에 들었다. 금실이 그리도 좋더니만….

사실이면 어쩌나 싶어 확인도 할 수 없었다.

숙의 어린 두 아들이 떠올라 가슴이 시렸다.

순간의 운명

공장의 그라인더 소리가 유난히도 귀에 거슬렸다.

사무실에서 서류를 정리하다 말고 공장으로 갔다. 공장 문을 들어서자 입구에 있는 그라인더 앞에서 근로자 한 사람이 무엇인가를 연마하고 있었다.

그라인더에 커버를 씌우지 않고 있는 모습에 놀라 무의식중에 그 사람의 어깨를 발로 쳤다.

"이 사람아 그라인더에 커버도 씌우지 않고…."

"펑!"

말이 끝나기도 전에 그라인더 디스크가 튀었다.

한 조각은 남쪽 출입문 옆 벽에 꽂혔고, 한 조각은 슬레이트 지붕을 뚫고 나갔다. 얼마나 속도가 빠르고 힘이 강했든지 지붕을 뚫고 나간 조각은 슬레이트 지붕에 작은 구멍을 남기고 사라졌다.

순간 공장 기계 소리가 모두 멈췄다.

큰 사고를 예감한 직원들이 순식간에 모여들었다. 천만다행히도 그라인더 디스크만 튀었을 뿐 공장에는 아무 일도 일어나지 않았다.

그러나 누구도 이 아찔한 순간을 대수롭지 않게 여기는 사람은 없었다.

늘 사용하는 그라인더 소리가 그날따라 유난히 귀에 거슬렸고, 생전 발길질 한 번 해본 적 없었는데 어떠한 연유로 그 순간에 발이 먼저 나간 것일까?

정말 불가사의 한 일이었다.

사무실에서 조금만 늦게 나갔다면, 발이 아니고 손으로 그를 밀었더라면 그와 나, 둘 중 한 사람은 큰 사고를 당했을 것이다. 벽이 견고한 붉은 벽돌이었다면 또는 천정이 단단한 철근 슬러브였다면 디스크 조각의 파편이 튕겨 누군가에게 엄청난 상처를 입혔을 것이다.

오금이 저릴 정도로 아찔한 순간이었다. 아이러니컬하게도 어설프게 지은 공장 구조가 이 사고에 대비하여서는 완벽한 것이었다.

당시 모든 공장에서 사용하는 기계는 근로자의 안전에 매우 취약한 실정이었다.

내가 관리했던 공장은 가장 위험한 파워 프레스가 제일 많이 설치되어 있었다. 샤링기, 압연기, 코킹 프레스, 피막실, 도장실, 소부실, 스위스에서 수입한 버트 용접기(알루미늄과 동파이프를 연결하는 용접기)까지 갖춰져 있었지만, 모두가 위생이나 위험에는 상당히 취약한 실정이었다.

공단 내 공장 대부분이 이와 같은 취약한 환경에서 근무하고 있었고, 근로자들도 이를 대수롭지 않게 받아들이고 있었다.

　　나의 살던 고향은 꽃피는 산골

　　복숭아꽃 살구꽃 아기 진달래

　　울긋불긋 꽃 대궐 차리인 동네

　　그 속에서 놀던 때가 그립습니다.

적막을 깨고 한 아주머니가 박스 하나를 들고 일을 시작할 채비를 하며 노래를 불렀다. 박스에 담는 작업은 마지막 공정이다.

꽃동네 새동네 나의 옛 고향

파란들 남쪽에서 바람이 불면

냇가에 수양버들 춤추는 동네

그 속에서 놀던 때가 그립습니다.

2절은 전 직원이 함께 불렀다.

옷소매로 눈물을 훔치는 자도 있었다.

사무실로 돌아와 그 친구의 이력서를 살펴보았다. 미성년자였다. 미성년자에게 반드시 필요한 부모 동의서도 같이 있었다. 큰 사고가 났지만 다친 사람이 아무도 없으니 아무 일도 없는 것이다.

디스크는 여분이 있으니 갈아 끼우면 그만이다.

퇴근 시간이 되어 반장 한 사람이 찾아왔다.

"어려운 부탁 하나 드리러 왔습니다."

공장 근로자들의 어려운 부탁이란 대개 가불이다.

노임만으로는 생계가 어렵기 때문이다.

가불은 다음 달 월급에서 공제한다. 결국 다음 달에도 가불을 할 수밖에 없다. 경제적 빈곤에서 벗어나기 위해 근로자들은 앞다퉈 야간작업을 신청한다. 공장에서는 이를 잔업이라고 부른다.

우리 공장은 냉장고 핵심 부품인 냉매를 만들었다. H사와 D사는 우리가 납품하는 수량만큼 냉장고를 생산하기 때문에 공장은 비교적 바쁘게 돌아가는 편이었다. 전 직원이 밤 10시까지 연장 근무를 원하지만, 대개 특수부서 몇 명만 남아 잔업을 한다. 야간 근무 시 평소 노임의 150%를 지급하고 저녁 식사까지 제공해야 하기 때문에 회사 입장에서는 부담이 컸다.

인원을 최소화해 정해진 시간 동안 필요한 부품을 생산할 수 있도록 관리하는 것이 내가 할 일이다. 하지만 전문 기술을 요구하는 부서가 많아 함부로 다른 부서 사람을 데려다 잔업을 시킬 수도 없다. 전문 기술자는 임금이 비싸기 때문에 여유 인력을 확보하는 것도 어려운 일이다. 모든 공정의 생산량을 체크해 잔업의 필요성과 필요 인원에 대한 계획을 반장들이 수립하면 내가 검토해서 결정을 내린다.

그 과정에서 작업반장들과 종종 입씨름을 벌인다.

나와 근로자들이 원만한 관계를 유지하기가 어려운 짐이 바로 이 점이다.

"무언데?"

"오후 3시부터 10분 정도 휴식 시간을 가지면 어떻겠습니까?"

"그것은 내가 결정할 사안이 아니네. 의논드려 보지."

들어주기 어려운 주문이면 어쩌나 싶었는데 미처 생각지 못한 요구였다.

"생산량에는 지장이 없도록 할 테니 허락해 주십시오."

"알았네. 말씀드려 보겠네."

충분히 검토해 볼 만한 사안이었고, 정당한 요구라고 나는 받아들였다.

"오늘 저녁에 다른 약속 있으십니까?"

"없는데. 왜?"

"식사 겸 막걸리 한잔 나누고 싶어서요."

낮에 있었던 일도 있고 하여 반장 몇 명이 의논했던 모양이다.

낮에 「고향의 봄」을 선창했던 아주머니 일행과 반장 몇 명이 함께 해 8~9명쯤 되었다. 공장에서 멀지 않은 주막집에서 만났다.

공장 근로자들이 자주 드나드는 단골 주막집이었다.

쭈그러진 양재기 잔에 쭈그러진 주전자에 막걸리가 계속 채워졌다.

나는 언제나 한 잔 술이다. 한 잔을 가지고 들었다 놓았다를 반복했다.

「고향의 봄」, 「오빠 생각」, 「아리랑」을 수십 번 불렀다.

잔을 돌리면 한 잔으로 들었다 놓았다 하며 버티던 나도 결국 몇 잔을 더 마셨다. 젓가락 장단으로는 성이 차지 않아 숟가락 장단으로 변했다.

손목에 힘이 들어가 나무로 짜 맞춘 식탁 여기저기에 상처가 났다.

그래도 주인아줌마는 신경 쓰지 않는다.

이제는 어깨를 마주했다.

어깨동무하고 앉아서 좌우로 흔들며 노래를 불렀다.

쭈그러진 주전자와는 달리 이 친구들과 나 사이 우그러졌던 마음이 반반하게 퍼졌다.

나는 저녁이나 간단히 하고 헤어질 요량이었는데 밤늦도록 마신 술과 안주는 꽤 많은 매상을 올렸다.

아주머니들의 주량이 아주 셌다.

당시는 카드가 없었으니 난감했다. 당황해하는 나를 그 친구들이 어깨동무를 한 채 밖으로 끌고 나왔다. 내가 걱정할 사이도 없이 이미 계산을 끝냈다. 마음이 아팠다.

이들에게는 정말 아까운 돈이다.

낮에 있었던 사고가 공장 근로자들의 마음을 하나로 만들어 놓은 것이다.

오후 3시에 10분 쉬는 것은 다음 날부터 바로 시행되었다.

생산량은 전혀 차질이 없었다. 그때부터 나는 오후 3시가 되면 담배 한 대 꼬나물고 공장으로 간다. 근로자들은 휴식 시간에 「고향의 봄」을 합창한다. 덕분에 공장은 매일 봄꽃으로 충만했다. 그 후로는 가끔 근로자들의 생일에 초대받았다.

어떤 때는 아이 돌 때도 초대했다.

그럴 때면 무조건 케이크 한 상자를 사 들고 찾아갔다.

저마다 고향을 떠나 누구 할 것 없이 셋방살이들을 하고 있었지만 그들의 가슴 속에는 이미 고향의 봄이 찾아오고 있었다. 나 역시 가슴 벅찬 보람을 느끼며 모든 것에 조금씩 적응해 가고 있었다.

1979년 10월 27일 아침 라디오에서 장송곡이 흘러나왔다.

어젯밤에 박정희 대통령이 중앙정보부장 김재규가 쏜 총에 맞아 목숨을 잃었다는 뉴스가 반복적으로 흘러나왔다.

너무도 갑작스러운 뉴스에 마음의 충격이 컸다.

마음이 어수선하고 볼일도 있어 다소 늦은 시간에 출근했다.

공장 마당에 들어서자 주변이 어수선했다. 창문이 깨지고 돌멩이가 여기저기 나뒹굴고 있었지만 공장에서는 평소와 다름없이 기계 소리가 들렸다.

아침에 이웃 공장 근로자들과 한동안 격한 충돌이 있었다고 반장

한 사람이 알려주었다. 이유인즉, 박정희가 죽었는데 공장을 돌리고 있다는 것이 문제였다.

당시 부평공단 전체가 가동을 멈춘 상태에 있었다.

그 큰 부평공단에서 우리 공장만 돌아가고 있었던 것이다.

나는 그 사실이 매우 의아했다. 18년 동안 노동삼권을 억압받고 살아온 근로자들이 애도하기 위해 공장 가동을 중단한다는 것이 쉽게 납득되지 않았다.

애도는 박정희를 추종하는 자들이나 할 일이다.

나는 이웃 공장으로 갔다.

책임자 몇 명과 대화를 나누었다. 그동안 억압받고 살아온 노동자의 권한을 되찾아야 한다는 것이 그들의 염원이었다.

그들은 합법적인 절차 없이 파업을 단행하고 있었다.

그런데 우리 공장은 돌아가고 있으니 괘씸했던 것이다.

나와 생각이 전혀 다르지 않아 충분한 대화를 나누고 돌아왔다.

우리 공장 노동자들은 평소와 다름없이 공장을 돌렸다.

며칠이 지나면서 다른 공장들도 하나, 둘 노사 간의 협의가 이루어져 돌아가기 시작했다.

아쉽게도 나는 그해 연말 그들과 작별을 고했다.

송별식에는 한 명도 빠지지 않고 참석해 늦은 밤 큰길까지 배웅해주었다. ㈜홍진공업 총무이사로 있을 때 이야기이다.

노동자가 정당한 권리를 누릴 수 있게 되리라 믿었는데 또 다른 독재자가 나타나, 8년간 더 고생을 해야 했다.

10.

병원 생활

병원 노조

어느 날 민주당 사무총장 최락도 의원님께서 연락이 왔다.

처음부터 정치 노선을 같이해 온 선배로서 호형호제하며 지낼 만큼 가까운 사이다. 마포에 있는 어느 식당에서 점심 식사를 함께하기로 했다.

선배는 "곧 지방자치제가 시행되면 고향에서 자치단체장으로 일해 볼 생각이 없느냐?" 하고 제안해 왔다.

고향은 민주당 공천이 바로 당선으로 이어질 만큼 지역색이 강해서 누구나 탐내는 곳이었다.

나는 정치적인 야망을 버린 지 오래되었다. 읽고 싶은 책도 많고, 써보고 싶은 글도 많았다. 하지만 당장 생계를 걱정하는 입장에서 선택의 여지도 없었다. 마음의 결정을 했지만 일단 생각해 보겠다는 여운을 남기고 헤어졌다.

며칠 뒤 5년 전에 2년간 근무했던 병원의 원장 부인이자 안양시 만안구 지구당 위원장을 맡고 있는 김정숙 위원장이 나를 만나자고 했다.

정치를 그만둘 수 없는 입장이니, 병원 운영을 맡아달라는 부탁을 해왔다.

지방 자치단체장 선거는 아직 몇 년 남았다. 노태우 정권 초기이니 지방자치제가 언제 실시될지도 모른다.

1988년 9월 1일 우선 한성병원 기획실장으로 취임했다.

잡지사는 운영해 보겠다는 사람이 있어 넘겼다.

다행히 해결해야 할 부채는 없었다.

내가 근무하는 곳은 바닥에 카펫이 깔려있고, 욕실까지 갖추어진 아담한 방이었다. 김 위원장이 기획실장이라는 명함으로 근무했던 방이라 아늑하고 편했다.

안양이란 도시는 당시 $58.48km^2$의 작은 면적에 인구는 50만 명이라는 인구밀도가 비교적 높은 도시이다.

이곳은 공장이 240여 개가 들어서 있는 산업 도시이다.

동일방직, 금성방직, 태평방직, 삼덕제지 등 노동집약적인 공장들도 많았지만, 당시만 해도 모든 공장의 기계들이 대부분 수동이어서 공장마다 많은 근로자가 근무하고 있었다.

더하여 영남, 호남, 충청으로 통하는 교통 요충지였는데, 경수산업 도로가 개통되면서 안양은 매우 혼잡한 도시가 되었다. 이것이 1980년대 초기의 안양 모습이었다. 그런데도 교통사고와 산업 재해에 대비할 종합 병원이 한 곳도 없었다.

이 무렵 나는 한 선배 의사와의 인연으로 안양에 내려와 병원을 증축하고 시설을 보완하여 종합병원의 인가를 받고 종합병원에 걸맞는 행정체계를 만들어 놓고 떠난 일이 있었다.

그 후 무려 10여 곳의 병원이 생겨났다.

아주 고무적인 현상이었다.

30여 년 만에 직접선거로 당선된 노태우 대통령은 4대 신도시 건설을 발표하였다.

안양에는 도심 한복판에 130만 평에 달하는 논이 있었다.

이곳에 평촌신도시라는 이름으로 아파트단지가 들어서게 되었고, 신도시 건설 발표가 있을 무렵 나는 다시 전에 있었던 병원으로 돌아오게 된 것이다.

지방자치제가 실시되면 떠날 계획이었다.

마지막 달력이 한 장 남은 12월 16일 아침 10시경, 남녀 직원 7명이 내 방으로 찾아왔다.

표정이 엄숙하고 경직되어 있었다. 노조 설립을 알리는 절차였다. 6.29 선언 이후 전국에서 들불처럼 일어난 것이 노동자들의 결사였다.

그들의 요구 사항은 대체로 병원장의 독선적 운영 방식의 개선과 친인척 중심의 운영 방식에 대한 불만이었다.

밤낮없이 노조와의 대화는 이어졌다. 문제는 병원장이었다.

싫으면 병원을 떠나면 그만이지 무슨 말이 그렇게 많냐는 것이다. 나에게는 노조보다 더 힘든 상대이었다. 여유 있는 농촌 집안에서 태어나 의대를 졸업하고 의원으로 오랫동안 영업을 하여 비교적 여유로운 생활을 누리다 이만한 병원으로 키웠으니 그 자부심은 대단했다. 나밖에 너가 있음을 모른다.

알 필요도 없다. 의사 앞에는 늘 환자만 있다. 그렇게 평생을 살았고, 앞으로도 그렇게 살 것이기 때문에 그 밖의 일들은 알지 못했고, 알 필요도 없었다. 당시만 해도 병원에 노조라는 것은 가당치도 않은 것이라고 의사들은 생각하고 있었다.

그러니 노조와의 대화는 정상적으로 이루어질 수가 없었다.

대화의 문은 아예 없었고, 두꺼운 벽만 가로놓여 있었다.

저녁마다 노조 임원들과 만나 술잔을 나누며 가까스로 파업만은 막았다.

노조가 결성된 지 1년 반쯤 되는 1990년 6월 어느 날 노조 간부들이 내 방을 찾아왔다. 노조 해산을 알리는 모임이었다.

정말 생각지도 않은 기상천외한 일이었다.

울먹이는 자도 있었다. 그들이 전하는 요지는 병원 발전을 위해 노조를 만들었는데 아무 성과도 없고 공 실장님만 괴롭히는 결과가 되어 병원을 포기했다는 것이다.

6월 29일 밤 7시, 병원 노조는 해산 결의를 단행했다.

전국에서도 유례를 찾아볼 수 없는 일이었다.

병원장은 아침부터 들떠있었다. 어젯밤 노조 해산 소식을 듣고 승리감에 도취해 있었다. 승전가라도 부르고 싶을 정도로 원장은 흥분하고 있었다. 자기가 잘 싸워 이긴 것이다.

아침 간부회의가 끝나고 단둘이 남았을 때 쪽지 하나를 내밀면서 말했다.

"이 사람들을 내보내시오." 노조를 주도했던 사람들이다.

나는 웃으면서 아무 말 없이 쪽지를 받아들고 나왔다.

"너희는 스스로 지혜롭다 하는 자를 보았겠지만 그런 사람보다는 바보에게 희망이 있다." 잠언 26장 12절에 있는 말씀이다. '스스로 지혜롭다 하는 자'란 자만심이 강한 자를 말한다. 자만심이 강한 자가 교활하면 재앙을 가져온다.

의사들은 대체로 자만심이 강한 자가 많다. 하지만 다행히 의사들은 교활함보다 대체로 바보처럼 순진한 성정을 가지고 있다. 그래서 우리는 의사들을 부담 없이 대할 수가 있다. 하지만 이런 사람들은 대개 마음이 여리고 아부에 약하기 때문에 정상적인 경영 능력을 가진 자가 드물다.

후진국 여러 곳에 병원을 세운 세버런스(Severance)도 의사가 아닌 석유사업으로 돈을 번 미국의 사업가다.

의사가 자력으로 대형병원을 만든 예는 극히 드물다.

이것이 당시 내가 가지고 있던 의사들에 대한 선입견이었다.

원장의 그 순진한 모습에서 연민의 정을 느끼며 여유로운 웃음으로 응대하고 나왔다.

한두 달 사이에 많은 인원이 교체되었다. 병원장이 제시한 인원보다 훨씬 많은 인원이 교체되었다. 그들은 거의 다 가까운 지역사회에 흩어져 떠났다.

동시에 병원 환자도 줄기 시작했다.

병원장은 그간에 있었던 노조 때문이라 생각했다. 조금만 노력하면 다시 정상화될 것이라 믿고 있었다. 큰 착각이었다.

지역사회에서 이 병원의 이미지는 형편없이 추락했다.

낡은 의료시설에 수준 이하의 의료진, 형편없는 원장의 경영 스타일 등 모든 악담은 다 동원했다. 사실인 것도 있고, 무고인 것도 있었지만 그들의 생각에는 이런 병원을 없애는 것이 이 지역사회를 위하여 당연하다는 확신을 가지고 있기 때문에 과감하고 당돌했다.

각자 다른 병원에 흩어져 있으면서 병원 죽이기에 유기적으로 움직이었다.

내 힘으로는 감당하기 어려운 한계에 도달했다.

1991년 3월 26일에는 시의원 선거가 있었고, 6월 21일에는 도의원 선거가 있었다. 고향에 내려가 지자체장을 출마하려면 좀 더 일찍 내려가 지방 의회라도 참여했어야 되는데 여러 가지 복잡한 업무에 휩쓸려 주저앉고 말았다. 아무리 어렵고 힘든 일이 산적해 있어도 내 결심에 따라 떠날 수는 있었다.

원래 정치는 내 취향이 아니었다.

다른 길이 없다면 호구지책으로 가보려 했던 것이다.

누가 만류한 일도 없었는데 맥없이 주저앉아 버린 것이다.

생각해 보면 어처구니없는 일이기도 했다.

1995년 2월 20일, 병원 근무 규정이라는 제호를 달아 결재를 올렸다. 핵심은 직원들의 정년이었다.

나는 명분 있는 퇴직이 필요했다. 원장과의 불화로 병원을 떠났다는 뒷말은 남기고 싶지 않았다. 몇 군데서 스카우트 제안을 받았지만 그럴 수는 없었다.

개인 병원에서 정년이나 직원들의 급여 등 제반 사항은 원장 마음대로 하면 그만이지 이런 규정 따위가 무슨 소용이냐며 다소 거부 반응을 보였지만, 내용을 읽어본 후에는 흔쾌히 승낙했다. 정년을 공무원 정년에 맞추었는데 원장은 2년을 더 낮추었다. 그래도 나는 정년이 4년이나 남았다.

　1997년 11월 3일 병원장의 주도로 병원을 살리기 위한 간부회의가 열렸다. 정말 무의미한 회의였다.

　욕심이 머리끝까지 차있는 사람들끼리 모여 무슨 대책이 나올 수 있겠는가? 남은 간부라는 사람은 아부 잘하는 원장의 측근들이다. 만만하게 튀어나오는 것이 친절이었다.

　그동안 병원에서 실속을 차리고 있었던 사람은 열을 올린다.

　그들은 장사꾼에게 흔히 있는 약삭빠른 친절에는 익숙한 편이다. 친절도, 사기도 희망이 있고 의욕이 있어야 우러나는 법이다. 이리 떼들은 먹잇감이 없을 때는 날카로운 이빨을 드러내지 않는다. 그래서 어떤 형태로든 병원이 유지되어야 하는 것이 그들의 바람이었다. 친절이라는 상투적인 구호 외에는 별다른 대책 없이 회의는 끝났다. 병원이 병들면 갈 곳이 없다. 그 후 2년이 지나 나는 정년 퇴직하였고, 얼마 지나지 않아 병원은 문을 닫았다.

응급실에서 있었던 일

응급실에서 소란이 벌어졌다. 심상치 않은 일이 생겼다는 뜻이다. 이런 경우 직원이면 누구나 응급실로 달려가야 한다.

마침 출근길이어서 나도 응급실로 급히 달려갔다.

응급실에서 나오던 의사가 나를 보고 "끝났어요."라고 말하며 고개를 좌우로 흔들었다.

환자는 30~40분 전에 응급실에 도착했다. 맥박과 호흡이 이미 멈춰있었기 때문에 계속해서 심폐소생술을 실시했지만, 호흡이 돌아오지 않았다. 최선을 다했지만, 생명을 구하지 못한 것이다. 당시 로컬 병원 응급실의 현실이었다.

망자의 호주머니를 뒤져 수첩에 들어 있는 명함을 찾았다.

같은 이름이 여러 장 있으면 그것이 본인 명함이다. 원무과에서 연락했지만 좀처럼 연락이 닿지 않았다. 처음에는 여자가 전화를 받는데 이후 대답하지 않더니, 전화기를 잘못 놓았는지 신호도 가지 않았다.

하는 수 없이 회사로 연락을 취해 직원들이 몰려 왔다.

망자를 응급실로 데리고 온 택시 기사가 자초지종을 설명해 주었다.

그를 첫 손님으로 태우고 목적지를 향해 한참을 달리고 있는데 백미러를 통해 뒷좌석을 보니 승객이 심상치 않은 느낌이 들었다. 차를 도로변에 세우고 손님을 흔들어 보니 의식이 없었고, 호흡도 멈춰있었다. 비상 라이트를 켜고 가장 가까운 병원인 이곳으로 왔다고 한다.

망자의 나이는 37세, 한창 젊은 나이다. 심장마비로 결론을 내렸지만, 구체적인 원인은 부검을 해봐야 안다.

회사 직원들이 직접 집을 찾아가 아내를 데려왔다.

남편의 죽음을 목격한 아내는 혼절했다.

앞서 원무과 직원의 전화를 받은 아내는 청천벽력과도 같은 소식을 듣고 전화기를 든 채 혼절했던 것이었다. 원무과 직원이 입사한 지 얼마 되지 않아 경험이 없어 벌어진 일이다.

그런 상황에서는 일단 병원에 긴급하게 올 수 있도록 조심스럽게 긴박함을 알려야 한다.

사실대로 통보하면 줄초상이 날 수도 있다.

조바심 가지고 응급실로 오는 보호자는 이런 경우 십중팔구 혼절한다. 이 여인은 두 번째 혼절한 것이다.

이미 숨이 멈춘 상태에서 병원에 왔느냐, 병원에 와서 숨이 멎었느냐에 따라 책임 소재가 달라질 수 있다. 병원에 와서 숨이 멎었다면 적절한 조처를 했느냐를 놓고 보호자들과 병원 간에 다툼이 생긴다. 택시 기사는 도리 없이 수사에 협조해야 한다. 진술에 이어 현장 검증까지 마치고 나면 하루가 다 지나간다고 해도 과언이 아니다. 택시 기사는 이런 경우 하루를 공치지만, 보상도 없다. 망자 다음으로 운수가 좋지 않은 날이다. 다음에 증인석에 서지 않으면 그나마 다행이다. 돌연사에 잘못 대응하면 병원도 큰 회오리바람에 휘말릴 수 있는 경우가 많다.

　로컬 병원 응급실에서는 흔히 있는 일이다.

　안양·군포·의왕 3개 시의 교통 담당 실무 책임자들이 모였다.

　어느 병원에서 교통사고 환자를 태우고 온 택시 기사에게 15만 원을 지급한 일이 고발 접수되어, 처벌 수위를 놓고 격론이 벌어진 것이다.

　정상적인 실비 보상이 아니라 사례비 성격으로 보았기 때문이다.

　당시 지방 병원 및 의원은 사고 환자를 태우고 온 택시 기사들에게는 다소 비용을 보전해 주었다. 일반 환자들이 교통수단으로 택시를 이용할 때, 비용을 지급하는 일은 절대 없다.

　교통사고의 경우 생명이 경각에 달린 환자의 수송은 촌각을 다툰다. 사고를 수습하는 경찰관은 지나가는 택시를 붙잡아 환자 수송을 부탁한다. 손님을 태우고 가는 택시의 경우에는 손님에게 양해를 구하는 때도 있다. 이런 경우 국가에서 보상해 주는 합리적인 보상 제도가 없다. 있다 해도 너무 복잡하여 포기하는 경우가 많다. 그래서 입원한 병원에서 적당한 보상을 하는 것이 관례로 되어있었다. 그러나 이것은 비합리적이고 자칫 과도한 경쟁을 유발할 수 있어 당국으로써는 묵과할 수 없는 사안이 되었다. 결국 인근 시군 관계자들이 모여 장시간 회의 결과 교통사고 환자를 병원에 데리고 오면 일률적으로 3만 원을 지급하기로 했다.

　교통사고의 경우 수고한 택시 기사들에게 합당한 보상은 반드시 해주어야 한다는 취지였다.

　이 사실을 각 병원과 택시 업계에 통보했다.

그런데 예측하지 못한 일들이 곳곳에서 일어났다.

택시는 시트 커버에 피 한 방울만 묻어도 세탁소에 맡기고, 새것으로 갈아야 한다. 냄새가 나기 때문이다. 그 과정이 한 시간은 족히 걸린다. 어디 그뿐인가? 피를 많이 흘렸을 경우에는 택시 안을 깨끗이 청소해야 한다. 경우에 따라서는 수사기관의 요청에 따라 조서를 작성하고 기명날인을 하는 데도 한두 시간이 훌쩍 지나간다. 이 시간을 무엇으로 보상할 것인가? 새벽 일찍 나와서 밤늦게까지 일했을 때 10만 원 정도 수입을 올린다. 사납금 7만 원을 제하면 3만 원이 택시 기사의 몫이다.

쉬지 않고 30일을 꼬박 일할 때 90만 원을 번다.

물론 하루도 쉬지 않고 일을 한다는 것은 불가능한 일이다.

택시 기사에게 시간은 금이다.

우려는 바로 현실로 나타났다. 택시 기사들이 교통사고 현장을 피해 다녔다. 사고 수습이 정말 어려워진 것이다.

사고의 경우 생명은 촌각을 다툰다. 매일 한두 건식 교통사고가 나는데 수습이 어려워 기관에서 먼저 애를 먹었다.

결국 모든 것이 백지화되었다. 공동생활에서는 엄격한 규율도 중요하지만, 때로는 자율에 맡기는 것이 더 현명할 때가 있다.

공연히 기관이 끼어들어 어렵게 만들 필요가 없었다.

지방 로컬 병원은 이런저런 일로 뒤엉켜 있다.

자식을 가슴에 묻고

수술실에서 급한 연락이 왔다.

수술 중인 환자가 사망한 것이다.

손가락을 절단해야 하는 환자가 전신마취로 수술을 진행하다 사망했으니 정황상 의료 사고였다. 황급히 내려갔다.

부분 마취로 가능했는데 환자가 전신마취를 원했다 한다.

환자의 나이는 30세였다. 정말 큰일이 벌어진 것이다.

자식 잃은 부모의 마음을 달래기는 정말 어렵다.

생때같은 아들을 잃은 부모님은 실신을 반복하며 이미 넋이 나가 있었다. 어떤 말로도 위로가 되지 않는다.

어머니는 복도에 주저앉아 통곡했다.

아버지는 원장 나오라고 소리소리 지르고 있었다.

경찰은 수술 집도 의사와 간호사들을 만나 진술을 받았다.

세상에 부작용 없는 주사는 없다는 것이 의료계의 주장이지만, 자식을 잃은 부모에게 그렇게 말했다가는 몰매를 맞는다. 원인을 모른다지만 그래도 의료 사고가 났으면 원인을 찾기 위해 최선을 다하는 것이 도리다.

재발 방지를 위해서라도 필요한 절차다.

대화를 주선해 달라고 부탁했지만, 관계기관에서는 아직 때가 아니라고 경고했다.

유가족들의 격한 감정이 다소 가라앉기 전에 섣불리 나섰다가 자칫 2차 사고가 날 수 있으니 좀 더 기다려 달라 한다.

피해자 가족 중에서 비교적 성격이 원만하고 합리적인 인물을 찾아 조금씩 대화의 물꼬를 터 가며 사흘이 흘렀다.

유가족들은 밤에 관을 들고 병실을 돌며 시위를 시작했다.

관은 빈 관이다. 아무리 화가 나도 자식의 시신을 관에 넣어 들고 다닐 부모는 없다.

입원하고 있던 환자들은 놀라 질겁을 한다.

병원은 아수라장이 되었다.

곧이어 원장 나오라고 고함을 치기 시작했다.

협상의 시기가 왔음을 암시하는 변화였다.

폭력 사태가 벌어질 수 있으니 협상 자리에 원장이 직접 나서기는 어렵다.

결국 다음 책임자인 내가 나설 수밖에 없었다.

유가족도 부모가 직접 나서지 않는다. 유가족 대표가 나선다. 며칠을 같이 밤을 지새운 터라 약간의 허물이 터 손쉽게 대화가 이루어졌다.

보험의 경우 현재 나이부터 정년퇴임 때까지 수입을 기준으로 하는 호프만식 계산법으로 보상액을 결정하지만, 이런 경우에는 어림도 없는 금액이다.

협상은 나흘 동안 계속되었다. 나는 원장실을 오가고, 상대는 친권자와 상의하며 이견을 좁혀간다. 결국 호프만식 계산법으로 산출한 금액의 두 배를 웃도는 금액으로 타결되었다.

협상이 끝나는 날 망자의 어머니는 병원 마당에 주저앉아 또다시 통곡했다.

"자식 팔아먹고 가는 년이어. 내가 자식 팔아먹고 가는 년이어."

어머니는 가족들의 부축을 받으며 떠났다.

나 또한 8일 만에 집에 들어갈 수 있게 되었지만, 안도감 대신 가슴이 무너져 내리는 것만 같은 아픔을 느꼈다.

세월호 참사로 자식을 잃고 오열하는 230여 명의 부모님들의 모습을 보고 이 일이 떠올라 정말 마음이 아팠다.

이렇듯 병원 근무는 고단함 이외에도 마음의 고통과 갈등이 많이 있다.

❊

구차한 자존심의 배려

어느 날 관할 기관의 직원 다섯 명이 병원으로 들이닥쳤다.

시기적으로 감사를 나올 때가 아닐 뿐 아니라 조사 내용도 엉뚱했다. 의사들이 근로소득세 등 4대 보험료를 제대로 내지 않는다며 월급 대장을 요구했다.

당시 근무하는 의사는 15명 내외다.

세금과 관련해서는 의사가 아니라 병원장을 만나는 것이 옳다고 말하자, 부득부득 의사들을 한 사람씩 만나 확인하겠다며 물러서지 않았다.

근무 시간에 의사를 빼내기는 쉬운 일이 아니다.

병원 분위기가 어수선해지고, 진료 공백이라는 중대한 문제가 생긴다.

요지는 이랬다. 당시 최고의 금액을 받는 의사의 월급은 1,000만 원이었다.

이때 공제할 세금과 보험료의 합계가 250만 원이라면 의사의 수령액은 750만 원이어야 한다. 그럼에도 불구하고 의사는 1,000만 원을 다 받고, 이에 해당하는 세금과 보험료 250만 원은 병원장이 지불한다. 그러니 실제 의사의 월급은 1,250만 원이 되니 이 금액을 기준으로 원천징수를 해야 된다는 것이다. 원천징수 금액은 누진되므로 월급을 1,250만 원으로 계산하여 이에 대한 공제액을 다시 계산하여 추가 금액을 징수하겠다는 것이다. 불합리한 제도를 바로 잡으려는 기관장의 충정에 갈채를 보내야 마땅한 일이다. 그들의 주장이 사실이라면 병원장이 쌍수 들어 환영해야 하는데 병원장들이 침묵한다는 것은 조사기관의 추측이 잘못되었을 수도 있다는 뜻이다. 아니라면 병원장들에게 침묵할 수밖에 없는 불가피한 사정이 있을 것이다. 진위는 원장과 경리 담당자 둘만 안다.

그렇게라도 해서 일반 근로자들과 차별화하여 의사들의 자그마한 자존심을 살려줄 수 있는 최소한의 배려 아닌가 싶었다.

조사반은 밝혀낼 수도 없는 일을 조사하겠다며 병원을 들쑤시고 다니며 진료에 막대한 지장을 주고 있었다.

나는 관할 기관장을 찾아갔다. 기관장은 의사들에게 부정적인 선입견을 가지고 있었고, 완강했다.

우선 선입견을 없애주기 위해 의사가 되기까지의 과정을 설명해 주었다.

의과대학은 예과 과정 2년, 본과 4년으로 6년을 학생으로 공부한다(유급 제도가 있어 총 7~8년 또는 그 이상을 학생 신분으로 지내는 경우도 있다). 의대 졸업 이후 1년간 인턴으로 근무하면서 내과, 외과, 산부인과, 소아과, 흉부외과, 신경외과 등 환자들의 목숨과 직결된 분과에서 일하기도 하고, 안과, 이비인후과, 정신건강의학과, 정형

외과, 피부과, 성형외과와 같이 생명과는 직결되지 않지만 환자들의 삶의 질을 개선하는 분과에서 일하기도 한다.

1년의 인턴 기간이 끝나갈 무렵에는 자신의 전공을 정한다. 경쟁이 심한 과는 시험을 통하여 정수를 뽑는다. 전공의에 합격하면 보통 4년 동안 레지던트 기간을 거친다. 전공의를 마칠 때쯤 전문의 시험에 응시하고 합격하면 전문의가 된다. 전문의가 되면 남자의 경우 39개월의 의무 군 복무를 하거나 지방이나 시골의 의료 소외 지역으로 가 공중보건의로 근무를 한다. 의무 복무 기간을 마치면 다시 대학병원으로 돌아와서 1~2년간 전임의(펠로우)로 근무한다. 그 모든 기간을 더하면 최소 14~15년이 걸린다. 일반 대학 졸업생보다 최소 6년 많게는 9년 가까이 경제활동을 할 수 없다.

근무 경력에 따라 호봉이 오르는 일반 직장과 달리 의사 월급은 수요와 공급에 따라 책정된다. 똑같은 과정을 거쳐 따낸 자격증인데도 진료 과목에 따라 월급이 2배 이상 차이가 나기도 한다. 퇴직금도 없으며, 위급한 상황이 발생하면 야간에도 뛰어나와야 한다.

하지만 일반적인 「근로기준법」도 적용되지 않는다.

자칫 의료 사고라도 나면 평생 죄인의 굴레에서 벗어나지 못한다. 마음고생, 몸 고생이 이만저만이 아니다.

어디 그뿐인가? 일반 회사는 50세가 넘으면 부장이나 임원이 되고, 연봉은 2억 원 가까이 되거나 2억 원이 넘는다.

의사는 처음부터 대형병원에서 근무하는 것이 아니라면 50세 이후에는 자리가 없다. 근무하던 병원에서 밀려나기 십상인데, 그 이후 취업도 불가능하다. 나이가 들면 새로 개발된 의술 및 첨단기계 사용에 미숙하기 때문이다.

우리나라 의료 인력의 수준은 세계적인데 합당한 대우를 못 받는 것도 사실이란 점을 장시간 설명해 주었다.

병원장이 고용 의사들의 4대 보험금을 대신 지급해 주었다면 이렇게라도 하여 의사들의 자존심을 살려주기 위한 최소한의 배려일 거라고 설득했다.

의료계의 실상과 어려움을 비교적 상세하게 설명해 주자 기관장은 조사요원을 바로 철수시켰다.

의사들의 사명과 휴머니즘

엔진 수리공이 불만을 토로했다.

"아니, 의사나 나나 무엇을 고치는 것은 마찬가지인데 의사는 나보다 수입이 많고 나는 쥐꼬리만큼 받으니 세상 참 불공평하네."

의사가 엔진 수리공에게 물었다.

"당신은 엔진을 수리할 때 시동을 끄고 하시오? 켜놓고 하시오?"

"여보시오! 엔진을 켜놓고 수리하는 사람이 어디 있습니까? 그러다 잘못하면 큰일 납니다."

"나는 늘 엔진을 켜놓고 수리한다오. 사람은 엔진이 꺼지면 의사가 필요 없습니다. 그것이 당신과 나의 차이라오."

생명이 멈추면 의사는 필요 없다.

그래서 늘 위험을 안고 있는 곳이 병원이다.

전염병이 돌면 병원 직원들이 제일 먼저 걸린다. 다만 진단과 치료를 손쉽게 할 뿐이다. 나도 장티푸스에 걸려 3개월을 고생했다.

의대생들은 졸업할 때 히포크라테스 선서를 한다.

히포크라테스는 BC 570년에서 BC 477년까지 살았던 그리스의

의학자이다. 그는 인류 최초의 의사로서 스스로 한 맹세를 남겼다.

"의술을 가르쳐준 스승을 부모님처럼 모실 것이며 그의 자손을 나의 형제처럼 여길 것이며 보수 없이 그들에게 의술을 가르치겠으며 환자의 이익이라 간주하는 섭생의 법칙을 지킬 것이며 어떠한 경우에도 병자의 이익을 위해 그들에게 갈 것이며 어떠한 유혹도 멀리할 것이다. 그리고 어떠한 경우에도 치료하는 과정에서 얻은 비밀은 절대로 지키겠다."

히포크라테스는 의사의 아버지 또는 의성으로 불린다.

1948년 스위스 제네바에서 개최된 세계의학협회 총회에서 히포크라테스 맹세를 선서로 채택해, 의사 지망생들이 낭독해 왔다. 히포크라테스의 맹세는 사제 간의 엄중한 지휘 감독을 지나치게 강조한다는 의견이 있어 제네바에서 다소 보완하여 현재까지 사용하고 있다. 결론적으로 히포크라테스 선서는 의사의 본분은 환자의 건강과 생명을 최우선으로 하라는 뜻이라는 것이다.

과거에는 땅 위의 모든 것은 군왕의 것이었다.

근세에 들어와서는 만물은 인간의 소유가 되었다.

이제는 만물은 모든 생명체의 공동 소유로 바뀌고 있다.

문명이 발달할수록 인류는 생명체를 위협하는 독소를 만들어 낸다. 이것은 자연뿐 아니라 마침내는 인간의 생명까지 위협한다. 결국 모든 생명체의 문제는 인간이 해결해야 할 과제임을 인식해 가고 있다. 이것이 바로 현대의 휴머니즘이다.

송나라 두태후는 "세상은 넓고 할 일은 많다"고 했지만, 작금의 시대를 보면 세상은 좁아지고 할 일은 많아졌다.

수명이 곱절로 늘어나니 당연한 것일지도 모른다.

그뿐만 아니라 실험용 흰 쥐의 사용까지도 재고해야 한다는 목소리가 높아지는 휴머니즘의 극한 시대에 살고 있다.

그만큼 인간의 생명뿐 아니라 모든 생물의 생명을 귀중하게 여기는 것이 시대정신이다.

그래서 인간의 생명은 옛날보다 훨씬 더 귀한 존재가 되었다.

의술의 엄중함을 더 강조하는 이유가 여기에 있다.

지금 당면하고 있는 것은 의사 문제가 아니라 환자 문제인 것이다. 시동이 꺼져버린 환자는 의사가 필요 없다. 생명이 경각에 달린 응급환자부터 아무 이상이 없는 건강한 사람까지 의사의 관심 밖에서 살 수 있는 사람은 없다.

의사는 사람에게 걸릴 수 있는 각종 질환과 상처를 치유할 수 있는 지식과 기술을 가지고 있는 신분이다.

그럼에도 불구하고 정부에서 의사들의 복지 문제에 대하여 단 한 번도 고려해 본 일이 없었던 것 같다. 내버려 두어도 그들은 잘 먹고 잘사는 사람들로 치부되어 왔다.

오히려 그동안 각종 제재만이 그들의 꼬리에 붙어있었다.

지금은 모르겠으나 옛날에는 의사는 원래 잘사는 집안이었거나 처가가 잘 살았다. 그 시절에는 사윗감으로 첫째가 판검사이고, 둘째가 의사였다.

지금은 국민의 생활 수준도 높아졌고, 젊은 사람들의 생각도 많이 달라졌다.

의사는 나이 50이 되면 기왕에 자리를 잡은 의사 아니면 취업도
힘들다.

결국 개업을 하게 되는데 성공률도 50% 정도다.

당시에는 그랬다.

수련의들이 반발하여 단체 행동에 들어갔고, 그로 인하여 의대 교
수들과 간호사들이 바빠졌다. 그래서 환자 진료는 정상적으로 이루어
지고 있다. 응급실도 그런대로 돌아가고 있다. 의사들도 우리와 똑같
이 따뜻한 피가 흐르고 있기 때문에 진땀을 흘리고 있는 것이다.

집도의가 자기의 직계가족에게는 차마 메스를 못 대는 경우도 여
러 번 보았다.

응급한 환자가 제때에 치료를 못 받고 사망하는 일이 종종 있었
다. 이것은 응급실 제도와 운영의 문제일 뿐 의사 인원이 모자라서
생기는 문제만은 아니다.

환자 문제가 해결되면 바로 의사 문제가 해결되는 것이다.

옛날에는 대형 병원에서 진찰받으려면 3, 4개월 걸렸다. 지금은
진료 과목에 따라 다르기는 하지만 1개월 정도면 가능하다. 그것
은 아날로그 시대에서 디지털 시대로 바뀌면서 전자산업이 급속도
로 발달하여 모든 분야에서 업무 속도도 빨라지고, 처리량도 늘었
기 때문이다. 사람 대신 기계를 선호하는 세상이 되어가고 있다. 하
지만 갑자기 생명이 멈추어 가는 응급환자의 경우 전문의사의 신속
한 판단이 가장 중요하다.

그래서 병원마다 응급실을 따로 만들어놓고 운영하고 있다.

하지만 응급실에 온 환자는 급한 만큼 빠른 치료를 받지 못하는 경우가 문제다.

대형 병원의 경우 응급실에 오는 환자는 세 종류가 있다.

첫째는 경각을 다투는 환자이고, 두 번째는 보다 빠른 검사를 필요로 하여 외래에서 응급실로 처방을 내는 경우이며, 세 번째는 비싼 할증료를 감수하고 응급실로 밀고 들어오는 경우가 있다. 세 번째가 문제인데 이것도 구분하기 어렵다.

몇 년 전에 필자가 새벽에 일어나다 쓰러져 응급실로 실려 왔는데 결과는 다음 날 새벽 4시에 나왔다.

20시간이 걸렸다. 없던 병도 생길 정도로 지루하고 짜증이 났다. 병원 입장에서 보면 멀쩡한 사람이 응급실로 온 것이다. 나는 병원에 도착하기 전에 깨어났지만 그렇다고 아무 일이 없었던 것처럼 다시 집으로 돌아갈 수는 없었다.

뇌에 이상이 있으면 어쩌나 싶었던 것이다.

그 긴 시간은 의사가 모자라 일어난 현상도 아니었다.

모든 검사 시설은 24시간 돌아가고 있었다.

검사 결과가 나올 때까지 의사는 기다린다.

응급실의 운영 체계를 심도 있게 검토해야 할 문제는 한두 가지가 아니다.

국민의 생명과 재산을 보호할 책임은 정부에 있다

10여 년 동안 내가 겪었던 경험을 토대로 몇 가지 편린들을 일부 소개했지만, 응급실 외에도 중환자실, 입원실, 외래환자 등 해결해야 할 문제들이 줄을 이어 다가온다.

의사이니까 참고, 몸이 아픈 환자이니까 견뎌야 하는 고통이나 불편도 크다. 의사 증원은 간호사나 기타 보조 인원의 증원을 동반한다.

현재 상황에서 매년 배출된 인원과 매년 해외로 나가 취업이나 개업하는 인원도 파악해야 한다.

의료시설이나 인적자원이 수도권에 집중하는 원인이나 문제점을 파악하여 해결해야 하는 것도 시급한 과제이다.

같은 과정과 년 수를 거쳐 나온 의사의 처우가 과목에 따라 곱절의 차이가 나는 경우도 큰 문제이지만 이제는 의사 전체에 대한 처우도 문제가 되는 것 같다.

의료 연구 분야와 의료기기 개발 분야, 의료기관 운영을 위한 전문 행정 분야의 인력 양성 등 분야별 전문 인력 양성도 가장 중요한 과제로 대두되고 있다.

그런 의미에서 국민 건강만을 전담하는 보건부의 설치도 고려해

볼 시기가 아닌가 생각된다. 국민의료 업무만을 전담하는 부를 만든
다 해도 다른 어느 부 보다는 일이 결코 적지 않을 것이다.

보건소를 지자체와 분리하여 소장을 의사로 하고, 처우 문제는 벽
지 수당 같은 여러 가지 방안을 강구하여 어떤 의사도 기꺼이 선택
할 수 있는 자리를 만들면 어떨까? 이것은 인구의 수도권 집중 현상
을 막는 방안의 하나도 될 수 있다.

보건소에 정부지원으로 각종 검사 시설을 갖추어 놓고 지역 의료
기관이나 개업의들이 신뢰할 수 있는 각종 검사 시스템을 만들어
주는 것도 의료 체계의 분산을 위한 방법이 될 수도 있다.

병역을 대신해서 몇 년 동안 보건소장을 하게 하는 것보다 응급환
자수송 기관(예, 119 응급환자 수송기관)에 1년 또는 1년 반 정도 짧
은 기간 동안 근무하게 하는 것도 하나의 방법이 될 수 있다.

고령화 사회에서는 특별한 지병이 없어도 나이가 들면 그 자체가
환자이다. 그래서 노인들은 늘 의사 곁에 있어야 한다. 그런 이유로
노인들이 공기 좋은 시골로 내려가는 것이 아니라 손쉽게 진료받을
수 있는 도시로 온다.

저출산 대책으로 산모 조리나 육아 교육 등에 관하여 가지가지 혜
택을 제시하고 있지만, 찬밥덩이가 되어버린 산부인과 소아과 의사
에 대한 대책은 아무것도 없다. 질병은 국민 누구에게나 관련이 있
고, 관심이 있는 사항이기 때문에 의사가 당면한 문제는 그 자체가
국가 문제인 것이다.

우리가 혼돈하지 말아야 할 것이 있다.

국민의 생명과 재산을 보호하고 지켜야 할 책임은 정부에 있는 것이지 의사에게 있는 것이 아니다. 그래서 의사는 언제든지 진료행위를 그만둘 수도 있고, 직업을 전환할 수도 있다.

다만 진료에 임할 때에는 사람의 생명을 다루기 때문에 다른 어떤 전공과목보다 훨씬 많은 시간 동안 공부와 실험실습을 해야 하고, 마지막에는 히포크라테스 선서까지 하고 나서 자격증을 받게 된다.

그래서 의사는 사람의 병을 고치는 지식과 기술을 가지고 있다 해서 사람의 생명에 책임이 있다고 말하는 것은 잘못이다. 의료행위는 의사들의 직업이고 먹고 살아가는 생업이다.

지금 대두되는 의료업계의 문제는 어제오늘 일이 아니고 한두 가지가 아니다.

이것은 의사들이 야기한 문제는 더욱 아니다.

당초 우리나라 의료업계의 출발은 창대했다. 누구나 부러워하는 직업이었고, 의사는 선망의 대상이었다. 명예와 부가 동시에 보장되는 직업이기 때문이었다.

본인들도 자부심을 가지기에 충분했다.

그래서 정부의 지원이나 특혜 없이 독자적으로 각자의 직업을 운영해 왔다.

오히려 진료행위에 대한 각종 제재나 단속도 감수했다.

그러나 이제는 시대가 많이 변했다. 위에 몇 가지 예를 들었지만, 어느 분야에서나 실무자 아니면 알 수 없는 문제들이 많을 것으로 안다.

의사 문제는 의사들이 더 잘 안다.

대도시에 있는 3차 진료 기관인 대형병원을 이용하고자 하는 사람이

나 꼭 이용해야 하는 경우가 문제인데 이것은 간단한 문제가 아니다.

의사들에게는 노동 3권이 보장되어 있지 않다. 낮에 수술 환자가 밤에 갑자기 상태가 나빠지면 지체 없이 나와 진료에 임해야 한다. 밤을 꼬박 새우는 경우도 많다. 그래도 시간 외 수당이나 심야수당도 없다. 뿐만 아니라 퇴직금도 없다.

월급 책정할 때도 월급 체계가 있는 것이 아니라 수요와 공급에 따라 책정되며, 호봉제라든가 연봉 제도가 없고 퇴직금도 없다. 1년 단위로 맺는 도급계약의 형태로 일하는 의사들이 지역 의료기관에서 근무하는 의사들의 실정이었다.

평상시에는 진료기관이 없어 불편을 느끼고 있는 사람은 없다. 문제는 3차 진료기관인 대형병원을 이용해야 할 필요가 있을 때 너무도 어려움이 많다는 데에 있다. 그중에서도 중환자나 생명이 경각에 달려있는 응급환자가 신속하게 진료받기가 힘들다는 것이 가장 큰 문제이다. 이것은 사람이 문제일 수 있고 시설이 문제일 수 있고 시스템이 문제일 수 있고 모두 다 문제일 수 있다. 생명이 경각에 달려있는 응급환자의 해결은 의료 분쟁의 절반의 해결이라고 보아야 한다.

이러한 문제점을 누구보다 잘 아는 사람들은 의사들이다.

그래서 정부는 의사들과 조건 없이 만나야 한다.

타협이란 서로가 선행해야 할 것이 방하착(放下着)이다.

마음을 내려놓아야 한다.

국민의 생명과 재산을 지켜야 할 책임은 정부에 있다.

국민 건강을 상수로 놓고 여러 가지 변수를 찾아 방정식을 만든 다음 정답을 풀어가야 한다. 해답이 나온다 해도 하루 이틀에 나올 문제도 아니거니와 현실화하기에는 상당한 시간이 걸릴지도 모른다.

지금은 의료 문제를 아주 쉽게 보는 정부의 태도가 더 큰 문제인 것 같다.

아모르파티

아모르파티! 운명을 즐기라던 니체의 운명론을 받아들여야 할 것인가?

인간의 위대성에 대한 니체의 무구(無垢)는 운명애(運命愛, Amor fati)이었다.

지금 있는 대로와 달리 있기를 조금도 바라지 않는 일, 앞으로도 안 그렇고 후에도 안 그렇고 영원토록 그렇지 않은 것이다.

그래서 그는 늘 필연적인 것을 아름다운 것으로 받아들이기를 주저하지 않는다. 추악한 것에 대하여는 고발하지 않을 것이며, 저항하지 않고 외면하는 것이 유일한 거부라고 니체는 생각했다.

나의 전개되는 삶이 내가 생각하고 꿈꾸었던 것과는 전혀 다른 방향으로 흘러가고 있었다.

이제는 주어진 운명대로 살자는 생각이 마음을 압도하고 있었다.

법인으로 전환하여 시설과 장비를 확충하고 경영 인력을 보충하면 아무리 멀지 않은 곳에 대형 병원이 들어선다 해도 전혀 상관이 없다고 몇 번을 강조해도 원장은 듣지 않았다.

지금도 무너지는 소리가 들리는데 원장만 그 소리를 듣지 못하고 있었다.

병원은 이미 상식이 통하지 않는 별천지가 되었다.

나는 깊은 고뇌로 몸도 마음도 지쳐 있었다.

가끔 몸져눕기도 했다.

나는 이미 당뇨와 고혈압 증세를 보이고 있었다.

내 나이 이제 55세다.

내가 근무하는 병원은 이제 더 이상 치유가 불가능한 중병을 앓고 있었다.

돈은 충분조건이지 필요조건이 되어서는 안 되는데, 이미 병원에는 돈에 목숨을 건 사람만 남았다. 그에 따라 분위기도 갈수록 살벌해졌다.

병원에서 나는 잡초가 되어있었다. 이 또한 내 운명이었다.

호남 향우회에서 친구들이 몰려왔다.

안양시 호남 향우회장을 맡아달라는 주문을 해왔다.

어차피 금년 말이면 병원을 떠날 것이니, 그때까지만 양해하는 조건으로 향우회장 취임을 수락했다.

임기는 2년이다. 취임식 때 가수 최희준 의원이 참석해 축사를 해주셨다. 최희준 씨는 당시 내가 살고 있는 안양시 동안 갑구에서 국회의원에 당선되어 활동하고 있었다.

갑자기 바빠졌다.

찾아오는 사람도 많았고, 찾아갈 곳도 많았다. 충청도민 회장과 영남도민 회장을 만나 (재)안양향우협의회를 만들었다.

안양 시민의 화합을 도모했으니 이 또한 큰 보람이었다.

1년에 한 번 8도민이 모여 체육대회도 가졌다.

그것이 지금도 이어 오고 있는 한마음 어울마당이다.

경기도 내 31개 시·군 호남향우회장들을 모아 호남향우회 경기도 연합회를 만들어 나는 부회장을 맡았다.

안양, 용인, 화성 호남 향우회장 등이 주동이 되었다.

나는 이제 우거진 숲속에 한 그루의 나무가 되어있었다.

어디를 가도 내가 할 일이 있었고, 무엇인가를 해주기를 바라는 사람이 많았다. 숲에는 모든 풀과 나무들이 각기 뿌리를 내리고 간섭하지 않으며 살아간다. 새들이 날아와 둥지를 튼다. 온갖 짐승들이 보금자리를 숲속에 둔다. 그래서 숲은 생명체의 요람이다. 새삼 느껴지는 민초들의 삶이다.

아내는 퇴직 당일 향우회 임원들과 이석현 의원 그리고 가수인 최희준 의원을 집으로 초청하여 큰 잔치를 베풀어 나를 위로해 주었다.

11.

만학으로 쌓은 탑

농경문화의 효시, 벽골제

김제 동진농지개량 조합에서 근무할 때의 일이다.

5~6명의 어르신들이 사무실에 들이닥쳐 기관장을 찾았다.

무엇인가 잔뜩 벼르고 오신 게 분명했다.

마침 기관장님이 관내 출장 중이어서 찾아오신 사연을 정중하게
여쭤보았다. 함양 박씨 후손인데 벽골제 사적비 기록이 잘못되었다
는 것이다.

김제에는 우리나라 농경문화의 효시라고 할 수 있는 관개용 저수지로
벽골제가 있다. 『삼국사기』에는 저수지의 축조 연대를 신라 흘해왕 21(서
기 330)년으로 기록했다. 백제 연대로는 백제 비류왕 27년에 해당한다.

이 시대는 마한을 백제가 점령하지 못했다. 때문에 벽골제는 마한
소국인 벽비리국에서 축조한 것이다. 단재 신채호와 이병도 박사는
벽골제 축조 연대를 마한 시대 이전인 삼한시대로 보고 있다.

벽골제는 460년 동안 소택식 저수지로 벼농사에 크게 기여한 결
과 신라 원성왕 6년(서기 790)에 이를 다시 크게 증축했다. 고려 시
대에 몇 차례 보수 과정을 거쳐 조선 태종 15년(서기 1415)에 원평천
을 가로막는 큰 보수공사를 단행하여 지금과 같은 다섯 개의 수문

을 가진 저수지가 되었다. 유구한 역사와 더불어 수문 다섯 개의 구조가 과학적으로 뛰어나 국내 저수지는 물론 농경 문화권 어느 나라와 비교해도 손색이 없는 구조였다. 우리의 우수한 문화유산인 것이다. 마지막 보수공사 책임자는 전라도 관찰출척사 박습이었다. 보수공사를 마치고 태종은 초혜산에 공사 규모와 과정, 종사한 책임자 등을 상세하게 기록한 중수비를 세웠다.

그러나 농민들은 수백 년간 중수비에 투박한 낫, 삽, 괭이 등 농기구를 갈았다. 비석 위에는 한 글자도 남지 않게 되어, 벽골제의 내용 또한 알 수 없게 되었다.

해방 후 1967년 11월 국가가 비교적 안정을 되찾아 갈 무렵 고두철 씨를 비롯한 몇몇 선각자들이 벽골제가 농경문화에 아주 귀중한 문화재라는 사실을 깨닫고 관계기관을 설득했다.

그 결과 동진농지개량조합에서는 장생거 수문 옆에 벽골제 사적비를 세우게 된 것이다.

비문은 김상기 박사가 썼고, 함양 박씨 가문 중 박초 후손들이 만든 토헌집(土軒集)을 참고했다. 그것이 화근이었다.

비문 중 박초 대신에 박습이 들어가야 한다는 것이다.

문헌을 찾아보니『동국여지승람』에 중수비 원본이 수록되어 있었고,『조선왕조실록』에도 벽골제를 중수한 사람은 전라도 관찰출척사 박습이라고 적혀있었다.

1974년 7월 23일, 나는 나대로 확신을 가지고 상경했다.

당시 종로 5가 서울대학교 동편 담 너머에 한옥들이 좁은 마당을 사이에 두고 줄지어 있었다.

김상기 박사 집을 찾는 데 시간이 오래 걸리지 않았다.

김 박사님은 몸이 몹시 불편해 계셨다. 여러 문헌을 검토하여 박습 후손들의 주장이 옳다는 생각을 이미 알고 계셨다.

원본 수정을 바로 손수 해주셨다.

"道觀察黜陟使 咸陽 朴礎公이 觀察使 朴習公과 經歷 權專君과 敬差官 朴熙中 군과 더불어"라는 본래 문구를 "全羅도 觀察黜陟使 朴習이 經歷 權專 經差官 朴熙中 등과 더불어"로 수정했다. 그러고 나서 나에게 물었다.

"젊은 친구 지금 어데 사시는가?"

"예. 김제에 살고 있습니다."

"직장은?"

"김제에 있습니다."

"자네 같은 사람이 향토사를 연구해야 하네. 대학교수가 지방에 있는 문화재를 잘 모른다고 무식하다고 할 수가 없는 게야. 사학자의 경우 상고사부터 근현대사까지 다 섭렵해야 하고 실력이 뛰어난 교수라 할지라도 수업에 들어가기 전에 반드시 준비하고 들어가야 하네. 그 외에도 하는 일이 많아."

어느 학자도 특별한 동기가 없는 한 벽골제에 매달릴 시간이 없다는 것이다.

실수가 발생하게 된 연유를 설명해 주셨다.

충분히 공감되는 말씀이었다.

이런저런 이야기를 나누다 헤어졌다.

학자다운 인격이 느껴졌다.

본래 역사에 취미가 있어 대학 시절에도 선택 과목으로 역사를 수강했던 나는 그 일을 계기로 저수지와 벼농사 등 우리나라 역사에 더욱더 관심을 갖게 되었다. 관련 서적과 자료를 찾아다녔다. 시·군에 보관된 기록물을 토대로 저수지 관련 자료는 조금씩 찾을 수 있었지만 벼 재배의 역사는 전무하다고 해도 무방했다. 수천 년간 주식으로 쌀을 먹고 살아온 민족으로서 아쉬움이 클 수밖에 없었다. 1978년에 서울로 올라온 뒤에는 서점과 도서관, 박물관 등을 샅샅이 뒤졌다.

동시에 저수지 유적을 찾아 전국을 돌고 또 돌았다.

그 과정에서 저수지와 벼 재배에 관한 역사의 편린(片鱗)들을 조금씩 주어 모았다.

1991년 일산 가와지 지구에서 볍씨 탄화물이 나왔는데 5,020bp로 밝혀졌다. 이는 청동기 시대 이전의 것으로 우리나라에서 발굴된 것으로는 가장 오래된 볍씨였다. 충북대학교 이융조 교수팀이 올린 개가(凱歌)로써 우리나라 벼 역사를 다시 써야 하는 사건이었다. 이것으로 그치지 않았다.

1996년 12월 26일부터 한 달 동안 충북 청주시 옥산면 소로리 일대 오창 과학 산업단지 부지 조성 과정에서 59개의 볍씨 탄화물이 출토되었다. 연대 측정 결과 8,800bp에서 16,980bp로 나왔다. 지금부터 17,000년경이라면 구석기 시대이다. 이 또한 충북대학교 이융조 교수팀이 올린 개가다. 이것은 정말 엄청난 사건이었다. 확실한 검증을 위해 미국의 유전자 분석센터에 의뢰한 결과 같은 결론을 얻었다. 벼 사티바(Sativa)의 기원은 한국이라고 선언할 수 있을 만한 사건이었다. 세계의 벼농사 역사를 다시 써야 한다는 뜻이다. 그동안 몇몇 학자들이 벽골제의 축조 연대를 사기의 기록보다 훨씬 이전으로 거슬러 올라가야 한다는 주장에 설득력을 얻게 되는 것이다.

이 시점에서 내게 당면한 문제는 '그동안 모아놓은 벼농사와 저수지에 관한 자료를 어떻게 할 것인가?'이었다.

대학 시절 나는 역사란 삶의 수수께끼를 체계적으로 구명해 가는 과정이라고 생각했었다.

이융조 교수팀에서 가와지와 소로리 볍씨 발굴 조사 과정을 기록한 책을 보내왔다. 우선 내 손에 모인 자료들만이라도 정리해 놓아야 한다는 사명감이 『벽골제사』 발간을 부추겼다.

다음에 이어질 후학들이 부족한 자료를 보완하는 과정이 필연적으로 이루어지지 않겠는가?

여기에 생각이 미치자 집필의 용기가 솟았다.

2006년 6월 미흡한 대로 『벽골제와 도작문화』라는 저서를 출간하게 되었다.

이것이 인연이 되어 2012년 김제시에서 '벽골제 조사위원'으로 위촉받아 관련 학자들과 마주하며 의논할 기회가 생겼다. 세미나, 강연, 포럼 등 벽골제에 관한 각종 연구와 모임에 빠짐없이 참석했다. 그 과정에서 오류도 발견되었고, 새로운 사실도 알게 되었다.

이러한 경윤을 통해 『벽골제사』는 4판까지 출간하는 개가를 올렸다. 서점 판매가 아닌 김제 시민들과 각 기관에 무료로 배부했다. 고향을 위해 호주머니를 털어 수천만 원을 투자한 것이다. 형제와 숙부님 등 가족들의 도움이 컸다.

"벽골제를 모른다고 무식한 학자라고 할 수는 없다."

대화 중에 김상기 박사님이 하신 말씀인데 전적으로 공감이 갔다.

강단에서 매일 학생들을 가르치려면 상고사부터 근현대사까지 섭렵해야 한다. 틈을 내어 지방 문화재에 매달릴 시간이 없다. 그러니 사학자, 지질학자 심지어 건축학자가 모인 벽골제 조사 위원회에서 벽골제에 관한 논의가 심도 있게 이루어질 수 없는 것은 당연한 것이다.

내가 세미나 및 각종 위원회에 참석하며 느낀 것은 벽골제에 관한 지식이 중·고등학교 교과서 수준 이상을 벗어나지 못하고 있다는 것이다.

'벽골제가 방조제였다, 벌이었다, 심지어 길을 내면서 제방이 되었다.'라는 어처구니없는 주장까지 나오게 된 배경이다.

내가 해야 할 연구가 그만큼 많고 중요하다는 것을 의미했다.

그 과정에서 벽골제를 설명하려면 벼농사의 역사를 반드시 알아야 하고, 벼농사를 위한 물 관리도 알아야 하는 것은 필연이었다.

어떻게 보면 나는 벽골제 연구에 가장 적합한 인물인지도 모른다. 벽골제 상류의 성멀 부락에서 태어나 30년 동안 농사를 경험했고, 벼농사에 필요한 물을 관리하는 기관에서 10여 년 근무했기 때문이다. 하지만 벽골제를 알기 위해서는 벼농사의 역사부터 알아야 하기 때문에 여기저기 흩어져 있는 벼 역사의 편린들을 모아가기 시작했다.

그 결과 벽골제가 소택식 저수지에서 출발했음을 알게 되었다. 이는 횡재라 할 만큼 커다란 소득이었다. 결국 모인 자료를 우선 정리하는 것이 후학들을 위한 과제라 생각하여 2014년 4월 『우리 쌀 5천 년』이란 책을 펴내게 되었다.

우리 쌀의 역사, 태종의 중수비, 윤무병 교수의 발굴 조사, 전국 유서 깊은 저수지 답사 등을 통해 벽골제 수문 다섯 개의 모습을 대강이나마 그릴 수 있게 됨은 미천한 지식을 가진 나로서는 얼마나 가슴 벅찬 보람인지 모른다.

더 깊은 천착을 통해 확실한 수문 모형이 밝혀진다 해도 내가 그동안 해온 노력이 초석이 될 것이라 확신한다.

고궁을 걷다가 없어진 전각을 찾고

1995년 6월 8일, 서울대학병원에서 진료를 받았다. 아침을 거르고 새벽에 가서 채혈한 뒤 두 시간을 기다려야 의사의 소견을 들을 수 있다. 따라서 두 시간 동안 창경궁을 한 바퀴 도는 등 병원 주변을 배회했다. 그러다 병원 본관 뒤편에서 경모궁 터를 보았다. 출입하는 문 부분만 남아있어 모양새가 볼품이 없었다. 뒤뜰은 처음 와 본 곳이라 경이로웠다.

알고 보니 사도세자의 사당인 경모궁 터였다.

문헌을 찾아보기 시작했다.

본디 그곳은 창덕궁 동원인 함춘원 자리였다. 함춘원은 성종 때 조성되었는데 범위는 종로 5가 연건동뿐만 아니라 길 건너 동숭동 일대를 포함했으나 임진왜란 때 파괴되었고, 인조 때 재건되었다. 이후 궁궐을 수비하는 병영을 여기에 두고 절반은 말을 먹이는 목초지로 조성한 것이다.

영조는 함춘원에 사도세자의 사당을 짓고 수은 묘라 했다.

정조 임금은 즉위하자마자 이를 경모궁으로 격상했다.

일제가 이곳에 경성제국대학을 설립하면서 연건동 쪽에는 의대와 부속 병원을, 동숭동 쪽에는 문리과 대학을 설립했다.

함춘원 일대가 경성제국대학 캠퍼스가 된 배경이다.

문화유산이란 나라를 사랑하는 마음으로 안타까움을 부여안고 정성스럽게 가꾸며 보존해도 부족하거늘 이토록 폐기물 처리하듯 작심하고 부수어 버렸으니 정말 아쉬움이 솟구쳐 한숨이 절로 나왔다.

서울대 의대 부속병원 후원에 남아있는 것은 경모궁의 일첨문(日瞻門)이다.

8일 동안 태양을 보지 못하고 캄캄한 뒤주 안에 갇혀 죽어간 사도세자의 한 맺힌 영혼이 이 문을 부수는 손목을 잡고 말렸으리라.

내 안목은 벽골제의 역사를 넘어, 또 다른 세계로 도약하기 시작하고 있었다.

오궁과 도성에 대한 관심이 깊어지고 호기심이 발동해 자료 조사에 나섰다.

나의 발길이 길어지고 넓어졌다.

창경궁에서 창덕궁으로 다시 경복궁으로 이어 경희궁으로 마침내 덕수궁까지 이어졌다.

수집된 자료를 검토하면서 과거 문헌에도 오류가 상당히 많다는 것을 알았다. 궁궐의 복원을 위해서나 후학들의 올바른 교육을 위해 오류를 바로잡아주는 것이 우리 세대에 주어진 과제가 아닌가 싶어, 모아 놓은 자료를 정리해 나갔다.

책을 펴낸다는 것은 그것이 무엇이든 쉬운 일은 아니다.

궁궐에 관한 저서는 글 못지않게 사진 또한 중요하다.

사진에 대해 문외한이었지만 도리 없이 성능 좋은 카메라 한 대를 구입해 기초 지식만 익힌 뒤 둘러메고 나섰다. 규장각과 장서각, 각종 도서관과 박물관, 전국 각지에 있는 옛날 저수지 유적들, 강화도 외규장각, 전주 사고, 무주 적상산 사고지, 강화도 용흥궁, 도성 18.6km, 남한산성과 수원의 화성 등을 수차례 돌았고, 다섯 곳의 궁궐은 셀 수 없이 많이 다녔다.

새벽에 나서서 맨 처음 입장해야 인적 없는 궁궐의 사진을 얻을 수 있었다.

뛰어가 몇 컷 찍으면 인파가 몰려들어 촬영이 참 힘들었다.

출입금지 구역은 난관 중의 난관이었다. 여러 경로를 통해 사진을 찍었지만 끝내 촬영하지 못한 경우도 많았다.

『조선왕조실록』 400권을 다시 보기 시작했다.

여름에는 더위와 싸우고 겨울에는 추위와 싸우며, 고궁과 도성, 농경문화의 근원지들을 찾아 헤맨 지 어느덧 8년이 지났다. 70세를 목전에 두고 『벽골제사』, 『우리 쌀 오천 년』, 『오궁과 도성』이라는 작은 결실을 얻었다.

신음하는 우리 문화재

원구단

고종 임금은 1897년 10월 12일 원구단에서 대한제국(大韓帝國)을 선포했다.

고종은 수천 년 동안 우리 민족이 사용해 왔던 조선(朝鮮)이란 국호를 버리고 새로이 대한(大韓)이란 국호를 선포했다. 이 자리에는 대한제국의 만조백관은 물론 우리나라에 주재하고 있는 각국 외교 사절들이 모두 참석했다.

원구단은 소공동에 있는 남별궁 자리로써, 이곳을 길지라고 상주한 사람은 이근명이다.

소공동이란 지명부터 살펴보자.

태종의 둘째 딸 경정공주가 조준의 아들과 결혼하여 남별궁 자리에 살았다.

태종의 둘째 딸이라 하여 소 공주라 했고, 그들이 산다고 해서 소 공주 댁(小 公主 宅)이라 불렸다. 댁(宅)은 가옥을 의미할 때는 '택'으로 읽고, 상대방이나 상대의 가정을 높여 부를 때는 댁으로 읽는다.

세월이 지나면서 주택이란 언어의 통용성 때문에 '소 공주 댁'이 '소 공 주택'으로 변했다. 이후 일제가 서울시의 지명을 정리하면서 동명을 소공동이라 한 것이다.

지명부터 오류가 생겼다.

1583년(선조 16) 선조는 셋째 아들 의안군을 위해 집을 크게 수리하여 이곳에 살게 했다.

임진왜란 당시 적장 우키타는 종묘에 주둔했으나 폭파 사고로 많은 병사가 희생되자 소공동으로 거처를 옮겨 철수할 때까지 주둔했고, 뒤이어 명나라 장수 이여송이 주둔했다. 이후 선조가 환도한 후에 명나라 장수와 기타 간부들을 접견하는 장소로 활용하게 되면서 남별궁으로 불렸다.

1778년(정조 2) 정조는 빈객 접대를 담당하는 기관인 예빈시를 이곳에 설치하고 청나라 사신들의 숙소로 활용했다.

고종은 명성황후가 시해된 뒤 1896년 2월 러시아 공관으로 파천해 외롭고 고단한 통치자의 비애를 통감하며 절치부심했다. 하루속히 국력을 회복해 외세의 간섭을 받지 않는 나라를 세우고자 서둘렀다. 덕수궁을 경운궁(慶運宮)으로 고치고, 정궁으로 하여 정전인 중화전을 지었다.

동시에 서재필 등이 주축이 되어 중국 사신이 머물던 모화관 정문에 독립문을 세우고 남별궁 자리에는 하늘에 제사를 지내는 원구단을 지었다.

원구단이 완성되던 날 고종은 하늘에 제사를 드린 후 대한제국을 선포하고, 만세삼창을 외쳤다. 이때 고종은 국호 조선을 버리고 대한으로 고쳤다.

만세란 황제국인 청나라에서만 할 수 있는 하늘을 향한 축원이었다.

조선은 개국 이래 수백 년 동안 천세만 부르다가 이날 처음으로 만세를 부른 것이다.

그만큼 원구단은 우리 민족에게 상징적인 곳이자 민족의 자존심이라고 말할 수 있다. 국호 대한제국은 1919년 상해 임시정부에서 대한민국으로 이어져 국호의 탄생 배경이 되었다. 제국주의가 공화정이라는 민주주의 체제로 전환하면서 제국이 민국으로만 바뀐 것이다.

1910년 일본이 우리나라를 병탄한 후에 조선총독부 청사에 앞서 원구단부터 파괴한 이유가 이 때문이다. 연유는 알 수 없으나 원구단이 모두 파괴되었는데도 원구단 정문은 우이동에 있는 그린파크 호텔 정문으로 사용되고 있었다. 이 정문은 훗날 그 사실을 알게 되어 조선호텔 옆 황궁우 근처로 옮겨졌다.

그런데 안내판이 '원구단(圜丘壇)'이 아닌 '환구단'으로 표시되어 있다.

『강희자전』 및 『예기』에는 하늘에 제사 지내는 곳을 원(圓)으로 발음하도록 가르치고 있다.

문화재청에 이를 전달하고 시정해 줄 것을 요청했다. 얼마 뒤 『고종실록』과 『독립신문』에 기재된 바에 근거해 문화재 위원회는 '환구단'으로 결정했다는 답변이 왔다. 고증을 위해 『고종실록』과 『독립신문』을 찾아보았더니 원구단과 환구단이 혼용되어 있음을 발견했다. 환구단으로 기록된 『독립신문』의 경우 서재필 주도 아래 우리나라에서 최초로 발행된 한글판 신문이라는 점에서 역사적 의미가 크지만, 우리말 어휘의 진위를 결정할 수 있는 권위나 가치를 부여하기는 어렵다.

같은 질문을 서울시에 다시 했다.

서울시 문화재위원회에는 '원구단'으로 결정했지만, 문화재청에서 '환구단'으로 결정해 안타깝지만 고칠 수 없다는 회신을 받았다.

우리나라 모든 문헌, 수백 년 동안 사용하고 있는 각종 사전, 심지어 한국학 중앙연구원에서 발행하는 한국민족문화대백과사전까지 '원구단'으로 기재했는데, 몇몇 학자들의 권위주의에 갇혀 어처구니없는 오류가 범해지고 있어 안타깝다.

궐내 기관에는 사빈시, 사섬시, 사복시 등이 있는데 여기에서 시는 절 사(寺) 자를 쓴다. 환구단이라고 주장하는 이들이 이를 시가 아닌 사로 읽는 것은 아닐까 우려된다.

고궁박물관에 있는 원구단 의궤 및 황궁우 옆으로 옮겨놓은 원구단 정문의 안내문을 하루속히 고쳐야 할 것이다. 한편 원구단은 중국에서 전해져 온 문화이다. 이를 증명하듯 원구단의 형태도 중국의 천단을 그대로 모방하고 있다. 제례 절차도 천단의 예를 그대로 가져왔다. 다만 중국은 하늘에 제사를 지내는 곳이 많고, 이를 다 원구단이라 하여 보통명사로 사용되는 반면 우리나라는 경운궁 한 곳에만 있어 고유명사로 쓰고 있다. 혹자는 조선호텔을 매입해서라도 원구단을 복원해야 된다고 주장한다.

우리 민족에게 주는 역사적 의미가 크기 때문이다.

대한문(大漢門)을 대한문(大韓門)으로

대한문은 덕수궁의 정문이다. 원래 덕수궁(경운궁)의 정문은 남향인 인화문(仁化門)이었다. 1902년 중화전을 새로 짓고 남쪽 정문인 중화문을 신축하면서 궁궐을 크게 중건했는데 이때 외삼문인 조원문(朝元門)을 세우고 얼마 뒤에 인화문 자리에 건극문(建極門)을 세웠다.

이후 조원문 앞 동쪽에 대안문(大安門)을 세웠다.

중국 자금성의 정문은 천안문(天安門)인데, 하늘에 제사를 지내는 천단과 직선거리로 마주 보고 있는 형상이다. 대안문은 천안문의 천(天) 자에서 일(一) 자를 떼어낸 것이다. 1904년 경운궁의 대화재로 함녕전을 비롯한 많은 전각이 소실되면서 대안문도 크게 훼손되었다.

1906년(광무 10) 5월 1일 대안문의 제술관으로는 영돈녕(領敦寧) 이근명(李根命), 서사관으로는 종일품 윤용구(尹用求), 현판은 특진관 남정철(南廷哲)을 차출하여 6월 3일에 공사 착공, 동년 6월 15일에 수리를 마쳤다.

이윽고 다음 날 현판을 다는데, 특별한 이유도 없이 명칭이 대한문(大漢門)으로 바뀌었다. 『실록』에는 이대극이 건의해 황명으로 바뀌었다고 기록되어 있다. 이근명의 상량문에는 "대한은 소한(霄漢: 하늘)과 운한(雲漢: 은하)의 뜻을 취한 것이니 덕(德)이 호창(皞蒼)에 합하고 무지개가 구름 사이에 나온다."라고 하여 최대한 미화시키고 있다.

漢이란 원래 물이란 의미이지만 큰물이란 뜻도 있어 은하계를 상징하며 하늘이란 뜻도 포함된다. 하지만 이대극이 미화시킨 상량문은 억지로 짜 맞춘 느낌이다. 현판을 단 시기가 을사늑약이 체결된 다음 해라 고종황제는 허수아비에 불과했고 모든 국정이 일제의 수중에 있었기 때문에 중국을 상징하는 한(漢)을 쓴 것은 납득하기 어렵다. 당시 일제는 대한제국에서 중국과의 관계와 흔적을 지우기에 안간힘을 쓰고 있는 때이기 때문이다.

그리고 상량문을 쓴 이근명은 대체 누구인가?

그는 1905년 을사늑약이 체결된 뒤 훈 일등, 태극장을 받았으며, 1910년 한일합방 뒤에는 일본 정부로부터 자작의 작위를 받은 친일 거두이다.

현판을 쓴 특진관 남정철 역시 남작의 작위를 받은 친일 거두이다.

그래서 혹자는 한(漢)이 무뢰한, 치한 등 비속어 '놈'이란 의미가 있어 큰놈으로 해석하는 사람도 있다. 그러나 아무리 나라의 실권이 일본에 넘어갔다 해도 비속어를 염두에 두고 현판을 만들었다고 생각하기는 어렵다.

이 시기에 일부에서 우리나라의 국호인 대한(大韓)을 사용해야 된다 하여 대한문(大韓門)으로 고치자는 의견이 있어 친일 인사들이 서둘러 대한문(大漢門)으로 바꾸었다는 설에 무게가 실린다. 그러니 우리 민족의 정체성을 바로 세우기 위해서라도 이 현판은 대한문(大韓門)으로 바꿔야 한다.

일제는 우리나라를 침략 후 제일 먼저 원구단을 부수고 고종이 거처하는 경운궁을 산산 조각내 학교, 호텔, 각국 공사관 등을 짓더니 시 청사도 지었다.

그리고 나서 경운궁을 덕수궁으로 바꿔 불렀다. 덕수궁은 우리나라에 세 곳이 있었다. 처음에 있었던 곳은 이성계가 말년에 여생을 보낸 개성 수창궁이다. 다음에는 태종 때 한양으로 두 번째 천도하면서 별궁인 창덕궁을 지었는데, 그 동쪽에 덕수궁을 짓고 태상왕인 이성계를 모셨다. 후에 창경궁으로 불린 곳이다. 이후 일제가 고종에게 다른 생각 말고 이성계처럼 여생을 편안하게 보내시라고 경운궁을 덕수궁으로 고쳐 부름으로써 우리나라 역사상 덕수궁은 세 곳이 되었다.

그러면서 일제는 경복궁 광화문에서부터 근정문까지 헐고 조선총독부 청사를 짓기 시작했다. 조선총독부 청사는 1916년 7월 10일 착공해 1926년 1월 4일 완공되었다. 조선 총독부 청사(중앙청)를 완공할 무렵인 1925년 3월에는 덕수궁 담을 헐고 경성부청(서울시청)을 짓기 시작하더니 중앙청이 완공된 지 8개월 뒤인 1926년 9월에 완공시켰다. 공중에서 보면 중앙청은 일(日) 자이고 서울시청은 본(本) 자로 지어 일본이란 글자를 만든 것이다. 1939년에는 조선 시대 경무대 자리의 모든 문화유산을 다 쓸어내 버리고 조선 총독 관사를 대(大) 자로 지어 대일본(大日本)이란 글자를 완성시켰다. 뿐만 아니라 태양을 상징하는 일장기를 꽂기 위해 세 곳의 지붕에 하늘을 상징하는 푸른색을 칠했다. 귀중한 우리 문화유산인 궁궐을 헐어 자신들의 통치기관을 만든 것이다. 우리 문화를 뿌리부터 말살하겠다는 의도에서 저지른 일제의 만행이 아닐 수 없다. 인구도 늘어나고 업무량도 늘어남에 따라 2012년 우여곡절 끝에 시청 신청사가 들어선 만큼 구청사는 헐어야 한다. 그러기는커녕 문화재로 지정하여 보호하고 있다니 안타까울 따름이다.

그렇다면 그 문화재가 일본 문화재인가, 대한민국 문화재인가? 정말 한심한 일이다.

사학계의 수구 성향은 어느 정도 이해할 수 있으나 우리 민족의 정체성을 무너트리기 위해 작심하고 저지른 만행까지 받아들여야 하는 것은 어리석음의 소치일 뿐이다. 일제가 그랬던 것처럼 우리도 사진 몇 장 찍어놓고 설명서 몇 장 남겨놓으면 된다.

넝마가 되어가는 벽골제

벽골제 연구를 시작한 지 어느덧 50여 년이 흘렀다. 그런 인연으로 벼농사의 역사부터 관개용 물 관리와 이와 관련된 도량형에 대해서도 어느 정도 파악할 수 있게 되었다.

그 과정에서 부산물로 『우리 쌀 오천 년』도 발간한 것이다.

문헌 및 유적을 답사하며 얻은 자료를 편집해 2006년 4월, 최초로 『벽골제와 도작문화』를 출간한 뒤에도 연구를 이어가 2023년 『벽골제사』 5쇄 증보판을 발간할 때는 대다수의 오류를 바로잡았다. 벽골제는 물론 전국 유서 깊은 저수지를 수십 번 다녀왔기 때문에 얻은 소득이었다.

육체적으로나 정신적으로 힘든 세월을 보내며 수천만 원의 경비를 사용했다.

그 모든 시간을 버틸 수 있었던 힘은 하나, 애향심이었다.

사실 벽골제는 오랜 세월 속에서 넝마조각이 되어갔다.

일제의 만행도 모자라 어설픈 지식으로 전문가 행세를 하는 지역 인사, 권위의식에 사로잡힌 관계자들의 안일한 사고방식이 큰 문제였다.

벽골제 복원을 위한 벽골제 조사위원회가 결성된 지 15년이 다 되어갔지만 아직도 진척을 보지 못하고 있다. 역사서에 보 또는 척으로 나와있는 측정 단위를 현재의 단위로 환산하는 것조차 허둥대고 있었다.

문화재 발굴조사는 조사에 앞서 현재 상태의 실측이 선행되어야 한다.

명금산에서 구암잠관까지의 거리, 각 수문과 수문 사이의 거리, 명금산에서 덕산까지의 거리 그리고 중수비에 나와있는 벽골제의 크기 등은 발굴조사 이전에 파악되었어야 한다. 이것은 기본 상식이다. 그다음 벽골제의 원위치와 유통거 수문 위치를 찾아야 한다. 위원회가 찾은 유통거 수문의 위치는 납득하기 어려운 만큼 벽골제 제방의 원위치를 찾은 뒤 확인해보아야 한다.

유통거 수문은 1925년 김제 간선수로를 만들 때 없어졌다.

그리고 1934년 겨울 월승지구 200정보에 대하여 우리나라에서 최초로 경지정리를 했는데, 그때 흔적마저 사라진 것이다.

여수 토는 원래 구조물이 제방 위에 있기 때문에 제방을 옮기게 되면 흔적이 남지 않는다. 지금 발굴조사 했다는 곳은 제주방죽 구조물일 수도 있다.

또한 여수 토는 만수위와 일치하기 때문에 인수로가 없다.

그래서 인수로가 있는 수여거 수문을 눈여겨볼 필요가 있다. 수여거 수문의 가장 적합한 곳은 원평천 북쪽이다. 여수 토라 하는 것은 예나 지금이나 하천에 가장 가까운 곳에 만든다. 남는 물을 버리기 때문이다.

그런데 수여거 수문은 원평천에서 거의 1km 떨어진 곳에 있고 인수로를 내어 연결시켰다.

중수비에는 장생거라는 수로가 인의현까지 관개하는 것으로 되어 있지만, 제방 밑에는 민물과 바닷물이 차 있어 인의현의 관개가 불가능하다.

수여거 수문이 이중구조로 되어있지 않고는 실마리를 찾을 수 없다.

원성왕 때 증축한 것은 초축 제방을 더 크게 쌓았기 때문에 증축이라는 말을 썼다. 조금이라도 옮겨 쌓았으면 신축이라는 용어를 쓴다.

이 점도 혼동하면 안 된다.

벽골제를 제대로 연구하기 위해서는 우선 농업용 물 관리를 잘 알아야 하고, 벼농사의 역사와 경작에도 잘 아는 전문가들이 같이 참여하여 연구해야 한다. 지금이라도 부엽토가 깔린 초축 제방을 찾는 데서부터 복원의 실마리를 찾아야 한다.

공연히 아집과 편견으로 혈세를 낭비하는 일이 더는 없어야 하겠기에 자서전에 남긴다.

내 나이가 이제 여든이 넘어 더 이상 쏟을 기력이 없으니, 마지막이라는 생각으로 후학들을 위하여 참고해야 할 몇 가지 기록을 남긴다.

1. 장생거, 중심거, 경장거, 수여거, 유통거는 수로 이름이다. 필자가 여러 번 지적했지만 마이동풍이다. 지금도 계속해서 수문 이름으로 사용하고 있다.

2. 벽골제가 방조제라는 설로 2011년부터 10여 년간 예산과 시간을 소비해 왔다. 일언이 폐지하고 세상에 어느 나라에서 방조제를 흙으로 쌓았다는 말을 들어보았는가?

철도 레일을 나무로 깎아 만들었다면 믿겠는가?

3. 짐(卜)은 태종 때 채택한 도량형이고, 한 짐은 3.5보이다. 세종

때 3.3보(약 4m)로 고쳤다. 1960년대 말부터 『조선왕조실록』을 번역할 때 남북한 공히 '짐'으로 번역해 오늘에 이르고 있다. 벽골제 몽리 면적은 9,840결 95짐(卜)이다.

4. 벽골제를 복원하고서 수로를 보존하자고 하는데 도대체 벽골제를 제대로 알고 있는지, 너무도 어처구니없는 무책임한 주장이다. 장생거 수문, 중심거 수문, 경장거 수문 이 3개 수문은 김제 간선수로를 형성하고 있기 때문에 벽골제를 복원하면 수로를 보존하기 어렵다(책 159p).

5. 지금 서있는 벽골제 비는 오류가 심하다(책 140p 참조).
김제에는 부윤현은 있었으나 부윤강은 없다.
그리고 인공수로에는 내나 하천이라는 말을 쓰지 않는다.

6. 남의 소설을 자기 소설로 이름만 바꿔 시중에 내놓은 사람을 향토 사학자로 미화시키고 있다. 세상에 어떤 학자가 남의 소설을 자기소설로 바꿔치기한단 말인가?

7. 1974년 7월 23일 필자가 김제가 낳은 석학, 김상기 박사를 만난 후 50여 년 동안 사비를 들여 자료를 모으고, 전국 유서 깊은 저수지를 찾아 얻은 지식을 『벽골제사』에 담았다. 그래서 출처와 근거를 빠짐없이 밝혔다.

8. 전국 도처에서는 유서 깊은 문화재를 발굴하고 가꾸고 보존해 어디를 가나 관광명소가 아닌 곳이 없다. 벽골제는 김제의 대명사이자 김제의 자존심이다.
우리는 지금 이 귀중한 벽골제를 잘 가꾸고 보존해야 할 책무를 가지고 있다. 자칫 정실에 치우쳐 이 막중한 역사적 사명을 그르치지 않기를, 85세의 늙은이가 간곡히 부탁드리는 바이다.

12.

천사의 집, 삼덕원

천사의 가슴으로

믿음, 소망, 사랑에 바탕을 두고 만들었다 해서 삼덕원이다.

강원도 홍천군 서석면 생곡리 깊은 산속에 자리 잡고 있다. 우리 일행을 맞이한 사람은 휠체어에 앉은 젊은 남자였다.

삼덕원 원장 정지호 씨다.

나무토막과 판자로 어설프게 집을 짓고 천막으로 덧대어 보완해 놓은 움막 같은 집 안에서 젊은 여인 한 사람이 나왔다.

원장의 부인, 김종인 씨다.

그녀만이 이 집에서 장애가 없는 정상인이었다.

그녀는 비가 내린다며 우리를 집 안으로 안내했다. 장애아동 7~8명이 호기심 어린 눈으로 우리 일행을 바라보고 있었다. 집 안을 둘러보니 아쉬운 대로 부엌과 아이들 방이 구분되어 있을 뿐 어수선했다. 빨래와 부엌살림이 무질서하게 흩어져 있어 궂은 날씨에 찾아간 것이 미안했다.

일손이 많이 부족해 보였다.

가지고 간 몇 푼의 성금을 아주머니에게 전달하고 일손부터 거들었다.

그녀는 결혼 전 아버지를 따라 성당을 다니면서 기독교 신앙을 갖게 되었다. 세월이 흐르다 보니 신심이 깊어져 수녀원에 들어갈 결심까지 했다고 한다.

신앙생활을 하는 동안에 여러 가지 봉사활동을 하면서 정지호란 청년을 만났다.

그는 군 복무 중 사고로 다리 하나를 잃고 7년 동안 실의에 빠져 있었던 때이었다.

하반신이 마비되어 가슴 밑으로는 전혀 감각이 없었다. 때문에 남아있는 다리 하나도 무용지물이었다.

대소변이 나오는 줄도 몰랐고, 앉아있을 수도 없어 24시간 누워있어야만 했다.

당시 그는 모든 것을 버리고 싶은 자포자기 상태에 있었다.

생과 사의 갈림길에 서있었던 것이다. 그 모습이 너무도 가여웠던 김종인 씨는 수녀원에 들어가는 대신 정지호 씨의 옆에 있어주고 싶었다. 이것은 하느님의 섭리로 받아들였다.

믿음이 자라면 사랑의 가지가 무성해진다.

그 가지에는 반드시 희생과 봉사의 열매가 열린다.

기도 끝에 김종인 씨는 정지호 씨의 두 다리가 되어주기로 결심했다.

벼르고 벼르다 용기를 내어 부모님께 결심을 이야기했다.

부모님은 천길만길 뛰셨다.

수녀가 된다 해도 한 번은 겪어야 할 일이지만 이토록 완강하지는 않았으리라. 결심을 꺾지 않자 부모님께서는 평생 잡아보지 않은 매를 들어 죽어라 두들겨 팼다.

하늘 끝까지 치솟는 분노의 매질이었다.

도리 없이 부모님 몰래 집을 나와 사글셋방 하나를 얻고 정지호 씨와 살림을 시작했다.

1981년 5월 18일 식도 올리지 않은 채 혼인 신고도 했다.

시작부터 어려움에 봉착했다. 장애인이 있다고 하면 받아주는 집이 없었다. 혹여 계약을 해도 이삿날 장애인이 있다는 것을 알게 되는 순간부터 주인의 성화에 못 이겨 결국 또 이사를 해야 한다.

그러다 보니 6개월이 멀다 하고 이사를 했다.

남편은 혼자 힘으로 앉기만이라도 하기 위해 재활치료에 전념했다.

정지호 씨는 새삼스럽게 생의 의지가 솟아나고 있었다.

남편의 삶에 대한 의욕은 김종인 씨에게는 큰 보람이었다.

안타까운 소식을 들은 보훈처에서 11평짜리 아파트를 마련해주었다.

김종인 씨는 참기름을 짜 내다 팔고, 산에서 고사리, 취 등 산나물과 약초를 캐어 팔면서 양장 기술도 배웠다. 남편도 각고의 노력 끝에 스스로 앉을 수 있게 되었다. 휠체어에 의지해 아내와 같이 성당에도 나가게 되었고, 믿음이 자람에 따라 천국에 소망을 두니 생의 의욕도 왕성하게 되었다.

그간 음으로 양으로 서석 천주교 신부님의 도움도 컸다.

가정이 안정되고 두 사람의 신앙이 자라면서 먹고 자고 살아가는 단조로운 생활에 대한 회의가 일었다.

믿음이 자라면서 돋아난 사랑의 새순이 정지호의 가슴을 뜨겁게 달군 것이다. 남편과 아내는 장애인 단체에 나가 장애인을 돕는 일에 적극적으로 참여했다. 가난한 장애인들에게 치료의 기회를 마련해 주고, 일할 수 있도록 직장도 알선해 주었을 뿐만 아니라 중매도 섰다.

그러다 보니 부모가 돌아가시면 혼자가 되는 장애인들의 처절한 삶을 자주 보게 되었다. 고민 끝에 부부는 혼자가 된 장애인들을 돌봐주기로 합의했다. 그동안 받은 연금과 이것저것 닥치는 대로 일 해서 번 돈으로도 모자라 원호처에서 마련해 준 아파트를 세 놓아 자금을 마련했다. 그래도 부족하여 보훈처에서 대출을 받아 홍천군 서석면 생곡리에 1,500평의 땅을 매입하게 되었다.

우리가 처음 찾아간 삼덕원이 자리한 곳이다.

돈에 맞춰 땅을 찾다 보니 큰길에서 2km 떨어진 깊은 산속에 자리를 잡게 되었다.

그들 내외는 이렇게 하여 이 산골짜기에 새 둥지를 틀었다.

삼덕원을 짓는 동안 남편은 동상에 걸려 남은 다리마저 절단하게 되었다.

아내는 남편 뒷바라지와 장애인을 돌보면서 검정고시를 시작했고, 사회 복지사 자격증 취득은 물론 석사과정까지 마쳤다. 정말 억척이 었다.

내외의 아름다운 사랑과 헌신 그리고 믿음이 토대가 되어 만든 삼덕원은 무성한 거대한 숲으로 성장했지만, 정말 예쁜 숲으로 둘러싸여 있었다.

삼덕원에 처음 도착한 날, 비가 많이 내렸다. 우리는 비를 맞으며 마당 앞 개울가로 나가 산더미처럼 쌓인 빨래를 했다. 이것저것 일손을 거들었지만, 해야 할 일은 여전히 많이 쌓여있었다.

일과를 마치고 돌아오려는데 발걸음이 떨어지지 않았다.

두 내외가 짊어진 짐이 너무도 무거워 보였기 때문이다.

세찬 비바람까지 내려쳐 우리 모두의 얼굴에는 빗물인지 눈물인지 모를 물방울이 속절없이 흘러내렸다.

집으로 돌아오면서 나는 '앞으로 20년 정도는 매년 이곳을 찾아야겠다.'라고 결심했다.

당시 나이가 쉰한 살이었으니 일흔까지는 살 수 있겠다고 생각한 것이다.

삼덕원은 매년 원생이 늘어 30명이 되었고, 나는 삼덕원 방문이 연중행사가 되었다.

처음에는 카세트를 틀고 원생들과 함께 춤을 추며 즐겼으나 소리가 크지 않아 흥이 나지 않았다. 하루는 풍물패를 동원해 공연을 했다.

소리가 크고 어설펐지만 악기를 함께 연주하는 것만으로도 원생들은 즐거워했다. 그러나 풍물패에 별도의 사례금을 지급해야 했고, 봉고차도 한 대 더 필요했다.

악기를 싣고 풍물패가 함께 타야 하기 때문이다.

비용이 문제였다.

고민하고 있을 때 소문을 듣고 자원봉사 팀이 찾아왔다.

우리나라 무형 문화재 11-5로 등록된 임실 필봉농악을 전수받은 안양시에서 활동하고 있는 두드림 예술단이다(지금 단장은 오현화).

많은 분의 도움 아래 삼덕원을 방문한 지 어느덧 10년이 되었다. 처음 나 자신에게 했던 약속의 절반이 흐른 것이다.

그사이 봉사자가 늘어 버스를 대절해야 했다. 참가자가 40명을 넘어선 뒤로는 버스를 이용하지 않을 수 없었던 것이다. 도리 없이 내가 감당해야 할 큰 짐이 되었다.

힘이 들고 경제적으로 부담스러웠지만, 가슴은 벅찼다.

승용차에서 봉고차로 봉고차에서 버스로 운송 수단이 바뀔 때마다 삼덕원도 조금씩 제 모습을 갖춰나갔다.

김대중 정부가 들어서면서부터 정부 지원도 크게 늘었다.

천막을 걷어내고 집 모양을 만들어 가더니 조립식이긴 하지만 깨끗한 건물 한 채도 들어섰다.

원생들의 편의시설도 늘었다.

하지만 정 원장과 그의 아내는 변함없이 컨테이너에서 생활했다.

보람을 찾아가는 삶

　버스를 이용한 뒤로는 큰길에서 내려 삼덕원까지 2km를 걸어야 한다.

　길이 좁아 버스가 들어갈 수 없었기 때문이다.

　늦가을이라서 단풍이 물든 산길을 삼삼오오 걷노라면 한결 여유롭고 정겨웠다. 왕복 4km의 정감 어린 산책은 일 년 내내 추억으로 우리들 사이를 맴돌았다.

　나를 더욱 행복하게 하는 것은 원생들을 향한 정 원장의 사랑이었다.

　원생들은 정 원장을 '아빠'라고 부르며 끌어안고 애정 표시를 서슴없이 한다.

　원생 모두 지적 장애인이라서 강요해서 되는 일이 아니었다.

　안타까운 점이 있다면 정 원장의 건강이다. 상처가 완치되지 않아 수시로 병원을 찾지만 1년에 한 번은 입원해야 한다.

　때문에 봉사하러 가서 정 원장을 만나지 못하는 날도 있었다.

　봉사를 다닌 지 20년이 넘었을 때, 한 독지가가 버스를 제공해 주었다.

기름값은 범계역 상인연합회 봉사단에서 부담했다.

농수산물 은평상회를 비롯해 여러 상인이 버스에 다 싣지 못할 정도로 많은 채소를 내놓기도 했다.

그로 인해 언젠가부터 나는 봉투만 들고 가는 가벼운 몸이 되었다.

2014년 11월 1일, 삼덕원이 이사를 했다. 먼저 집에서 조금 떨어진 검산리 부락에 새로운 건물을 지은 것이다.

우리는 이사 후 8일이 지난 11월 9일 삼덕원을 방문했다.

일요일이었다.

도란도란 이야기 나누며 산책을 하던 낭만은 없었지만, 새로운 건물은 장애인들을 위한 편의시설이 잘 갖춰져 있었다.

한길에서 불과 200m 떨어져 있었고, 'ㄷ'자 형의 2층 건물로 지었는데 엘리베이터도 있었다.

원생들이 문명의 혜택을 보다 많이 누릴 수 있어 좋았다.

삼덕원이 설립된 지 24년 만에 두 부부가 이룬 쾌거였다.

원생들은 세끼 식사 외에 세 번의 간식을 먹고서야 잠을 잔다. 일상의 즐거움이 먹는 것에 있으니 이 부부는 이들을 만족시키기 위해 온종일 땀을 흘려야 했다.

나는 고등학교 1학년 여름방학 때부터 4H 구락부 활동을 시작으로 봉사활동에 첫발을 떼었다.

대학을 졸업하고 경제적으로 어려운 시간을 보냈지만 5년 동안 야학을 열어 중학교 과정을 가르쳤다. 서울로 올라와서는 한밀장학회를 만들어 신학대학에 진학한 친구를 도왔다.

한밀장학회는 윤귀중 목사가 주도하여 지금까지 운영하며 목회자 양성에 힘쓰고 있다.

종합병원 기획실장으로 일할 때도 봉사활동을 이어나갔다.

1989년 2월 중순쯤 아주머니 몇 분이 찾아왔다. 병원 주변 주민 몇 분이 모여 장학회를 만들어 불우 이웃을 돕자고 의견을 모았다며 참여할 의향을 물어왔다.

주변에 좋은 뜻을 가진 사람들이 많다는 사실에 고무되어 나도 팔을 걷어붙였다.

병원에서는 장학회 회원에게 진료비의 30%를 감면해 수었다.

당시는 의료보험 시행 초기여서 매우 큰 혜택이었다.

우리는 논의 끝에 장학회의 이름을 보림(寶林)으로 정했다.

나는 다양한 종류의 나무와 풀이 어우러져 함께 자라고, 새들이 둥지를 트는 숲을 정말로 좋아한다.

현대 사회의 가장 큰 고민은 상대적 빈곤이다. 비교적 우위에 있는 사람과 조금 열등한 위치에 있는 사람 간의 갈등이다. 이로 인해 모든 분야에서 불협화음이 생기고 질서가 무너진다. 이것이 현대 사회가 안고 있는 병폐다.

기층빈곤 쪽에서 바라볼 때는 한낱 사치스러운 투정에 불과한 것이다.

우리 이웃에는 주변의 무관심 속에 힘겹도록 외로운 삶을 살아가는 헐벗고 굶주린 사람들이 얼마나 많은지 모른다.

그들에게는 삶이 어떤 고문보다도 더 심한 고통일 수 있다.

좀 더 관심을 가지고 돌보아 주는 손길이 그들에는 유일한 희망이다. 하여 같은 생각을 가진 사람끼리 모여 보림 장학회라는 동아리가 탄생하였다.

이웃을 돕는 것은 자선이나 자비가 아니다. 당위(Solen)다.

보림 장학회는 어려운 학생들의 학비 보조를 시작으로 출발하였으나 나중에는 장애인을 돕는 종교단체에게도 힘을 보태어 결국 삼덕원과 인연이 되었다.

멀기는 해도 사연이 기구하여 호기심을 가지고 찾아갔지만, 현장을 바라보는 우리들의 마음은 모든 것이 감동이었다.

한 여인이 자신의 모든 것을 던져 두 다리를 잃은 남자와 결혼한 것도 범인으로서는 하기 힘든 일인데, 이처럼 장애인을 돕는 일에 혼신의 노력을 다하는 것은 천사의 심장을 가지지 않고서는 불가능한 일이다.

원생들은 정 원장을 아버지처럼 따랐다. 원장은 말수가 적다.

나와의 대화는 침묵 속에 오갔다. 나도 어려웠던 시절이나 봉사활동에 대하여 드러내 놓고 조잘거리는 성격이 아니다.

우리는 만날 때 악수 한 번 하고 점심 식사 후 풍물패들이 아이들과 함께 한바탕 뛰어논 뒤에 마지막 사진 촬영하고 나서 악수를 나누고 헤어진다.

30년 가까이 우리는 그렇게 만났다.

1년에 안부 전화 한두 번이 고작이다.

그것도 정 원장이 입원하여 못 만나고 올 때에 한다.

그의 상처 치료는 수십 년이 지난 지금도 진행형이다.

정 원장은 매스컴에 소개되는 것도 원하지 않았다.

구걸하는 것 같아 싫다는 것이다.

우리는 만날 때 헤어질 때 악수하는 손에 힘이 들어갔다.

그 안에 모든 말이 들어있었다.

헤어질 때는 원생들과 사진을 찍는다. 원생들이 손가락으로 v자를 그리며 즐거워하기 때문에 하는 것이지 지금까지 나는 기념사진 한 장 지니고 있는 것이 없다. 이런 것들이 원장과 내가 가슴으로 통하는 마음이었다.

하느님 품으로

2017년 11월 4일 토요일 삼덕원을 방문했다.

봉사자와 후원 물품이 넘쳐 봉고차 한 대가 더 따랐다.

몇 년 전부터 중국집 요리사가 봉사자로 참여하면서 면을 뽑는 기계와 자장면을 위한 식재료까지 더해져, 짐이 하나 가득이었다.

우리를 맞이하는 정 원장의 얼굴에 그늘이 드리워져 있었다.

맥없는 웃음을 지으며, 악수를 청하는데 손에 힘이 없었다.

입원해야 하는 상황이 아닐지 걱정스러웠다.

헤어질 때도 여전히 손에 힘이 없었다. 정문에 도착해 뒤를 돌아보니 휠체어를 탄 정 원장이 여전히 우리를 바라보고 있었다.

나는 손을 높이 올려 '힘내!'라는 신호를 보내며 작별 인사를 했다. 진심으로 건강을 기원하는 몸짓이었다.

이듬해 10월 초순 삼덕원에서 전화가 왔다. 정 원장이 돌아가셨다는 부음이었다. 가슴이 철렁 내려앉았다.

뜻밖의 소식이라 큰 충격을 받았다.

돌아가신 날은 지난 8월이었지만 혹여 부담이 될까 봐 늦게 알렸다고 한다.

11월 4일 일요일에 예년처럼 삼덕원을 방문했다.

삼덕원 뒷산 자락에 잠들어 있는 정 원장을 찾았다.

30여 년이라는 긴 세월 동안 함께하며 정을 나눈 사이였으니 상실감이 너무 컸다.

우리를 맞이하는 김 여사의 얼굴에도 슬픔이 묻어 나왔다.

식사할 때도 풍물패와 공연할 때도 우리들의 마음은 이전과 달리 침울했다.

무거운 침묵이 주변 분위기를 압도하고 있었다.

휠체어를 탄 미카엘이 정문까지 우리를 배웅했다. 헤어지면서 내민 미카엘의 손에 작은 손난로가 있었다. 악수하면서 손난로를 나에게 건네주었다. 정 원장의 빈자리를 조금이라도 채워보자고 애쓰는 모습이 역력했다.

그리움이란 무엇으로도 그 대상을 바꿀 수 없다.

큰 아픔이 밀려왔다.

뺀질이의 하루

정지호

뺀질이란 우리 집 식구 서른한 명 중 스물여덟 번째의 별명이다. 이름은 노병욱.

다운증후군을 앓고 있는 뺀질이는 나이가 23살이지만 정신 연령은 세 살 정도이다.

뺀질이는 아침 기상 시간부터 문제다.

깨워놓고 건넌방에 갔다 오면 또 잔다. 그러기를 서너 번쯤 한 후에 겨우 세면장에 데려다 놓으면 벽에 기대어 또 잔다. 뺀질이는 이렇게 하루의 시작부터 돌보는 사람들의 기운을 빼놓는다.

아침기도가 시작되었는데 뺀질이는 보이지 않는다.

뺀질이는 기도를 무척 싫어한다. 뺀질이를 유혹하는 유일한 미끼는 간식이다. 대부분의 원생이 그런 것처럼 간식을 주지 않겠다는 것은 가장 무서운 협박으로 받아들인다.

여기서는 하루 세끼 밥을 먹고 사이사이에 세 번 간식을 먹는다.

간식을 미끼로 기도하는 자리에 겨우 앉혀놓으면 앉아는 있지만 반쯤 벽에 기댄 채 콧잔등을 두드리며 콧기름을 바르거나, 아무리 크게 떠보아도 감은 듯한 작은 눈을 뜨고 손가락을 들이대고 기도가 끝날 때까지 들여다보고만 있다.

그뿐 아니라 아무리 가벼운 심부름도 하지 않으려 한다.

뺀질이란 별명은 그래서 붙여진 이름이다.

하지만 뺀질이는 마음이 여리고 순진하다. 그리고 춤과 노래에 상당한 재능을 가지고 있다. 온종일 쉬지 않고 노래를 불러댄다. 어떤 때는 시끄러워 정신이 없을 정도다. 그래도 뺀질이는 행복하다. 노래방 기계를 가지고 놀 때나 외부에서 손님이 와 계실 때에는 탤런트 기질을 유감없이 발휘한다.

어디서 배웠는지 찾아오는 손님에게 사랑한다는 말을 제일 먼저 건넨다.

뜻도 모른다. 옷도 제대로 입지 못한다.

앞뒤 구별도 못 하고 항상 배꼽 아래로 걸치고 다닌다.

가끔은 측은할 때도 있다. 엄마가 보고 싶다고 울기도 한다.

삼덕원에 들어오기 전, 집에 있을 때는 십여 년간 화장실에 갇혀 살았다.

처음 왔을 때만 해도 부모가 찾아오면 도망쳤다.

세월이 흐르면서 응어리진 가슴이 조금은 풀린 것 같았다.

뺀질이는 지금 배 깔고 엎드려 서태지 음악에 빠져있는데, 장께가 컵에다 대변을 싸서 물을 부어놓았다.

이것이 우리들의 일상이다.

오랜 세월 이렇게 살다 보니 이제 우리들의 당연한 삶으로 굳어져 아무렇지 않다.

정신없이 지내는 하루지만 그들 순백의 모습에서 우리는 삶의 활력소를 찾는다. 왜 모두 장애인을 혐오할까? 원아들은 우리가 가지고 있지 않은 시냇물처럼 맑고 신선한 마음을 가지고 있다.

과연 이사회에서 장애인은 누구인가?

하루 종일 시끄럽고 부산한 뺀질이나 이들을 돌보는 가족 모두는 가정과 사회로부터 받은 상처가 너무 크다.

우리들을 따뜻하게 감싸주는 아름다운 마음이 아쉽다.

(1998. 9. 22. 보림장학회 창립 10주년 기념 회보에 실린 글)

삼덕원의 일상을 보여주는 글이다.

삼덕원에는 뺀질이 같은 사람이 3~4명 있다. 자기 옷을 찾아 입지 못하는 사람이 5~6명 된다.

허공에 초점을 두고 아무 생각 없이 사는 사람도 몇 명 있다.

이 사람들은 양호한 편이다. 누워서 밥을 먹어야 하는 사람도 있다. 자기 손으로 먹지도 못한다. 평생 누군가가 떠 넣어주어야 한다.

그녀가 몇 년 전에 회갑을 맞았다. 그날 하루 삼덕원은 축제의 날이었다. 당사자는 새 한복을 맞추어 입고, 어느 독지가의 도움으로 기념 앨범도 만들었다. 후손도 없는 본인에게는 물론 누구에게도 의미 없는 기념앨범이지만 거기서 배어 나오는 따뜻한 온기는 향기였다.

온몸이 정상이 아닌데 머리만 정상인 사람이 있다.

세례명은 미카엘이다. 호킹 박사보다 나은 것은 말할 수 있고 책을 읽을 수 있다는 것이다. 이 친구를 위해 많은 책을 구해 보내주었다. 제2의 호킹 박사가 되어 보자고 손가락을 걸었는데 검정고시를 통해 고등학교 졸업 자격을 얻는 데 그쳤다.

이 친구와 이런저런 대화를 많이 나눴다. 이렇게 30여 명이 한 울타리 안에서 작은 숲을 이루고 산다.

신기한 것은 30년의 세월이 지났는데도 원생들의 얼굴은 그대로

다. 세월이 흘러간 흔적이 없다.

　세월은 삼덕원에서 멈추어 있었다.

13.

과거를 알면 국가의 흥망성쇠를 알 수 있다

과거는 미래가 보이는 창

나이가 들면서 언제부터인가 주변을 정리하는 습관이 생겼다.

사용하던 물건이나 해묵은 책 같은 것은 미련 없이 버리면 된다. 그러나 60년이 넘는 세월 동안 써 온 60여 권의 일기장을 들고는 망설이지 않을 수 없다. 함부로 버릴 수도 없고, 아들이나 손자들에게 물려줄 수도 없는 물건이다.

내가 살아오면서 경험하고 생각했던 것 중 행여 아들이나 손자들에게 도움이 되지 않을까 싶은 것만을 발췌하다 보니 한 권의 생애사가 되었다.

나는 일제강점기에 태어나 다섯 살 때 해방이 되었고, 열 살 때 6·25 동란을 맞았다. 20살 대학교 1학년 때 4·19 혁명에 참여했고, 21살 때 5·16 군사 쿠데타에 이어 40살 때는 12·12 친위쿠데타가 일어났다. 5·18 광주민주화운동을 시작으로 전 민족이 궐기하여 1987년 6·29 선언으로 제6공화국을 탄생시켰다.

내 나이 8살 때 이승만이 대통령이 되었고 40여 년이 지난 내 나이 47세에 이 나라의 민주화가 이루어졌으니 나의 황금 같은 시절을 독재자가 지배하는 세상에서 살았다.

세상에는 태풍이 불고 비바람이 몰아치는데도 어린 시절에는 외증조할머니 치마폭에 싸여 아무것도 모르고 자랐다.

철이 조금 들어가는 사춘기 중·고등학교 시절에는 심연에서 일고 있는 소용돌이는 알지 못한 채 문학서적에 심취하여 핑크빛 미래를 꿈꾸어 왔다. 따라서 나는 이 사회에 필요한 사람이 되어야 하는 의무감과 동시에 우월감 같은 잠재의식을 가지고 살았다. 그래서 고교시절 4H 클럽 운동에도 참여했다. 이때만 해도 나는 정치에 전혀 관심이 없었다.

나의 희망은 학문에 정진하는 학자가 되는 것이었다.

내가 정치에 다소 관심을 가지게 된 것은 대학에 진학하여 4·18 고대생 시위에 참여하면서부터였다.

이어진 4·19혁명은 자유와 동시에 많은 출판물이 쏟아져 나왔다. 철학서적을 접하면서 유물사관에 의한 공산주의 서적을 제일 먼저 접하게 되었다. 6·25 동란으로 돌아가신 숙부님 생각이 떠올랐기 때문이다. 한동안 잊고 있었던 불행했던 시절의 일들이 옥자와 미자가 자주 찾아와 한 식구처럼 지내면서 아쉬움으로 남아 마음 한구석에 늘 자리 잡고 있었기 때문이다. 결국 공산주의라는 것은 이룰 수 없는 유토피아라는 것이 깊이 들어가지 않아도 그 문턱에서 알 수 있었다.

무산계급의 민주주의를 외치면서 계급투쟁을 선동하는 것은 자가당착이다. 투쟁은 획일성과 폭력을 불러오기 때문에 자유민주주의와는 거리가 멀다. 결국 독재자의 지배를 합리화하기 위한 명분에 불과한 것이다.

공산주의라는 것은 공산국가를 운영하는 독재자의 통치 명분이 되었을 뿐 아니라 비 공산국가의 독재자들은 용공이라는 굴레를 씌워 정적을 제거하는 도구가 되기도 했다.

해방 직후 3년 동안의 신탁통치 이후 우리나라는 40년 동안 3명의 독재자가 나타나 반체제 인사들을 용공분자라는 굴레를 씌워 고문하고 죽였다. 그리고 그 가족들은 연좌제라는 제도에 묶여 공공기관에는 취업도 불가능했다. 나도 그 희생자 중 한 사람이었다.

1991년 12월 26일 지구상에 처음 공산당의 뿌리를 내린 소비에트 연방공화국이 무너지고, 11개 나라가 독립하여 유엔에 가입하였다. 엄격하게 말하면 공산주의 체제가 무너진 것은 중국에서부터라고 말할 수 있다.

1978년 12월 18일, 중국 공산당 11기 중앙위원회 3차 전체회의에서 등소평은 개혁개방을 하지 않으면 어디로 가든 죽음의 길뿐이라고 천명하고 시장경제를 도입하여 1984년부터는 기업인에게 정치의 간섭을 받지 않는 자율권을 주고 국영기업을 민영화했다. 중국은 이때 공산주의가 이미 무너졌다. 다만 50개가 넘는 민족이 살기 때문에 분열의 우려가 있어 토지의 개인 소유는 한동안 어려워 보이지만, 공산주의라는 사상은 이미 무너져 버린 것이다.

베트남은 토지의 개인 소유가 인정되는 추세에 있고, 북한은 오래 전부터 세습군주제가 되었다.

지구상에 공산주의가 사라진 지 이미 상당한 세월이 지났다.

우리가 공산주의를 배척하는 것은 필연적으로 독재정치를 거쳐야 하기 때문이고, 독재정권은 반드시 망국의 운명을 지니고 있기 때문이다. 이것은 역사가 확실하게 증명해주고 있다.

　오늘날 발전된 문명은 모두 민주주의 국가들이 이룬 업적이고, 200여 년 동안 민주주의를 발전시켜 온 미국은 세계에서 제일 가는 경제대국이 되었다.

　선진국은 모두 민주주의 제도를 채택한 나라들이다. 하여 지난날 독재자들이 국민들에게 무슨 짓을 하였는지를 다는 아니어도 발췌 형식으로라도 기록하여 후대에 귀감이 되게 하고자 이장을 마련하였다.

　당태종은 그가 아끼던 위징이 죽었을 때 이런 말을 남겼다.

　"구리를 거울로 삼는다면 그로써 의관을 단정히 할 수 있고, 옛일을 거울로 삼는다면 흥망성쇠를 알 수 있으며, 사람을 거울로 삼는다면 정치의 득실을 알 수 있을 것이다."

　동양에서 번영을 누리며 성장하던 필리핀이 독재자 마르코스의 등장으로 지금까지 후진국의 굴레에서 벗어나지 못하고 있는 현실을 우리는 거울삼아야 할 것이다.

최초로 탄핵받은 대통령 이승만

이승만은 1919년 4월 14일 상해에서 수립한 임시정부의 국무총리로 추대되었다. 이승만은 대통령제를 고집하여 기어이 9월 6일 대통령으로 추대되어 대통령 명함을 가지고 즉시 미국으로 떠나버렸다. 당초 임시정부는 의원 내각제였다.

이승만이 고집부려 대통령제로 바꾼 것이다.

그가 최초로 미국에 간 것은 1904년이었다. 조선에 진을 친 일제를 몰아내 달라는 내용이 담긴 고종의 밀서를 가지고 미국에 협조를 구하러 갔지만, 뜻을 이루지 못했다.

그것은 미련한 한국 정치인들의 공연한 헛발질이었다.

그들은 이미 미국은 필리핀을, 일본은 한국을 지배하기로 언약이 되어있었다. 결국 다음 해 가쓰라·태프트 밀약이 서면으로 체결되어 현실화되었다.

그 후 이승만은 조선으로 돌아오지 않고 미국에 머물러 살면서 그곳에서 대학을 나왔고 박사학위까지 받았다. 당시 미국에는 일인에 의해 강제로 끌려간 조선인들이 많았다.

그들은 사탕수수밭에서 피땀 흘려 번 돈을 독립운동에 사용해 달

라고 보내왔다. 이승만은 이 돈을 자신의 정치자금으로 사용했다는
비난을 받고 있었다. 울분을 참지 못한 임시정부 의정원은 1925년
3월 23일 이승만을 탄핵하고, 박은식을 임시정부 대통령으로 선출
했다.

하지만 이승만은 이렇게 하여 미국에서 인맥을 쌓아 확고한 정치
기반을 다졌다.
1945년 10월 20일, 이윽고 그는 해방된 조선으로 돌아왔다.
미군정이 들어선 지 40여 일쯤 되었을 때다.
미군정은 1945년 9월 8일에 들어와 일제의 아베 노부유키 조선
총독의 항복문서를 받아내고 9월 9일부터 통치에 들어갔다. 책임자
의 공식 명칭은 재조선 미국 육군사령부 군정청 사령관 하지 중장이
었다.
하지 중장은 평생을 군에서만 생활한 데다 이 소수 병력으로 한
나라를 다스리기에는 너무도 힘이 들었다.
소장 한 사람을 보좌하게 하고, 그 아래 지휘관 몇 명을 국장에
배치한 뒤 9월 14일 총독부의 일본 관리들을 행정 고문으로 위촉했
다. 동시에 일제가 식민통치하던 그 시스템을 당분간 그대로 유지하
기로 했다. 이것은 훗날 대한민국을 이끌어갈 지도자의 정치철학과
국민 정서에 막대한 영향을 미쳤다.
미군정은 1946년 1월 15일 우리나라의 기존 군사 조직을 폐지하
고, 국방 경비대를 새롭게 발족시켰다.
당시 국내에는 이승만이 주도하는 대한독립 촉성국민회와 김구가
대표로 있는 한국독립당 그리고 김성수와 송진우가 공동대표로 있

는 한국 민주당이 대표적인 우익단체였다.

김구는 남북 공동정부를 수립해야 한다고 주장하며 새 정부는 임시정부의 법통을 이어받아야 한다는 완강한 입장을 굽히지 않았다. 그로 인해 김구는 미군정과 멀어졌고, 이승만과의 갈등도 깊어졌다.

이승만은 미국에서 맺은 인맥으로 미군정 3년 동안 막대한 영향력을 행사하였고, 1948년 8월 15일 대한민국 초대 대통령으로 추대되어 대한민국의 정권을 인수받았다.

해방 후 대한민국 정부가 수립되기 전에 남한에서는 엄청난 일이 일어났다.

1948년 4월 3일에 제주도에서 발생한 사건은 사소한 데서 불씨가 튀었다.

미군정이 시작되고 일부 미군부대가 제주도에 파견되었다.

그곳에는 아직 귀국하지 못한 일인 7만여 명이 있었다. 미군정은 서울에서 그랬듯이 이들에게서 항복문서를 받아내고 일부를 기관원으로 채용했다.

그 무렵 강제로 일본에 끌려갔던 제주도민 6만여 명이 돌아왔다. 돌아온 이들은 이 광경을 묵과할 수 없었다.

제주도민들은 1947년 3월 1일 제주시 북 국민학교에서 3.1절 기념행사 후 가두시위를 펼쳤다. 남한만의 단독정부 수립 반대, 신탁통치 반대 등의 내용이었다.

이것은 4·3사건의 핵심이다.

시위대는 미 군정청과 경찰서가 있는 관덕정 근처를 지나갔고, 이를 구경하는 군중은 200여 명 있었다.

그중 어린애 한 명이 시위를 진압하기 위하여 나선 기마 경찰이 타고 가던 말발굽에 치였다.

경찰은 그 사실을 모르고 지나가는데 이를 보고 흥분한 군중들은 돌을 던지며 항의했다.

갑작스러운 소란에 놀란 미군정은 군중이 경찰서를 습격하는 줄 알고 발포를 시작, 6명이 사망하고 8명이 부상을 당하는 불상사가 일어났다.

화가 난 도민들은 4월 3일 166개 기관이 총파업에 돌입했고, 41,211명이 동참했다. 이승만 정권은 진압에 그치지 않고 검거에 들어가 10,200명이 사망하는 불상사가 일어났다. 3,000여 명이 행방불명되었고, 1,428명이 영구장애를 입었다.

아직은 미군정하에 있지만 국내 모든 치안은 이미 이승만의 영향력하에 있었다.

이것도 모자라 이승만은 1948년 10월 전라남도 여수시에 주둔한 국방경비대 14연대 소속 군인들에게 제주도 4.3 사태를 진압하도록 출동 명령을 내렸다. 사태의 내막을 어느 정도 알고 있던 14연대 군인들은 명령을 거부하고 반란을 일으켰다. 군내에 잠복하고 있던 남로당 프락치의 선동도 있었다고 하나 명분 있는 내용의 전달은 선동이 아니라 설득이다.

이것은 피해야 할 골육상잔이었다.

군인들은 명령을 거부하고 도리어 정부 기관을 점령해 버렸다. 이들은 전라남도 일원을 장악했다.

이것이 여수·순천 반란 사건이다.

이때 김창룡은 박정희를 잡아들여 군내에 들어있는 남로당 프락치들을 일망타진했다. 그 과정에서 정부 측 군경에 의해 민간인 2,700명이 살해되었다. 반란군에 의해서도 경찰 74명을 포함해 150여 명의 민간인이 살해되었다.

애꿎은 민간인들만 어육이 된 것이다.

일련의 사건들로 인해 이승만은 1948년 12월 1일 「국가 보안법」을 만들어 남한에 있는 좌익 인사 색출에 나섰다.

실적 위주의 경쟁을 하다 보니 참혹한 일들이 여러 곳에서 일어났다.

1949년 12월 24일에는 무장한 군인 86명이 경북 문경군 산북면 석봉리 석달 부락 주민 98명을 무참하게 살해했다. 더욱 비참한 것은 여기에 유아 3명, 초등학생 9명, 여자가 43명이 포함되어 있었다.

군은 이 사건을 70여 명의 좌익 게릴라가 양민을 학살했다고 거짓으로 보고했다. 4.19 혁명으로 진상 규명이 거론되었으나 5.16 군사 쿠데타가 일어나 다시 중단되어 버렸다.

1993년 군사정권이 막을 내린 뒤에야 위와 같은 진상이 밝혀졌다.

이승만 시대에 많은 양민을 학살했지만, 가장 많은 양민을 학살한 것은 보도연맹 학살 사건이다. 보도연맹이란 1949년 6월 5일 좌익 계열에 있다 전향한 사람들로 구성된 단체이다. 이것은 국민들의 사상을 통제하고 교화할 목적으로 이승만이 결성한 조직이다. 여러 장관이 요직을 맡은 것을 보면 관변단체의 성격을 띠기도 했다. 한때 공무원들이 실적 경쟁을 벌여 가입자 수가 30만 명을 넘었다.

1949년 6월 26일에는 우리 민족의 큰 별 김구가 암살되었다. 모든 국민이 이승만을 의심했다. 김구는 오직 통일된 조국을 원했다. 국토가 분단되면 종내에는 같은 민족끼리 피비린내 나는 전쟁을 하게 될 것이라고 심히 우려했다.

반면에 이승만은 정권을 잡기 위해서라면 반쪽이라도 괜찮다며 서둘렀다. 자신의 뜻대로 대통령이 되었지만, 국민의 절대적인 신망을 받는 김구의 존재는 늘 마음에 거슬렸다.

결국 걸림돌이 되는 김구를 제거하기에 이르렀다.

훗날 김구를 저격한 안두희의 고백이다.

김구의 저격으로 전 국민이 울었다. 그는 상해 임시정부를 수립해 해방될 때까지 임시정부를 지켰다.

1932년 일본군이 중국을 침범하자 김구는 간판을 떼어 싸매고 10여 년간 항주, 남경, 광주 등 7~8곳으로 옮겨 다녔다. 그때마다 장개석이 트럭 7~8대를 보내주었다.

장개석 자신도 옮겨 다니는 신세였지만 눈물겨운 우정을 보여준 것이다.

김구의 노력에도 불구하고 결국 남북은 각각 정부를 수립했고, 오늘날 세계 유일한 분단국가가 되었다. 김구를 좌익처럼 이야기하지만, 김구는 친미 성향의 우익단체 지도자였다.

남북 공동정부 설립을 위해 북쪽에 갔을 때, 남아달라는 김규식의 만류를 뿌리치고 김구는 남쪽으로 내려왔다.

그의 아들도 미국에서 파일럿 교육을 받고 돌아와 공군에 입대한 우익 지도자였다.

전쟁이 발발하자 보도연맹이 제일 두려웠던 이승만은 육군 특무부대와 헌병을 앞세워 이천에서 보도연맹 100여 명, 대전 교도소에서 3천여 명을 처형했다. 산골짜기나 우물 또는 갱도를 파고 양민들을 모아 학살하고 묻었다.

학살 현장에는 언제나 김창룡이 있거나 그의 영향력 아래 있었다. 이승만은 김창룡을 아들처럼 여겼고, 이승만을 위한 모든 공작은 김창룡이 꾸몄다.

1950년 9월 28일 수복 후 이승만은 김창룡을 군, 검, 경 합동수사 본부장으로 임명하고, 6.25 사변 때 부역자를 찾아내라고 명령했다.

검거한 인원과 자수한 인원이 5~6만 명에 이르렀다. 이 가운데 서울에서만 1,298명이 처형되었다.

정작 북한에 협조한 사람들은 대부분 월북하고 없었다.

김창룡은 그 공로를 인정받아 1950년 대령으로 승진하더니 다음 해 5월 15일 특수부대장에 임명되었다.

그의 나이 불과 35세였다.

김창룡은 빨갱이를 소탕하고자 했으나 더 이상 빨갱이가 없자, 빨갱이를 만들어 냈다.

인민군 패잔병에게서 빼앗은 무기를 삼각산 뒤편에 사는 주민들에게 나누어준 뒤 공산 분자로 몰아 모두 죽였다.

이것이 삼각산 사건이다.

전쟁 중인데도 대한민국 정부의 민간인 학살은 국제적인 문제로 대두되었다. 세계 여론이 들끓자 이승만은 중지 명령을 내렸지만 학살이 중지되지도 않았고, 학살자를 처벌하지도 않았다. 오히려 학살은 계속되고 있었다.

경산 평산동 양민 학살, 1951년 거창 양민 학살 등이 모두 삼각산 사건과 비슷한 조작된 사건이었다.

이승만 시절에 백성들의 목숨은 초개(草芥)였다.

이승만은 6.25가 발발하자 불과 이틀 만에 서둘러 대전으로 피신했다. 그리고 6월 28일 새벽 2시 30분 한강 인도교와 철교를 폭파하였다.

당시 군인들이 철교를 지키고 있어서 인명피해는 없었다고 하나 한강 이북에 있던 부대들이 고립되었고, 결국 모든 장비를 버리고 남하해야 했다.

피난하려던 시민들도 피난길이 어려워지자 포기하는 바람에 10만여 명의 시민이 희생되거나 납치되었다.

철교 폭파는 당시 육군 참모총장 채병덕 소장이 공병감 최창식 대령에게 명하여 단행된 것인데, 수복 후 최창식 대령은 한강 폭파의 책임을 물어 총살형에 처했다.

정말 억울한 죽음이었다.

이승만은 1951년 12월 부산 피난 중 장기집권을 위해 자유당을 창당했다.

하지만 국회에서 당선이 어렵게 되자 국회의원들을 연금시켜놓고 토론도 없이 직선제 개헌안을 통과시켰다.

이것이 1952년 7월 4일 부산 정치 파동이다.

부산 정치 파동에 앞서 김창룡은 1952년 5월 24일에 대구형무소에 수감 중인 사형수와 무기수 7명을 꼬드겨 북한군으로 위장시켰다.

이들을 부산 금성산에 풀어놓아 총격을 가하도록 해놓고 자신의 부대원들을 동원하여 소탕하고 공비의 습격으로 꾸몄다.

이것을 빌미로 다음 날 이승만은 계엄령을 선포하고, 26일에는 야당 국회의원들이 탄 버스를 통째로 납치해 부산 정치 파동을 일으

컸다.

국회에서 대통령 당선이 어렵게 되자 국회의원들을 이렇게 강제 연행 후 연금시키고 토론도 없이 직선제 개헌안을 통과시켜 버렸다.

이 사건에는 땃벌대, 백골단 등의 조폭들이 대거 동원되었다.

이 같은 방법으로 1953년에는 동해안 반란 사건을 일으켰고, 이 것을 진압한 공로로 김창룡은 육군 준장에 올랐다.

1954년 1월 23일 총선에서는 가진 방법을 동원해 자유당이 원내 다수를 차지하도록 한 뒤 3선을 위한 개헌안을 제출했다. 그러나 11월 17일 표결 결과 203명 중 가결 135표로 개헌에 필요한 3분의 2에서 한 표가 부족했다.

국회는 일단 부결을 선포했는데 이틀 후에 가결로 바꿨다.

이른바 4사 5입 이론을 도입한 것이다. 괴변이고 억지였다.

나라는 무법천지가 되었다.

1955년에는 같은 방법으로 이승만 암살 사건을 조작했다.

이렇게 하여 교도소의 중 범죄자들이 정치적 제물로 사라져 갔다.

1960년 3월 15일 이승만은 네 번째 대통령으로 출마했고, 선거는 온통 부정으로 얼룩졌다. 특히 이기붕을 부통령으로 당선시키기 위한 부정행위는 아주 노골적이었다.

이것이 4.19 혁명의 도화선이 된 것이다.

전국 방방곡곡에서 민주화를 요구하는 함성이 들불처럼 일어났다.

결국 이승만은 하야를 선언했고, 5월에 서둘러 하와이로 망명길을 떠났다. 이승만이 급히 떠난 것은 김구 암살 사건 때문이었다.

6.25 전쟁이 일어나자 김창룡은 김구를 암살한 안두희를 감옥에서 빼내고 다시 소위로 임관해 대령으로 예편하기까지 도와주었다.

이후 안두희는 군 장성 친구의 소개로 1군 사령부에 식료품을 납품해 큰돈을 벌었다.

김창룡은 1956년 1월 30일 출근길에 자신의 수하였던 허태영에게 암살당했다. 그날 하루 육·해·공군은 조기를 게양하고 장병들의 음주 가무를 금했다.

김구가 암살되었을 때 이승만은 조문도 하지 않았다.

1960년 4.19 혁명이 성공한 후 6월 26일 '백범 김구 선생 시해 진상 규명 위원회'는 10여 개월 추적 끝에 안두희를 붙잡아 배후를 자백받고 검찰에 인계했지만, 일사부재리 원칙에 따라 처벌 불가 처분을 받았다.

안두희는 결국 한 버스 운전기사의 손에 맞아 죽었다.

배신의 세월을 산 박정희

4.19 혁명으로 우리나라는 오천 년 역사상 최초의 자유민주주의 정부를 수립했다. 그것도 잠시, 1년 만에 자유민주주의 정부는 군사 쿠데타로 무너졌다.

1961년 5월 16일은 우리나라를 30년 이상 후퇴시키는 악의 씨앗 하나가 또다시 이 땅에 떨어진 비극의 순간이었다.

케네디 대통령은 이를 쿠데타로 명명하고 박정희에게 원대 복귀를 강력하게 권했다. 쿠데타 과정에서 미 8군 사령관 매그루더와 야전군 사령관 이한림 등의 반대로 한동안 정국이 혼란에 빠졌으나 미국의 발 빠른 지지 선언으로 일단 혼란은 막았다.

큰 혼란과 희생은 막았지만 그 덕에 쿠데타는 성공했다.

결국 미국이 제일 먼저 쿠데타 정부를 승인해 준 것이다.

쿠데타가 성공하면 그들 말고는 대화의 창구가 없기 때문에 외교 관계를 맺은 나라들은 승인하지 않을 수 없다.

쿠데타 세력은 모든 행정기관을 접수하고 국민이 뽑은 지도자들을 가두거나 연금시키고 그 외 정치인들의 활동을 중지시켰다. 미국을 비롯한 선진 제국들은 그들이 약속한 대로 본연의 임무로 돌아갈 것을 끊임없이 종용했다.

그들이 내건 혁명 공약은 반공을 국시로 삼고 미국을 비롯한 자유 우방과의 유대를 공고히 하는 것이었다.

질서가 회복되면 양심적인 정치인에게 정권을 이양하고 군은 본연의 임무에 돌아가겠다고 선언했다.

그러나 그들은 약속을 지키지 않았다.

한술 더 떠 언론뿐 아니라 모든 민주 세력의 입에 재갈을 물리기 시작했다.

중앙정보부라는 사찰 기관을 만들어 24시간 감시 체제에 들어갔을 뿐 아니라 반체제 인사들을 끌어다 고문하는 등 길들이기를 시작했다.

한국의 인권 문제는 미국을 비롯한 선진국들의 이슈가 되어갔다.

제2차 세계 대전에 이어 6.25로 폐허가 된 우리나라는 이승만의 무자비한 학살에도 불구하고 선진국의 인도적 경제지원으로 회생의 더딘 발걸음을 옮겨가고 있었다.

그러나 가까스로 쟁취한 민주화가 무너지자 우리나라를 지원하던 선진국의 경제 제재가 시작되었다.

그 결과 봄철마다 겪었던 보릿고개는 넘기 힘든 태산이 되었다. 선진국들은 우리나라와의 관계를 단절해 버렸다.

돈이 없었던 쿠데타 정부는 손쉬운 방법으로 조폐공사에서 돈을 찍어내기 시작했다. 물가는 분수처럼 솟아올랐다.

1962년 6월 10일 박정희 정권은 도리 없이 화폐개혁을 단행했다. 단위를 10대 1로 줄인 것이다.

하지만 천애 고아처럼 국제사회에서 고립되어 버린 우리나라는 외화가 메말라 버렸다.

국제적 압력으로 박정희는 더 이상 군정을 유지할 수 없었다.

결국 1963년 2월 27일 혁명 공약대로 군부는 원대 복귀 성명을 발표했다. 하지만 그들은 돌아가지 않았다.

순간을 모면하기 위한 방편이었다.

또 한 번 국민을 기만한 것이다.

1963년 10월 15일 박정희는 군복을 벗고 대통령으로 출마해 윤보선을 꺾고 제5대 대통령에 당선되었다.

백성들이야 어찌 살건 알 바 없고, 당장 통치 자금이 필요했던 박정희는 서독에 문을 두드렸다.

그쪽에 연고가 있는 백영훈 박사를 앞세웠나.

백영훈 박사는 독일에서 우리나라 최초로 경제학 박사를 취득한 인물이다. 백 박사의 인맥을 통해 돈을 빌리는 것은 합의를 성사시켰으나 지불 보증이 문제였다.

당시 독일은 고도의 경제성장으로 노동력이 절대적으로 부족했다. 영토가 동서로 분단되었는데도 동독의 근로자들이 베를린 장벽을 넘어 서독에 취업하는 실정이었다.

동독 근로자들은 작업장마다 열악한 환경에서 근무하게 되었고, 이는 동족 간의 민족 차별화로 문제가 되기 시작했다. 파독 광부가 생겨날 수 있었던 배경이었다.

1963년 12월 16일 한국과 독일은 임시고용 계약을 체결하고 2,000명의 탄광 근로자를 파견했다.

박정희는 그들의 1년간 노임을 담보로 돈을 빌렸다.

우리나라에서 최초로 노동력을 수출한 것이다. 그들은 월급의 절반만을 국내로 송금해야 했으며, 이는 원화로 바꿔 다시 지급되었다.

우리나라 광부들은 대부분 막장에 배치되었다.

지하 1km를 파고 들어가면 한겨울에도 섭씨 40도가 넘는다.

설상가상 먼지를 뒤집어쓰고 일했으니 3년 계약 기간을 마치고 귀국한 광부들은 시름시름 앓다가 대부분 세상을 떠났다.

목숨을 담보로 한 첫 인력 수출이었다.

문제가 되자 대안으로 제시한 것이 간호사 파견이었다.

간호사들은 응급실과 중환자실 등 힘든 부서에 배치되었지만 힘은 들어도 생명을 위협받지는 않았다.

그 무렵 월남에 내전이 벌어졌다. 미국이 군대를 파견하자 박정희는 우리나라도 참전하겠다고 제안했다.

당시 미국이 우리나라에 파병 요청을 하지 못한 것은 36년 동안 일제의 지배를 받았는데 해방되면서 남북으로 분단되었고, 분단 5년 만에 6.25 전쟁 참화를 겪었으며, 이승만의 독재정권에 이어 4.19 혁명 1년 만에 5.16 군사 쿠데타가 일어나 국민들이 어려움을 겪고 있는 데다, 군사정권은 인권 문제 등으로 미국과 껄끄러운 처지에 있었기 때문이었다.

불감청이언정 고소원이라. 미군 병사 1명의 비용으로 한국 병사 3명을 보낼 수 있었으니 여러모로 미국은 환영했다.

이를 계기로 미국은 박정희 정권을 향후 10년간 보장해 주었다.

1964년 9월 11일 위생병 간호장교 130명을 시작으로 5만 명을 파병, 9년 동안 총 32만 명이 참전했다.

우리나라 장병들은 미군의 3분의 1의 급료를 지급하면서 정부는 전투수당을 착복했다. 대한민국 비상사태가 아니고 다른 나라의 전투이기 때문에 전투수당을 지급할 필요가 없다는 것이 이유였다. 젊은 장병들을 싸우라고 전투 현장에 보내놓고 목숨 걸고 싸운 군인들에게 전투수당을 잘라먹은 변명치고는 너무도 유치한 넋두리였다.

월남전은 패전으로 끝나고 우리나라 청년들의 희생은 너무 컸다.

전사자 5,000여 명에 부상자가 1만여 명에 달했다. 그러나 이것은 약과였다. 고엽제 피해자가 5만여 명에 달했기 때문이다. 제대 후에 세상을 떠난 사람이 절반 가까이 되었으며, 살아있는 사람도 평생 고통에 시달려야 했다.

이렇게 박정희는 청년들의 목숨을 팔아 달러를 벌어왔다.

그랬으면 국민을 제대로 먹여 살려야 했는데 혁명 주체세력 빛 추종자들의 탐욕은 그 끝을 몰랐다.

강남 신도시에 땅 투기를 하고, 제주도에 귤밭을 샀다.

한때 제주도 귤밭은 집권 세력들 사이에서 부와 힘의 상징이었다.

한술 더 떠 수십만 평의 목장을 운영하는 자도 있었다.

박정희 자신은 궁정동 안가에서 시도 때도 없이 미희들을 불러놓고 양주잔을 기울였다.

그 빈도와 타락은 연산군보다 더 심했다는 평가도 있다.

1965년 6월 22일에는 굴욕적인 한일 기본조약이 체결되었다. 해방 이후 20년 동안 완전히 닫혔던 한일 간의 문이 활짝 열린 것이다. 협약 내용은 그야말로 가관이었다.

청구권 자금 3억 달러는 10년에 걸쳐 지불하고, 2억 달러는 연리 3.5%로 7년 거치 20년 상환을 조건으로 했다. 민간인 상업차관 1억 달러 등 총 8억 달러를 한국에 제공하기로 한 것이다. 더욱 가관인 것은 모든 자금을 현금이 아니라 기계, 노역 원자재 등으로 대체하기로 하면서 이 문구는 계약서에 명기하지 않기로 합의한 것이다.

너무도 악질적인 매판자본이 아닐 수 없었다.

일본으로서는 한국의 청구권 문제와 자국의 산업 쓰레기를 처리할 수 있는 절호의 기회였다. '청구권 자금'이란 명칭 또한 일본의 요구에 따라 '해방 축하금'으로 바뀌었다.

정말 참기 어려운 굴욕적인 조약이었다. 도대체 기계나 원자재 가격을 어떻게 책정할 것인가? 신품인지 중고품인지 구분할 수도 없었다.

정치자금으로 엄청난 뒷거래가 있었다는 소문만 무성했다.

이완용 못지않은 매국 행위를 자행한 것이다.

장면 정부에서는 청구권 자금으로 100억 불을 요구했는데 일본에서는 50억 불을 주겠다고 했다는 이야기가 있었다. 타협을 하다 보면 70억 불로 결정될 가능성이 크다고 전망했다. 박정희는 그 33분의 1에 해당하는 3억 불로 처리해 버린 것이다. 이런 치욕적인 국제 거래가 박정희 정권에서 있었다.

그리고 얼마 지나지 않은 어느 날 정부 주도로 자연보호 운동이 전개되었다.

처음에는 산에 나무를 함부로 꺾지 말고 하천에 오물이나 쓰레기를 함부로 버리지 말라는 정도로 이해했다.

하지만 이는 계몽 선도 차원의 문제가 아니었다.

최초로 구미공단이 조성되었고, 울산 부산공단 등지에 새로 조성 또는 기존 공단을 확대한 것은 일본에서 들어오는 쓰레기 같은 물건들을 받아들이기 위한 조치들이었다.

일본이 쏟아낸 8억 달러 상당의 기자재가 하천과 토양을 오염시키자 정부에서는 자연보호 운동을 대책으로 마련했다.

1968년 가을 전국에서 200명의 관계자 대표들이 모여 자연 보호법 제정을 위한 토론회가 서울대학교 대강당에서 이틀 동안 열렸다.

나는 부평공단 대표로 참석했다.

이틀 동안 열띤 토론을 했으나 쉽게 결론을 낼 수가 없었다.

결국 법률 제정을 6개월 더 유예하기로 하고 토론을 마쳤다.

일본 기자재 사용의 가장 큰 문제는 환경오염뿐만이 아니었다. 우리 경제가 일본에 예속될 수밖에 없다는 것이 큰 문제였다. 중고 기계를 대거 들여왔으니 부품 교체 및 원자재를 일본에서만 수입해야 했기 때문이다.

무역 역조가 10대 1을 넘었다.

이쯤 되면 일본의 경제속국이라 부를 수밖에 없었다.

사실 이것이 시작은 아니었다.

한일협정 체결 5개월 전인 1965년 1월 11일, 일본의 건설장관 고노이치로의 특명으로 서울을 방문한 우노 소스케 자민당 의원이 성북동에 있는 모 해운회사 회장 자택에서 정일권 국무총리를 만났다. 이 자리에서 '미해결의 해결'이라는 대 원칙 아래 모두 4개 항으로 된 독도 부속 조항에 합의했다.

월간중앙이 주장한 독도 밀약의 내용은 다음과 같다.

- 독도는 앞으로 대한민국과 일본 모두 자국 영토라고 주장한다.

이에 반론하는 것에 이의를 제기하지 않는다.

- 장래에 어업구역을 설정할 경우 양국이 독도를 자국 영토로 하
는 선을 확정하고 두 선이 중복된 부분은 공동수역으로 한다.

- 현재 대한민국이 점거한 현상을 유지한다. 그러나 경비원을 증가
하거나 새로운 시설의 건축이나 증축은 하지 않는다.

- 양국은 이 협의를 계속 지켜나간다.

사실이라고 믿기에는 너무도 충격적인 내용이다.

한일협정 당시 박태준을 비롯한 정부 인사들은 제철소를 짓기 위
하여 해외 자본시장을 백방으로 노크했으나 냉대만 받았다.

본래 종합제철 건설계획을 세운 것은 1958년 자유당 정부 시절이
었다.

결국 청구권 자금 3억 달러로 포항제철을 짓기로 계획을 바꾸고
일본과 다시 협상을 했다. 어차피 현금으로 주는 것이 아니고 물건
으로 주는 것이니 일본이 반대할 이유가 없었다.

물건으로 주는 것은 부품가격이 문제이고, 더욱 문제가 되는 것은
신품인지 중고품인지 기준도 모호했다. 가격도, 품질도 모두 일본이
정했다. 모든 것이 비공개로 이루어졌다.

그러니 악성 루머만 무성했다.

1971년 7대 대통령이 된 박정희는 이듬해 7월 남북 7.4 공동성명
을 발표했다. 이후락 정보부장과 북한의 김영주 지도부장 이름으로
발표된 공동성명의 내용은 아래와 같다.

쌍방은 다음과 같은 조국 통일 원칙들에 합의를 보았다.

- 첫째, 통일은 외세에 의존하거나 외세의 간섭을 받음이 없이 자주적으로 해결하여야 한다.
- 둘째, 통일은 상대방을 반대하는 무력행사에 의거하지 않고 평화적 방법으로 실현하여야 한다.
- 셋째, 사상과 이념 제도의 차이를 초월하여 우선 하나의 민족으로서 민족적 대 단결을 도모하여야 한다.

이 협약으로 북한은 사회주의 헌법을 완성했고, 남파된 간첩은 보다 활발한 활동을 할 수 있게 되었다.

남한은 독재체제를 완성하기 위해 북의 위협으로부터 잠시 벗어날 수 있게 되었다. 중요한 것은 국민들이 새로운 기대감으로 부풀어 독재자를 신뢰하도록 하는 전략적 의도가 숨어있다는 것이다.

제일 중요한 것은 장기 집권의 명분이었다.

남북 공히 협약 당사자가 계속 집권해야 통일의 대업을 이룰 수 있다는 것이 그 이유였다.

속이 훤히 들여다보이는 대국민 사기극이었다.

결국 박정희는 1972년 「유신 헌법」을 공포했다.

이것은 친위 쿠데타였다.

1969년 3선 출마를 가능케 하는 개헌 단행 뒤 3년 만이었다.

우리나라는 대통령의 긴급조치로 통치되는 제왕의 시대로 돌아갔다.

동지와 국민을 끝없이 배반하고 기만하더니 결국 제왕의 자리까지 오른 것이다. 뿐만 아니라 박정희는 개인과 기업이 정보산업에 손대게 되면 통치권에 중대한 위협을 받는다고 판단하여 기업이 IT산업에 접근하는 것을 허용하지 않았다. 흑백 TV를 컬러 TV로 전환하는 데 10년 이상이 걸렸다.

결국 박정희가 죽고 나서야 민간 기업이 반도체 산업에 도전할 수 있었다.

박정희는 일생 동안 배신의 삶만을 살아왔다.

첫 번째 배반은 문경공립 보통학교 교사로 재직하던 시절 만주 신경군관학교를 지원하려 했으나 나이가 초과되어 1기에 들어가지 못하자 "盡忠報國 滅私奉公 朴正熙"라는 일본 천황에 충성을 맹세하는 혈서를 쓰고 특혜를 받아 2기에 들어가 일본 육사를 졸업했다. 이때 민족을 배신한 것이다.

본인은 물론 측근들은 부인하고 있으나 이와 관련된 1936년 3월 31일 자 『만주일보』 기사는 현재도 일본 국회 도서관에 소장되어 있다.

해방되어서는 남로당 군 총책 이재복의 설득으로 남로당에 가입하여 자유민주주의를 추구하는 우리 민족을 배반했다.

여순 반란 사건이 터지면서 맨 처음 박정희가 김창룡 손에 잡혔다.

박정희는 남로당 프락치들의 명단을 빠짐없이 김창룡에게 바쳤다. 남로당 입장에서는 엄청난 배신이었다.

김창룡은 또다시 배신하지 못하도록 박정희를 열 번이나 데리고 다니면서 범인들을 지목하도록 하였다.

지목된 사람은 별다른 절차 없이 처형되었기 때문에 눈 딱 감고 한 번만 얼굴을 마주하면 되는 것이다.

이로 인해 희생된 사람들은 대부분 호남 사람들이다. 이때부터 박정희는 호남기피증에 걸린 것이 아닌가 추측된다.

너무도 잔인한 처사였다.

1949년 2월 8일 임시 군사 법정에서 박정희에게 사형을 구형하였으나 무기징역을 선고했다. 동년 4월 18일 고등 군법회의 명령 제18호로 징역 10년으로 감형되더니 결국 집행 정지로 풀려났다.

이 과정에서 군내 좌익 세포가 모조리 드러났고, 그 공은 모두 김창룡 대위에게 돌아갔다.

김창룡에게는 박정희도 신경 쓰이는 라이벌 대상이었었다.

박정희의 구명운동에 나선 사람은 원용덕 백선엽 김완용 등 모두 만주 군관학교 인맥들이었다.

박정희는 백선엽의 배려로 무급 문관으로 육군본부 정보국에서 근무하다 6.25가 발발하자 다시 현역에 복귀하였다.

전쟁 중에 소령으로 복귀한 박정희는 1953년 11월에 준장으로 진급하여 제2군단 포병 사령관이 되었다.

소령에서 3년 만에 별을 단 것이다.

초고속 승진이었다. 1959년에 소장으로 진급하여 1961년 5월 16일 군사 쿠데타를 일으켰다. 국토방위라는 엄중한 임무를 버리고 뛰쳐나와 총부리를 국민에게 겨누고 나라를 다스려 갔다. 또다시 국민을 배신한 것이다.

5.16 군사 쿠데타로 5,000년 만에 쟁취한 민주정부가 무너지자 선진 자유 우방 여러 나라가 경제 지원을 모두 중단해 버렸다.

우선 급한 대로 돈을 찍어내다 보니 인플레이션이 천정부지로 치솟아 화폐개혁을 단행했는데도 물가를 잡을 수는 없었다. 물가는 치솟는데 쌀값은 그대로였다. 농촌에서는 인건비는 말할 것도 없고, 비료나 농약값도 감당이 안 되었다.

당시 우리나라 농업 인구는 75%에 달했다. 박정희는 농촌 경제를 살리기 위하여 통일벼라는 다수확 품종을 연구 개발하여 보급하였다. 통일벼는 벼 알이 많이 달리기는 하는데 귀가 연하여 벨 때 절반이 땅에 떨어져 버린다. 결국 수확하고 보면 재래종보다 수량이 늘어나지 않는다. 통일벼는 재배 벼 사티바(Sativa) 중에서 인디카(Indica)에 속한다. 중국, 일본, 우리나라는 수천 년 동안 쟈포니카(Japonica)에 맛 들여 왔다.

인디카는 미질이 좋지 않아 차진 맛이 없고, 밥을 지으면 늘지 않아 농가에서는 기피하는 벼 품종이었다.

가을에 정부에서 통일벼 아니면 수매하지 않는다 하면서 통일벼를 장려하였으나 무한정 수매해 주지도 않았다. 결국 남은 쌀이 시중에 거래되었으나 미질이 좋지 않은 통일벼는 가격이 형편없이 내려갔다.

비료값, 농약값은 천정부지로 올라가니 더 이상 농사짓고 살 수가 없었다. 농촌 경제부터 무너져 갔다.

수천 년 동안 넘어오던 보릿고개는 이제 넘지 못할 태산이 되어버렸다. 농촌 젊은이들은 도시로 떠났다.

그중 호남 사람은 서울로 몰려들었다.

주변에 일자리를 얻어, 먹고살 만한 도시가 없었기 때문이다. 편중된 경제정책으로 호남지역이 가장 낙후되었다.

농업인구도 제일 많았다.

한일 국교 정상화로 쓰레기 같은 기자재들을 받기 위해 박정희 고향인 구미에 공단이 서고, 이어 울산과 창원에 공단이 들어서서 그 지역 사람들이 몰려들었다. 부산 공단, 대구 공단도 확대했다. 일할 사람이 모자라자 일부 호남인들이 그쪽으로 몰려갔다.

서울로 몰려든 호남인들은 공장이나 건축공사 현장 등 작업 환경이 취약한 노동 현장에서 죽을 고생을 하며 생을 이어나갔다.

서울로 올라온 사람 중에 거처가 어려운 사람들은 청계천 제방에 천막을 치기 시작하더니 차츰 판잣집으로 변해갔다. 종내는 천막과 판잣집이 청계천 양 제방에 입추의 여지없이 들어찼다. 서울시의 흉물이 되었다.

이들은 대부분 농촌을 버리고 올라온 사람들이었다.

어느 여름날 사람들이 몰려와 이들 판자촌을 부수기 시작했다. 그간 몇 차례 철거명령이라는 절차를 취했지만, 주거공간을 마련할 겨를도 없이 무자비하게 판잣집을 다 부수어 버렸다. 이와 같은 무허가 판잣집들은 청계천 말고도 한강변이나 여러 공한지에 산재해 있었다.

이들은 모두 서울 변두리 야산의 소나무 숲속에 숨어들어 가 또다른 판잣집을 지어야 했다.

철거민이 가장 많이 모여든 곳이 서울 인근에 있는 야산 지대와 경기도 광주군 중부면 일대 야산 소나무 숲이었다.

이곳은 해방 직후 성남 출장소가 설치되어 있는 곳이다.

결국 정부는 도리없이 이들에게 기득권을 인정하고 철거민들을 성남으로 이주하여 1973년 성남 출장소는 성남시로 승격하였다.

그래서 서울 변두리와 성남시에는 호남 출신 실향민들이 많이 살고 있는 것이다. 당시 궂은일, 힘든 일들은 모두 고향을 버리고 올라온 실향민들의 몫이었다.

박정희 시절 민초들의 삶은 정말 어려웠다.

우리나라는 독재자가 길들여 지배하기 좋은 후진국 경제 수준이 되었다.

1973년부터 일부 지역에 국한되었던 새마을 운동을 전국으로 확대하여 국민 길들이기를 시작하였다.

독재자는 국민이 잘사는 것을 원하지 않는다. 생활이 풍족하면 지도자의 명령을 잘 따르지 않기 때문이다. 새벽종이 울리면 일어나서 하루 종일 일해야 먹고사는 데 지장이 없을 정도면 된다.

근면, 자조, 협동 이 세 가지를 기치로 내걸고 치자를 존경하고 복종하는 새마을 정신 운동을 시작하였다.

이제 국민들이 저항을 멈추어버린 마당인데 무엇인들 못 하겠는가?

하지만 국민들의 마음을 긍정적인 방향으로 전환하여 자발적으로 참여하도록 하는 노력은 치자의 편의를 위하여 필요했던 것이다.

새마을 사업으로 이룩한 업적은 주로 지붕 개량이었다.

정상적인 절차를 거쳐 개량된 집도 있지만, 도로변에 있는 초가는 임시방편으로 이루어진 집들이 대부분이다.

짚으로 이어진 지붕을 걷어내고 대충 각목을 이리저리 엮어 슬레이트를 덮어 마무리한다. 이 슬레이트는 일본에서 공해 물질로 생산을 기피했던 공산품인데 한국에서 이 설비들을 주워다가 엄청난 돈을 벌었다.

제대로 지붕 구조를 바꾸지 않고는 진정한 지붕 개량은 불가능하다. 할 수 없이 농협에서 빚을 얻어야만 했다. 각 부락에는 새마을 지도자라는 사람이 있었다. 대개는 야심 찬 젊은이 들이었다.

그들이 나서서 부락 공동으로 농협에서 돈을 빌려 지붕도 개량하고 마을 회관도 짓고, 공동으로 사용하는 부락 공동 시설인 모정 지붕도 개량했다.

먹고사는 문제와는 전혀 관계없는 것들이었다.

이 모든 것이 대부분 강제로 이루어졌다.

기일이 되어 돈을 갚아야 하는데 상환이 어려웠다.

자기 지붕 개량 비용만 내면 되는 것을 부락민 전체가 연대 보증인이 되어 공공시설 비용이나 상환 능력이 없는 사람 몫까지 부담해야 했다.

이 연대보증 제도는 다른 나라에는 없는, 독재정권이 만들어낸 우리나라에서 만든 특이한 제도이다.

채권자는 여러 보증인 중 상환 능력이 있는 한 사람을 선택하여 변제받고, 변제한 보증인은 다른 보증인에게 구상권을 행사할 수 있는, 채권자에게만 유리한 금융 제도였다.

상환기일이 다가오자 부락마다 새마을 지도자와 트러블이 생겼다.

새마을 지도자가 야반도주하는 일이 여기저기에서 일어났다.

이로 인해 많은 젊은 청년들이 어려움을 겪게 되었다.

확실한 채권을 확보하기 위하여 만든 연대보증 제도이지만 속수무책이었다.

논과 밭은 경매장에 내놓아도 응찰자가 없다. 농촌에 있는 논과 밭은 거져 준다 해도 가져갈 사람이 없었다. 너도나도 농촌을 떠나는 마당인데 농토를 사서 무엇 하겠는가?

농촌에는 버려진 땅, 버려진 집이 늘어났다.

농협은 이 돈을 회수하지 못하고 긴 긴 세월이 흘렀다.

고질적인 이 농촌 빚은 20년이 지난 김대중 정부에서 해결되었다.

김대중 대통령은 출마 당시 이 농촌의 고질적인 채무 해결을 공약
으로 내걸어 당선되었다. 김 대통령은 당선 후에 5조 원에 해당하는
이 빚을 모두 청산하였다.

농촌에서 이 돈은 정말 큰돈이었다.

1973년 8월 8일 백주 대낮에 도쿄 한복판에서 김대중이 납치되
었다는 긴급뉴스가 흘러나왔다. 당시 김대중은 교통사고 후유증으
로 치료차 일본에 가있었다. 김대중은 작년 10월 의문의 교통사고
를 당하여 비서가 죽고 본인은 중상을 입었다. 이 사고도 김대중은
암살기도라고 단정하고 있었다.

이로 인해 그는 평생 지팡이를 짚고 다녔다.

그렇지 않아도 날로 심해지는 한국의 인권 문제와 정치체제에 대
하여 여러 측면에서 압력을 가하고 있는 미국을 비롯한 선진 제국
들이 발칵 뒤집혔다.

세계 여러 나라의 매스컴들은 다투어 머리기사로 다루었다.

미국은 한국과 일본에 쉬임 없이 번갈아가며 타전하여 김대중의
존재를 탐문하고 추적했다.

일본 함대가 김대중을 납치한 선박을 따라붙었다.

5일 동안 세계의 매스컴들은 여기에 초점을 맞추고 연일 머리기사
로 보도했다.

당시 김대중은 정체불명의 선박에 실려 전신이 포박된 채 포대에
싸여 돌을 매달아 수장 직전에 있었다.

그는 납치된 지 5일 만에 집 앞에서 초췌한 모습으로 나타났다.

박정희는 결국 그를 제거하지도 못하고, 세계적인 인물로 부상하

는 데 크게 기여만 한 셈이었다.

이 사건으로 김대중은 한국의 만델라가 되었다.

그 와중에도 박정희는 여전히 궁정동에서 양주병을 기울이며 미희들과 밤을 즐겼다. 어느 기록에 있기를 궁정동에 출입하는 여인은 200여 명에 달하고, 평균 3일마다 한 번꼴로 연회를 가졌다 하니 연산군보다 훨씬 타락한 군주였다. 궁정동은 조선 시대 후궁 소생 임금의 어머니 신위를 모신 곳이다.

이곳을 일제가 궁정동이라 불렀다.

박정희는 잘 보존해야 할 이 역사적인 유물에 안가를 만들고 집권 기간 내내 미희들과 술판을 즐겼다.

김재규의 총탄에 그가 마지막 숨을 거둔 곳도 궁정동이었다.

<h1 style="text-align:center">5.18 광주 민주화 운동</h1>

궁정동에서 박정희를 저격한 김재규는 우물쭈물하는 사이 연회석에 동석했던 비서실장 김계원의 귀띔으로 체포되었고, 1979년 12월 12일 정승화를 체포함으로써 전두환이 이끄는 친위 군사 쿠데타가 성공했다.

미국의 입장에서는 우리와 상오 방위조약을 맺은 우방인지라 골치 아픈 베트남의 고딘디엠과 한국의 박정희가 제거되었으나 한국에서는 생각지도 않은 신군부의 등장으로 골머리를 앓고 있었다.

우리 국민들은 이제 더 이상 군부 독재를 용납하지 않을 태세다.

전국에서 반독재 시위가 들불처럼 타올랐다. 서울역에는 전국에서 학생들이 매일 몇천 명씩 올라와 10만 명에 가까운 군중이 모이기 시작했다.

신군부는 1980년 5월 17일 24시를 기해 박정희 시해 사건으로 내려진 경비계엄을 비상계엄으로 격상했다.

그리고 국회를 봉쇄하고 헌정을 중단시켰다.

이미 가택 연금 상태에 있는 김대중, 김영삼, 김종필 등 정치인 26

명이 구속되고, 2,600여 명의 재야인사들을 연행해 갔다. 5월 18일 전남대와 조선대에 특전사 7공수 여단 장교 68명과 사병 680명을 M16 소총으로 무장시켜 전남대학교와 조선대학교에 배치하였다.

맨손으로 반독재 데모를 하는 선량한 백성들에게 특수 훈련을 받은 공수 특전단을 왜 보내야 했는지 알 수가 없었다.

두 학교는 휴교령이 내려졌다.

전남대 정문과 후문에는 학생들이 모여들기 시작하였다.

"비상계엄 해제하라", "계엄군 물러가라", "휴교령 철폐하라."

이렇게 하여 18일 오전에 전남 대학교 정문과 후문에서 학생들과 군인들 간에 심한 충돌이 발생하였다.

양쪽의 감정이 격해지기 시작했다.

광주 농아협회 관리부장이었던 김경철 씨는 5월 18일 오후에 서울에서 내려온 처남을 배웅하고 돌아오는 길에 금남로 지하상가 근처에서 공수부대에 전신을 구타당하여 사망했다.

선천적으로 귀가 들리지 않은 사람은 말도 못 한다.

군인들과 의사소통이 잘 안 된 것이다.

광주 민주화 운동의 첫 희생자였다. 예상치 못한 희생자가 발생한 것이다. 신군부는 계속 병력을 늘려갔다.

오후 4시에 시위대 진압명령과 불순분자 체포명령이 떨어졌다. 진압군은 M16 소총을 등에 비스듬히 메고 진압봉을 들고 데모 군중으로 돌진했다. 공수특전단이 들고 있는 것은 그것이 무엇이든 살인 무기이다.

학생들이나 진압군은 서로 감정이 폭발했다. 학생들은 흩어져 골목길로 들어가고 군은 골목길까지 쫓아가 진압봉을 휘둘렀다. 이날 시위 학생 273명이 체포되었다.

흥분한 군중들의 손에 여러 개의 파출소가 부숴졌다.

통금시간이 밤 9시부터 새벽 4시까지로 단축되었다.

군의 과잉 진압으로 고교생들과 시민들이 가세하기 시작했다.

병력도 계속 증가하고 진압도 난폭해졌다.

달아나는 시위대를 끝까지 쫓아가 개머리판으로 무자비하게 짓이겼다. 총소리는 내지 말라는 지령이 내려졌기 때문이다. 그것은 총을 쏘면 안 된다는 도덕적 윤리가 아니라 총만 안 쏘면 된다는 전술적 책략을 말하는 것이었다.

사실상의 살인명령이었다.

총소리는 없는데 희생자는 늘어났다.

피를 본 시민들은 흥분했다.

시위대는 화염병 또는 각목으로 무장했다.

파출소뿐만 아니라 모든 관공서가 문을 닫았다.

시위대도 늘어나고 병력도 증가하고 연행자도 늘어났다.

확인하기 어려운 유언비어도 날아다니며 군과 시민을 자극했다. 군은 이제 장갑차를 앞세우고 진압에 나섰다.

시위대도 차량을 동원했다.

8월 19일 휴교령이 내려지자 고등학교 학생들이 대거 참여하면서 시위의 열기는 한층 더 뜨거워졌다.

시위도 격렬해졌다.

그리고 각목과 쇠파이프로 무장했다.

전날 진압 과정에서 숨진 김 안부의 시신이 20일 새벽에 발견되었다. 이 소문이 광주 전역에 퍼졌다.

흥분한 군중들은 차를 동원했다.

시가전의 양상을 방불케 했고, 수십 대의 차량이 불길에 휩싸였다. 광주역 일대 시위 진압 과정에서 8명이 사망했다.

군은 의도적으로 시민들을 자극하여 판을 키워가는 느낌이었다. 시위대는 예비군 무기고를 털어 카빈총 17정을 탈취했다.

시위대도 차츰 무장하는 수가 늘어났다.

시위대는 차량에 불을 붙여 군 쪽으로 밀어 넣는 작전을 펴기도 했는데, 밤 10시경 트럭 한 대가 역 근처의 주유소를 들이받고 전복되는 바람에 최초로 계엄군 사망자가 발생하였다.

계엄군은 발포를 시작했다.

이 과정에서 시민 4명이 사망하고, 5명이 부상을 입었다.

19일부터 휴교령이 내려지자 고등학생들이 대거 참여하면서 시위는 열기를 더해갔다.

사상자가 계속 발생하였다.

5월 20일 아침 7시 제3공수여단 5개 대대가 전남대학교에 보강되었다.

시위대도 금남로에 20여만 명이 집결하였다.

시위대는 침묵하고 있는 방송 신문을 대신하여 『투사회보』를 돌렸다. 밤 9시 50분 광주 MBC 건물이 마침내 불에 탔다.

5월 20일 밤 11시 20분경 군은 군중을 향해 발포를 시작하여 4

명이 사망하고, 6명이 부상을 입었다.

시민들은 분노가 폭발했고, 공수 여단은 시내에서 철수를 시작하였다.

광주 시내에는 이미 무기와 실탄을 미리 다 치워버렸기 때문에 시민들에게는 나주 화순 등지에서 무기들이 조달되었다.

이 외에도 영암군 강진군 해남군 장흥군 보성군 장성군 함평군 영광군 무안군 목포시 담양군 등에서도 시민들이 들고일어나 경찰서 파출소 등에서 무기를 탈취하여 광주로 향했다.

이렇게 하여 무장한 시민들을 시민군이라 불렀다.

시민군이 광주에 출현한 것은 오후 3시가 넘어서였다.

전라남도 전체가 반독재 투쟁에 나선 것이다.

사격명령이 떨어졌으니 광주에 가면 죽는다는 것을 알면서도 모여들었다.

5월 21일은 부처님 오신 날이라 휴일이어서 많은 시민이 거리로 쏟아져 나왔다.

계엄군은 시위진압을 위하여 20사단을 또 광주로 내려보냈다.

시민군이 아시아 자동차에서 몰고 온 장갑차로 질주하여 계엄군 1명이 사망했다. 애국가가 울려 퍼졌다. 애국가를 부르고 있는 시민들에게 계엄군은 총탄을 퍼부었다.

21일에 계엄군의 발포로 최소한 54명이 사망하고, 500여 명이 부상을 당했다.

전남대 정문과 후문에서도 5만여 명의 시위대가 운집, 계엄군과 충돌하여 시위대 2명이 사망하고 5명이 부상당했다.

사망자 중 1명은 임신 8개월의 임산부였다.

광주 시내는 이제 피바다로 변했다.

이날 저녁 7시에 KBS에서 처음으로 5.18 광주 민주화 운동이 타 지역에 알려지게 되었다. 이로 인해 여러 방송국에서 방송이 이어지자 신문사에서도 호외를 배포했다. 더 이상 언론통제가 불가능해지자 계엄군이 각 언론사 데스크진들과 기자들을 협박하여 다음 날부터 "광주에서 북괴의 사주를 받은 폭도들이 폭동을 일으킨 것"으로 논조를 바꾸어 쓰도록 강요했다. 당근과 채찍을 병행하여 언론사들을 압박한 것이다.

계엄군은 일단 광주 외곽으로 물러났다. 짧은 시간 동안에 너무 많은 살상이 일어났고, 전남 전 지역이 민주화를 외치며 들고일어난지라 군의 입장에서는 주변 지역과 광주와의 차단이 시급했다. 광주 시내는 오랫만에 평온을 되찾았다.

시민들은 다시 금남로로 쏟아져 나왔다. 해방된 기분이었다.

22일 거리는 들뜬 시민들로 붐볐다.

오후 4시경에는 태극기가 덮인 시신 18구가 도착하더니 5시 40분경에는 시신 23구가 광장으로 운구되었다.

강온 양론이 벌어졌지만 더 이상 피를 흘려서는 안 된다는 데는 이론이 없었다. 수백 정의 총기가 자진 회수되었다.

관이 모자라 입관하지 않은 시신도 수십 구이었으며, 무명천 위로 검붉은 피가 낭자했다.

부상자를 위한 헌혈 운동에도 시민들이 나섰다. 가는 곳마다 긴 줄이 늘어섰다. 시청에 조기를 매달았다.

시민들 가슴에는 너도나도 검은 리본을 달았다.

질서의식도 대단했다.

100여 군데 은행과 금융기관이 무사했고, 각 은행에 보관된 1,500억여 원이 그대로 보존되었다.

가게를 털린 일도 전혀 없었고, 장기화에 대비한 매점매석도 없었다.

시민들은 또 어질러진 거리를 청소했고, 정리 정돈에 나섰다.

21일에 철수한 계엄군은 광주를 포위하고 광주로 오가는 차량에 사격하여 두 사람이 또 목숨을 잃었다.

22일 오후 5시경에는 20사단이 국군 통합병원을 확보하기 위하여 총을 난사했는데 지나가던 민간인이 8명이나 죽었다.

23일에는 오전 9시부터 10시 사이에 12인승 승합차가 공격을 받아 탑승자 11명 전원이 사망했다. 이 사실을 모르고 오후 2시경 여고생 18명을 태운 미니 버스가 왔는데 군인들이 제지 신호를 보냈으나 멈추지 않고 그냥 달리자 총을 무차별 난사하여 17명이 죽고, 한 명만 살아남았다.

24일에는 계엄군 상호 간에 오인 전투가 두 차례나 있었다. 이 사고로 군인 13명이 죽고, 10여 명이 부상을 당했다.

25일에 파악된 인명 피해는 사망자 70명, 중상자 520명, 경상자 2,170명으로 파악되었다.

4,500정의 무기가 자진 회수되었다.

계엄군은 27일을 디데이로 정하고 시민군을 소탕할 '충정 작전'을 세웠다.

신군부는 이 사실을 전날 미국에 알렸다.

미 7함대 소속 코럴시(USS Coral Sea)호가 왔는데, 광주시민을 도와주러 온 것이 아니라 자국민을 대피시키고 북한에 경고하는 의미를 가지고 왔다.

이것은 후에 부산 미국문화원 방화 사건의 원인이 되었다.

26일 오전 11시에 제4차 민주수호 범시민 궐기대회가 열렸는데 이 자리에서 '80만 민주시민 결의'가 발표되었다.

시민들은 수습이 아니라 민주화를 말함으로써 항쟁의 목적이 민주주의를 위한 것임을 분명히 하였다.

계엄군은 27일 자정부터 시외전화를 차단하고 군인 25,000명을 동원하여 '상무충정 작전'이란 이름으로 시내에 진입했다. 광주공원, 관광호텔, 전일 빌딩을 차례로 점령했다.

새벽 4시에는 계엄군이 도청을 완전히 포위했다.

그보다 30분 앞서 시민군 340명이 도청에 배치되어 있었다.

시민군 대변인 윤상원이 제일 먼저 사살되었다.

5시 10분 계엄군은 도청을 완전히 장악했다. 이 과정에서 시민군 16명이 목숨을 잃었고, 200명이 체포되었다.

계엄군은 부상자 2명에 그쳤다. 시민군은 총을 겨누고도 사격을 하지 않았던 것이다.

월산동 부근에서 7공수여단 1명과 시민군 1명이 사망하였다.

새벽 6시경 계엄군이 광주 전역을 완전히 장악했다.

27일 8시 50분부터 시외전화가 다시 이어졌고, 경찰과 공무원들이 직장에 복귀했다.

5월 29일 정부는 상무관에 안치되어있는 시신들을 쓰레기차에 실어 망월동에 매장하였다.

5월 31일 계엄사령부에서 다음과 같이 발표하였다.

"민간인 144명, 군인 22명, 경찰 4명, 모두 170명 사망.

민간인 127명, 군인 109명, 경찰 144명 부상."

이 발표를 믿을 사람은 아무도 없었다. 믿을 수 있는 것은 군인 22명과 경찰 4명이 사망한 것이다. 경찰 4명은 차량 사고로 사망했고, 군인 13명은 서로 오인 사격으로 사망했으며, 나머지도 대부분 차량 사고로 사망했다.

시민군은 무장을 하고 있으면서도 차마 방아쇠를 잡아당기지 못하고 그 많은 희생자를 냈다. 마지막 날에도 도청에 340명의 시민군이 배치되었지만, 대부분 끝까지 방아쇠를 잡아당기지 못하고 사살되거나 체포되었다.

「임을 위한 행진곡」이 전국으로 메아리쳐 흘렀다.

사랑도 명예도 이름도 남김없이

한평생 나가자던 뜨거운 맹세

동지는 간데없고 깃발만 나부껴

새날이 올 때까지 흔들리지 말자

세월이 흘러가도 산천은 안다

깨어나서 외치는 뜨거운 함성

앞서서 나가니 산 자여 따르라

1980년 10월에 5.18 구속자들에 대한 군사 재판이 열렸다.

구타 고문을 통하여 조서를 작성한 바 북한의 사주를 받아 광주에서 소요 사태를 일으켰고, 그 배후인물이 김대중이라고 하여 404명을 기소한 것이다.

재판 진행도 엉망이고, 계엄군이 지시하는 대로만 움직였다.

1심에서 사형 5명, 징역 5년에서 20년 163명, 선고유예 및 집행유예 80명을 선고했다.

이것으로 5.18 광주항쟁은 끝나지 않았다.

사망자는 유족회가 결성되고, 부상자는 부상자 모임을 결성하여 투쟁을 계속했다. 구속된 자는 옥중에서 투쟁을 계속했다. 수배된 박관현은 체포되어 광주 교도소에 수감되었는데, 수감자들의 인권을 외치며 단식투쟁하다가 1982년 10월 12일 끝내 사망했다.

5.18 민주화 운동은 요원의 불길처럼 전국에서 타올랐다.

5월 30일 서강대학교 학생 김의기가 '동포에게 드리는 글'을 발표하고, 기독교 회관 6층에서 투신하여 목숨을 버렸다.

6월 9일에는 성남의 노동자 김종태가 '광주시민 학생들의 넋을 위로하며'라는 유인물을 뿌리고는 끝내 분신자살 했다.

9월부터는 유인물 중심의 저항이 전국 곳곳에서 발생했고, 그 내용은 차츰 미국을 규탄하는 쪽으로 기울었다.

1980년 12월 19일 대학생들과 가톨릭 농민회 회원들은 5.18에 대한 미국의 책임을 규탄하며 공주문화원에 불을 질렀다.

1981년 광주 미국문화원과 부산문화원이 불에 탔다.

서울에서는 미국문화원 점거 사건이 있었고, 대구문화원에서는 폭파 사건이 일어났다.

광주항쟁과 그 희생은 우리나라 민주화 운동의 원동력이었고, 자양분을 제공하는 뿌리였다.

황석영의 「죽음을 넘어 시대의 어둠을 넘어」를 비롯한 각종 문학 작품이 쏟아져 나와 반독재를 향한 국민 정서를 고조시켰다.

전 국민의 다양한 투쟁을 통하여 1982년 12월에 소송 진행 여부와 상관없이 5.18 구속자 전원을 석방하기에 이르렀다.

민주화를 열망하는 국민의 첫 번째 승리였다.

1984년 11월에는 전남 민주청년 운동 협의회(전청협)가 조직되어 5.18 진상 규명과 대한민국의 민주화를 요구하였고, 12월에는 전청협을 비롯하여 5.18 관련 단체들과 종교 청년 단체들이 연합하여 전남사회운동 협의회(전사협)를 조직하였다.

이후 민주화를 이루고자 하는 단체들이 여기저기서 조직되어 민주통일 민중운동 연합(민통련)이 만들어졌고, 1987년에는 민주헌법쟁취 국민운동본부(국본)가 탄생하여 전국에 6월 항쟁의 불을 지폈다.

2009년 5.18 광주 민주화 운동 29주기에 조사 발표한 기록을 보면 사망 163명, 행방불명 166명, 부상당하여 숨진 사람이 101명, 부상자 3,139명으로 총 희생자가 5,189명이었다.

사망자 중 14세 이하 어린이가 8명이나 되었다.

국내에서는 계엄군의 통제로 제한된 범위 내에서 보도하고 있었지만, 외신은 김대중 납치 사건 때보다 더 요란했다.

유네스코에 등록된(2011.5) 5.18 광주 민주화 운동 기록물은 편철

4,271권(8,580,904페이지), 필름 2,017컷, 사진 1,733장, 영상 65작품이고, 1,461명의 증언과 유품 278점이다.

광주를 초토화시키고 난 전두환은 1980년 8월 5일 대장으로 진급하고 22일에 예편한 뒤에 27일 통일 주체 국민 회의에서 대통령으로 선출되어 9월 1일 대한민국 11대 대통령으로 취임하였다.

대통령에 취임하자마자 10월 27일 「헌법」을 또 개정하였다.

대통령 임기를 7년으로 하고 선거인단을 먼저 선출하여 선거인단이 대통령을 선출하는 박정희 시절의 간접선거 방식을 그대로 모방하였는데, 단임제로 하는 것이 특징이었다.

이 단임제는 미국을 비롯한 선진열강들의 압력과 국민들의 반독재투쟁에 부응하는 선심성 결단으로 부각시켰다.

이런 잔꾀에 넘어갈 국민은 없다.

단임제라는 당근을 던져놓고는 전두환은 채찍을 들었다.

삼청교육대가 그것이다. 마음을 맑게 하는 교육부대라는 뜻이지만 굳이 삼청교육대라 한 것은 국가보위부(국보위)가 삼청동에 있었기 때문이다.

삼청이란 말은 도교에서 나온 말인데 삼원(三元)의 화생(化生)인 삼보군(三寶君)이 관할하는 영역으로 옥청(玉淸) 상청(上淸) 태청(太淸)을 말한다.

도교의 재초(齋醮: 제사)를 거행하기 위하여 소격서를 두는데, 이 소격서가 있다 해서 삼청동이란 이름이 붙여졌다.

1980년 8월부터 다음 해 1월 말까지 잡혀간 사람은 6만 명에 이른다.

당초 목표는 2만 명이었으나 파출소, 경찰서, 보안대 등이 경쟁적으로 잡아들이다 보니 그리된 것이다.

후에 조사한 결과 전과가 전혀 없는 사람도 36%나 되었다고 한다.

훈련이 가혹하여 공식적으로 발표된 사망자는 57명이고, 후유증 사망자는 397명이며, 정신 장애 등 상해를 입은 사람은 2,678명이라고 했다.

실제 사망자와 상해자는 이보다 훨씬 상회할 것으로 추측하고 있다. 나라는 무법천지가 되었다.

전국 방방곡곡에서 직선제 개헌을 요구하는 국민들의 목소리가 메아리쳤다.

국민들의 저항은 결사적이었다. 1987년 5월 18일 박종철 고문 치사 사건이 발생했다.

6월 9일에는 데모하다 최루탄 파편에 부상당한 이한열 군이 숨지고 말았다.

6월 10일 전 국민이 들고일어났다.

노도와 같은 국민의 분노는 막을 길이 없었다.

결국 1987년 6월 29일 대통령 임기 5년으로 하는 직선제 개헌안을 발표하기에 이르렀다. 국민의 승리요, 자유민주주의를 추구하는 우방국들의 승리였다. 당시 노태우는 민정당 대표로 있을 때였다. 전두환은 박정희가 누리던 제왕 같은 권좌를 계승할 그릇된 야욕을 품었지만, 결국 9년 만에 막을 내렸다. 자유민주주의를 열망하는 국민의 결기와 우리나라를 지원하는 자유 우방국들의 확고한 의지 덕분에 40여 년의 독재가 종식된 것이다

이 「헌법」이 지금까지 시행되어 오고 있는 6공화국 「헌법」이다.

경제성장의 가장 비옥한 토양은 자유민주주의이다

독재자들의 행적을 다는 아니어도 메모 형식으로라도 기록한 것은 후대를 살아가는 사람들에게 경계의 본이 되었으면 하는 우려의 마음에서이었다.

우리는 5천 년 동안 전제 군주 밑에서 살았다. 해방이 되면서 나라 반쪽을 잃었지만, 자유민주주의라는 새로운 문명 세계에 눈을 뜨자마자 이승만 독재정권이 들어서 버렸다.

요인 암살과 양민 학살로 점철된 이승만 정권은 민심이 떠나자 부정선거로 권좌를 지키려다 전 국민이 궐기하여 12년 만에 무너졌다.

5천 년 만에 이룩한 민주정부는 한꺼번에 쏟아지는 국민들의 다양한 목소리를 지혜롭게 소화해 내지 못했다. 시간이 해결해 주는 것인데 민주주의에 익숙하지 못한 일부 국민들은 짜증스러운 반응을 보였다.

일부 사람들은 이것을 소요 사태로 보고 나라를 걱정했다.

이를 민의로 받아들인 야심 찬 일부 군인들이 국방의 의무를 박차고 탱크를 몰고 한강 다리를 넘어왔다. 그 주모자는 우리 국민을 배신한 박정희였다.

또다시 암울한 18년의 세월을 보냈다.

전두환이 주도한 12.12 쿠데타는 친위 쿠데타였다.

박정희가 누리던 제왕 같은 권좌를 그대로 계승해 보겠다는 못된 뱃심을 가지고 덤벼들었지만, 8년 만에 그 막을 내렸다.

자유민주주의를 열망하는 우리 국민의 결기와 우리나라를 지원하는 자유 우방국들의 확고한 의지가 40여 년의 독재정치를 종식시켰다.

이 세 사람의 공통점은 단군 이래 자기 백성들을 너무 많이 죽인 것이다.

긴긴 세월 동안 나라와 백성이 전하의 것이라는 전제군주 밑에서 수 천 년을 살았지만, 이들만큼 자기 백성을 많이 죽인 군주는 한 사람도 없었다.

이승만은 암살로 정적을 제거하더니 집권하고서는 양민 학살로 권좌를 지켰다.

제주 4.3 사건과 여순 반란 사건만 해도 수만 명의 양민이 학살되었으며, 6.25가 발발하고 나서는 보도연맹 멤버 20여만 명을 처형하였다 하니 200만 명의 자기 백성을 학살한 캄보디아의 폴 포트 다음의 학살자가 된 셈이다.

이승만은 1948년 말부터는 「반공법」을 만들어 진보 성향의 인사들을 제거했다.

조봉암이 그렇게 하여 처형되었다.

박정희는 집권하자마자 중앙정보부라는 사찰기관을 만들어 국민 생활을 감시하고, 거슬리는 사람이 있으면 잡아다 매질하여 다스렸다. 죽어도 그만이었다.

자고 일어나면 신문마다 간첩 사건으로 전면을 장식했다.

이승만이 만들어 정적을 제거했던 「반공법」은 박정희는 보다 더 구체적으로 각본을 써 신문에 대서특필하고, 지목된 인물을 제거했다.

처음에는 군에 있는 전라도 출신, 별이 떨어지기 시작했다.

같이 식사를 했다는 둥, 차를 같이 마셨다는 둥, 친분이 있다는 둥으로 엮어 밀어냈다.

다음에는 정부 요직에 있는 전라도 사람들이 이런 방식으로 밀려났다.

그 일이 시작되면서 모든 기관은 하위직 채용 또는 승진 때부터 출신 지역은 제일 먼저 고려 대상이었다.

농촌 경제가 무너지면서 호남지역 젊은이들은 장교로 입대하는 사람이 많았다. 그 많은 호남 출신 장교 중 단 한 명도 별을 달지 못했다.

이들에게는 여생 동안 살아가기에 충분한 국민연금이 지급된다. 연금까지 지역 차별을 둘 수 없기 때문에 이 혜택은 영남 사람과 똑같이 누렸다.

교육 공무원과 일반 공무원도 군인에는 좀 못 미치지만, 그와 버금가는 혜택을 주었다.

이들은 어떤 경우에도 국가에 절대 필요한 존재들이다.

이 세상 아무리 어렵고 미개한 나라도 이들 계층은 비교적 안정된 삶을 누리고 산다.

이들은 그런 기회를 박차고 독재에 항거하다 불행한 삶을 살게 된 사람들에게 조금은 미안한 생각을 가지고 사는 것이 도리이다. 누구에게나 행복한 삶을 추구할 권리는 있다.

이승만은 여순 반란 사건으로 전라도를 쑥대밭으로 만들더니 박
정희는 「반공법」으로 전라도 사람들을 군에서, 행정기관 요직에서
솎아내어 갔다.

박정희 시절 중앙정보부에서 희생된 반체제 인사들이 몇 명인지는
알 길이 없다. 그러고도 지금까지 행방불명인 자가 130여 명으로 나와
있으니 이들 중에도 사망자가 포함되어 있을 가능성은 충분히 있다.

당시 밀수 밀항이 우리나라 역사상 최고조에 달한 때다.

우리나라는 인권 문제로 미국을 비롯한 선진국들의 지원이 중단
된 상태이고, 이와 연계하여 선진 제국과의 무역까지도 다 막혀버린
실정이었다.

오직 일본만이 이 틈을 이용하여 재미를 보고 있었다.

청구권 자금을 통하여 매판자금을 들여놓더니 일본 제품이 쏟아
져 들어왔다.

싼 임금을 이용한 일본의 보세 가공공장이 성업을 이루었다.

한국은 일본의 쓰레기 매립장, 재고 정리장으로 전락했다.

우리나라 젊은이들은 일본에 대한 막연한 동경이 은밀히 확산되
어 가고 있었다. 일본으로 밀항이 늘어나고 일본 제품에 대한 밀수
로 몸살을 앓고 있었다.

실속이야 어떻든 산업계와 시장이 한동안 활기를 띠는 듯했다.

이것도 잠시, 박정희는 영구집권을 위한 유신체제를 선포함으로써
정국이 다시 얼어붙기 시작하였다. 이어 김대중 납치 사건으로 세계
의 이목이 한국에 집중되었다. 김대중 납치 사건은 실패로 끝이 났

지만, 박정희의 야심은 멈추지 않았다.

국민 길들이기를 위한 새마을 운동을 시작하더니 그동안 말 안 듣는 자들을 끌어다 몽둥이로 다스렸다.

사정반이라는 암행반을 각 지역에 내려보내어 현장에서 매타작을 했다.

자유를 갈구하는 자유민주주의를 추구하는 인사들에 대한 탄압은 날이 갈수록 심화되어 갔다.

선진제국은 물론 중진국 후진국까지도 가세하여 세계 모든 언론 매체들은 한국의 인권 문제를 심도 있게 다루었다. 이로 인해 미국도 우방 여러 나라로부터 많은 압박을 받았다.

독재자를 추종하는 세력들은 국제사회의 이와 같은 실상을 감추기 위하여 국민들의 눈과 귀만 막은 것이 아니라 박정희의 눈과 귀도 막았다.

젊은이의 피를 팔고도 모자라 몇몇 인사들은 해외로 달러 빚을 얻으러 자의 반 타의 반으로 돌아다녔다. 달러를 보유한 외국 재벌들은 우리나라에 달러 장사를 할 만했다. 싼 단기채를 얻어다 우리나라의 높은 장기 저축을 하면 그 차익이 상당했다.

달러를 구걸해 왔으면 국가가 국민을 위해 써야 하는데, 힘 있는 정객들은 떡고물 챙겨 먹기에 바빴다.

고위 정객들이나 고위 공직자들은 제주도에 귤밭을 경쟁이나 하듯 사들이고, 강남에 땅 투기는 물론 수십만 평의 목장을 운영하는 자도 생겼다.

독재자는 구조적으로 충신을 거느릴 수가 없다. 우선 말 잘 듣고, 돈을 많이 모아오는 부하가 있어야 한다.

그러니 썩지 않고 지도자의 밥상머리에 마주 앉을 수는 없다.

박정희는 결국 마주 앉은 술상 머리에서 심복 부하인 김재규의 총에 맞아 생을 마쳤다.

친위 쿠데타를 일으킨 전두환은 베트남의 고딘 디엠과 우리나라의 박정희의 종말을 보았다. 7년 단임제라는 카드를 제시했지만, 장충체육관 선거는 공개 투표나 같은 것이다.

국민의 저항은 멈추지 않았다.

5.18 민주화 운동을 시작으로 전국에서 들려오는 민주화를 열망하는 함성 소리가 천지를 진동했다.

우리의 동맹국들도 더 이상 좌시하지 않았다.

독재정치는 계속되었지만, 전두환 5공 시절에는 모든 산업체가 너도나도 다투어 IT 산업에 손을 댔다.

경제가 기지개를 켜기 시작한 것이다. 1987년도에 반도체가 생산되고, 핸드폰 생산이 시작되었다. 전두환이 문을 연 것이 아니라 정신없이 돌아가는 국내외 정세에 그는 거기까지 손댈 겨를이 없었다.

자유는 산업발전에 절대적으로 필요한 자양분인 것이다.

자의이든 타의이든 독재자가 한눈판 사이 박정희가 금지한 아이티 산업은 비약적인 발전을 했다. 은행 금리가 차츰 내려가고, 수출이 조금씩 늘어남에 따라 수출을 장려하기 위해 원화 가치를 내려야 한다.

국민들의 결사적인 투쟁과 우방 동맹국들의 협조로 6.29 선언을 이끌어냄으로 인하여 모든 산업과 경제 질서가 정상화되는 과정에서 박정희가 종신 집권을 위해 막아둔 보가 여기저기에서 터졌다.

포항제철이 설립된 후에도 용하게 버텨온 한보 철강이 무너지면서 우리나라는 결국 IMF의 경제 지배에 들어가고 말았다.

국가가 부도가 난 것이다.

금리차익을 노리고 달러를 빌려왔으면 열매가 맺어 익은 후에 열매를 따 먹어야지 열매를 맺기도 전에 우듬지를 미리 잘라 먹었으니 내려가는 국내 금리를 어찌 감당할 것인가? 설상가상으로 수출을 장려하기 위하여 자국의 화폐를 다소 평가 절하하는 것은 불가피한 일인데 그럴 경우 달러 빚은 자동으로 늘어나기 마련이다.

달러를 더 빌려 오지 않아도 빚이 자동으로 늘어나고, 세월이 지날수록 눈덩이처럼 커졌다. 김영삼 정부는 매년 300억 달러의 외환 보유고를 유지한다고 큰소리쳤지만, 실상은 외채가 1,530억 달러나 되었다.

결국 국제 통화 기금에 한국의 경제 주권이 넘어가고 말았다.

1998년 1월에 집계된 실업률은 4.7%, 도산된 기업은 3,300개에 이르렀다.

마침내는 수천, 수만 개의 기업이 도산하고, 실업자들이 양산되어 지하철 역사 주변에는 노숙자들이 우글거렸다.

금융기관도 통폐합이 불가피했다.

경매시장에는 각종 부동산과 귀중품들이 쏟아져 나왔다.

한 번 유찰되면 30%씩 내려갔다. 두 번 유찰되면 원가의 40% 가격으로 살 수 있다. 돈이 있는 사람들은 이때 큰돈을 벌 수 있었다. 재벌 그룹들은 대부분 몸집을 불렸다.

가장 몸집을 많이 키운 재벌이 대우그룹이었다.

너무 무리한 탓에 결국 대우그룹은 무너지고 말았다.

독재자들이 만들어낸 피할 수 없는 경제구조였다.

김영삼 대통령은 과감했다. 독재자들을 잡아 사법 처리하고, 감히 손대기 어려운 군내 사조직 하나회도 해산시켰다. 우리의 귀중한 문화유산을 부수고 만든 거대한 중앙청도 헐어내었다. 부정 축재를 방지하기 위하여 금융 실명제를 과감하게 추진하여 은닉자금을 양성화했을 뿐 아니라 기초 자치단체 의회를 구성하는 개가를 올렸다. 국제 통화기금에 구제금융 신청을 하게 된 것은 김영삼 정부의 경제 정책 실패가 아니라 정상화 과정에서 겪어야 하는 피할 수 없는 시련이었다.

무모한 독재자들이 저질러 논 국가 부도를 자유민주주의 체제의 지도자들이 수습한 것이다.

2001년 8월 23일 만 4년여 만에 김대중 정부에서 IMF 지배체제를 완전히 벗어났다. 우리나라가 부도가 나면 일본은 엄청난 경제적 손실을 본다. 그동안 투자한 매판자본이 많았기 때문이다. 미국은 동맹국으로써 극동 지역 방위 전략상 우리나라가 중요한 위치를 차지하고 있기 때문에 우리나라가 부도날 경우 큰 차질이 생길 수도 있어 돕지 않을 수도 없었다.

미국과 일본이 돈을 내놓았다. 우리나라가 민주화를 이룩함으로써 자유 우방국들도 성심껏 도왔다.

세계에서 유례없는 빠른 수습이었다.

김대중 정부의 업적으로 높이 평가할 수 있다.

하지만 당시 경제위기의 상처는 컸다.

몇십 년이 지난 지금도 전국 도처에 해골처럼 그때의 잔해들이 아직도 곳곳에 방치되어 있다.

그러나 지금의 우리나라는 비약적인 발전을 해왔고, 도약해 가고 있다.

민주주의발전 속도는 경제발전 속도와 비례한다.

더하여 우리 민족은 세계 어느 민족에 비하여 뒤지지 않는, 자질이 우수한 민족이다.

세 사람의 독재자만 없었다면 우리나라 경제는 일본을 훨씬 능가했을 것이다.

남북 분단이란 특수성 때문에 감수해야 되었고, 경제발전에 상당한 공헌을 한 점은 인정해야 한다고 말하는 사람도 있다.

궤변이다. 그들이 한 일이란 누가 대통령이 되어도 했을 일들이었고, 내버려 두어도 될 일들이었다.

오히려 해야 될 일을 막은 것이 더 많았다.

일제 통치가 없었으면 우리나라는 철도도 없었을 것이고, 도로 항만도 없었을 것이란 말인가? 지하철은 북한이 우리보다 1년이 앞섰고, 고속도로는 우리가 10년을 앞섰지만 4차선 국도에도 못 미치는 수준이었다. 그렇다고 북한을 선진국이라고 말하는 사람은 아무도 없다.

경제성장의 가장 비옥한 토양은 자유민주주의다. 자유민주주의를 바탕으로 하는 시장경제만이 나라 경제를 발전시킬 수 있다. 이것이 보수주의자들이 보호하고 지켜야 할 가치이다.

그런 의미에서 본다면 우리나라에는 진정한 보수주의자는 거의 존재하지 않는 것 같다.

그들은 하나같이 독재자들을 옹호하고 있다. 난센스다.

그들은 모두 수구세력이라고 해야 옳다.

아무리 낙후된 아프리카에서도 군인, 공무원, 교육자들은 국가에서 그들의 생계를 보장한다. 이들은 나라의 근간을 이루고 있기 때문에 어느 나라에서나 비교적 안정된 삶을 누리고 산다. 독재자가 지배하던 우리나라에서도 이 세 계층은 비교적 우대를 받았다. 국민연금을 전 국민으로 확대하다 보니 이 세 계층을 중심으로 만들어진 국민연금은 반세기가 다 된 지금까지도 해결해야 할 큰 숙제로 남아있다.

오늘날 지하철 노선은 24개 노선까지 늘어났다. 경부고속도로도 왕복 4차선에서 8차선으로 늘려 고속도로다운 면모를 갖추었고, 40여 개의 고속도로를 신설했다.

모두가 민주 정부에서 이룬 업적들이다.

이승만 정부에서부터 전두환 정권 8년까지 40여 년 동안 대한민국은 북한도 능가하지 못했다. 북한과 똑같은 독재체제를 유지하고 있었기 때문이다. 당시 우리나라 산업화는 제5공화국 말까지도 동남아에서도 하위 수준이었다.

민주화를 이룩한 지가 30년이 넘은 지금 대한민국은 비약적인 발전을 했다.

경제발전의 원동력은 민주주의에 입각한 시장경제에 바탕을 두고 있기 때문에 전 국민이 각자 창의력을 발휘할 수가 있는 것이다. 지금 우리나라는 전 국토가 요람이다.

도시가 정비되고 산야가 모두 명승지로 가꾸어졌다.

우리나라는 앞으로 독재자만 나타나지 않으면 세계에서 제일 가는 국가가 될 것이다.

경제성장의 가장 비옥한 토양은 자유민주주의이기 때문이다.

우리나라에 진정한 보수는 있는가?

　이 시대의 위기를 가치관의 상실이나 가치관의 혼돈으로 말하는 사람이 있다. 현실 사회에 나타나는 현상을 보면 가치관의 혼돈이 사회적 혼란을 야기하는 더 큰 요인이 아닌가 싶다. 20세기 초부터 일어난 민주주의와 공산주의 갈등은 반세기 이상을 첨예하게 대립해 왔다.

　이 시대를 냉전 시대라 한다.

　민주주의라는 말은 원래 인민의 지배라는 뜻이다.

　민주주의는 국가의 주권은 국민에게 있고 국민을 위하여 정치를 행하는 제도이며, 그러한 정치를 지향하는 사상이다.

　하여 민주주의는 다수가 소수를 지배하는 것과는 다른 개념이다.

　민주주의라는 말은 그리스어 'demokratia'에서 근원한 것인데, 'demo(국민)'와 'kratos(지배)'라는 두 단어의 합성어이다.

　한마디로 말하면 국민의 지배라는 뜻이다.

　초기 그리스에서는 모든 국민이 다수결의 원칙 아래 정치적 결정에 직접권한을 행사하였다.

이런 정부 형태를 직접 민주주의라고 한다.

그리스 아테네 민주주의는 과두정치(寡頭政治) 국가인 스파르타에 망하고, BC 2세기경에는 과두 독재국가인 로마에 그리스가 정복되어 민주주의는 지구상에서 사라졌다.

민주주의는 17세기 후반부터 다시 고개를 들기 시작하였다.

당시 대표적인 민주주의 사상가 영국의 존 록크는 1690년에 그의 저서 『시민정부론』에서 "정부는 사회계약에 의하여 조직되었으므로 시민의 재산 생명 자유를 보장할 의무가 있다."라고 주장했다. 그러므로 정부의 권력 남용을 예방하는 길은 행정부와 입법부 2권을 분리하는 데 있다고 주장했다.

불란서 몽테스키외는 행정 입법 2권에 사법부의 독립을 추가하여 3권 분립을 강조했다.

1762년 제네바의 쟝자크 루소는 그의 저서 『사회계약론』을 통하여 국민 주권론을 펴 "모든 법은 국민의 총의를 대변하지 않는 한 사회적 책임을 다할 수 없다."라고 했다.

록크(Johnlocke), 몽테스키외(Montesquieu), 루소(Rousseau) 등이 주장하는 사상은 미국의 독립과 헌법제정 그리고 프랑스 혁명의 동기가 되기도 했다.

영국의 식민지였던 미국은 영국이 부과하는 세금을 거부하고 나섰다. 미국의 대표 없이 영국이 일방적으로 부과하는 세금은 미국인들이 납부할 수 없다는 것이다.

즉 '대표 없이 과세 없다'는 원칙을 내 세워 미국은 영국의 일방적인 조세 부과를 거절했다.

이로 인하여 영국의 토머스 게이지 장군이 매사추세츠 콩코드에 있는 식민지군 탄약고를 파괴하기 위해 군대를 파견함으로써 1775년 4월 19일 렉싱턴과 콩코드에서 미·영 간의 전투가 시작되었다. 미국은 1776년 7월 4일 독립을 선언하고, 이제는 독립을 위한 본격적인 전투가 시작되었다. 1778년에는 프랑스가 이 전투에 가담하면서 스페인과 네덜란드가 가세하였고, 독일은 영국을 도와 사실상 국제전이 되었다. 결국 미국이 승리하여 1783년 11월 13일 사실상의 독립을 하게 되었다. 그럼에도 불구하고 미국은 1776년 7월 4일을 독립기념일로 지키고 있다. 이것이 미국의 자존심이다.

미국은 1787년에 헌법을 제정했는데 이때 세계 최초로 삼권분립을 헌법에 명시하였다.

1848년 칼 마르크스는 공산당 선언에서 "민주주의 투쟁에서 승리하려는"이라는 표현을 하였는데, 마르크스 민주주의는 귀족과 왕권에 대한 평민의 지배가 아니라 자본주의 지배에 대한 노동계급의 승리를 말한다.

민주주의 사상은 유럽에서 발달하였지만, 현실 정치에서 실천적으로 발전시킨 것은 미국이다.

미국은 살벌한 서부 개척 시대에도 시장과 보안관을 직접선거로 뽑았다.

공산주의는 소련에서 출발한 레닌 정부가 그 시작이다. 마르크스-레닌주의는 마르크스-엥겔스가 창시한 유물사관을 레닌이 철학적, 경제학적, 정치학적 이론으로 총체적이고 일관성 있게 정리한 것이다.

마르크스-레닌주의는 노동계급의 혁명적인 당의 실천적 활동을 위하여 이론적 기초가 되었으며, 계급투쟁과 사회주의 혁명 및 사회주의와 공산주의 건설을 위한 행동지침을 제공해 주었다. 이러한 이론을 바탕으로 1917년 10월 소련의 공산정권이 탄생한 것이다.

공산주의 국가를 건설하기 위하여서는 사회주의 국가를 반드시 거쳐야 한다.

사회주의에서는 공업 활동과 농업활동, 정신활동과 육체활동 간의 대립이 폭넓게 지양되며, 여러 종족 간에도 평등화가 실시된다고 한다.

착취 없는 사회에서는 상호협력과 상호보조가 인간의 공동 작업과 공동의 삶을 특징짓는다. 그래서 노동자와 그 동맹자, 즉 인민이 주인이 된다. 이것이 공산주의자들의 이론이다.

이와 같은 사회주의 혁명을 통하여 자본주의 사회구성체는 해체되어 공산주의 사회구성체로 이행하게 되는데, 새로이 나타나는 이 사회구성체는 그 토대가 완전히 구성될 때까지는 이와 같은 사회주의적 혁명과정을 반드시 거치게 된다.

프롤레타리아 계급과 부르주아 계급 간의 대립은 한때 극렬했다. 그래서 자본주의 체제가 사회주의 체제로 전환하는 것을 공산주의자들은 '진보적'이라고 했다.

민주주의 국가에서는 정당정치를 기본으로 하고 있기 때문에 여러 정당이 나타나는데, 그 성향을 크게 분류하면 대체로 보수와 진보로 나뉜다.

보수당이란 본래의 민주주의 정신을 그대로 살려 개인의 자유를 보장하고, 시장경제가 추구하는 자유경쟁체제를 최대한 보장할 수 있는 국가체제를 추구하는 정치세력이다.

즉 보수당이 보호하고 지켜야 할 가치는 자유민주주의이다.

진보당은 자유민주주의를 근본적으로 부정하지 않는 범위 내에서 필요한 경우 국민의 자유를 다소 제약할 수 있다는 정치세력이다.

보수와 진보의 시작은 프랑스에서 시작되었다.

혁명 직후 소집된 의회에서 의장석에서 바라볼 때 좌편에는 과격파인 자코뱅 당이 우편에는 온건파인 지롤드당이 자리하고 있었다. 쟈코뱅은 사원 이름인데 이들이 모여 토론하고 집회를 가지는 곳이다. 쟈코뱅파는 과격하고 급진적인 개혁을 주장하여 이들이 정국을 주도했다.

그 후 쟈코뱅파는 급진 공화주의의 대명사가 되었다.

그래서 좌파라는 말과 사회주의개념을 동일시해서는 안 된다.

말크스 에겔스의 공산당 선언은 불란서 혁명 후 59년이 지난 1848년 2월에 영국 런던에서 있었다.

쟈코뱅파에게 쫓겨난 지롱드파는 고전적 자유주의를 추구하는 공화주의 계파가 되었다. 보르도시가 위치한 곳이 지롱드주이다. 이들 온건파들은 지롱드 데파르트방 출신의 부르주아 계급이 다수를 차지하고 있기 때문에 지롱드파라 불렀다.

지롱드파는 중산층 부르주아, 개신교 등 온건파 계열에 속하는 여러 파벌의 집합체가 되었다.

당시 불란서의 정치문화는 미국의 정치에 크게 영향을 미쳤다. 미국의 독립 전쟁 때 불란서가 적극적으로 도와주었기 때문이다.

미국의 민주당은 1828년에 앤드루 잭슨(7대) 지지자들로 구성된 정당이고, 보수인 공화당은 1854년에 북부지역을 중심으로 창당한 정당이다. 공화당은 휘그당을 흡수하여 민주당과 공화당 양당 체제가 되었다. 7대 대통령 선거가 끝난 후 패배한 국민공화당은 반잭슨 세력을 규합하여 1933년에 휘그당이라는 이름으로 다시 태어났다. 휘그라는 이름은 영국의 진보적 성격의 휘그당을 그대로 가져온 것이다. 휘그당은 1941년 9대 대통령 선거에서 승리하였으나 당선된 해리슨이 취임 31일 만에 폐렴으로 갑자기 사망하였고, 뒤이어 당선된 존 타일러는 4년 임기로 끝나고 민주당으로 넘어갔으며, 12대에는 다시 휘그당의 테일러가 당선되었으나 16개월 만에 갑자기 사망했다. 휘그당은 계속되는 우환으로 결국 북부를 중심으로 출발한 공화당에 흡수되었다. 공화당은 기독교 윤리관을 중시하고 경제적 자유주의를 지향하는 정당으로 출발하여 에이브러햄 링컨이 16대 대통령으로 당선되었다.

초창기 민주당은 노예 제도를 지지하는 등 보수의 색깔이 짙었으나 남북 전쟁에서 패하면서부터 진보의 색깔을 띠게 되더니 루스벨트 대통령의 뉴딜 정책으로 확실한 진보로 전환하였다.

그렇게 미국은 보수와 진보라는 두 수레바퀴가 견인차 역할을 하여 미국의 정치를, 경제를, 국방을 세계 제일의 국가로 만들었다.

우리나라에서 처음 결성한 정당은 대한민국 임시정부가 탄생한 다음 해인 1920년에 창당한 '한국독립당'이다. 한국독립당은 자유민주주의를 근간으로 하는 정강정책이 있었지만, 우선 시급한 것이 조국의 독립이어서 모두가 하나 되어 대한민국의 독립을 위해서만 신명을 다 바쳤다.

한국독립당은 1945년 대한민국이 독립된 후 최초로 등록된 정당이 되었다. 김구, 이시영, 이범석, 조완구, 김홍일, 김학규 등 임시정부 요인들이 주축이 되었는데, 김구의 암살로 결국 몰락하고 말았다. 신익희와 지청천 등은 대한 국민당으로 가고, 이시영, 이범석 등은 후에 결성되는 자유당으로 갔다.

1946년 11월 23일 서울에서는 조선 공산당과 남조선 신민당, 조선 인민당 합당으로 결성된 남조선 노동당을 박헌영이 조직하였고, 동년 12월 좌우 합작위원회 해산 후 김규식 등에 의해서 창당된 민족자주연맹이라는 민족주의적 보수정당이 탄생하였는데 6.25 전쟁 후 모두 몰락해 버렸다.

조소앙을 중심으로 한 사희당과 여운영, 홍명희 등을 중심으로 한 근로인민당이 있었으나 이 또한 6.25를 전후하여 모두 소멸해 버리고 말았다.

1948년 11월 13일 신익희, 윤치영 등에 의해 대한국민당을 창당하여 친이승만계를 표방하였고, 임영신의 여자국민당과 지청천의 대동청년당을 흡수한 대한 국민당은 원내 1당이 되어 이승만을 대통령으로 선출하였다.

대한국민당은 김성수의 제의로 1949년 한민당과 합당하여 민주국민당을 결성하였지만, 이 모든 정당은 6.25를 전후하여 다 사라져 버렸다.

이승만은 6.25 직후 조폭들을 동원하여 1951년 자유당을 창당하였고, 민주당은 1955년 자유당의 사사오입 개헌 파동을 계기로 민주국민당 보수파와 자유당 탈당파, 흥사단 등의 범야권 세력이 모여 호헌동지회를 결성한 뒤 호헌동지회를 중심으로 9월 18일 창당했다.

1956년 대통령 후보에 신익희, 부통령 후보에 장면을 제3대 정부통령 선거에 출마했으나 투표 전에 신익희의 사망으로 민주당의 집권이 좌절되고 말았다.

1960년 4.19 혁명으로 민주당이 집권하여 대한민국은 5천 년 역사상 처음으로 자유를 얻었는데, 1961년 5월 16일 박정희의 군사쿠데타로 모든 정당은 해산되고, 1963년 2월 27일 김종필과 군 출신 인사들에 의하여 민주공화당이 창당되었다. 여기에는 구 자유당계 인사들과 대한국민당계 인사들이 합류하였다.

같은 해 7월 18일에는 박순천 등을 중심으로 발 빠르게 민주당을 재건하였다. 이를 시작으로 보수당이라고 하는 정당은 공화당-민정당-한나라당-새누리당-자유한국당-국민의힘으로 이어왔고, 진보정당이라 부르는 정당은 민주당-신민당-민한당-평민당-새정치국민회의-열린민주당-더불어민주당으로 이어져 왔다.

보수가 보호하고 지켜야 할 가치는 자유민주주의이다.

그런데 우리나라의 보수는 어디에 있는가?

우리나라의 보수라고 하는 정당이나 사람들은 하나같이 독재자들이나 그 후예 또는 추종자들이다.

한때 우리나라에도 보수는 있었다. 40년간 독재정권하에서 오로지 민주화만을 위하여 투쟁해 온 민주당과 민주세력들은 보수색이 더 강했다.

1997년 우리나라 경제가 파산지경에 이르러 IMF의 경제 지배를 받게 되면서 김대중 정부가 정권을 인계받았는데, 이 난국을 극복하기 위하여서는 다방면에 걸쳐 정부의 개입이 불가피해졌다. 그렇게 하여 세계에서 유례없는 짧은 기간 내에 IMF 지배를 벗어났다. 이 때부터 민주당은 진보정당의 색깔을 띠게 된 것이다.

미국 민주당도 원래는 개인의 자유를 최대한 보장하고 자율적인 시장경제를 추구하는 보수 성향을 가지고 있었지만, 1930년대 미국 경제가 대공황에 빠져있을 때 민주당 루스벨트 가 대통령에 당선되어 정부의 적극적인 개입으로 이를 극복해 냄으로써 확실한 진보정당이 되었다.

보수는 경제적으로는 자유시장경제와 개인의 자율성을 중시하며 정부의 개입을 최소화하고, 개인의 책임과 자유를 강조하며 선택적 복지를 지향한다.

보수는 전통과 안정을 중시하기 때문에 급격한 변화보다는 점진적인 발전을 선호한다.

우리나라에도 자유민주주의를 지향하는 진정한 보수정당이 태어나길 목마름 같은 심정으로 염원한다.

14.

아내를 위하여

⁂

편안한 만남

　도심에서 벗어나지는 않았지만 비교적 한적한 변두리 다방에서 고교 시절 친하게 지냈던 친구를 만났다. 나와 그는 학창시절 문학 서적을 즐겨 읽으며 우정을 쌓았지만, 고등학교를 졸업한 후에는 한 번도 만나지 못해 늘 마음으로 그리워했던 친구다. 한때 그가 군대에 입대한 뒤 세상을 떠났다는 소문이 있어 만나는 친구마다 아쉬움을 토로했었다.

　우연히 한 친구가 내 말을 듣더니 펄쩍 뛰었다.

　"무슨 소리야? 그 친구 지금 군산 B 회사에 다니는데, 아주 잘나가고 있어."

　"정말이야?"

　그날로 수소문해서 친구의 연락처를 알게 되었다. 얼싸안고 눈물겨운 상봉을 한 뒤 한적한 이 다방에서 몇 차례 만났다.

　어느 날 회사 동료라며 낯선 여인 한 사람과 함께 나왔다.

　1970년 연초부터 나는 화요일과 금요일 아침 7시에 서해방송에서 농민계몽방송 프로인 'SBC 로타리'라는 프로에 출연하여 10분간 방송을 하게 되었다.

친구의 회사와 방송국이 지근거리에 있어, 일주일에 두 번 여기서 친구를 만난다.

그 친구는 육두문자 없이는 대화를 하지 않는다. 이런 사람들이 늘 그렇듯 좀 시끄럽기는 하지만 언제나 좌중을 이끌어가고, 함께 있으면 재미가 있어 시간 가는 줄 모른다. 조용하고 고즈넉했던 다방은 어느덧 수선을 떠는 친구로 인해 왁자지껄한 분위기가 되었다.

그날도 그렇게 즐거운 시간을 보내고 헤어졌다.

동행한 여인은 별로 말이 없었다. 웃는 모습이 순해 보였다.

이름도 온순이었고, 성은 신 씨이었다.

다음 날 친구에게서 전화가 왔다.

"어제 그 여자 어때?"

"순해 보이더라."

"맞아. 잘 봤어 임마, 사귀어 봐."

친구와 함께 나온 데는 이유가 있었던 것이다.

다음번에는 미스 신 혼자 나왔다. 무슨 의미인 줄은 알겠는데, 적지 않게 당황했다. 나는 친구의 이야기로 화두를 꺼냈지만 대화가 길게 이어지지는 않았다.

내 시선은 자주 허공을 떠다녔다.

사방을 둘러보니 액자가 보였다. 일본의 기타야마풍의 조용한 찻집이었다. 14세기 말부터 일본 사회를 풍미했던 기타야마 문화는 일본의 3대 장군 요시미스(族利義滿)가 교토(京都)의 기타야마에 별장을 짓고 회화와 공예품을 수집해 놓은 뒤 이를 감상하며 차를 마신 것에서 유래되었다.

당시에는 송나라 문화가 일본에 유입되던 시기이다.

그때는 호남지역의 다방은 예외 없이 기타야마풍의 실내장식을 고수했지만, 이는 일본에서 유입된 것이 아니다. 호남지역에서 발달한 서예 문화와 이 지역에서 자생한 특유의 차 문화에서 기인된 것이다.

물론 이러한 내용을 미스 신과 나누고 싶지는 않았다.

자칫 아는 체하는 모양새여서 친구들과도 피해야 하는 화제이기 때문이다. 할 말이 없었으니 참 따분했다. 가까스로 대화를 이어나가며 인근 식당에서 점심 식사를 같이한 후 헤어졌다.

내 나이 30세, 그녀의 나이 26세. 당시는 혼기가 꽉 찬 노총각, 노처녀였다.

하지만 자연스럽게 우리는 그냥 만나고 있었다.

여전히 나는 모든 것에서 미숙했지만 신 양은 전혀 개의치 않았다. 덕분에 마음이 참 편했다.

물론 친구의 역할도 컸다. 아내는 4녀 중 둘째다.

부모님은 모두 계셨지만 아버님이 중병을 앓고 계셨다.

어느덧 방송 일정이 없는 주말에도 군산에서 신 양을 만났다.

나는 당시 그럴듯한 직장에 다녔고 방송까지 출연하는 입장이니 허울은 좋았지만, 실은 그림자도 보이지 않을 만큼 어둡고 꽉 막힌 공간에 갇혀있는 암울한 처지였다.

아버지의 사채에다 대학 졸업 후 6~7년 동안 소득 없이 생계를 꾸려가다 보니 부채도 엄청났다.

작년 6월에 취직했지만 임시직이었다. 일 년 전에 농림부에 충원 신청을 했지만 아직도 승인이 나지 않았다.

그나마 임시직도 기관장의 특단으로 이루어진 것이다.

월급은 정규직의 3분의 1이고, 보너스도 없었다. 네 식구가 생활하기도 어려운 수준이었다. 때문에 상대의 집안이 궁금하기보다 내가 처한 문제가 더 크고 무겁게 다가왔다.

데이트를 할 때도 대부분의 비용은 신 양의 지갑에서 나왔다. 죽을 맛이었다.

신 양은 언니가 출가를 했어도 두 명의 동생과 함께 직장 생활을 하고 있어 생계를 꾸려나가는 데는 어려움이 없었다.

아버지께서 지병을 앓고 있어 풍족한 살림이라고 말할 수는 없었지만, 그래도 자매간의 우애가 깊어 행복한 가정이었다.

신 양에게 늘 고맙고 미안했다.

신 양은 결혼을 전제로 나를 만나고 있다는 것이 느껴졌지만, 나는 아무런 대책이 없이 세월을 보내고 있었다.

정말 큰일이었다.

그러던 어느 날 직장 상사 앞으로 설문지 한 장이 도착했다.

신 양의 형부가 지인을 통해 나에 대한 인적 사항을 물어온 것이다.

나이, 학력, 직장의 위치 등 질문이 빼곡하게 적혀있었다.

상사는 모든 것을 사실대로 또는 조금 미화해서 적어놓은 뒤 재산에 관련해 내게 의논을 해왔다.

"거처하는 집도 내 집이 아니니 아무것도 없다 하시오."

상사는 재산이라고 적힌 곳에 동그라미를 그려 제로로 표시한 뒤 "한 가지 흠이라면 재산이 없는 것이요."라고 적었다.

첫 번째 여인들

내가 외간 여자와 처음으로 어울려 논 것은 중학교 2학년 여름방학 때였다. 어느 날 친구를 따라 교회를 가보니 남학생과 여학생이 모여 성경 공부도 하고, 쉬는 시간에는 함께 배구도 하며 놀았다. 재미있었다.

여학생들과 어울려 노는 재미로 교회에 다니기 시작했다.

하지만 여학생들에게 별다른 감정을 느껴본 일은 없었다.

사춘기에 접어든 고등학교 1학년 때 우연한 기회에 한 여학생이 내 마음에 둥지를 틀기 시작했다.

그녀를 처음 만난 곳은 등하굣길이었다.

내가 다니는 고등학교는 대략 5km를 걸어가야 한다.

동네 친구와 이웃 동네 친구 셋이 한 반이어서 매일 함께 등하교를 했다.

하루는 이웃 동네 사는 친구가 하굣길에 앞에 가는 여학생을 가리키며 나에게 물었다.

"너, 쟈 알어?"

"내가 쟈를 어떻게 아나?"

"인마, 저 삼거리 방앗간 집 딸이야. 소개해 주랴?"

그 친구는 그녀를 잘 알고 있는 것처럼 허풍을 떨었다.

우리와 같은 1학년이고 이름은 이정숙이란다.

장난기 많은 친구의 농으로 시작된 나와 정숙이 사이는 내력도 없이 자연스럽게 그렇고 그런 사이가 되어버렸다.

2학년 때 이정숙을 좋아하는 한 친구가 정숙의 집 담을 넘어갔다가 덤벼드는 개에게 쫓겨 줄행랑을 친 일이 있었다.

다행히 물리지는 않았지만 옷이 찢어졌다 한다.

이 사건은 한동안 우리 반에서 화제가 되었다.

그만큼 정숙이가 남학생들 사이에서 인기가 있었던 것이다.

사건이 있고 얼마 지나지 않아 개에게 쫓긴 친구가 나를 찾아와 사과했다.

"어이 미안히여. 나 정말 몰랐어. 알았으면 내가 그런 장난 했겠어?" 뒤늦게 소문을 들은 모양이었다.

그는 2학년에서 펀치력이 가장 강했으며 힘도 셌다.

공부는 나와 비슷한 하위권이었으니 건달이라 해도 무방했다. 어쩌다 보니 학창 시절 나는 공부 잘하는 친구보다 건달 친구들이 더 많았다. 체구는 작았지만 수평철봉을 열심히 하여 몸의 균형이 잘 갖춰져 있었기 때문이다.

그 친구와는 소설책을 즐겨 읽는다는 공통점이 있어 친하게 지냈다. 헌데 이건 또 무슨 상황인가?, 웃음이 터져 나왔다.

하지만 나는 그 사과를 당연한 듯이 받아들였다.

"앞으로 정숙이 건드린 놈은 가만 안 둘 끼어. 정숙이는 공준원이 꺼여."라며 그 친구는 큰 소리로 선언까지 했다.

그 바람에 2학년 전체가 이정숙을 알게 되었다.

삼일절, 이승만 대통령 탄신일, 광복절 등 행사에는 가장 넓은 운동장을 가진 초등학교에 모여 대회를 연다.

여고생들이 열 지어 들어올 때면 우리 반 남학생들이 "공준원, 이정숙!"을 합창했다. 정말 난처한 일이었다.

이정숙과는 단 한 번도 만난 적이 없었다.

등하굣길에서 뒷모습만 바라봤을 뿐 정면으로 마주한 적은 거의 없었다.

그러던 어느 날 하굣길에 정숙이와 정면으로 마주쳤다.

당황한 나머지 내 얼굴이 홍당무처럼 빨개졌다. 친구들도 장난기를 멈추었다. 이후로 친구들은 그녀의 집 앞을 지나갈 때마다 내 이름을 큰 소리로 불러댔다. 결국 그녀의 집에서도 나를 알게 되었고, 우리 동네에 소문이 파다했다.

자연스럽게 그녀의 이름이 내 일기장에 오르기 시작했다.

그로부터 2년여의 세월이 흐른 뒤 나는 젖 먹던 힘을 다해 청을 넣었다.

1959년 9월 3일 밤, 그녀는 혼자가 아닌 언니와 함께 나왔다.

달도 없는 어두운 밤이었지만 하늘에 별이 총총하여 칠흑 같은 어두움은 아니었다.

언니는 단정하고 예뻐 보였다.

"입시를 코앞에 두고 이럴 시간이 어디 있느냐"며, "시험이 끝나고 만나도 늦지 않으니 시험 준비에 최선을 다하라"는 간곡한 당부만 있었다.

완강했지만 부드럽고 정겨운 말투였다. 정작 당사자와는 한마디 말도 못 나누고 언니의 완고한 충언만 들었다.

대학 입시가 5개월도 채 남지 않았지만, 당시 농촌의 고3들은 긴박감이 전혀 없었다.

각종 행사 및 궐기대회 말고도 모내기, 보리 베기와 맞물려 농촌 일손 돕기에 동원되었고, 벼가 자라면 피 뽑기, 초가을에는 퇴비 증산을 위한 풀베기 등에 동원되었다.

입시생이라고 해서 배려해 주는 법은 없었다. 공부는 각자 알아서 해야 했다. 그런데도 내 일기장에는 매일 이정숙의 이름이 올라있었다.

대학에 진학한 후 1학년 여름방학 때 정읍에 있는 정숙의 본가에서 한 번 더 만났다. 그때도 언니와 함께 나왔다.

그것으로 끝이었다.

나는 부모님의 여망대로 공부에 전념했다. 사춘기인 고등학교 3년 동안 내 마음에 둥지를 튼 첫 여인이어서 그 여운은 꽤 오래 남아있었다. 나의 사춘기는 그렇게 끝났다.

내 삶에 두 번째 여인은 대학교 4학년 때 동성교회 청년회에서 만난 경자였다. 빈약한 대화, 어리벙벙한 몸짓, 빗속에서 행여 몸이 닿을까 조심스럽게 발걸음을 옮기며 간격을 유지하는데 전전긍긍했던 데이트가 끝나고 칠흑같이 암울한 7년의 세월이 흐른 뒤 신 양을 만난 것이다.

신 양은 지치고 만신창이가 된 나를 향해 다가와 준 유일한 여인이었다.

따뜻한 손

선배를 통해 작은아버지 친구라고 하시는 분이 만나자고 연락이
왔다.

내 사정은 선배를 통해 이미 다 들은 뒤라 거두설미하고 한 달 뒤
쯤 이사할 계획을 세우라고 말씀하셨다.

눈물을 보이지는 않았지만 울먹이는 목소리로 말씀하시며 내 손
을 잡았다. 정말 따뜻한 손이었다.

창고 겸 잡동사니를 보관하고 있는 허술한 건물 하나가 울안에 있
는데 개조해서 방과 부엌을 만들어 볼 테니 집이 마련될 때까지 우
선 사용해 보라는 것이었다.

공사비용이 상당할 텐데 세도 받지 않으셨다.

정말 눈물겹도록 고마우신 송채병 씨이시다.

그분께 나는 세상에 태어나서 처음으로 큰 은혜를 입었다.

그동안 나는 공판장을 숙부께 인계하고 옆에 있는 임시로 마련된
단칸방에서 어머니와 나 그리고 고등학교와 중학교에 다니는 두 명
의 동생이 함께 살고 있었다.

바로 밑에 동생은 일자리를 찾아 서울로 떠났다.

이렇게 하여 임시 거처하던 시골집에서 읍내로 이사를 했다. 그동안 5km를 출근했다가 퇴근 후에는 밤에 야간학교로 출근했는데, 다행히 야간학교도 며칠 전에 문을 닫았다.

중·고등학교에 다니는 두 동생도 학교가 가까이 있어 좋았다.

그 무렵 나는 지역사회의 반독재 투쟁에 깊숙이 개입하고 있었다. 성림이라는 조직체에 가입하여 활동했기 때문이다.

신 양에게 시국에 대한 내 생각과 입장을 읍내로 이사한 후 솔직하게 말했다. 양송이 사업에 손을 대고 있을 때였다. 신 양은 심각하게 받아들였다.

가난은 힘을 합쳐 극복할 수 있지만, 독재정권과 맞서는 일은 공포의 대상이었기 때문이다.

당시 반독재 투쟁을 하면 무조건 빨갱이로 매도되었다.

「반공법」 위반 또는 간첩 사건으로 조작해 중형으로 다스렸다.

당시에는 하루가 멀다 하고 신문에 간첩 사건이 보도되었다.

이승만 정권 때부터 지속된 정적 제거 수단이었다.

신 양이 충격을 받을 수밖에 없는 이유가 여기에 있었다.

처가 식구들은 훨씬 더 심각한 우려를 보였다.

가난한 것도 심란한데 빨갱이 누명까지 쓴다면 그야말로 가정이 풍비박산 나기 때문이다.

여자 쪽에서 볼 때에는 설상가상이 아닐 수 없었다.

한동안 만남이 뜸해졌다.

어느 날 신 양이 처음으로 편지를 보내왔다.

나를 향한 신 양의 애정과 그에 따른 각오가 깊어지고 있음이 느껴졌다.

처가의 우려에도 불구하고 우리의 만남은 다시 시작되었다.

신 양과의 만남은 이제 고달픈 내 삶에 유일한 즐거움이었다.

그때 보내준 편지 네 통은 50년이 지난 지금도 보관하고 있다. 장롱에 보관하다가 안양으로 온 뒤에는 일기장 표지 밑에 끼워놓았다. 30여 년간 일기장이 바뀔 때마다 편지를 옮겨 끼웠다. 불편한 일이 있거나 마음이 착잡할 때 꺼내 읽으면 얼어붙은 마음이 봄눈처럼 녹는다.

다시 데이트를 시작하며 신 양에게 종교를 물었다.

성당에 다니고 있는데 영세까지 받았다고 한다.

나는 개신교를 다니지만 나이롱 교인 수준을 못 벗어나고 있음을 고백했다.

아내는 크게 신경 쓰는 것 같지 않았다. 몇 주가 지났을까?

아내가 느닷없이 자기 집에 가서 부모님께 인사드리자고 제안했다.

가슴이 덜컥 내려앉았다. 나는 계획도 없이 세월에 매달려 사는 반면 신 양은 차근차근 앞날을 설계하고 있었기 때문이다.

갑작스럽게 벌어진 일이라 이발도 하지 못한 채 부모님을 찾아뵈었다.

네 자매도 다 모였다. 첫 상면의 분위기는 무거웠다.

첫 대면인데도 행색이 너무도 초라하니 좋은 점수를 받을 수가 없었다.

그렇게 면접시험을 마쳤다. 내가 떠난 뒤 "돈이 없어 이발을 못 한 것은 아닐 테니 괘념할 필요가 없다."라시며 몸져누워계신 장인어른께서 뒷수습을 해주셨다고 한다.

신 양은 네 명의 딸 중에서 몸이 제일 왜소해 늘 부모님께 염려를 끼쳐드렸다. 그 탓에 부모님의 관심과 사랑을 제일 많이 받고 자랐다. 부잣집에 시집을 보내도 걱정일 터인데 어느 것 한 가지도 마음에 차는 것이 없는 사윗감의 모습에 장모님의 수심은 깊었다.

몸져누운 장인어른과 걱정을 나눌 처지가 못 되는지라 시집간 큰딸과 하소연 삼아 넋두리를 할 뿐이었다. 둘은 계속 만나는데 섣불리 만류하고 나섰다가 듣지 않으면 공연이 가정에 풍파만 일어날 것 같았기 때문이다.

신 양의 나이가 26세였으니 자칫 혼기를 놓칠 염려도 있었다.

갑자기 장모님이 우리 집을 방문하겠다고 연락해 오셨다.

사는 모습이라도 한번 보고 싶으셨던 것이다. 신 양이 마음을 정하고 결혼을 향해 한발씩 밀어붙이고 있었기 때문이었다.

장모님은 큰딸의 시어머니 되시는 안사돈과 같이 오셨다.

어머니는 단칸방에서 두 분에게 점심을 대접해 드렸다.

사는 모습을 보시고 난 장모님의 걱정은 이만저만이 아니었다. 가장 약한 딸을 이런 집에 시집보낼 생각을 하니 기가 막히셨을 것이다.

동행하신 사돈의 무거운 침묵이 장모님의 마음을 더 무겁게 했다. 집도 절도 없는 내 근심 또한 태산이었다.

그나마 다행인 것은 1970년 10월 22일 정직원으로 발령을 받은 것이다.

근심 하나는 덜었지만 신혼집은 어떻게 구한단 말인가?

내 근심 걱정은 직장으로까지 번져 500여 명의 동료 및 선후배의 걱정이 되었다. 하루는 선배 한 분이 "우리 집에 방이 두 칸 있으니, 다소 불편하더라도 들어와서 지내도 된다."라며 "아내가 있으니 형식적으로 월세를 아주 조금만 내라."라는 파격적인 제안을 해왔다.

하지만 당시의 나는 그 돈도 없었다. 아버지의 채무와 식구들의 생활비까지 더해져 빚이 더 커져있었기 때문이다.

아무튼 방 두 칸 자리는 마련할 수 있으니 결혼의 문은 조금 열린 셈이었다. 정말 고마운 분이셨다.

정직원 임용장을 받고 난 후에 조합장님이 나를 부르셨다.

책상이 아닌 소파에 앉기를 권하시며 대뜸 빚이 얼마인지 물으셨다. 돈에, 쌀에 빚의 형태도 여러 가지이어서 차근차근 헤아려 보아야 했다.

"구체적인 액수는 계산해 봐야 알 것 같습니다."

"허. 이 사람."

조합장님은 내가 이토록 어려운 처지에 있는 줄은 모르고 계셨다.

"은행 지점장한테 부탁해 놓을 테니 잘 계산해서 필요한 만큼 대출을 받아 빚부터 갚아라." 하시며 서류 하나를 내밀었다.

'민간인 신원 진술서.'

당시에는 공공기관에 취업하려면 누구나 민간인 신원 진술서 6매를 제출해야 한다. 일종의 개인 사찰 서류로, 나에 대한 해당 기관의 소견까지 기록해 놓았기 때문에 당사자에게 절대로 보여주어서는 안 되는 서류이다.

그런 서류를 보여주실 만큼 나를 격의 없이 대해주셨다.

"인간성이 형편없다."라는 혹평이 적혀있었다. 기가 막혔다.

관할 기관에서 오라고 해서 찾아가 인사 한번 나누고 몇 가지 질문을 해와 답변해 준 것이 전부인데 처음부터 끝까지 악담이었다. 연좌제에 걸려있으니 받아들이지 말라는 뜻이었다.

"그동안 자네가 취직할 수 없었던 연유일세."

조합장님의 두터운 신뢰 덕분에 언감생심이었던 은행에서 대출을 받아 빚을 청산할 수 있었다.

대한민국 어느 기관장이 말단 직원의 사채까지 이토록 배려를 해주신단 말인가? 당시 은행 문턱도 꽤나 높았다.

정말 감당하기 어려운 은혜였다.

매월 일정액을 3년간 납부해 원금과 이자를 완납하는 형식이다. 월급의 절반이 매월 잘려 나갔다.

40여 가마니의 쌀 빚은, 동료 15명이 기꺼이 참여해 쌀 계를 짰다.

내가 두 몫을 해야 빚을 청산할 수 있었다.

월급의 남은 절반이 쌀 계로 또 잘려 나갔다.

조합장님과 선후배들의 동료애 덕분에 빚은 모두 청산할 수 있었다.

아버지의 빚을 청산한 것만으로도 자식 된 도리를 다한 것 같아 홀가분했다.

물론 분납금이 완료될 때까지 허리끈을 졸라매야 한다.

3개월에 한 번 나오는 상여금이 내가 사용할 수 있는 수입의 전부였다.

이 모든 상황을 신 양은 전혀 모르고 있었다.

사실 별로 궁금해하지도 않은 것 같았다.

내 삶은 덜커덩거리는 험난한 길이었지만, 기쁜 일도 일어났다. 가장 큰 기쁨은 어머니의 기침 소리가 잦아진 것이다.

그동안 도라지, 벌꿀, 심지어 제비집을 털어 물에 담가 우려내 드리기도 했다. 약국을 하는 선배의 도움을 받아 약도 꾸준히 드셨다.

어느 것이 효험이 있었는지는 모르겠지만 건강이 좋아지셨으니 뛸 듯이 기뻤다.

오랜만에 세상이 살만한 곳처럼 느껴졌다.

신 양의 입에서 약혼 이야기가 슬쩍 나왔다. 신 양은 언제나 나보다 한발 앞서가고 있었다. 경술년도 며칠 남지 않은 연말이었다. 농촌에서는 아직도 전통 예식을 하지만 도시에서는 신식 예식이 차츰 늘어났다.

예식장도 한두 곳 생겼다.

혼례 의식도 변해 약혼 의식을 먼저 하는 풍조가 만연되어 갔다. 약혼은 유대교인들의 오랜 풍습이다.

마지막 달력 한 장을 떼어내면 신 양은 27살, 나는 31살이었다. 더 이상 미룰 수 없는 혼기가 꽉 찬 나이가 된다.

조금만 더 지나면 결혼 상대를 만나기도 어려웠다.

그 무렵 프로그램 개편으로 방송 출연도 끝났다.

신 양과는 이제 시간을 내어 만나야 했다.

'그래, 약혼식을 하자.'

새해 1월 셋째 주 토요일 오후 신 양과 만났다.

나는 방이 있는 음식점을 찾아, 신 양과 마주 앉았다.

잠시 후 밥상이 차려졌다.

"지금부터 공준원 군과 신온순 양의 약혼식을 거행하겠습니다."

신 양은 피식 웃었다. 농담으로 받아들이고 있었다.

그러거나 말거나 나는 계속했다.

신 양의 진심은 앞서 받은 편지로 확인했으나 내 마음은 밝힌 바가 없었다.

"공준원 군은 신온순 양과 결혼하겠다는 맹세를 했고, 양가 가족을 모시고 예식을 올려야 하지만 형편이 어려워 이와 같은 형식으로 약혼식을 거행하게 되었습니다."

더불어 신 양을 향한 내 진심을 맹세의 형식으로 표현했다.

약혼 기념으로 신 양은 끼고 있는 한 돈짜리 순금 반지 2개 중 한 개를 빼어 나에게 주었다. 나는 사용하던 만년필을 아내에게 주었다. 아내가 끼던 반지는 새끼손가락에 맞았지만 후에 금은방에 가서 늘려, 무명지에 끼었다.

50년의 세월이 지났는데도 그때를 회상하면 지금도 코끝이 시큰해진다.

대지는 아직도 추위가 맴돌고 있는 늦겨울이었다.

게으름이 살며시 스며드는 토요일 오후, 전주에 있는 친구에게서 전화가 왔다.

전주에 와서 차 한잔하자는 전갈이었다. 토요일이면 가끔 찾아가 저녁 식사로 맛있는 닭똥집을 함께 먹던 절친한 친구였다.

눈치를 보니 그날은 왠지 특별한 일이 있는 것 같았다.

그 친구는 대학을 졸업하고 공직에 몸담았으나 월급으로는 성이 차지 않는다며 뛰쳐나가 닭털을 벗겨 시장에 파는 닭 장사를 시작했다.

보기에도 힘든 일이었지만 수입이 월급쟁이보다 좋다며 기염을 토했다.

다방은 도청 근처라서 북적거렸다.

이미 도착한 친구들이 나를 반겨주었다.

일행 중에 한 여인이 앉아있었다. 화장기 없는 얼굴에 수수한 옷차림으로 미색은 보통 수준이었다.

몇 마디 이야기를 나눈 뒤 그녀는 자리에서 일어났다.

"어때?"

방금 떠난 여인을 두고 묻는 말이었다. 나에 대한 기대가 컸던 친구들은 내 처지를 안타까워하고 있었다. 경제적으로 뒷받침만 해주면 도약할 수 있다고 생각하며, 나에게 적합한 배필을 찾았던 것이다. 정말 고마운 친구들이었다.

그녀는 재계에서는 잘 알려진 굉장한 재력가의 딸이었다.

본인 소유의 재산도 많았다.

친구들은 그녀에 대해 입에 침이 마르도록 추켜세웠다.

친구들에게 고맙다는 인사를 나누고 가부의 의사표시도 없이 자리를 떴다.

일요일은 쉬고 월요일에는 출장을 나가 몇 곳을 다녔다.

그러다 보니 결국 늦은 밤이 되어 저녁 식사까지 하고 돌아왔다. 너무 늦어 본부에 들를 필요가 없어 자주 가는 다방에 잠시 들렀다. 종업원이 쪽지 하나를 건네주었다.

"기다렸다 돌아갑니다. 최○○ 드림."

이름은 생각나지 않는다.

토요일에 전주에서 친구들과 함께 잠깐 본 여인이었다.

나는 출근했다 바로 출장을 나왔기 때문에 그녀가 찾아와 아침부터 오후 늦게까지 다방에서 기다린 줄을 전혀 모르고 있었다.

우연이었지만 그녀는 거절의 의사로 받아들인 것이다.

정말 다행이었다.

만났더라면 내가 처한 입장을 설명해 주어야 하는데 어떻게 전해야 할지 난감했을 것이기 때문이다.

진실한 마음으로 사랑하면 영혼이 맑아진다고 하지 않았던가?

당시 내가 가지고 있던 확고한 인생관이었다.

다음 날 출근하자마자 전주에 있는 친구에게 전화를 걸어 어제의 일을 전하고 혼약한 여인이 있다고 전했다.

"알았다. 결혼식 사회는 내가 본다."

항상 여러 말이 필요 없는 친구였다.

짧은 몇 마디로 모든 것이 정리되었다.

퇴근길에 잘 알고 지내던 여인을 우연히 만났다. 그녀는 차를 마시자고 한 뒤 주문을 하기도 전에 "오빠 결혼해?"라며 소문의 진위부터 물었다.

"아니, 어떻게 알았어?"

날짜가 정해지지 않아 청첩장을 돌리지 않았는데 직장에 이미 소문이 났으니, 작은 읍내에 순식간에 퍼져 나간 것이다. 사실을 확인하자마자 그녀가 눈시울을 붉혔다. 그녀는 고등학교 때 테니스 선수였다. 졸업 후에도 운동을 즐겨 라켓을 들고 테니스 복장을 한 채 거리에서 종종 만났다.

운동을 해서 체형이 날씬하고 얼굴도 귀여웠다.

나보다 몇 살 아래여서 사귀어도 전혀 이상하지 않았다.

"말이라도 한번 건넬 수 없었나?"

심드렁한 표정으로 알 수 없는 질문을 던졌다.

짧은 대화를 마치고 헤어질 때 "내가 손 내밀어 주길 기다렸다." 하며 눈가에 이슬이 맺혔다.

만나면 반갑게 인사하는 사이고 부모님도 잘 알고 지내셨지만, 수 년 동안 알고 지내면서도 식사 한 번 같이한 적 없었다. 처음으로 차를 마신 날, 그녀가 나를 마음에 두고 있다는 사실을 알게 된 것이다.

사실 작은 동네였으니 내 처지를 모르는 집은 없었다.

혼기가 된 처녀가 있는 집에서는 내게 관심을 가지고, 알아보다가 내 처지를 알고 나서는 천리만리 달아나 버렸다.

간혹 아버지가 괜찮다고 하면 어머니가 결사반대했다는 소식들이 간간이 들려왔다. 혼자되신 젊은 시어머니, 그 밑으로 보살펴야 하는 시동생들, 그리고 명절 및 제사를 도맡아야 하는 장남이었으니, 어느 어머니가 딸을 보내고 싶겠는가?

좋은 학벌에 이 지역사회에서는 손꼽히는 직장을 가지고 있어서 어려운 가정여건 때문에 딸을 줄 수는 없지만, 그렇다고 버리기에도 아까운 신랑감이 되어 지역사회에 회자되고 있었다.

얼기설기 결혼식

1971년 7월 3일 토요일 오후, 나와 신 양은 충남 예산역에서 내려 택시를 타고 덕숭산 자락에 있는 수덕사로 가고 있었다. 월요일에 국무총리가 지나간다고 해서 비포장도로가 깨끗하게 정리되고 있었다. 독재 시절에는 흔한 일이다.

아무튼 기분이 나쁘지는 않았다. 당시는 금강대교가 가설되지 않아 군산항에서 배를 타고 장항으로 건너가 장항선 열차를 타야 했다.

지난해 말 단둘이 치른 약혼식을 계기로 우리의 결혼은 기정사실이 되었다. 단둘이 여행을 떠나자는 제안에 신 양은 망설임 없이 승낙해 주었다.

집안의 반대에 결기를 보여준 것이다. 신 양은 부모님께 허락을 받은 것이 아니라 친구 집에 다녀온다고 거짓말을 했다.

체구는 작지만 당돌한 여인이었다.

아무 일 없이 다녀왔지만 후유증이 남았다.

병환 중에 계시는 아버지는 속일 수 있었지만 다그치는 어머니의 역정에는 더 이상 버틸 힘이 없었다.

신 양은 솔직히 말씀드리고 용서를 빌었다.

이 사실을 편지에 적어 보냈다.

이 사건으로 인해 처가 분위기가 완전히 바뀌었다.

처가는 도리 없이 결혼 준비로 전환되었다.

여행이 결정적인 역할을 한 것이다.

그러나 지병을 앓던 장인어른께서 돌아가셨다. 아직 혼례를 올리지는 않았지만 둘째 사위 자격으로 장례에 참여했다.

돌아가신 분의 유지에 따라 화장하여 강물에 띄워드렸다.

8월 중순경 신 양한테서 편지가 왔다.

"사주 날짜는 음력 9월 4일, 양력 10월 22일. 결혼 날짜는 음력 9월 27일, 양력 11월 14일. 시간은 오전 9시 30분부터 오전 11시 30분까지가 좋으며 오후 시간은 나쁘다 합니다."

정말 큰일이다. 방 두 칸으로 이사했다는 소리를 듣자마자 신 양은 결혼을 서두른 것이다.

지금까지는 신 양의 처신을 지켜보기만 했는데 이제는 공이 내게로 넘어왔다. 이제부터는 내가 주도적으로 해야 한다. 다시금 걱정이 커졌다. 친형처럼 가까이 지내던 선배님을 찾아뵙고 자초지종을 말씀드리고 의논했다.

"축하한다. 없는 놈은 없는 대로 하면 되는 것이지 걱정할 게 뭐 있냐? 손님들 점심은 내가 책임질 테니 신경 쓰지 마라. 예식장이 문제구나."

선배님은 음식점을 운영하고 계신 터라, 하객들의 점심 대접을 직접 부담하겠다고 나섰다. 예식장은 비용이 문제이고, 학교 강당은 너무 커서 문제였다.

문화원 강당을 생각했으나 너무 허름한 것이 또 문제였다.

친구들과 의논한 결과 일단 문화원 강당에 가보기로 했다.

솜씨 있는 친구가 강당을 꾸며보자고 제안했다.

잘 아는 화원에서 꽃과 화분을 빌려 장식하고 전지 수십 장을 구매해 감출 곳을 감추고 나니 계절에 걸맞은 훌륭한 예식장으로 변했다.

국화 향기가 실내 공기를 살포시 적시며 축제 분위기를 한껏 띄워주었다.

주례는 당시 조합장이던 이동원 씨가 맡아주셨다.

사회는 약속대로 전주에 사는 친구 이명수가 보았다.

예물 교환은 남들과 좀 달랐다.

나는 아내에게 살림을 잘하라는 의미로 가계부 정리에 필요한 주판을 주었고, 아내는 내 전공에 맞춰 법전을 선물로 주었다. 가장 값싼 예물 교환이었다.

주례사는 45분간 이어졌다.

지루한 하객들의 신음이 쏟아져 나왔지만 주례자는 남다른 예식장과 예물 교환, 주례자와 우리 집안 간의 세교, 그리고 입추의 여지없이 들어찬 하객들에 고무되어 아직도 못다 한 말씀이 있는 듯 아쉬워했다.

이보일 선배님께서 지원해 주신 피로연은 평생 잊지 못한다. 선배님은 예식 전날부터 이틀간 음식점 문을 닫았다. 전날에는 서울 등 먼 곳에서 오신 하객들에게 숙소를 제공했고, 예식 날에는 하객들에게 식사를 제공해 주시기 위함이었다.

친형이 계셨다 한들 이처럼 큰 도움을 받을 수 있었을까?

내가 직장 생활하기 전에도 여기저기 단골 다방에 전화를 걸어 내 끼니를 챙겨주신, 평생 잊지 못할 고마우신 분이다.

안타깝게도 두 분은 내가 사업에 실패하고 전전긍긍할 때 세상을 떠나셨다. 따뜻한 식사 한 번 대접해 드리지 못한 것이 지금까지도 한으로 남아있다.

화원에서 빌려 온 화분 몇 개를 구입해 문화원에 기증하는 것으로 문화원과 화원 집에는 동시에 사례가 되었다. 농촌의 따뜻한 인심 아니고서는 찾아보기 힘든 훈훈한 미풍이었다.

우리는 이렇게 신혼살림을 시작했다.

나는 결혼식을 며칠 앞두고 몸살감기로 몸져누워 있었다.

도저히 몸을 가눌 수 없을 정도로 아팠다. 약사인 선배가 조제해 준 약을 먹고 비몽사몽 간에 결혼식을 마친지라 신혼 여행은 무리였다.

대전 유성온천을 여행지로 하고 2박 계획을 세웠지만, 아내에게 양해를 구하고 하룻밤만 자고 돌아왔다.

집에 돌아온 뒤에도 극도의 피로함으로 몸을 가누기 힘들었다. 그래도 잠자리는 정리해야 했다.

대충 정리하다 보니 큰 문제가 생겼다.

우리가 거처할 방은 마루에서 방으로 들어와 다시 샛문을 열고 들어가야 하는데 장롱과 경대 등 신접살림을 놓다 보니 샛문을 막지 않을 수가 없었다. 도리 없이 출입문이 있는 방은 어머니와 두 동생이 거처하고 우리 부부는 남쪽으로 나 있는 창문으로 출입할 수 있도록 손을 보아야 했다.

다행히 학교 창문처럼 문턱이 낮고 창이 넓어 조금만 보완하면 출입이 가능했다. 방 안팎에 얼기설기 디딤목을 만들어 출입하도록 하고, 비좁은 대로 살림 정리를 마쳤다.

어쩔 수 없이 정상적인 집을 이상한 구조로 만든 것이다.

잠자리에 들어서야 아내에게 참 미안하다는 생각이 들었다.

이 집에 들어와 사는 것이 얼마나 힘들까 생각하니, 나 자신이 나쁜 놈처럼 느껴져 후회가 되었다. 소리 없이 눈물을 찍어냈다.

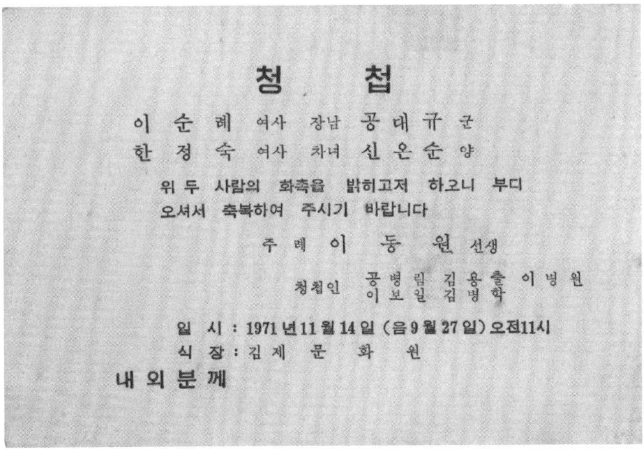

청 첩

이 순 례 여사 장남 공 대 규 군
한 정 숙 여사 차녀 신 온 순 양

위 두 사람의 화촉을 밝히고저 하고니 부디
오셔서 축복하여 주시기 바랍니다

주 례 이 동 원 선생

청첩인 공 병 림 김 용 출 이 병 원
이 보 일 김 병 학

일 시 : 1971 년 11 월 14 일 (음 9 월 27 일) 오전11시
식 장 : 김 제 문 화 원

내 외 분 께

청첩장

아내는 월급날도 황당했을 것이다. 직장 생활을 멀쩡히 하고 있으면서 월급날 돈 한 푼도 가져다주지 않으니 누가 이해하겠는가? 월급을 꼬박꼬박 가져다준다 해도 월급만으로는 집세, 전기세, 두 동생들 학비, 먹고 입고 사는 것도 감당하기 어려웠다. 그러나 아내는 아무 말이 없었다.

결국 시집올 때 가져온 아내의 퇴직금은 반년도 못 되어 바닥이 났다.

이어지는 온정

어느 날 직장 선배님이 점심 식사를 같이하자고 제안했다.

식사 자리에서 할아버지의 존함을 물으셨다. 알려드리자 내 손을 꼭 잡으며 자기 아버지와 호형호제하시던 사이었다며 반겼다. 지금 내가 살고 있는 집이 상당히 불편한 것을 알고 나를 만나자 한 것이다. 자기 집에 별채가 있는데 세를 내주었다고 하시면서 지금 사는 집이 불편하면 이사할 의향이 있느냐고 물어왔다. 그럴 의향이 있으면 현재 살고 있는 세입자를 내보내겠다고 했다.

그때 나는 아무리 어려운 처지였지만 그냥 들어와 살라고 하니 선뜻 대답이 나오지 않았다.

생각해 본다는 답을 하고 헤어졌다.

다음 날 선배님은 다방으로 나를 다시 불러냈다.

"어제는 내 생각이 짧았네. 자네 생각을 물을 필요가 없었던 것을! 동생 같으니까 단도직입적으로 말하겠네. 날 받아 이사하게. 세든 사람에게 나가달라고 아침에 이야기하고 나왔네."

내 대답도 기다리지도 않고 자리에서 일어섰다.

이렇게 하여 또다시 이사를 하게 되었다. 길가에 출입문이 있다는 것이 좀 불편했지만 대문을 같이 쓰지 않아도 되고, 방 두 개에 출입문이 각각 있어서 좋았다. 출입문은 마루로 연결되어 있는데, 마루 끝에서 부엌으로 통하는 문이 또 있어 지금까지 살던 집보다 훨씬 편리했다.

막다른 골목에서 어쩔 줄 모르고 설쳐대는 생쥐처럼 희망을 잃고 허둥대며 살던 내 삶에 자그마한 편의는 생활에 큰 활력소가 되었다.

이것이 밑바닥 민초들의 삶이 아니겠는가?

조금씩 여유를 찾아가는 것 같았다.

어느 날 아내가 아침 식사를 하고 설거지를 끝낸 뒤 다시 작은 상에 밥을 차려왔다.

수저로 꽁보리밥을 몇 수저 떠내더니 안에 있는 흰 쌀밥을 한 수저 입에 물고 목이 메었다.

"보리밥은 못 먹겠어."

소나기 같은 눈물이 밥상 위로 쏟아졌다. 가슴이 미어졌다. 아내는 시집오기 전까지 보리밥을 먹지 않았다. 네 자매가 직장 생활을 하며 꾸려가는 가정이었지만 장모님은 네 자매에게 모든 정성을 다 쏟았다.

당신은 풀죽을 드실지언정 딸들에게는 최선을 다하셨던 것이다. 몸이 제일 약한 둘째 딸에게는 더욱더 신경을 쓰셨다.

그렇다 보니 언니와 동생들도 아내에게 각별히 마음을 써주었다.

우리 집 형제는 꽁보리밥이건 풀죽이건 주는 대로 잘 먹었으니 집안 형편에 맞춰 값싼 보리를 많이 섞어 끼니를 이어간 지 오래다. 시집와서 처음으로 보리밥을 먹게 된 아내는 차츰 적응하는가 싶더니 언젠가부터 밥이 목에 걸려 넘어가지 않는다며 며칠째 밥을 먹지 못했던 것이다.

쌀밥이 먹고 싶지만 시댁 눈치가 보여 그럴 수도 없었다.

이때처럼 아내가 측은하고 안쓰러운 적이 없었다.

나도 눈물이 북받쳤지만, 목 놓아 울 곳도 없었다.

아내를 위로해 주어야 하는데 나에게는 그런 비위도, 염치도 없었다.

출근 도장을 찍고 사무실 뒤뜰 한쪽에 쪼그리고 앉아 무릎 사이에 얼굴을 묻고 소리 없이 울었다. 어려서는 위로받기 위해 큰 소리로 운다지만, 지금은 소리 내어 울어봤자 듣는 귀는 있어도 달래줄 가슴이 없다.

대학을 졸업하고 수없이 흘린 눈물이지만 이번만큼 가슴이 아팠던 적이 또 있었을까? 사막에 이는 거센 모래바람을 온몸으로 맞는 듯 눈이 아프고 목이 메였다.

가슴이 쓰려 소리 없이 울 수밖에 없었다.

아내는 임신했던 것이다. 입덧은 심하지 않았으나 입맛에 변화가 왔다.

어찌 되었든 경사다.

장모님이 자주 오시고 처제들도 틈틈이 다녀갔다.

처가가 바빠졌다. 내 사정이야 어찌 되었든 세월은 어김없이 인생 여정에서 겪어야 할 천부의 업보를 다 가져다주었다.

겨울이 본격적으로 시작되는 12월 13일, 아내의 진통이 시작되었다.

시내를 몇 바퀴 돌아봤지만 산부인과는 없었다. 가까운 선배를 통해 인근 의원 원장님께 부탁을 드려 진통이 있을 경우 왕진해 주기로 약속해 주셨다.

결국 첫째는 다음 날 아침 7시 30분 의사의 조력으로 집에서 태어났다.

아내는 개고 앉은 내 발을 베고 반듯이 누워 출산했다.

순산이었다.

어머니는 고추부터 확인하시고 좋아하셨다. 아들을 넷이나 두셨는데도 손자를 원하셨던 것이다.

딸 둘을 잃은 아픔 때문인지도 모른다.

이름을 원석이라고 지었다.

원석이는 모유를 먹고 자랐다. 아내는 왜소한 몸에도 불구하고 아이가 먹고 남을 정도로 충분한 모유가 나왔다.

하늘이 도우신 것이다.

원석이는 세 살쯤 되던 초겨울 어느 날부터 저녁이면 칭얼거리기 시작했다. 비교적 순한 아이였는데 변한 것이다.

하루는 잠자다 울기 시작하더니 그치지 않는다. 낮에 직장에서 좋지 않은 일도 있고 하여 화가 치밀어 볼기를 때렸다.

손에 힘이 좀 들어가 볼기가 벌겋게 달아올랐다.

"너는 어린것이 무엇을 안다고 안 하던 짓을 하냐?"

어머니는 꾸중하시며 손주를 안아주셨다.

벌건 볼기를 보자 가슴에 비수가 박힌 것처럼 아팠다.

내 방으로 건너와서도 측은해 잠이 오지 않았다.

원석이의 붉은 볼기는 지금도 내 가슴에 상처로 남아있다.

그런 일이 있고 나서 며칠이 지난 어느 날 나는 깊은 잠이 들었다가 섬찟 놀라 깼다. 뛰쳐나가 안방 문을 열었다. 주무시고 계셔야 할 어머니가 안 계셨다. 부엌을 거쳐 화장실로 내달렸다. 맨발이었다. 내 정신이 아니었다.

화장실 입구에 어머니가 쓰러져 계셨다. 초겨울이었지만 일찍 추위가 찾아와 땅이 얼어있었다. 정신없이 둘러업고 방으로 모셨다.

다행히 숨은 쉬고 있었지만 신음하고 계셨다.

어머니는 바로 의식을 차리셨다.

직감이 왔다. 연탄가스! 방문을 다 열어놓고 환기를 시켰다.

당시는 매일 아침 신문 사회면에 연탄가스 사고 소식이 끊일 날이 없었다. 아기가 자다 이유 없이 울면 연탄가스를 의심하는 것이 상식인데 그 생각을 전혀 못 했다.

결국 원석이가 식구들 모두를 살린 것이다.

그러니 원석이의 볼기에 난 손자국은 평생 회한으로 남을 수밖에 없었다.

아침에 일어나 점검을 해보니 서쪽으로 나있는 굴뚝이 어긋나 있었다. 손쉽게 바로잡을 수 있었다.

"괜찮을까?"

당시 둘째를 임신 중이던 아내의 걱정이 컸다.

하지만 동네에는 태아를 진단할 수 있는 병원이 없었다.

"괜찮을 거야. 그리고 아들일 거야."

나는 확신에 차, 대답했다.

"어떻게 알아?"

"아들 낳는 꿈을 꾸었거든."

아내가 임신할 무렵에 나는 꿈을 꾸었다.

어느 연못가에 서있는데 이무기 한 마리가 뛰어올라 내 팔에 안겼다. 그러더니 큰 용으로 변해 날아가려는 것을 내 양팔로 꽉 안으며 꿈에서 깼다.

자고로 용꿈은 아들 꿈이라 했다.

이 꿈이 아니었으면 둘째의 운명은 어찌 되었을지 모른다.

꿈 내용은 이야기하지 않고 마음 놓고 낳아도 된다고만 했다.

이렇게 해서 1975년 4월 26일 아침 7시 30분, 첫째와 똑같이 내 다리를 베고 아내는 둘째를 출산했다.

이번에는 의사가 아닌 조산원이 애를 받았다.

아들 둘을 이렇게 집에서 낳았다.

작명의 철리를 따져 볼 필요 없이 이름을 용석(龍錫)이라고 지었다.

용석이는 태어난 지 몇 개월도 안 돼 설사를 하기 시작했다.

처음에는 대수롭지 않게 생각하고 의원을 몇 번 다녀왔다.

설사는 멈추지 않았다. 한 달 이상을 다녀도 차도가 없었다.

연탄가스 후유증일까?

어느 때는 좀 덜하다가 어느 때는 조금 더해 종잡을 수가 없었다. 아이는 여월 대로 여위어 눈 뜨고 보기 어려울 정도로 탈진해 있었다. 장모님도 몇 차례 오셨지만 별도리가 없으니 걱정만 하시다 가셨다.

몇 개월이 흘렀다. 용석이의 몰골은 차마 눈 뜨고 볼 수 없을 정 도였다.

장모님이 오시더니 아이의 상태를 보고 깜짝 놀라시며 '제것'으로 다스려 보자고 하셨다. '제것'이란 자라배라고도 하는데 비장이 부어 배 속에 자라 모양의 단단한 것이 생기는 한열(寒熱)이다.

전문 용어로는 복학(復瘧)이라고도 한다.

동네에 수소문해 용하다는 한의원에 찾아갔다.

양방에서는 자라배를 인정하지 않기 때문에 한의원을 찾은 것이다.

어린애의 양손에 상처를 내어 처치하고 돌아왔다.

내가 어렸을 때 받은 것과 똑같은 치료를 받은 것이다.

나도 양손에 그때 했던 상처 자국이 지금도 남아있다.

하늘의 도우심일까?

그 후로 용석이는 조금씩 나아졌다.

그 뒤에는 두 아들이 건강하게 잘 자라주었다.

다른 아이들처럼 맛있는 것을 사 달라고 조르는 일도 없었다.

장난감 하나 사 주지 못했지만 아무거나 가지고 잘 놀았다.

첫째가 일곱 살 둘째가 네 살, 첫째는 내년이면 초등학교에 들어가야 한다.

빚도 어느 정도 정리되어 가고, 조상들의 산소를 모신 부동산도 특별 조치법이 제정되어 등기절차까지 마쳤다.

상 경

아내는 힘든 시집살이를 했다. 매일 같이 시동생 둘의 도시락을 싸고, 투박한 교복과 내복을 손으로 빨았다. 공납금이 나오면 친정으로 달려가 언니와 동생들의 호주머니를 털어왔다. 어머니의 해소가 잦아들었지만 오랜 투병으로 병약하셨으니, 아내는 늘 어린 아들을 업고 집안일을 했다.

심지어 화장실에 갈 때도 애를 업고 다닐 지경이었다.

작은 체구에 강단이 대단했다. 미안하고 고마웠지만 우리나라 남자들의 성정이 그러하듯 마음을 표현하지 못했다.

아내 역시 힘들다는 말도, 생색도 내지 않았다.

그러다가 난처한 일이 또 발생했다. 셋째 동생이 대학에 진학했는데 학교가 처가 동네였다. 집에서 통학할 수도 없었고, 하숙을 하자니 그것은 더 어려웠다. 일반 대학보다 등록금이 비교적 저렴한 교육대학이라서 등록금은 마련할 수 있었지만, 하숙비는 불가능한 형편이었다.

월급은 은행 빚과 쌀 계로 떨어져 나가 아직도 내 손에 들어오는 것이 없었기 때문이었다.

고민 끝에 아내는 친정으로 달려가 의논했다.

하지만 이것은 결코 쉬운 일이 아니었다. 호주머니 털어 몇 푼 지원해 주는 것과는 차원이 다른 문제였다. 두 명의 딸과 함께 사시던 장모님께서 여자도 아닌 사돈총각을 여자들만 사는 집에 들인다는 것은 여간 난처한 일이 아니다.

사돈이란 관계도 어렵지만 내 동생의 성품도 모르지 않는가?

세 식구가 밥을 먹을 때는 아무렇게나 한술 뜨면 그만이지만 사돈총각이 오면 끼니마다 신경을 써야 한다.

빨래는 또 어찌할 것인가?

난처하기는 처제들이 더 했다. 집에 들어와서도 자유스럽게 옷을 벗고 씻을 수도 없고, 언행도 조심해야 하는 정말 부자유스러운 생활을 해야 하는 것이 견디기 어려운 불편이었다. 더구나 자신들이 고생하는 일이 아니고 엄마가 고생해야 하는 일이니 딸 입장에서는 쉽게 동의할 수 없는 일이었다.

그러한 이유로 아내는 운을 떼놓고도 강력하게 밀어붙이지 못했다.

결국 장모님이 어려운 결단을 내리셨다. 어차피 몸이 약한 딸의 일을 덜어주는 것이라 생각하셨다. 큰아이가 태어나고 셋째 동생이 장모님 댁으로 떠났다. 입학금은 내가 해결했지만, 등록금은 둘째 공병채 숙부가 내주셨다. 그렇게 대학을 졸업한 셋째는 졸업 후 교사 발령이 날 때까지 둘째 숙부가 경영하는 기업에서 일했다. 막냇동생도 고등학교 졸업 후 숙부 회사에 취업하여 떠났다.

막냇동생이 떠나고 둘째가 태어나, 식구는 그대로 다섯이 되었다.

다행히 둘째도 별복을 앓고 난 후 서서히 건강이 회복돼 잘 자라주었고, 어머니도 건강이 차츰 좋아지셨다. 내 집 마련을 하지 못했다는 것 외에는 가계형편도 조금씩 나아졌다.

어머니는 동갑인 이웃 아주머니와 친하게 지내셨고, 손자들도 착해 어머니의 귀여움을 듬뿍 받았다.

장모님도 자주 찾아오셔서 놀다 가셨다.

아마도 6.25 사변 이후 어머니에게 찾아온 가장 평안했던 시절이 아니었던가 싶다. 모든 것이 아내의 말 없는 내조 덕분이었다. 그때쯤에는 나도 제대로 된 월급을 아내에게 가져다줄 수 있게 되었고, 진급도 했다.

도내에서 가장 보수가 좋았고, 만 61세까지는 정년이 보장된 안정된 직장이었다. 가볍게 버리고 떠날 수 있는 곳이 아니었던 것이다.

지방은 집값도 그다지 높지 않았으니 조금만 더 노력하면 내 집 마련도 가능했다.

하지만 아들의 장래를 생각한다면 현실에 안주하며 안일하게 있을 수만은 없었다. 내가 이곳에서 중·고등학교 시절을 보냈기 때문에 누구보다도 문제점을 잘 알고 있다.

잠을 설칠 때가 많았다.

1978년 구정 무렵, 서울에서 사업하시는 둘째 숙부한테서 연락이 왔다.

새로 설립한 회사가 있는데 총무이사가 필요하다는 것이다. 망설일 이유가 없었다. 월급도 지금의 2배 수준이었다.

아내도 기꺼이 승낙했다. 새로운 변화와 도전에서 예상치 못한 시련이 올 수도 있겠지만, 아들들의 미래를 위한 결단이니 감수해야 한다고 생각했다.

결국 5월 초에 사직하고 상경했다.

퇴직금에 맞추어 집을 얻다 보니 어머니 주무시는 방이 너무 협소했다.

고심 끝에 일찍 상경해 건축업을 통해 다소 돈을 모은 친구를 찾아갔다. 친구는 흔쾌히 돈을 빌려주었다.

가까운 선배가 화곡동에 저렴한 단독주택을 소개해 주어 이사를 할 수 있었다.

비상금 한 푼 없었지만 매월 나오는 월급이 있어 다섯 식구가 살아가는 데는 큰 어려움이 없었다. 아직도 갈 길은 멀지만, 아내가 시집온 지 7~8년 만에 모처럼 얻은 여유요, 평온이었다.

초등학교는 집에서 가까운 곳에 있었다. 큰아들은 흔히들 다니는 유치원에도 한 번 가보지도 못하고 초등학교에 입학했다. 아내가 아들의 초등학교 등하교를 도와주는 동안 어머니는 네 살배기 둘째 손자를 돌봐주셨다.

결혼 후 처음으로 교회에 나갔다. 화곡동 집을 소개하며, 이사 오라고 힘주어 손짓하셨던 선배의 권유로 화곡동 교회에 나갔다. 10여 년 만에 나는 다시 교회를 찾은 것이다.

아내도 서슴없이 따라나서 주었다.

아내는 처녀 시절 천주교를 믿었고, 영세까지 받았다.

언제부터였는지 내 얼굴을 덮고 있던 백납증이 서서히 사라지고 있었다.

이런 기적 같은 일이 일어나고부터 나는 처음으로 하느님께 감사 기도를 올렸다.

❀

홀로 남겨진 아내

평안은 오래가지 못했다. 다니는 회사의 주인이 바뀌는 바람에 나도 회사를 그만두어야 했다. 기가 막히고 허망했다.

그 무렵 회사와 거래하던 자그마한 업체의 사장이 동업을 제의해 왔다.

지푸라기라도 잡는 심정으로 조금 가진 밑천을 투입해 사업을 시작했다.

둘째 숙부께서 상당한 자금을 대주었다. 사업에 투입하지 않고 생활만 하는 입장이라면 반평생을 먹고살 만한 큰돈이었다. "까마귀 날자 배 떨어진다"는 속담처럼 독재자 박정희가 죽고 나서 나라가 혼란한 틈에 일어난 일이었다. 그렇지 않아도 나라 경제가 어려운데 모든 산업이 마비되어 버렸다.

독재자가 지배하는 국가의 필연적인 운명이었다.

그동안 억눌려 지내던 근로자들이 일손을 놓아버렸다.

제대로 돌아가는 공장이 거의 없었고, 유통 체계도 마비되어 버렸다.

경험도 없이 사업에 뛰어들었던 나는 숙부께서 상당한 자금을 지원받았음에도 9개월을 못 버티고 허망하게 무너졌다. 큰일이다.

받은 어음마저 몇 군데에서 부도가 나, 외상값만 쌓였다.

또다시 큰 빚을 떠안게 된 알거지가 되었다.

발행한 수표가 없어서 부도로 인한 형사 문제는 발생하지 않았으나 당시 영등포는 험한 곳이었다.

사무실 문을 지키는 사람도 있었고 하루 종일 내 뒤를 밟아 시내를 따라다니는 사람도 있었다. 죽을 맛이었다. 광주에서 일어난 시민 학살 사건으로 세상인심이 더 험해졌다.

희망이 보이지 않았다.

"어데 가서 바람 좀 쐬고 와."

아내의 제안에 대답을 하지 못했다. 어디를 가자 해도 차비 한 푼이 없었기 때문이다.

맡겨놓은 돈도 없는 주제에 아내에게 돈을 부탁할 수도 없는 노릇이었다.

사실 아내 역시 빈털터리기는 매한가지였다. 시골에서 살 때야 친정이 그리 멀지 않으니 급하다 싶으면 달려가 처제들의 호주머니를 털어왔는데 지금은 너무 멀리 있다.

아침상을 물리고 나서 아내는 내 손에 무언가를 쥐어주었다. 돈이었다. 3만 원. 지금 화폐로 환산하면 30만 원쯤 된다.

눈물이 핑 돌았다.

고맙고 미안해서 할 말이 없었다.

뛰쳐나오듯 집을 나와 한참을 걸었다. 공중전화 부스에서 전화를 걸었다.

"할렐루야."

"아멘."

수시로 연락하고 지내던 서울 친구에게 전화를 걸었다.

그는 여전히 직장 없이 백수건달로 지내고 있었다.

"고속버스터미널에서 만나자."

서로의 사정을 알고 있었으니, 친구는 이유도 묻지 않고 약속 장소로 나왔다.

"어데 가는 거여?"

"한 바퀴 돌고 오려고. 나를 위해 기도 좀 해주게."

전주행 표 한 장 사 들고 개찰하기 전에 부탁했다.

나는 15살부터 교회를 다녔으니 신자로 살아온 지 벌써 25년이 되었다. 여러 가지 복잡한 사정으로 교회를 못 나간 적도 있지만 그래도 하느님 안에서 살고자 노력은 해왔다.

다만 믿음이 부족해 기도의 문이 열리지 않았으니, 아직도 나는 믿음 생활을 열심히 하는 친구의 기도가 필요했다.

서울 친구는 고교 시절 이정숙의 집 담을 넘어갔다가 개에 쫓겨난 사람으로 원래 믿음이 없는 불신자였다.

원인 모를 눈병이 생겨 여러 병원을 가보았지만 좀처럼 차도가 없었다.

답답해하던 친구는 어느 날 갑자기 종적을 감췄다.

그리고 두어 달 뒤 연락이 왔다.

"할렐루야."라는 말에 나도 무의식중에 "아멘."으로 대답했다.

그 친구의 성정으로 보아 상상도 못 할 일이었다.

어려서부터 친구들 도시락 훔쳐 먹고, 점심시간에 몰래 담을 넘어 자장면을 먹고 오는 등 한마디로 개구쟁이였다. 주먹도 세고 의리도 두텁고 꽤 미남이었다. 그가 안질에 걸려 여러 병원을 같이 다녔는데 차도가 없었다.

어느 날 권사 한 분을 만나 그의 권고로 난생처음 교회에 나갔다. 다른 사람보다 곱절로 먹는 대식가가 권사님의 권유로 기도원에 들어가 보름간 금식기도를 한 것이다.

원인을 알 수 없던 안질이 거짓말처럼 나았다.

"굶으면 낫는 병을 약 먹느라 고생만 했구나."

"떽, 하느님께서 눈 흘기셔."라며 정겹게 내 손을 잡았다.

눈을 치료한 것이 아니라 영혼을 치료하고 돌아온 것이다.

몇십 년 동안 기도를 해왔던 나보다 더 기도를 잘했다.

그리고 그 기도는 더 간절했다.

앞선 자가 뒤서게 된다는 성경 말씀이 이런 경우를 두고 하는 게 아닌가.

"기도 열심히 하면 잘 될 거야."

주객이 전도된 느낌이었다.

아내가 쥐어준 돈 중에서 만 원을 꺼내 그의 호주머니에 넣어주었다.

한사코 거절했으나 나도 지지 않았다.

"십일조는 반만 내고 쌀독이나 채워."

친구의 눈에 이슬이 맺혔다.

전주 친구 이명수는 내가 내려온다는 소식을 듣고 기다리고 있었다.

전주 시내에 사는 친구들을 불러 모았다.

아무 일 없는 듯 늦은 시간까지 술잔을 기울이며 우정을 나누었다.

전주 친구는 여관에서 자겠다는 나를 한사코 만류하고 택시를 잡아 기어이 호텔로 숙소를 잡아주었다.

"향후 무슨 계획이 있냐?"

호텔 방까지 따라와 물었다.

"아니. 그냥. 네 얼굴이나 보고 가려고."

"알았다."

긴 이야기가 필요 없는 친구다.

이튿날 아침 늦게 그가 호텔로 찾아왔다.

그리고 나를 끌고 자기 사무실 근처에 있는 어느 가정집으로 데리고 갔다.

"여기서 한 1년만 쉬었다 올라가라. 쉬는 게 보약이여. 사업을 할 놈이 따로 있지. 너 같은 놈은 사업 체질이 아니어. 쉬면서 차근차근 생각해 보자."

"야. 이건 아니다."

"인마. 괜찮히여. 나 돈 있어."

그는 1년 치 하숙비를 한꺼번에 계산하고 나갔다.

독방이라 숙박료도 배 가까이 된다.

용돈 몇 푼 쥐어주는 것만으로도 친구 도리를 다하는 것인데 이토록 돈독한 우정을 베풀어 줄 줄은 정말 몰랐다.

나이는 나보다 두 살 많지만 평생 잊지 못할 소중한 친구다. 그 역시 서울 친구 못지않게 힘이 세어 학교 다닐 때 주먹으로 쌍벽을 이뤘다.

내 결혼식에서는 군산 친구와 싸우다시피 해서 결혼식의 사회 마이크를 잡았다. 한동안 안 보이면 시외 전화를 걸어 "닭똥집 먹자"

고 불러내곤 했던 친구다.

그 친구의 배려 덕분에 나는 전주 생활을 시작하게 되었다.

명수는 가끔 다른 친구들을 불러내어 회식 자리를 마련해 주었고, 용돈도 쓸 만큼 주었다.

평생 갚아도 갚을 수 없는 뜨거운 우정이었다.

서울에 있는 아내에게도 자주 연락을 했다. 아내는 가끔 대문 밖에 낯선 사람들이 찾아오니 당분간 올라오지 말라고 당부했다.

며칠 뒤 아내가 이사를 한다는 전갈을 해왔다. 수입이 없으니 독채 전세금을 빼 단칸방으로 옮겨 생활비를 마련하기 위해서였다.

짐이 많지 않으니 올라오지 말라고 했다.

어머니를 모시고 어린 두 아들과 이사를 해야 했으니 아내의 심정이 얼마나 참담했을까.

그럼에도 아내는 한 번도 불평불만을 토해 내지 않았다.

어머니는 당분간 성남에서 교사로 있는 셋째 동생이 모시기로 했다.

결혼한 지 10년 만에 어머니를 동생 집으로 모시게 된 것이다. 자식 노릇도 제대로 할 수 없는 내 신세가 너무도 한심스러웠다.

도저히 안 되겠다 싶어 이사를 한 다음 날 나는 서울행 야간열차를 탔다.

서울역에 도착하고 보니 10시 반쯤 되었다. 공중전화 부스로 가 집으로 전화를 걸었다. 낯선 사람이 전화를 받았다.

우리가 살던 집에 새로 이사 온 사람이었다. 미처 전화기를 옮기지 못했다. 어디로 이사를 했는지 알 길이 없고, 전화 이전에는 4~5일이 걸린다 한다. 정말 낭패다.

시계를 보니 11시가 넘어가고 있었다.

이사 가는 곳의 주인집 전화번호라도 알아두어야 했거늘.

호주머니에는 친구가 시나브로 넣어준 돈이 조금 있어 겨우 내려갈 표를 끊을 수는 있었지만 열차가 이미 끊겼다.

도리 없이 서울역 대합실에서 밤을 나기로 했다.

나무로 만든 긴 의자에 누워 잠을 청했다. 난생처음 해보는 노숙이었다. 속절없이 나그네 신세가 되었다.

다음 날 아침 국수 한 그릇으로 요기를 채우고 전주로 내려갔다. 며칠이 지나서야 아내와 연락이 되어 다시 상경했다.

이사한 집은 비좁았다. 가구를 다 넣을 수 없어 일부는 뜰 한구석에 비닐로 덮어놓았다.

연탄아궁이는 불이 제대로 들지 않아 삼청냉방이었다.

내가 얼마나 몰락했는지 실감이 났다.

아내와 자식들에게 면목이 없었다. 아내는 나를 아무렇지 않게 대해 주었다.

날씨가 추우니 밤에는 두꺼운 솜이불과 요를 꺼내어 애들을 감쌌다.

큰아이는 기침을 심하게 했다. 예사 기침이 아니었다.

병원에라도 가보아야 했지만 엄두도 낼 수 없었다.

앞날을 생각하니 캄캄했다. 어떻게 살아야 할 것인가?

잠을 설치고 아침에 일어나 보니 윗목에 떠다 놓은 물이 꽁꽁 얼어있었다.

급하게 집을 구하다 보니 꼼꼼하게 살펴볼 겨를이 없었던 것이다.

아내가 아침 식사를 차려왔다.

정부미 중 제일 하 등급이라 먹기에 거북했지만 다 먹었다.

안정된 직장을 박차고 올라와 이 지경이 되고 보니 자식을 위해서라지만 진정 자식을 위해서도 잘한 일인지 알 수가 없어 착잡했다.

하지만 아내는 단 한마디의 원망도 하지 않았다.

지금 상황에서는 한입이라도 줄이는 것이 아내를 돕는 길이라 생각하며 아내가 닦아준 구두를 신고 다시 전주로 내려왔다. 내가 내려온 후 장모님이 다녀가셨다는 소식을 들었다.

친척이 찾아와 하 등급 정부미를 사 줬다는 것에 아쉬움과 서운함을 느끼셨는지 아직 뜯지 않은 쌀 포대는 쌀집에 반납하고 좋은 쌀로 사 주고 내려가셨다고 한다. "없는 자에게 이거나 먹고 살아라."라고 하는 것은 거지 취급하는 것이라고 하시며 화를 내셨다는 것이다.

장모님은 행여 부부간에 불화가 생길까 싶어 기회가 있을 때마다 아내에게 현명한 처사를 당부하셨다. 고마운 분이시다.

몇몇 친구들도 찾아와 연탄과 쌀을 들여놓고 갔다고 했다.

고마운 친구들이다.

1981년 4월 22일, 어머니 회갑은 이 단칸방에서 맞았다.

비록 좁은 방이지만 아내는 정성을 다해 어머니께 회갑상을 차려 드렸다.

장모님도 오시고 형제들도 다 모였다.

형제 내외가 다 모이자, 방이 좁아 일부는 밖에서 서성이다 교대했다.

답답한 공간만큼이나 마음의 아픔이 심장을 옥죄였다.

큰며느리가 시어머니를 모셔야 되는데 그러지 못함을 장모님은 몹시 안타까워하셨다. 사위를 원망하시기보다 처가가 못 사시는 것을 더 미안해하셨다.

나는 너무도 죄송하여 몸 둘 바를 몰랐다.

장모님이 다녀가시고 나서 한 달여 만에 아내에게서 전화가 왔다. 장모님께서 우리가 살 집을 보러 다니신다는 것이다.

이 무슨 청천벽력 같은 소리인가? 노인 혼자 사는데 방 한 칸이면 되지 집 한 채가 무슨 소용이냐 하시며, 내려가자마자 집을 정리하신 것이다. 작은 일산 가옥 한 채를 매입하시고 남은 돈을 가지고 올라오셨다.

나 자신이 한심해 억장이 무너지는 것만 같았다.

장모님이 살고 계신 군산과 서울의 집값은 상당한 차이가 있었으나, 그래도 장모님 덕분에 아담한 단독주택을 계약할 수 있었다. 부족한 돈은 처형이 도와주었다.

이 우환 중에 난생처음 가져보는 우리 집이었다.

장모님과 아내 모두 한사코 내 명의를 고집했지만 그럴 수는 없었다.

아내 이름으로 등기가 마무리될 무렵 우리 집과 가까운 목동지구에 신도시 건설이 발표되었다.

동시에 집값이 무려 다섯 배로 올랐다. 난생처음 경험하는 행운이었다.

전주에서 머문 지 10개월이 지나갈 때 둘째 숙부에게서 연락이 왔다.

"이제 그만 쉬고 올라와 내 일을 좀 도와줘."

같은 말이라도 정말 고맙게 해주었다.

대책도 없이 친구의 신세를 지고 있는 입장에서 정말 반가운 소식이었다.

전주에 있는 동안 얻은 보람은 책을 많이 읽은 것이다. 아침을 먹고, 서점으로 나가 책을 읽었다. 점심을 먹고는 또다시 서점으로 나가 책을 읽었다.

현실은 고통스러웠지만 친구 덕분에 편안하고 보람 있는 시간을 보낼 수 있었던 것이다.

평생 잊을 수 없는 고마운 친구다.

장모님이 마련해 주신 단독주택

둘째 숙부가 추진하고 있는 사업은 가열로(爐)를 생산하는 공장이었다.

내가 하다 실패한 사업이라 나는 만류했다.

사업에 실패한 경험이 있어서가 아니라 박정희 저격 사건 이후 사회적 갈등으로 인해 시국이 어수선했고, 신군부의 패악질로 내일을 예측할 수 없는 상황에서 새로운 사업을 일으키는 것은 무모한 것으로 판단했다. 몇 달 동안 월급을 받고 기본 계획을 세워보았지만 명쾌한 결론이 나오지 않았다.

결국 신규 사업은 접기로 했다.

나는 본사로 들어가는 것밖에 다른 길은 없었지만 그럴 수는 없었다.

내 비록 다시 실직자로 반거충이 될지언정 본사로 들어가는 것은 도리가 아니다.

본사에는 막냇동생이 창업 때부터 십 년이 넘도록 일하고 있기 때문이다. 나도 잠시 둘째 숙부인 공병채 삼촌을 도와 일하며 기업을 키워볼까 하는 야망을 가져본 일이 있었다.

나는 사업가 체질이 아니라 참모형의 자질을 더 많이 가지고 있음을 나 자신이 잘 알기 때문이다.

하지만 동생이 몸담고 있는 곳에 들어갈 수는 없었다.

때마침 안양에서 병원을 운영하는 선배가 함께 일해 볼 것을 제안해 왔다. 선택의 여지가 없었다.

미국 출장을 떠나시는 둘째 숙부께 내 뜻을 전달했다.

내가 입사한다는 것을 전제로 계획을 세워놓고 있었던 숙부는 다소 난감해했다.

돌아와 이야기하기로 한 뒤 헤어졌다.

하지만 내 뜻은 변함이 없었다.

1981년 12월 1일 안양에 있는 병원으로 출근했다. 집에서 버스를 세 번 갈아타는 두 시간이 걸리는 거리였다. 왕복 4시간이다. 직장 근처로 이사를 하면 좋겠지만 두 아들이 학교에 다니고 있었다. 아들 때문에 상경해 이 고생을 하고 있는데 고생이 좀 되더라도 내가 희생할 수밖에 없었다.

부임하자마자 종합병원 인가를 받아냈다.

이 지역에서는 최초의 종합병원이었다

동시에 종합병원에 걸맞은 운영체제를 만들어야 했지만, 직원들이 타성에 젖어 새로운 시스템으로의 전환은 참 어려웠다. 때문에 직장 생활은 생각보다 훨씬 힘들었다.

할 일이 쌓여 집에 못 들어가는 날도 많았다.

다행히 아내는 생동감 있는 집안 분위기에 고무되어 활기를 되찾아갔다.

또 두 아들은 아내에게 희망이요, 기쁨이었다.

아내는 오직 두 아들에게만 매달리며 삶의 즐거움을 찾았다.

입고 다니는 옷과 신발 학용품을 챙기는 일부터 시작해서 애들이 돌아오면 풀 숙제를 내는 일로 온종일 바빴다.

두 아들도 학교에서 돌아오면 엄마가 내준 숙제를 푸는데 재미를 붙였다.

어려운 가정환경에서 아이들은 유일한 꿈이었다.

1982년 5월 5일 어린이날 장모님이 마련해 주신 자금 덕분에 단독주택으로 이사를 했다. 어머니를 다시 모셨다.

2년 만에 어머니와 다시 살게 된 것이다.

하지만 집이 좀 낡았고 연탄아궁이가 부실해 전기장판 없이는 살 수가 없었다. 안방에는 전기장판을 깔아 아내와 아이 둘이 자고, 나는 가운데 방에서 두툼한 솜이불로 겨울을 났다. 어머니가 지내실 갓방은 연탄아궁이가 잘 들어가 비교적 따뜻한 방에 모실 수 있었다.

큰아이가 아직도 기침이 멈추지 않았다. 나 역시 두꺼운 솜이불을 덮을 정도로 추워, 온 식구들이 잠을 설쳤다. 낡은 집이라 문제가 많았지만 장모님이 집을 팔아 마련해 주신 집이라 감사한 마음으로 살아야 했다.

언제부턴가 어머니는 집을 자주 비우기 시작하셨다.

뒤늦게 안 사실이지만 큰손자 기침 때문에 따뜻한 방을 내주신 것이다.

같이 자자하니 밤새 기침하는 손자와 잘 수도 없었지만 몸이 불편하니 손자도 엄마 품을 떠나려 하지 않았다.

『월간 자동차』 운영

새벽 2시가 가까워질 무렵, 전화벨이 울렸다.

"여보세요."

"준원이냐?"

군산 친구가 술에 취해 전화를 걸어왔다.

"옛날에 우리 학교 다닐 때 약속했던 것 기억하냐? 잡지사 만들어서 책 읽고 글 쓰며 살자고 했잖여. 그래서 말인디. 내일 머리 허연 놈 하나가 찾아갈 거니께 이야기 들어보고 결정히어라. 잘 자라."

밑도 끝도 없이 저 혼자 지껄이고 전화를 끊었다.

잠이 오지 않아 잠을 설쳤다.

다음 날 병원으로 사람이 찾아왔다.

나이는 그리 많지 않았으나 머리가 백발이었다.

그는 자동차 전문잡지 출간을 위해 등록을 마쳤다고 전했다. 당시는 유신정권이 무너지고 5공화국이 들어서면서 다시 군부가 정권을 장악하여 잡지 등록도 하늘의 별 따기였다.

잡지사 등록증만 팔아도 상당한 돈이 되던 시절이었고, 군산 친구도 잡지사를 손에 넣기까지 이에 버금가는 비용을 투자했다고 한다.

잡지 이름은 '월간 자동차'로 자동차와 운수업에 관한 전문 잡지였다. 자동차 잡지로는 우리나라에서 처음이었다.

들어간 돈 달라고 하지 않을 테니 운영해 보라고 했다.

나로서는 엄두가 나지 않는 일이라 둘째 숙부님과 잡지사 운영에 대해 의논했다.

숙부님은 자동차 부품 생산 공장을 운영하고 있어 연관이 있기 때문에 어느 정도 기대가 되는 사업이기도 했다. 결국 주식회사로 전환하여 숙부가 회장이 되었고, 나는 발행인 겸 대표이사가 되었다.

전주에 내려가 강암 송성용 씨를 찾아뵙고 월간 자동차 제호를 부탁드렸다.

잡지사 제호

정성 들여 일곱 장을 쓰시더니 그중 한 장을 골라 주셨다.

군산 친구가 통장에 있는 돈 다 털었다며 450만 원을 보내왔다. 당시에는 거금이었다. 두터운 우정의 표시였다.

1983년 6월 1일부터 나는 병원을 그만두고 잡지사로 출근했다. 안정된 직장을 두고 또다시 사업에 뛰어든 것이다.

아내도 내 뜻을 따라주었다.

그로 인해 나는 또 다른 수렁으로 빠져들어 가기 시작했다.

아내가 울먹이며 급한 전화를 해왔다. 둘째 아이가 뇌수막염에 걸렸다는 것이다. 며칠 전부터 볼거리를 앓고 있어 대수롭지 않게 여기고 내과의원에 갔는데 큰 병원에 가보라 하여 대학병원에 왔더니 뇌수막염이라는 진단이 내려진 것이다.

정신없이 병원으로 달려갔다. 볼거리 균이 뇌로 치솟았는데 그 균이 바이러스이면 완치가 가능하지만, 결핵균일 경우 사망률이 70%라고 한다.

결핵균인 경우 산다 해도 정상인으로 회복되기는 어렵다며 결과는 3일 후에 나온다고 했다.

세상에 태어나서 어려운 고비를 여러 번 겪었지만 이토록 피 말리는 고통은 처음이었다. 하느님을 믿고 살아온 지 수십 년이 지났는데도 어떻게 기도해야 할지도 몰랐지만, 아내와 나는 이틀 밤을 꼬박 새우며 하느님께 매달렸다.

"우리 아들 살려주십시오. 우리 아들 살려주십시오."

몇천 번, 몇만 번을 밤을 새우며 같은 말만 되풀이했다.

아내의 몰골은 말이 아니었다. 또다시 닥쳐온 경제적인 어려움에 아들까지 사경을 헤매고 있으니 그렇지 않아도 연약한 몸이 앙상해졌다.

아내가 너무도 불쌍해 울음이 절로 터졌다.

병원 한 모퉁이에서 한참을 울었다.

그렇게 병원에서 이틀 밤을 지새웠다.

어린 아들은 끙끙거리며 잘도 견디어주었다. 검사 결과는 천우신조로 바이러스성 뇌막염으로 나왔고, 치료도 순조로웠다.

하지만 이토록 가슴 조여 보기는 난생처음이었다.

처음으로 하느님께 심연에서 우러나오는 감사기도를 드렸다.

자식을 새로 얻은 기분이었다.

퇴원 무렵 이한열 열사가 최루탄 파편을 맞고 의식 불명인 체 이곳에 입원했을 때이니 1987년 6월 초순쯤이다.

잡지사를 시작하여 어느 정도 정리된 뒤에 한 생각이 떠올랐다.

전주 친구는 사업에 성공했고, 군산 친구도 돈을 많이 벌었다. 반면에 서울 친구는 마흔이 넘도록 일자리를 구하지 못했다.

신앙심이 돈독하니 좀 늦었지만 신학 공부를 하면 어떨까?

오랜 시간 백수로 지냈으니 쉽지는 않을 것이다.

서울 친구를 불러내었다.

친구를 만나자마자 기도해 달라고 부탁했다.

"왜? 힘들어?"

"아니. 그냥."

그는 잡지사를 위해 기도해 주었다. 신학 공부를 해보면 어떨지 물었다. 돈이 없다고 대답했다.

돈만 있다면 해보고 싶다는 뜻으로 해석할 수 있다.

그렇다면 한번 해보자.

당시 나는 매달 봉천동 장승배기에서 초등학교 동창들을 만났다. 그 가운데 윤귀중 목사가 있었다.

지난날 우리는 목회자 양성을 위한 장학회를 만들기 위해 십시일반 적은 돈을 모았다. 지당 박부원이 가장 적극적이었다. 지당은 우리나라 도자기 예술의 거목으로서 분청자기로도 유명하다. 그는 경기도 광주에서 '도원요'라는 가마를 만들어 도자기 예술에 전념했다. 그의 달 항아리는 세계적으로 유명하다. 사재를 들여 교회까지 지어 헌당한 독지가이기도 하다.

‘도원요’에는 영친왕비 방자 여사가 주말이면 찾아와 난을 쳤다. 한때 나도 주말이면 ‘도원요’를 자주 찾은 덕에 방자 여사와 반갑게 인사를 나누는 사이가 되었다.

방자 여사는 지당이 전시회를 할 때마다 테이프를 끊어주셨다.

윤 목사는 장학회 설립에 팔을 걷어붙이고 나섰다.

지당 박부원과 나는 장학회 설립에 의기투합했다.

윤 목사가 시무하는 봉천동 옥토교회 근처 음식점에서 발기대회를 가졌다.

윤 목사가 시무하는 교인들이 주축이 되었다.

20여 명이 모였는데 사회자가 눈에 익었다.

윤 목사가 시무하는 옥토 교회 집사라고 했다.

아! 2년 전에 만났던 그 청년이었다.

전주에서 올라와 숙부님의 일을 도울 때의 일이었다. 점심시간에 문밖이 시끄러워 나가보니 직원과 한 외판원이 승강이를 벌이고 있었다. 외판원은 잠시만 시간을 달라고 사정하고, 직원은 잡상인 금지라며 출입을 막았다.

옥신각신 끝에 외판원은 승낙도 없이 문을 열고 사무실로 들어왔다. 잠깐이면 된다고 막무가내 고집을 피웠지만 어쩐지 그 행동이 얄밉지 않아 막지 않았다. 결국 외판원은 바람막이가 있는 등산용 버너 3개를 팔고 갔다.

집요함이 인상적이어서 오랫동안 기억 속에 각인되어 있었다.

이런 기막힌 인연이 또 어디에 있겠는가?

반갑게 웃으며 뜨거운 악수를 나누었다.

장학회의 첫 번째 학생은 서울 친구로 결정되었다.

이렇게 하여 서울 친구는 신학대학에 진학하여 목사가 되었다.

교회 하나를 개척하여 시무하다 은퇴하였는데 어느 날 TV를 보다가 홀연히 세상을 떠나버렸다.

한밀장학회는 그로부터 지금까지 40년이 넘도록 윤 목사가 운영해 가고 있다.

미로를 헤매다 어머니마저 잃고

잡지사는 직원들의 희생적인 노력에도 불구하고 계속해서 생겨나는 경쟁사로 인해 점점 어려워졌다. 6.29 선언 이후 민주화 바람으로 잡지 등록이 자유로워졌기 때문이었다.

그간 어렵사리 운영해 오던 잡지사는 난관에 봉착했다.

백방으로 뛰어다니며 최선을 다했지만 좋아질 기미는 보이지 않았다.

진학사 조우제 사장님이 음으로 양으로 도움을 주셨지만 속수무책이었다.

조 사장님은 나보다 10여 년 연상으로 기억되는데, 어느 자리에서 법률 자문을 몇 가지 해드린 것을 계기로 자주 만나게 되었고, 잡지협회 쇄신이라는 시대적 과제를 공감하면서 친분이 두터워졌다.

잡지협회는 그동안 기득권 세력이 협회를 사유화해 본연의 임무를 망각하고 사익을 추구하는 데 혈안이 되어있었다.

그들을 축출하고 모든 회원사가 권익을 균등하게 누릴 수 있도록 협회 쇄신에 앞장섰다. 진학사 조우제 사장은 잡지협회 쇄신을 주제로 내걸고 한국잡지협회 회장에 출마했다.

나를 포함하여 춘추회 회원 전원이 합심하여 조 사장을 잡지협회 회장에 당선시키는 데 성공하였다. 당시 춘추회 회원은 판례월보 고영수(高永秀), 성서교재 간행사 김영진(金永鎭), 금융 경제사 김일섭(金日燮), (주)종합물가정보 노영현(盧英鉉), 아동 문예 박종현(朴鍾炫), 대광 정판사 서정문(徐正文), 생활 환경신문사 박래영(朴來永), 인쇄계 안정웅(安貞雄), 월간 약국 윤호헌(尹浩憲), 현대 공론사 이심(李沁), (주)아리오 이영엽(李泳燁), 월간 사진 황성옥(黃成玉), 내가 운영하는 (주)월간 자동차 이렇게 14명이었다.

협회가 주어진 합당한 임무에 소임을 다할 수 있도록 정관부터 수정했다.

나는 협회 정관 개정 책임자로서 한국잡지협회 쇄신에 최선을 다했다. 생활은 어려웠지만 보람도 컸다.

하지만 숙부가 투자한 돈과 군산 친구가 보내준 돈이 순식간에 바닥났다. 많이 도와주시던 진학사 조 회장님마저 위암으로 세상을 떠나셨다.

집에 생활비 한 푼 가져다줄 수 없는 세월이 또 계속되었다.

빛 좋은 개살구란 바로 나를 가리키는 말이었다. 매일 정장을 하고 출근을 해야 했다. 아내는 아무 말 없이 양복과 와이셔츠를 다려 주었다. 세탁소에 맡기는 대신 모든 것을 아내가 손수 다 했다. 구두도 시장에서 약을 사다 직접 닦아주었다. 생각해 보니 결혼한 뒤 한 번도 구두를 밖에서 돈을 내고 닦아본 기억이 없다. 아내의 수고를 덜기 위해 와이셔츠를 며칠씩 입고 다녔다. 마음의 부담 때문에 집에 안 들어가는 날도 많아졌다.

주로 사무실 소파에서 잤다. 서울역이 가까이 있어 추운 겨울에는 서울역 대합실에서 자기도 했다.

내가 아내를 위해 할 수 있는 일이 고작 이것뿐이었다.

한두 번 자다 보니 서울역을 찾는데 허물이 없어진 것이다.

가끔 단속이 심해 잠자리를 얻지 못할 때도 있었다.

1988년 3월 27일에는 동전이 몇 푼 모자란다는 이유로 버스 운전 기사와 다툼이 생겼다. 돈이 모자라면 사과하고 양해를 구해야 하는데 원래 나는 고분고분한 성격이 못 된다.

생김새는 멀쩡한 양반이 어쩌고저쩌고하는 운전기사의 말에 화가 치솟았다. 버스에서 내려 서울역에서 잤다.

다음 날은 사무실에 들르지 않고 선배가 운영하는 기원에 들러 시간을 보내다 돈을 좀 구해 저녁에야 집에 도착했다.

아내가 옷을 다 차려입고 아이들과 기다리고 있었다.

"어머니가 돌아가셨대."

나도 몰래 그 자리에 털석 주저앉아 버렸다.

어제 돌아가셨다는데 내가 연락되지 않고 연락할 방도도 없어, 어제부터 지금까지 기다리고 있었단다. 그동안 아내는 얼마나 애가 탔을까?

1988년 겨울의 끝자락에서 진눈개비가 가볍게 흩날리던 3월 어느 날, 두 동생 집을 오가며 지내시던 어머니가 시골 외삼촌 댁에 다니러 가셨다가 주무시듯 세상을 떠나셨다. 견딜 수 없이 슬펐던 나는 어머니를 산소에 모실 때까지 3일 밤낮을 울었다. 어머니를 위해서라도 나는 지방에 있는 직장에 그대로 다녔어야 했다. 그랬다면 어머니를 조금이라도 편안하게 모실 수 있었을 것이다. 이제 68세이시니 아직도 더 사실 연세이다.

섣불리 운명을 거스른 자에게는 운명은 역으로 딴죽거린다고 했던가?

불효자식의 멍에를 벗을 수가 없다.

부인을 잃은 남자는 환(鰥)이고, 남편을 잃은 여자는 과(寡)다. 부모를 다 잃으면 고(孤)이고, 무자식은 독(獨)이니 부모를 다 잃은 나는 고아가 된 것이 분명하다.

견디기 힘든 외로움이 덮쳐왔다. 너무도 상실감이 컸다.

상례를 마친 후 돼지 한 마리를 제물로 하여 동네어른들께 큰 잔치를 베풀어 드리고 돌아왔다.

5년쯤 지나서 어머니의 사진을 벽에 걸어놓기 위해 싸두었던 영정 사진을 꺼냈다. 그 순간 눈물방울이 액자 위로 쉴 새 없이 쏟아졌다. 나도 예상하지 못했던 눈물이었다.

허겁지겁 다시 싸서 넣어두고 말았다.

4·19 때 보여주신 어머니의 뜨거운 눈물은 내 가슴을 평생 달구어 놓고 있었다.

회오리바람에 날아온 내 집

둘째 아들이 중학교에 진학하면서 두 아들의 학비와 생활고 때문에 집을 팔아야 할 지경에 이르렀다. 집값은 이미 반 토막이 났다. 그동안 생활비 때문에 진 빚도 한 짐이었다. 차마 팔 수 없어 세를 놓고 이보다 저렴한 세를 얻어 이층집으로 이사를 했다. 위치는 장남이 다니는 고등학교와 둘째가 입학한 중학교의 중간인 목동이었다.

서울에 올라와서 다섯 번째 이사다.

최락도 의원이 고향에 내려와 자치단체장에 출마할 것을 권한 때가 그 무렵이었다.

잡지사도 한계에 이르렀으니 선택의 여지가 없었다.

하지만 자치단체장 선거는 몇 년의 여유가 남았다. 며칠의 시차를 두고 안양의 김정숙 여사한테서 만나자는 연락을 받았다. 병원 운영이 어려우니 좀 도와달라는 부탁이었다. 우선 지자체가 실시될 때까지 병원 일을 도와주기로 했다.

내 손으로 병원 인가를 받아 2년간 운영하다 잡지사로 왔기 때문에 낯설지 않았다. 다시 봉급 생활을 시작했다.

아이들이 고등학생과 중학생이 된 뒤로 아내도 시간적 여유가 생겼다. 나도 고정 월급을 받게 되었으니 의식주는 어느 정도 해결되었다. 문제는 그간에 진 빚이었다. 고민 끝에 아내가 목동에서 국수 체인점을 시작했다. 나는 새벽에 밥을 먹고 안양으로 출근했다가 퇴근 후 국수 배달을 했다.

부지런히 일했지만 월말 계산을 하면 제자리걸음이었다. 잘 타던 자전거도 배달할 때면 왜 그리 잘 넘어지는지, 여러 차례 국수 그릇을 엎었다.

1년여의 세월이 지날 무렵 요행히 임자가 나타나 국수 가게를 넘기고 우리는 다시 명일동으로 이사를 했다.

둘째가 진학한 고등학교가 거기 있었기 때문이다.

맹자의 가르침을 따르려 한 것은 아닌데 어쩌다 보니 맹모삼천지교를 따르게 되었다.

명일동에서 안양은 정말 멀었다. 세 번 갈아타는 것은 같았지만 성내역에서 사당까지가 너무 멀었다.

그래도 지하철이라 시간이 절약되었다.

목동에서는 2층에 살았지만, 명일동은 3층에서 살았다. 목동과 달리 명일동은 변두리인 데다 3층이어서 집세가 더 싸다. 애들 학비에 보탤 여유가 생겼다.

결국 재산이 또 줄어든 것이다.

이제 화곡동 집이 문제다. 궁리 끝에 반지하 형태의 3층 집을 지으면 어느 정도 만회할 수 있다는 계산이 나왔다.

건축비는 반지하와 2층, 3층 전세금으로 충당할 수 있었다.

1993년 2월 3일, 1억 2,000만 원에 공사 계약을 맺었다.

전세를 살던 두 가정을 내보내는 데도 상당한 비용이 들었다. 중개 수수료, 이사비용까지 다 물고도 웃돈을 요구했다.

결국 처가 쪽에서 3,000만 원의 빚을 냈다.

집 짓는 동안 살림을 하며 그 먼 길을 왔다 갔다 하던 아내는 목디스크와 오십견으로 결국 입원을 해야 했다.

다음 날 둘째가 장염으로 입원하여 우리 가정은 또다시 수난의 늪에 빠졌다.

병원 업무도 복잡한 문제가 얽혀 힘이 드는데 아내와 아들까지 입원을 하니 눈앞이 캄캄했다.

어둡고 긴 터널이 또다시 시작되는 것만 같았다.

집을 다 짓고 나면 건축업자는 전세를 놓아 건축비를 모두 챙길 수 있다. 건축업자는 그렇게 하여 건축비를 챙겨 갔다.

그런데 집을 다 지었을 때 부동산 경기가 다시 얼어붙었다.

이렇게 재수가 없을 수 있을까?

또 한 번의 잘못된 선택으로 나는 다시 험한 가시밭길로 들어서고 말았다.

직장과 아내와 아들이 입원한 병원을 오가며 정신없이 7~8일을 보냈다. 다행히 두 사람 모두 차도가 있어 퇴원했고, 나도 한숨 돌렸다.

하지만 쉬도 되지 않은 아내의 몸은 많이 망가져 있었다.

몸과 마음이 지칠 대로 지친 것이다.

내가 할 수 있는 일은 아내의 노고를 조금이라도 덜어주는 일이었다.

아내가 선잠을 자지 않도록 병원 소파에서 자는 날이 많아졌다. 노숙에 다소 익숙해 있는 터라 마음에 각인될 만큼 큰 상처로 남지는 않았다.

두 아들이 중학교와 고등학교에 입학하면서부터 학비 부담이 큰 짐으로 어깨를 짓눌렀다.

그 와중에도 아내는 박봉으로 가계를 꾸려갔다.

다만 그간 생계를 위해 진 빚과 화곡동 집 신축을 위해 차용한 부채는 한 푼도 해결하지 못했다.

목동 신도시 개발이 끝나고 부동산 가격의 오름세가 멈추더니 모든 거래가 얼어붙어 버렸다. 정말 되는 일이 없었다.

도리 없이 장남은 대학교 1학년을 마치고 자원입대를 했다.

처음 대학교에 입학할 때 입학금 등이 큰 짐이었지만 학업이 끝나기 바쁘게 작업장, 식당, 일터를 찾아다니며 아르바이트를 해 가정에 보탬을 주는 바람에 아들이 대학에 입학하고부터는 아내의 짐도 조금은 가벼워졌다.

장남이 입대하고 얼마 지나지 않아 병무 관련 기관에 근무하는 친구한테서 전화가 왔다.

"네 아들 군대에 안 가도 되겠더라."

"왜?"

"어렸을 때 기관지 천식을 많이 앓았는지 아직도 그 흉터가 선명하게 남아있어. 그 정도면 병역면제가 가능해. 어떻게 할 거야?"

중학교에 진학하면서 천식이 많이 나아졌지만 아직도 그 흔적이 남아있었던 것이다. 입대는 아내와 의논할 사안이었지만 필시 아내는 안 보낸다고 할 것이다. 허나 잘못된 습관을 바꾸려면 군대를 다녀와야 한다는 것이 평소의 내 소신이다. 장남은 좀 게으른 편이다. 게으른 습관을 고치기 위해서라도 군대에 갔다 와야 한다고 생각했다.

“보내라.”

“알았다.”

그렇게 해서 큰애는 군에 입대하게 되었다.

아내는 이 사실을 까맣게 모른다.

아내는 몇 번의 버스를 갈아타며 화곡동을 거의 매일 다녔다. 그러나 매매계약은 좀처럼 이루어지지 않았다. 대부분 가격 때문이었다. 둘째가 고등학교를 졸업할 때까지 3년의 세월이 또 흘러갔다. 결국 둘째도 대학에 진학했으니 내가 더 이상 아들들을 위해 먼 길을 왕래할 필요가 없었다.

1994년 3월 27일 안양으로 이사했다.

다녀야 할 교회부터 찾았다. 평촌 신도시에 왔으니 전화부에서 평촌 들어가는 교회를 찾았다. 평촌교회가 눈에 띄었다. 다음 날 평촌교회 6교구 담당이라 하시며 박두환 목사님이 찾아오시더니 그다음 날에는 고준규 담임목사님이 찾아오셨다. 선택할 여유를 주지 않았다. 그런 열정으로 고준규 목사님은 400명의 신도였던 평촌교회를 4,000명까지 끌어올렸다. 그리고는 사재까지 몽땅 털어 그에 걸맞는 교회를 신축할 수 있도록 토대를 마련하시고 나서 아깝게도 아직은 젊은 나이에 암으로 소천하셨다.

평촌 신도시로 이사할 때까지 화곡동 집은 팔리지 않았다.

정말 답답했다.

나는 직장과 가까워졌지만 아내는 안양에서 화곡동을 왕래해야 했으니, 그 고초는 조금도 나아지지 않았다. 결국 8,000만 원의 손해를 떠안고 1997년 10월에 지은 지 5년 만에 계약이 성사되었다.

하지만 그렇게라도 팔지 않으면 늘어나는 부채를 주체할 길이 없었다. 그래도 안양은 서울보다 집값이 싸고 전셋값도 싸서 견딜 수 있었다.

1997년 12월 3일 우리나라는 IMF에 구제 금융을 요청하여 IMF 지배하에 들어가는 경제 도산국이 되었다. 전국 도처에서 기업들이 파산하고 부동산 매물이 쏟아져 나와 경매시장이 들끓었다.

부동산이 폭락하면서 전셋값도 내려갔다.

살고 있는 집도 1년이 다 돼 또 이사를 해야 하는데 전셋값이 내려가는 것은 나로서는 반가운 일이었다. 나라 전체가 요동치는 데도 우리 가정은 한숨 돌릴 여유가 생겼다.

그 무렵 예고도 없이 집주인이 찾아왔다.

파격적인 가격으로 집을 사라는 것이다.

집주인 입장에서는 집값이 더 내려가면 전세금 내주기도 어려워질까 봐 두려웠던 것이다.

집주인은 어느 교회에 시무하시는 목사님이셨다.

나는 잠시 고민했다. 하느님을 믿는 자가 목사님의 불행을 기다리는 것은 도리가 아니라 싶어 승낙을 해드렸다.

더욱이 지금까지 아무것도 되는 일이 없는 놈이 기다려본들 별수가 있겠느냐 싶어 결단을 내린 것이다.

은행에서 조금만 도움을 받으면 가능했기 때문이다.

운명이란 것은 논리적이거나 합리적이지 않다.

부동산 하락은 더 이상 진행되지 않았다.

나라의 혼란은 진행형이었지만 우리는 다시 내 집을 갖게 되었다. 1998년 7월 2일이다.

안양시 동안구 시민대로 159-59 은하수 단지 청구아파트, 지금까지 살고 있는 집이다.

화곡동 집에서 입은 손실을 다는 아니어도 상당한 수준 만회한 셈이다.

매각과 구매 사이에 간발의 차이로 나라 살림이 거덜 났기 때문이다.

백발의 검은 머리

1996년 4월 21일 점심을 먹고 나서 아내가 주섬주섬 무엇을 챙기며 왔다 갔다 하더니 나를 불렀다.

아내는 어제부터 염색약을 사놓고 벼르고 있었다.

몇 년 전부터 흰머리가 보이기 시작하더니 해를 거듭하면서부터 자꾸 늘어나 이제는 거의 반백에 가까워졌다.

하지만 나는 한번 염색하면 계속해야 될 것 같아 차일피일 미루고 있었다. 더 이상 봐줄 수 없다고 판단한 아내가 결단을 내린 것이다.

나이도 육십이 가까워지는 데다 병원에서도 신경 쓸 일이 많았다.

처음에는 노조가 생겨 마음을 쓰이게 하더니, 노조 해산 이후에는 간호과에서 자주 스트라이크를 날렸다.

한술 더 떠 의료 사고도 빈번히 일어났다.

어느 부서의 무슨 일이든 나와 무관한 일은 없다.

아내도 힘들기는 매한가지였으므로 내 어려움을 집안에까지 가져올 수도 없었다. 그동안 내 구두만 닦던 아내는 아들들이 대학에 진학한 뒤로 매일 아침에 구두 세 켤레를 닦아야 했다. 수시로 세 사람의 양복도 다려야 한다.

더욱 문제는 우리 집에 세탁기가 없다는 사실이다.

빨래는 전적으로 아내의 몫이었다. 아들 두 녀석 모두 아르바이트를 시작하며 가계에 도움을 주었지만, 아내의 노고는 좀처럼 줄어들지 않았다. 제사나 명절에는 네 형제 가족이 모두 우리 집에 모였다. 한 번씩 가족 행사를 치르고 나면 아내는 며칠씩 앓아누웠다. 체중이 40kg이 될 정도로 쇠약해졌다.

몸 고생, 마음고생 탓에 아내의 몸은 환갑도 되지 않았는데 이미 망가질 대로 망가졌다.

허리 통증으로 여러 차례 병원에 입원도 했다.

이유 없이 몸무게가 줄어 병원을 찾았더니 위는 거의 제 기능을 하지 못했고 골다공증에다 간 기능도 좋지 않았다.

덥지도 않은데 땀이 비 오듯 한다. 다한증이란다.

그런데도 가족이 다 모이는 날에는 힘든 내색을 전혀 하지 않았다.

이 악물고 강단으로 버티고 있다는 것은 나만 안다.

한때는 형제들이 돌아가면서 제사를 지내기로 했으나 좋은 성과를 거두지 못했다.

결국 명절은 각자 집에서 지내고, 아버지와 어머니 제사는 합동으로 지내기로 했다. 하지만 나이가 들고 보니 이것도 힘들어 제사도 폐지하고 봄에 산소에서 만나 다 함께 성묘하는 것으로 결정했다.

큰숙부께서 결단을 내리시고 고향 선산에 납골묘를 만들어 여기저기 흩어져있는 조상들의 유골을 한곳에 모시고 일 년에 한 번 4월 마지막 토요일에 합동으로 제사를 지내기로 했다. 아주 현명한 결단이셨다.

이미 아내는 깊은 병에 빠진 뒤였다.

갈대숲에 숨어 우는 바람 소리,

노래 가사처럼 아내의 한숨 소리는 악문 어금니 사이에서 멈추어 있었다.

1998년 3월 1일은 국경일이자 일요일이었다. 아내는 염색약을 준비하고 나를 불렀다. 지난주에 했는데 벌써 염색이라니, 웬일인가 했더니 자기 머리 염색을 해달라고 했다.

평소에 생각지도 못한 주문이었다.

흰머리도 없는데 무슨 염색이냐 싶어 무심코 빗으로 머리를 젖혀 보았다.

안쪽이 백발이었다. 아니 세월이 벌써 이렇게 흘렀나?

나도 모르게 눈물방울이 아내 머리 이로 떨어졌다. 아내의 백발은 내게 너무도 큰 충격이었다. 다행히 아내는 내 감정을 눈치채지 못했다. 몇 년 동안 내 머리를 염색하고 남은 약으로 자신의 흰머리를 감춰왔던 것이다.

이제는 더 이상 혼자 힘으로는 감추기 어렵다고 판단하여 나에게 협조를 구한 것이다.

그때부터 우리는 2주마다 한 번씩 서로에게 머리 염색을 해준다.

덕분에 이발소와 미용실에서 염색을 해본 적이 한 번도 없다.

돈이 아까워서가 아니라 서로의 손으로 염색을 해주고 싶은 애잔한 마음에서 우러나는 깊은 정이었다. 아파트 생활을 하게 된 뒤로는 목욕탕도 가지 않는다. 서로에게 염색을 해주듯 30년 가까이 집에서 서로의 등을 밀어준다.

우리 집 희망

1997년 8월에는 난생 처음으로 우리 집에 자동차가 생겼다. 내가 운전면허증을 취득했다는 소식을 들은 장모님께서 그동안 모아놓으셨던 용돈을 몽땅 떨어 자동차를 사 주신 것이다.

장모님은 강하시지만 한없이 다정하고 따뜻하셨다. 두 어머니께 효도 한 번 제대로 하지 못한 것이 천추의 한으로 남는다.

장모님 덕분에 자동차가 생겼지만 순발력이 떨어져서 당분간 혼자서 연습 삼아 시내를 다녔다. 그래도 쉽게 자신이 붙지 않았다. 그렇게 1년 9개월이 되는 날, 아내를 뒷자리에 태우고 함께 농수산물 시장에 장을 보러 나갔다. 여전히 운전이 서툴러 아내를 앞자리에 태울 수 없었다. 장을 보고 돌아오는 길에 세차장에 들러 수돗가에서 아내와 함께 세차를 하는 중 차가 움직였다. 사이드 브레이크를 제대로 채우지 않았던 것이다. 잽싸게 뛰어가 사이드 브레이크를 푸는 순간, 뒷문을 열고 청소를 하던 아내를 넘어뜨리며 차가 앞으로 굴렀다.

자칫 아내가 바퀴에 치일 뻔한 아찔한 순간이었다.

빨리 브레이크를 밟아 위기를 모면했지만 심장이 멎는 것 같았다.

　그때 내 얼굴이 백지장보다 더 하얗게 질려, 아내가 더 놀랐다고
한다.
　그 후 나는 다시 핸들을 잡지 못했다. 가슴이 울렁거리고 손이 떨
려서 운전할 수가 없었던 것이다.
　결국 아들들이 운전을 배워 차를 몰고 다녔다.
　두 아들은 우리 집에서 자라나는 유일한 희망이었다. 아내는 오직
자식들이 자라기만을 기린처럼 목을 빼고 기다렸다.
　두 아들도 아내의 그 마음을 잘 안다. 그래서 학교에서 100점을
맞았다는 자만심보다 엄마가 즐거워하는 모습을 더 기뻐했다. 즐거
워하는 엄마의 얼굴을 보는 것이 더 즐거웠던 것이다. 대학에 진학
한 뒤에는 열심히 공부해서 장학금을 받았다. 평일에는 식당 등 시
급의 일자리를 찾아 일하고, 토요일과 일요일에는 가정 학습지도를
하여 학비에 보탰다. 박사학위 과정이나 MBA 과정은 직장에서 주
는 장학금으로 따냈다.

　하루는 아침상을 물리고 얼마 지나지 않아 할머니 한 분이 비닐봉
지 하나를 손에 들고 찾아오셨다.
　“여기가 공용석이 집 맞나요?”
　“네, 맞는데요. 어쩐 일로 오셨어요?”
　“잘 찾아왔구먼.”
　할머니는 아내 손을 잡고 반가워하셨다.
　며칠 전 둘째가 학원 강사로 아르바이트를 하고 있어서 저녁에 출
근하기 위하여 버스 정류장에 서있었다. 기다리던 버스가 도착해서
타려고 하는데, 할머니 한 분이 양손에 보따리를 들고 내리며 도움

을 청했다. 버스 안에 보따리가 또 있었던 것이다. 보따리는 모두 6 개였다. 할머니는 내려만 달라고 부탁했지만 할머니 혼자 들고 갈 짐이 아니었다.

둘째는 무거운 보따리 4개를 할머니 댁까지 가져다드렸다.

할머니는 참외 5개가 들어있는 비닐봉지를 아내에게 건네주며 입에 침이 마르도록 둘째를 칭찬한 뒤 가셨다.

저녁에 학교에서 돌아온 둘째에게 물었다.

"선행을 했으면 그만이지, 주소를 알려줘서 집까지 찾아오시도록 했느냐?"

아침에 있었던 일을 말하며 아들을 나무랐다.

"고맙다고 하시면서 주소를 가르쳐달라고 하시기에 그냥 뛰쳐나오는데, 아들 되시는 분이 한길까지 따라 나와 물었어요. 거짓으로 알려드릴 수가 없었어요."

그 집 아들은 할머니가 버스에서 내려, 전화하면 나가려던 참이었다고 한다.

그러다 보니 출근 시간보다 40분이나 늦게 학원에 도착했다.

둘째는 결국 학원에서 잘리고 말았다.

고된 삶 속에서도 나와 아내는 두 아들 덕분에 큰 위로를 받으며 살아왔다. 착하고 건강하기만 바랐는데 고맙게도 공부까지 잘해주었다.

아내의 정성도 지극했지만, 아들들은 스스로도 노력을 많이 했다.

특히 둘째는 초등학교 3학년 때부터 중학교 졸업할 때까지 전교 수석을 놓치지 않았다.

하지만 나는 공부를 잘한다는 것만으로는 자부심을 가지지 않는다. 학창 시절 우등생이 사회생활에서도 반드시 우등생이 된다는 보장이 없기 때문이다.

그러나 이번 일은 너무도 대견스러웠다.

그 긴 세월 어려운 가정을 이끌면서 오직 자식에게만 희망을 걸고 인고의 세월을 보내온 아내 덕분이다.

아내와 두 아들 모두에게 정말 고마웠다.

누군가에게 도움이 되는 삶이라야 보람이 있는 삶이라는 것이 평소의 내 인생관이었다.

모든 학문과 수양이 이타를 전제로 하지 않으면 공허한 것이다. 이타를 잃어버린 사회는 비교적 우위에 있는 사람과 열등한 위치에 있는 사람 간의 갈등과 반목이 일어난다. 이로 인해 각 분야에서 불협화음이 생기고 질서가 무너진다. 현대 사회가 안고 있는 병폐이지만 이와 같은 상대적 빈곤은 한낱 사치스러운 투정에 불과한 것이다. 실제로 우리 주위에는 헐벗고 굶주린 기층 빈곤의 범위가 의외로 넓기 때문이다.

이러한 절대적 빈곤에 처한 사람들에게 가장 큰 고통은 삶 그 자체이다. 따뜻한 손길이 그들에게는 유일한 희망이다.

상대가 어떠한 입장이든 둘째의 이번 선행은 따뜻한 마음에서 배어 나온 덕행이어서 마음이 흐뭇했다.

명심불망(銘心不忘)

아 들 공 원 석

며 느 리 유 재 희

ㅇ 더불어 사는 세상이다.
　이웃을 배려하는 삶이라야 보기에 아름답다.

ㅇ 겸손한 마음으로 봉사하라.
　봉사하는 마음에 오만함이 묻어 있으면
　받는 자에게 큰 상처를 줄 수 있다.

ㅇ 더 많은 봉사를 위해 큰 인물이 되라.
　자기의 영욕만을 위한 출세는 도리어 사회악이 된다.

ㅇ 평생 독서하라.
　마음의 양식이 모자라면 지혜와 덕을 잃는다.

2010년 11월 5일

아버지 공 준 원

어머니 신 온 순

둘째 공용석과 며느리 오지연에게 같은 패를 만들어 주었다.

환갑에야 얻은 여유

첫째가 장학금을 받고 대학원에 진학하는 바람에 형제간에 학업을 닦는 시기가 비슷해졌다.

1999년 6월 하순경 둘째가 갑자기 500만 원을 융통해 줄 수 있는지 조심스럽게 물어왔다. 어학연수를 다녀와야겠다는 것이다. 왕복 항공료밖에 안 되는 돈으로 어떻게 어학연수를 다녀온다는 것인지 이해가 되지 않았다.

더욱 한심한 것은 내가 그 돈마저 구할 수 없다는 것이었다.

결국 아내가 은행에서 대출을 받았다.

둘째는 7월 4일 캐나다로 떠났다.

한 달 후 첫째가 또 500만 원을 요구하더니 8월 22일 미국으로 떠났다. 둘째는 경제적으로 최악의 상황을 극복하고 6개월을 버티더니 말문이 터지고 토익 점수 920점을 받아 돌아왔다. 첫째는 식당에서 아르바이트하며 어학연수를 받고 1년여 만에 돌아왔다.

둘 다 생활 속에서 터득한 영어 실력이라 사회에 나와서도 아주 유용하게 활용된다고 한다.

뛰어난 영어 실력 덕분에 두 아들은 국내 굴지의 회사에 취업했고, 안정적인 가정을 꾸리어 살고 있다. 첫째는 회사에서 주는 장학금으로 박사학위를 취득했고, 둘째는 국민은행에서 제공하는 장학금으로 미국에서 MBA 과정을 마쳤다. 첫째 원석이는 결혼 후 손자 둘을 안겨주었고, 둘째 용석이는 손자 하나를 안겨주었다.

두 아들 덕분에 육십이 되어서야 가정의 경제적 안정과 평안을 겨우 찾았다.

여전히 개인 부채가 남아있지만 길고도 험난한 인고의 세월은 끝을 고하고 있었다.

병원에서 일하는 동안 책을 읽지 못했으니 독서에 대한 열망이 향수처럼 떠올라 도서관을 찾았다. 하지만 옛날 같지 않았다. 졸음과 권태감이 밀려왔다. 목적이 없기 때문이다. 궁리 끝에 공인중개사 시험을 보기로 했다. 합격해서 개업이라도 한다면 개인 부채도 해결할 수 있을 것이다.

그러나 공인중개사 시험은 생각보다 어려웠다. 독서 습관을 되살리기 위해 시작한 일이지만 떨어지면 망신이다. 학원에 등록하고 매일 강의를 들었다. 수강생 대다수는 여자들이었고, 연령대는 30~40대였다. 나는 수강생 400명 중 두 번째로 나이가 많았다. 내 위로는 64세 한 분이신데 초등학교 교장 출신이었다. 재직 시절부터 응시해 5수를 했다고 한다.

학원 수업이 끝나고 집에 돌아와서는 새벽 1~2시까지 공부했다.

대학 입시 때가 떠올라 즐겁고 재미있는 시간을 보냈다.

그 결과 나는 2001년 12월 12일 회갑을 며칠 앞두고 합격증을 받았다.

교장선생님을 비롯해 총 176명이 합격했다. 합격자들은 모임을 결성했고, 내가 초대 회장을 맡았다.

그 가운데 공부를 가장 열심히 했던 장경란, 김영진, 김임분 씨와는 오랫동안 우정을 나누며 지냈다.

합격증을 받고 얼마 지나지 않아 임분이 뇌수막염으로 병원에 입원했다는 소식이 들려 왔다.

그날로 병원을 찾아갔다. 옛날 둘째가 뇌수막염을 앓던 생각이 떠올라 가슴이 덜컥 내려앉았다.

병원 근처에 경란이가 살고 있어, 임분의 병간호를 부탁했다. 남편이 외국 유학 중이어서 시간을 낼 수가 있었다.

다행히 바이러스성 뇌수막염이어서 위험한 고비는 넘겼다.

임분이는 열흘 뒤 완쾌되어 퇴원하게 되었는데 입원 기간 동안 경란이는 임분이를 친동생처럼 돌보아 주었다.

그 일로 두 사람은 아주 친해졌다.

영진과는 학원 입학 때부터 가까이 지냈다. 나는 이 세 사람을 삼총사라고 불렀다. 궂은일, 즐거운 일 빠짐없이 참여하고 내가 하는 봉사활동에도 기꺼이 동참해 주었다.

나는 가장으로써 힘든 짐을 지게 되면서 실제로 도움은 안 되더라도 하소연이라도 들어줄 수 있는 형이나 누나가 있었으면 했다. 고등학교 시절 한동네 살던 최규상 선배가 있었는데 친형처럼 지냈다. 살다 보니 그 형은 군산에 정착하게 되고, 나는 안양시에 자리 잡게 되어 목소리 듣기도 힘든 때가 있었다. 그 무렵에 삼총사를 만났다.

삼총사는 30년 가까이 변함없는 우정을 나누며 지내고 있다.

나는 합격증을 받고 이듬해 4월 중개업을 해보고 싶어 하던 후배
와 함께 중개업을 시작했다.

부동산 경기가 활발하던 시절이라 꽤 성과가 좋았다.

그동안 쌓아놓은 인맥 또한 진가를 발휘하기 시작했다.

200여 명의 회원이 경인 각지에 흩어져 있어 공인중개사 간의 유기
적인 협조도 잘 이루어졌다. 삼총사는 내가 회장을 할 때도 적극적
으로 참여해 주었고, 부동산을 할 때도 자기 일처럼 나를 도왔다.

나이 차이는 많았지만 긴말이 필요 없는 좋은 친구들이다.

중개업을 시작하면서 무거운 짐처럼 끌어안고 있던 부채도 손쉽게
해결되었다. 여윳돈도 좀 생겼다. 호주머니에 용돈이 들어온 것은
몇십 년 만이라 해도 과언이 아니었다.

하지만 처음부터 돈을 벌 생각으로 공인중개사 자격증을 딴 것이
아니었다. 일단 공부하는 습관을 되찾고 싶었고, 두 번째로 읽고 싶은
책을 구입하고 편안하게 독서할 수 있는 공간이 아쉬웠다. 중개업을
통해 모은 돈과 은행 융자를 조금 받아 집에서 가까운 신축 오피스텔
을 분양받았다. 나도 환갑이 넘고 보니, 마음이 급해진 것이다.

그때부터 아내는 팔자에도 없는 도시락을 매일 싸야 했다.

나는 매일 아침 30분을 걸어 오피스텔로 출근한다.

오피스텔에 작은 냉장고를 하나 마련하고 아내가 만들어 준 반찬
을 넣어놓고 밥만 싸온다. 냉장고는 삼총사가 선물해 주었다.

덕분에 나는 나이가 들어서도 삼식이를 면하고 산다.

다음 세상에 우리가 또 만나야 할 이유

그동안 많은 친구들이 세상을 떠났다. 잡지사를 인수해 주었던 군산 친구는 60대 초반에 세상을 떠나고, 목사 안수를 받은 서울 친구도 TV를 보던 중 인사도 없이 떠났다. 부안에 사는 다정한 친구는 길 가다 넘어진 김에 떠나버렸다. 전주 친구 이명수는 건강하지만 장님이 되었다. 명수에게는 매년 여름 복숭아 한 상자를 보낸다. 그 김에 통화도 한다.

그때마다 보고 싶다며 눈물을 흘린다.

친구가 울지 않아도 통화를 할 때면 내 가슴이 미어진다.

기어이 내 눈에서도 닭똥 같은 눈물이 쏟아졌다.

"한번 안 내려오냐?"

"보지도 못하는 놈이 내려가면 뭐 하냐?"

"이 새끼야 내려오면 손이라도 만져볼 수 있자녀."

친구가 아니면 할 수 없는 막말 대화다. 그동안 코로나 때문에 내려가지 못했으니 나 역시 친구가 보고 싶다.

"그래 올가을에는 꼭 갈게."

무슨 일이 있어도 올해는 꼭 다녀오리라 결심했다.

하지만 그 약속을 일곱 번이나 어기고 있다.

아내는 한동안 오십견으로 고생하더니 이제는 요추 협착증으로 고생한다.

병원에 따라 수술하자는 곳도 있고, 수술해도 완쾌가 어렵다고 말하는 곳도 있다.

통증이 심하면 잠시 입원하지만 완치는 안 된다.

한의대를 나온 둘째 아들 친구 윤희성이 안양에서 개업했다.

만안구 중앙 시장에 있는 중앙 경희한의원이다.

외고 시절 친한 친구이어서 아내를 친어머니처럼 정성껏 치료해 주고 있다.

완치가 어렵지만 덕분에 아내의 고통도 사라져, 편안한 세월을 보낼 수는 있다.

하지만 아내의 몸은 너무도 허약하다. 몸무게가 기어코 37kg까지 내려갔다. 원래부터 왜소한 체구였지만 이 정도는 아니었다. 소화가 잘되지 않아 식사량도 현저히 줄었다.

하루도 빠짐없이 걷기 운동을 하지만 체중은 계속 빠진다.

덥지도 않은데 땀을 비 오듯 흘리기도 한다.

기력을 보강하려면 잘 먹어야 하는데, 먹은 음식을 제대로 소화시키지 못하니 답답한 노릇이다.

왜소한 체구의 아내가 너무도 많은 고생을 하며 살아온 탓이다. 그래도 그 숱한 세월 동안 한 번도 나를 다그치거나 원망한 적이 없었다.

오히려 내가 아내에게 화풀이를 했지만 그때조차 아내는 맞서지 않았다.

그 모든 시간이 두고두고 내 마음에 회한으로 남는다.

이제 나는 매일 아침 아내의 배를 문지르며 위가 움직일 수 있도록 돕는다. 아들들이 매달 꼬박꼬박 보내주는 생활비 덕분에 말년에야 겨우 경제적으로 안정을 찾았는데 이제는 아내가 병마에 시달리게 되었으니 정말 안타깝다.

그러면서도 내 점심 식사는 하루도 소홀함이 없다. 여전히 집안 청소도 깔끔하게 한다. 마루에 먼지 앉는 소리까지 들을 정도로 예민해 틈만 나면 쓸고 닦는다.

몸을 움직일 때마다 입에서 앓는 소리와 한숨 소리가 난다.

장가를 간 아들들은 아픈 엄마를 위해 건강에 좋은 음식과 건강식품을 수시로 보낸다. 매일 저녁이면 엄마에게 전화를 걸어, 이런저런 대화를 나눈다. 덕분에 함께 살지 않아도 영상통화로 손자들을 매일 만날 수 있다.

어느 날 저녁 식사가 끝난 뒤 아내가 나를 불렀다.

"여보, 다음에 다시 태어난다 해도 할 수 없이 당신과 또 만나야겠어."

"아니 이 사람아, 지겹지도 않아?"

"당신과 만나지 않으면 우리 원석이와 용석이를 못 만날 거 아니야?"

아들이 보내온 손자들의 재롱을 영상으로 보며 하는 말이다.

큰아들 원석이는 지환이와 수환이를, 둘째 용석이는 정환이를, 이렇게 손자 셋을 우리 내외에게 안겨주었다.

손자들의 재롱을 보는 것이 아내의 즐거움이다.

직장 생활을 그만두고 한동안 방치해 두었던 벽골제 연구에 다시 들어갔다.

그것이 인연이 되어 고향에서도 벽골제 발굴 조사위원으로 위촉장을 보내왔다. 위원으로서 일 년에 한두 번 고향에 내려가면 된다.

아내와 같이 있는 시간이 많아졌다.

나는 이제 아내를 위해 무엇인가를 해야 한다. 아내는 함께한 순간부터 지금까지 매일 나를 위해 무엇인가를 해주고 있는데, 나는 아내를 위해 해준 것도 없거니와 해줄 수 있는 것도 없다.

집에 들어갈 때 빵과 과일 등 먹거리를 조금 사 가는 것이 고작이다.

아내의 등을 밀어줄 때면 앙상하게 마른 야윈 몸을 보며 눈시울을 붉힌다.

아들들의 지극정성 덕분에 며칠 전 몸무게가 1kg 늘었다.

"나는 이제 안 돼. 글렀어."라고 울먹이던 아내 얼굴에 모처럼 환한 미소가 번졌다. 경사가 난 것이다.

아내가 희망을 가지게 되었으니 이보다 귀한 보약이 어디 있겠는가?

내 나이 이제 여든이 넘었고, 아내도 여든이 되었다. 다 늙은 우리에게 희망이 무엇을 가져다줄지 모르겠으나, 나이 들어 건강이 소중하다는 것만은 일깨워주었다.

사시사철 내복을 껴입고, 일 년 내내 감기약과 위장약을 달고 사는 아내다.

어느 날 밤, 아내가 넝마 같은 내복을 입고 있었다.

"아니 무슨 그런 옷을 입고 자?"

"엄마 내복…."

장모님이 돌아가신 지 20년이 넘었는데, 말을 잇지 못했다.

아내는 엄마가 돌아가신 후로 엄마의 내복 한 벌을 가져다가 밤마다 입고 따뜻한 엄마 체취를 느끼며 잠이 들었던 것이다. 가슴이 시렸다. 나는 거실에서, 아내는 방에서 잠을 자다 보니, 엄마에 대한 아내의 애틋한 사랑과 한없는 그리움조차 모르고 살았다.

못난 사위를 친아들처럼 아껴주시던 장모님의 따뜻한 온정이 새록새록 떠올라 잠을 설쳤다.

장모님은 갑작스러운 폐렴으로 병원에 입원했다가 치료를 받고 전주 처제 집으로 퇴원했는데 기력을 회복하지 못하시고 결국 운명하셨다.

아내는 인생의 동반자를 넘어 힘들고 지친 나를 위로하고 치유해준 마음의 안식처였다. 내 비록 성경도 제대로 묵상할 줄 모르고, 기도도 할 줄 모르지만 내 삶을 이끌어주신 분은 하느님이심을 믿어 의심치 않는다. 그래서 선택의 기로에서는 날에는 염치없이 언제나 하느님을 찾았다.

한평생 아내가 나에게 해주었듯이 이제는 내가 아내의 지친 육체와 영혼을 위하여 무엇인가를 해야 할 것 같다.

이것이 내가 겨우 찾은 기도제목이다.

아내의 나이가 나보다 4살 아래인 만큼 내가 세상을 떠나도 아내는 4년 이상을 더 살아야 한다.

나의 염원이지만 운명은 아무도 모르는 일. 누군가 먼저 세상을 떠나면 남겨진 한 사람은 많이 울 거다. 참 많이 울 거다.

수고하고 무거운 짐 진 자들아 다 내게로 오라.

내가 너희를 쉬게 하리라.

마태복음 11장 28절로 이 책 원고를 마감 지은 주일 예배에서

"이제는 고난에 매이지 말고 복음에 매어 살자."

라는 김소리 위임 목사님이 전해주신 말씀에 영혼이 맑아지는 큰

감동의 은사가 있었다. 우연의 일치일까?

하느님은 항상 내 곁에 계심이라.